Val M...

À 17 a... ... ... école publique écossa... ...quenter le collège de St Hilda à Oxford. Diplôme en poche, elle travaille d'abord dans le journalisme pendant une quinzaine d'années à Glasgow et à Manchester. Puis en 1984, elle se lance dans l'écriture d'un roman policier qu'elle met trois ans à achever. Ce sera *Report for Murder* (1987) dont le succès détermine sa vocation littéraire.

Son œuvre, qui développe ses thèses féministes et engagées, compte trois séries policières aux héros récurrents distincts : Kate Brannigan, détective privée ; le Dr Tony Hill, profiler, et l'inspectrice Carol Jordan qui mènent des enquêtes dans des milieux interlopes ; et Karen Pirie, spécialiste des affaires classées. Les romans de Val McDermid sont d'ailleurs associés au Tartan noir, une conjonction stylistique entre le roman noir et la culture écossaise.

Val McDermid est aussi critique de littérature policière pour la presse écrite et, s'étant toujours intéressée à l'écriture dramatique, collabore à des émissions radiophoniques de la BBC. Elle et sa conjointe vivent à Édimbourg.

# Ainsi parlent les morts

## DE LA MÊME AUTRICE

### Les enquêtes de Carol Jordan et Tony Hill

*La dernière tentation*, Éditions du Masque, 2003 ; J'ai lu, 2006.
*La fureur dans le sang*, Éditions du Masque, 1998 ; J'ai lu, 2007.
*Le chant des sirènes*, Éditions du Masque, 1997 ; J'ai lu, 2008.
*La souffrance des autres*, Éditions du Masque, 2007 ; J'ai lu, 2008.
*Sous les mains sanglantes*, Éditions du Masque, 2009 ; J'ai lu, 2011.
*Fièvre*, Flammarion, 2012 ; J'ai lu, 2013.
*Châtiments*, Flammarion, 2014 ; J'ai lu, 2015.
*Une victime idéale*, Flammarion, 2016 ; J'ai lu, 2017.
*Les suicidées*, Flammarion, 2017 ; J'ai lu, 2018.
*Voyages de noces*, Flammarion, 2020 ; J'ai lu, 2021.

### Série Karen Pirie

*Quatre garçons dans la nuit*, Éditions du Masque, 2005 ; J'ai lu, 2006.
*Sans laisser de traces*, Flammarion, 2011 ; J'ai lu, 2012.
*Skeleton Road*, Flammarion, 2018 ; J'ai lu, 2019.
*Hors limites*, Flammarion, 2019 ; J'ai lu, 2020.
*Terrain accidenté*, Flammarion, 2021 ; J'ai lu, 2022.

### Série Kate Brannigan

*Le dernier soupir*, Librairie des Champs-Élysées, 1994.
*Retour de manivelle*, Librairie des Champs-Élysées, 1995.
*Crack en stock*, Librairie des Champs-Élysées, 1996.
*Arrêts de jeu*, Librairie des Champs-Élysées, 1996.
*Gènes toniques*, Librairie des Champs-Élysées, 1997.
*Mauvais signes*, Librairie des Champs-Élysées, 1998.

### Autres romans, nouvelles et documents

*Une mort pacifique*, Librairie des Champs-Élysées, 1998.
*Mystères et bûches glacées*, Éditions du Masque, 2003.
*Le tueur des ombres*, Éditions du Masque, 2001 ; J'ai lu, 2006.
*Au lieu d'exécution*, Éditions du Masque, 2000 ; J'ai lu, 2008.
*Noirs tatouages*, Éditions du Masque, 2008 ; J'ai lu, 2009.
*Comme son ombre*, Flammarion, 2013 ; J'ai lu, 2014.
*Northanger Abbey*, Terra Nova, 2014.
*Lignes de fuite*, Flammarion, 2015 ; J'ai lu, 2015.
*Scènes de crime*, Les Arènes, 2019 ; J'ai lu, 2020.

# VAL McDERMID

## Ainsi parlent les morts

Traduit de l'anglais (Écosse)
par Perrine Chambon

TITRE ORIGINAL
*How the Dead Speak*

ÉDITEUR ORIGINAL
Little, Brown

© Val McDermid, 2019

POUR LA TRADUCTION FRANÇAISE
© Flammarion, 2022

---

Le Code de la propriété intellectuelle interdit les copies ou reproductions destinées à une utilisation collective. Toute représentation ou reproduction intégrale ou partielle faite par quelque procédé que ce soit, sans le consentement de l'auteur ou de ses ayants droit ou ayants cause, est illicite et constitue une contrefaçon sanctionnée par les articles L335-2 et suivants du Code de la propriété intellectuelle.

*À nos amis de l'East Neuk.*

# Prologue

> *Nous avons tous nos petites habitudes. Même les meurtriers. Quand quelque chose nous réussit, nous attribuons ce succès à un talisman auquel nous nous accrochons. Porter un slip porte-bonheur, ne pas se raser, effectuer les mêmes actions dans le même ordre, prendre un petit déjeuner identique, marcher dans la rue sur le trottoir de droite. Ces talismans, quand les meurtriers nous les révèlent, nous les appelons leur signature.*
>
> *Décrypter les crimes*, Dr Tony Hill

*Huit ans plus tôt*

Ce samedi après-midi, Mark Conway ne pensait pas au meurtre. Même s'il aimait se considérer comme expert en la matière, il était capable de séparer les différentes facettes de sa vie. Et ce jour-là, tout ce qui comptait, c'était le football. Il se tenait dans la salle de conférences du Bradfield Victoria devant la baie vitrée, et faisait machinalement tourner son généreux verre de vin rouge, les yeux posés sur la foule qui affluait dans le stade.

Il savait ce que ressentaient les supporteurs. Par le passé, Conway avait lui aussi fait partie du public. Les jours de match étaient synonymes de rituels superstitieux. Depuis cet après-midi-là, vingt ans plus tôt, où les Vics avaient gagné la League Cup, il avait toujours porté la même paire de chaussettes noires avec Snoopy dansant sur chaque cheville. Il les portait encore, même si désormais il dissimulait ce motif enfantin sous une fine couche de soie noire. Les hommes d'affaires multimillionnaires ne portent pas de chaussettes fantaisie.

Les jours de match généraient également un sentiment confus d'attente qui résonnait dans sa poitrine et son estomac. Même pour des matchs dont l'issue n'aurait aucun impact sur le classement dans la Ligue ou sur le prochain tour de la Coupe, l'excitation bouillonnait en lui, parcourant ses veines comme un courant électrique. Qui serait choisi dans la composition de l'équipe ? Qui serait l'arbitre ? Que leur réserverait la météo ? La fin de l'après-midi apporterait-elle de l'exaltation ou une cruelle déception ?

Voilà ce que cela signifiait d'être supporteur. Et même si Mark Conway faisait désormais partie du conseil d'administration du club qu'il soutenait depuis son enfance, il n'en demeurait pas moins un simple supporteur. Il s'était époumoné au fil de leur ascension – et une fois mémorable, lors de leur dégringolade – d'une division à l'autre jusqu'à atteindre leur place actuelle, au sixième rang de la Premier League. Il n'y avait qu'une seule chose qui le réjouissait plus qu'une victoire des Vics.

— Tu penses qu'on peut gagner aujourd'hui ?

En entendant cette voix derrière lui, Conway se retourna. Le directeur commercial du club s'était approché dans son dos. Conway savait pourquoi ; l'homme cherchait déjà à confirmer les publicités de terrain pour la saison suivante et voulait s'assurer d'obtenir le nom de Conway sur un contrat et d'encaisser son chèque le plus tôt possible.

— Les Spurs sont difficiles à battre en ce moment, répondit Conway. Mais Hazinedar est en grande forme. Quatre buts au cours des trois derniers matchs. On a forcément nos chances.

Le directeur commercial se lança dans une analyse exhaustive des deux équipes. Il n'avait aucun talent pour la conversation et, au bout de deux phrases, Conway avait relâché son attention et laissé son regard survoler la pièce. Quand il aperçut Jezza Martinu, ses lèvres esquissèrent l'ombre d'un sourire. Voilà un homme qui aurait pu incarner le supporter par excellence. Jezza était son cousin ; leurs mères étaient sœurs. La légende familiale racontait que « Vics » était le premier mot qu'il avait prononcé.

— Tu veux bien m'excuser ? demanda Conway avant de vider son verre et de s'éloigner.

Il traversa la pièce vers le bar, où la jeune femme chargée du service laissa subitement en plan tous les autres clients attendant leur boisson pour lui remplir son verre de vin, accompagné d'un bref sourire pincé. Il se fraya un chemin à travers la salle du conseil bondée pour rejoindre son cousin. Jezza était visiblement enthousiaste, rebattant les oreilles d'un pauvre bougre qu'il avait coincé près de la table du buffet. Il était obsédé par le Bradfield Victoria. S'il avait existé une Église où Jezza avait pu vénérer le club, il en aurait été l'archevêque.

Quand Mark Conway avait annoncé qu'on l'avait invité à rejoindre le conseil d'administration, il avait cru que son cousin allait s'évanouir. Il était devenu blême et avait légèrement chancelé.

— Tu pourras venir avec moi dans la tribune des administrateurs, avait ajouté Conway.

Les yeux de son cousin s'étaient emplis de larmes.

— Vraiment ? avait-il murmuré. Tu es sérieux ? Dans la tribune des administrateurs ?

— Et dans la salle du conseil d'administration avant et après les matchs. Tu pourras rencontrer les joueurs.

— Je n'arrive pas à croire à ce qui m'arrive. C'est ce dont j'ai toujours rêvé.

Il avait pris Conway dans ses bras sans remarquer que celui-ci avait esquissé un léger mouvement de recul.

— Tu aurais pu choisir n'importe qui, avait ajouté Jezza. Quelqu'un que tu voulais impressionner. Un collègue de travail que tu voulais récompenser. Mais tu m'as choisi, moi.

Il l'avait de nouveau serré contre lui avant de s'écarter.

— Je sais ce que ça représente pour toi.

C'était parfaitement vrai.

— Comment pourrais-je jamais te remercier ? avait dit Jezza en s'essuyant les yeux. Bon sang, Mark, je t'aime, tu sais.

Il avait préparé ce moment. L'investissement avait été conséquent et il avait dû lécher les bottes de personnes qu'il méprisait pour décrocher cette place convoitée au sein du conseil d'administration. Mais une fois qu'il aurait partagé avec Jezza Martinu ce sésame, il savait que son cousin ferait tout pour le conserver. C'était le dernier élément de sa police d'assurance, au cas où ses plans ambitieux ne se concrétisent pas. Conway sourit. Il paraissait sincère et il l'était.

— Je vais voir ce que tu peux faire, avait-il conclu.

En réalité, c'était déjà tout vu.

# 1

> *Quand une petite équipe d'agents du FBI a inventé le profilage criminel, ils étaient sûrs d'une chose : ils connaissaient mal le fonctionnement des tueurs en série. Ils ont donc cherché des experts là où ils étaient certains de les trouver : derrière les barreaux.*
>
> Décrypter les crimes, Dr Tony Hill

Dès son réveil, c'était l'odeur qui lui rappelait brutalement où il se trouvait. Impossible d'émerger lentement de la nuit avec cette sensation passagère d'égarement, en se demandant dans un demi-sommeil : *Où suis-je ? À la maison ? À l'hôtel ? Dans une chambre d'amis ?* Désormais, dès qu'il reprenait conscience, le Dr Tony Hill était assailli par le miasme ambiant qui le ramenait à la prison.

Après des années à s'entretenir avec des patients dans des centres psychiatriques fermés et des prisons, ce mélange déplaisant ne lui était pas étranger. Sueur rance, corps moites, nourriture âcre, flatulences nauséabondes. La puanteur des vêtements qui avaient mis trop longtemps à sécher. L'odeur musquée légèrement vanillée d'un surplus de testostérone. Le tout accompagné du puissant relent des produits de nettoyage chimiques bon marché. Par le passé, il s'était toujours réjoui d'échapper aux odeurs de la prison et de retrouver le monde extérieur. À présent, il n'y avait pas d'échappatoire.

Il avait cru qu'il s'y habituerait. Qu'au bout de quelque temps, il n'y prêterait plus attention. Mais six mois après sa condamnation et le début de sa peine de quatre ans d'emprisonnement, il y était toujours violemment sensible, jour après jour. En tant que psychologue clinicien, il ne pouvait s'empêcher de se demander s'il existait une raison profonde à ce qui commençait à ressembler à de l'hyper-conscience. Ou peut-être avait-il juste un odorat particulièrement développé.

Quoi qu'il en soit, ça devenait difficile à supporter. Adieu, moment de demi-veille où il pouvait s'imaginer sur la couchette de sa péniche qui était devenue son point de chute, ou dans la chambre d'amis de la grange restaurée de Carol Jordan, où il avait passé suffisamment de temps pour la considérer comme sa deuxième maison. Ces rêveries lui étaient interdites. Il n'avait jamais le moindre doute sur l'endroit où il se trouvait. Tout ce qu'il avait à faire, c'était respirer.

Maintenant au moins, il avait une cellule pour lui seul. Pendant de longs mois, alors qu'il était en détention provisoire, il avait eu une succession de codétenus dont les petites manies avaient constitué en elles-mêmes un châtiment particulièrement sévère. Dazza, infatigablement dévolu à la masturbation. Ricky et sa toux de fumeur chargée de glaires, qui crachait sans arrêt dans les toilettes en métal. Marco, avec ses terreurs nocturnes et ses hurlements qui réveillaient la moitié de l'étage, provoquant de la part de leurs voisins de nouveaux cris ponctués de jurons. Tony avait tenté de parler à Marco de ses cauchemars. Mais ce petit homme agressif natif de Liverpool avait bondi, s'était planté devant lui et, en proférant presque autant de jurons que Tony en avait entendu dans sa vie, avait nié être sujet à de foutus cauchemars.

Le pire de tous était Mick le sadique, en attente de procès pour avoir tranché la main d'un dealer rival. Quand Mick découvrit que Tony avait travaillé avec la police, sa première réaction fut de l'attraper par le tee-shirt pour le plaquer contre le mur. En postillonnant, il expliqua à Tony pourquoi on le surnommait « le sadique » et ce qu'il allait faire à tous les putain de connards qui étaient de mèche avec les putain de flicards. Son poing – celui qui portait le mot FUCK tatoué sur une phalange de chaque doigt – était levé derrière lui, prêt à s'écraser sur le visage de Tony en lui brisant certainement quelque chose. Il ferma les yeux.

Rien ne se produisit. Il ouvrit un œil et vit un homme noir d'âge moyen dont une main s'était interposée entre Mick et Tony. Sa présence faisait l'effet d'un champ de forces inattendu.

— Il est pas comme tu le penses, Mick.

Sa voix était douce, presque caressante.

— C'est une ordure, lâcha Mick. Qu'est-ce que ça peut te foutre s'il reçoit ce qu'il mérite ?

Sa bouche esquissait un sourire méprisant, mais ses yeux trahissaient davantage d'incertitude.

— Il n'avait pas affaire à des gars comme nous. Il en a rien à foutre des voleurs, des barons de la drogue ou des connards manipulateurs comme toi et moi. Ce mec, poursuivit l'apparent sauveur en pointant Tony du pouce, il a fait coffrer des salauds. Des bêtes sauvages qui tuent et torturent pour le plaisir. Pas pour l'argent ni pour se venger ou pour prouver qu'ils ont la plus grosse. Juste pour s'amuser. Et les gens qu'ils tuent ? Ils les choisissent au hasard. Ça pourrait être ta gonzesse, ou mon gosse, ça pourrait être n'importe qui, si sa tronche lui revient pas. Juste un pauvre abruti qui croise par malchance le chemin d'un monstre. Ce type-là n'est pas un danger pour de vrais criminels comme toi et moi.

Il se tourna vers Mick pour que celui-ci puisse voir son visage et l'aimable sourire qui s'y peignait.

— Mick, on devrait être dégoûté qu'il soit ici. Parce que les gens qu'on aime sont plus en sécurité tant qu'il est dehors en train de bosser. Crois-moi, ce mec n'arrête que les ordures qu'on ne voit jamais en taule parce qu'ils purgent leurs multiples peines à perpétuité dans un asile de fous. Laisse-le tranquille, Mick.

Il prononçait le nom de son interlocuteur comme une caresse. Mais derrière, Tony sentait la menace.

Mick étendit le bras sur le côté, comme si ce geste était intentionnel, qu'il voulait s'étirer les muscles. Puis il l'abaissa le long de son corps.

— Je crois ce que tu me dis, Druse, dit-il en reculant. Mais je vais me renseigner. Et si j'ai un autre son de cloche...

Du doigt, il traça une ligne sous sa gorge. En voyant le sourire qui accompagnait ce geste, Tony sentit ses entrailles se serrer. Mick le sadique s'éloigna d'une démarche chaloupée dans le couloir, suivi par deux acolytes.

Tony poussa un long soupir.

— Merci, articula-t-il.

Druse lui tendit la main. C'était la première fois que cela se produisait en quatorze mois de détention.

— Je m'appelle Druse. Je sais qui vous êtes.

Tony lui serra la main. Elle était sèche et ferme, et Tony eut honte de la sienne, moite. Il esquissa un sourire en coin.

— Et pourtant, vous m'avez défendu.

— Je viens de Worcester, expliqua Druse. Ma sœur était dans la même classe d'anglais que Jennifer Maidment.

Ce nom fit ressurgir une série d'images. Des victimes adolescentes, des crimes déchirants, une motivation aussi tordue qu'une hélice d'ADN. À cette époque, il avait lui-même du mal à gérer ce genre de révélation qui bouleversait une vie. Dévoiler son propre passé comme il l'avait fait si souvent avec des criminels l'avait presque poussé à tout plaquer. Mais ce Druse, qui qu'il soit, n'en savait probablement rien. Il s'était peut-être arrêté aux gros titres. Tony hocha la tête.

— Je me souviens de Jennifer Maidment.

— Et je me rappelle ce que vous avez fait. Cela dit, ne vous faites aucune illusion sur mon compte, Tony Hill. Je suis un homme très mauvais. Mais même un homme mauvais peut faire une bonne action. Tant que vous serez ici, personne ne viendra vous embêter.

Sur ce, il avait fait semblant de rajuster la visière d'une casquette imaginaire avant de s'éloigner.

Tony n'avait pas encore compris comment l'information circulait en prison. Il soupçonnait Druse de faire beaucoup de promesses qu'il ne pouvait pas tenir. Mais il avait eu le plaisir d'être détrompé. La peur sous-jacente qui régnait en permanence dans le quartier de la détention provisoire avait peu à peu diminué sans pour autant se dissiper complètement. Toutefois, Tony ne baissait jamais la garde ; il avait conscience de l'anarchie qui bouillonnait, prête à éclater. Et l'anarchie se fichait pas mal de la réputation.

Chose encore plus surprenante, la protection de Druse s'était étendue jusque dans la prison de catégorie C où on l'avait envoyé après le jugement. La dernière chose à laquelle il s'était attendu là-bas, c'était d'être protégé par le crime organisé.

D'un côté, Druse avait fait office de tampon ; de l'autre, le passé de Tony comme profileur criminel avait constitué un deuxième rempart. Si on lui avait posé la question, il aurait reconnu s'être fait davantage d'ennemis que d'amis dans les hautes sphères, au cours de ces années de collaboration avec la police et le ministère de l'Intérieur. Mais il s'avéra que là-dessus aussi, il se trompait. Pendant sa détention provisoire, il avait assez vite réclamé un ordinateur portable. Ni lui ni son avocat ne s'attendaient à une réponse positive.

Nouvelle erreur. Une semaine plus tard, un vieil engin démodé était apparu. À l'évidence, il ne pouvait pas se connecter à Internet. Le seul logiciel installé était un traitement de texte primitif. Pendant la période où il partageait sa cellule, il avait convaincu l'officier en charge de la bibliothèque de le garder pour lui.

Sans cela, il aurait été détruit, volé ou transformé en arme par l'un de ses codétenus. Ça limitait le temps que Tony pouvait passer sur l'ordinateur, mais cela l'avait forcé à être d'autant plus concentré lorsqu'il y avait accès. Par conséquent, la seule personne qui avait une raison de se réjouir de l'incarcération de Tony, c'était son éditeur, qui désespérait de voir *Décrypter les crimes* terminé, et enfin publié.

Tout cela avait laissé à Tony un sentiment confus de malaise. Se plonger dans l'écriture lui permettait d'atténuer la peur qui parcourait ses veines comme un courant électrique depuis l'instant où il était entré en prison. Le soulagement était inexprimable. Aucun doute là-dessus. C'était une bénédiction de pouvoir s'abstraire de son environnement devant l'écran, de tenter d'assembler ses connaissances et son expérience en un récit cohérent. Ce qui tempérait ces moments de confort, c'était la culpabilité.

Il avait ôté une vie. Il avait brisé le tabou le plus fondamental de sa profession. Qu'il l'ait fait pour empêcher la femme qu'il aimait de s'en rendre elle-même coupable n'était pas une excuse. Pas plus que ne l'était la conviction qu'ils partageaient selon laquelle cette mort avait sauvé d'autres vies. L'homme que Tony avait tué aurait continué à assassiner des gens, et comment savoir s'ils auraient réussi à obtenir la moindre preuve concrète contre lui ? Mais cela n'atténuait pas la gravité de l'acte commis par Tony.

Aussi méritait-il de souffrir. Ses journées devaient comporter leur lot de douleur et de châtiment. Mais en réalité, s'il souffrait, c'était surtout parce que Carol lui manquait. S'il l'avait voulu, il aurait pu la voir chaque fois qu'on lui autorisait une visite. Refuser cela était un choix qu'il faisait pour son bien à elle, aimait-il se répéter. Peut-être était-ce une façon de se racheter. Si tel était le cas, le prix qu'il payait était probablement dérisoire en comparaison de ses codétenus.

Quand il réfléchissait à ce qu'eux avaient perdu, il ne pouvait nier qu'il se sentait chanceux. Tout autour de lui, il voyait des vies gâchées, des foyers détruits, des familles perdues de vue, des espoirs déçus. Il avait beau avoir échappé à tout ça, cela ne lui semblait pas normal pour autant. Cette situation était pour lui une source constante de culpabilité.

Il avait donc décidé qu'il lui fallait trouver une façon plus constructive de payer ce que les gens appelaient avec désinvolture « sa dette envers la société ». Il allait utiliser ses capacités d'empathie et de communication pour essayer de marquer une différence dans la vie des hommes qui vivaient actuellement sous le même toit que lui. Et cela commençait aujourd'hui.

Mais avant de s'y préparer, il avait une épreuve bien plus difficile à surmonter.

Sa mère venait lui rendre visite. Initialement, il avait refusé sa demande. Vanessa Hill était monstrueuse. C'était un mot dont il mesurait le poids et qu'il n'utilisait pas à la légère. Elle avait gâché son enfance, l'avait privé des chances de connaître son père et tenté de lui voler son héritage. La dernière fois qu'il l'avait vue, il avait espéré que ce soit bel et bien *la dernière fois*.

Mais Vanessa ne se laissait pas facilement décourager. Elle lui avait transmis un message par l'entremise de son avocat. « J'ai toujours su qu'on était pareils, toi et moi. Maintenant, tu le sais, toi aussi. Tu me dois beaucoup, et tu le sais également. » Elle n'avait pas oublié comment toucher sa corde sensible. Il était tombé dans le panneau malgré lui.

À pieds joints et les yeux fermés.

# 2

> *Une espèce de mythologie s'est construite autour du profilage criminel, notamment grâce à ses premiers adeptes qui excellaient dans l'autopromotion. Ils ont écrit des livres, donné des conférences et accordé des interviews dans lesquels leurs capacités à lire dans l'esprit des criminels paraissaient presque surnaturelles. La vérité, c'est qu'un profileur n'obtient de résultats que grâce à l'équipe avec laquelle il travaille.*
>
> Décrypter les crimes, Dr Tony Hill

Les grandes agglomérations du nord de l'Angleterre tiennent à leur singularité. Mais elles partagent une caractéristique indéniable : elles côtoient toujours une campagne d'une beauté saisissante. Ceux qui ont étudié cette question soutiennent qu'un quart de la population anglaise se trouve à une heure de route maximum du parc national du Peak District. En temps normal, la capitaine Paula McIntyre aurait savouré une journée dans les bois au pied des collines du Dark Peak, à suivre des petits sentiers sinueux en plein cœur d'une nature qui lui paraissait encore proche de son état sauvage. Plus haut, sur les landes désolées, on devait sûrement se sentir loin de toute civilisation.

Mais ces circonstances-là n'étaient pas habituelles. Paula peina à libérer son pied englué dans une flaque de boue. Elle l'en retira avec un bruit de succion répugnant.

— Mon Dieu, regarde dans quel état je suis, maugréa-t-elle en fixant sa chaussure de marche couverte de gadoue.

L'officier Stacey Chen, qui avait réussi à éviter la flaque grâce à la mésaventure de Paula, fit une grimace de dégoût.

— Est-ce que ç'a pénétré à l'intérieur ?

Paula agita ses orteils.

— Je ne crois pas, répondit-elle avant de repartir sur le vague sentier qu'elles suivaient. Putain d'exercice de cohésion de groupe.

— Au moins toi, tu avais déjà le matériel adéquat. Moi, j'ai dépensé une fortune pour m'équiper. Qui aurait cru qu'une balade en forêt puisse coûter aussi cher ? répliqua Stacey, fatiguée et maussade, en suivant Paula.

Paula gloussa.

— La plupart des gens ne claquent pas d'un seul coup tout leur argent dans une garde-robe de rando intégrale. Regarde-toi, ajouta-t-elle en se tournant légèrement, main tendue vers Stacey qui était équipée de la tête aux pieds de vêtements techniques. La reine du mérinos et du Gore-Tex.

— Quand cette journée sera terminée, tu pourras tout récupérer. Je ne veux plus jamais les porter.

Le sentier débouchait sur un carrefour en forme de T et un chemin plus large.

— De quel côté on va, maintenant ? demanda Stacey.

Paula sortit la carte de sa poche et suivit leur trajet du doigt.

— On va vers le nord.

— Ça ne m'aide pas.

— Regarde les arbres.

— Ce sont des grands trucs en bois. Avec des aiguilles. Qui, contrairement aux aiguilles d'une boussole, ne sont malheureusement pas magnétiques.

Paula secoua la tête, feignant d'être désespérée.

— Observe la mousse. Elle pousse davantage sur la face nord du tronc.

Elle s'approcha d'un des pins sylvestres qui poussaient en bouquet au niveau du croisement.

— Regarde. On voit la différence, dit-elle en pointant vers la gauche. C'est par là qu'on doit aller.

— Comment tu sais ça ?

— De la même façon que tu connais toutes les subtilités du Web. Le besoin de savoir, plus l'expérience. J'ai commencé la rando au moment où tu achetais ton premier ordinateur, probablement, expliqua-t-elle avant de consulter sa montre. On devrait arriver au rendez-vous avec un peu d'avance. C'est bien que tu sois tombée avec moi, tu vas avoir des points bonus pour être arrivée dans les temps.

— Cette journée est insensée. On nous répète sans arrêt qu'il y a une crise budgétaire. Certains types de crimes sont complètement laissés de côté parce qu'on n'a pas suffisamment de moyens. Et on passe notre journée à crapahuter dans les bois au lieu de résoudre des enquêtes. Je ne vois vraiment pas l'intérêt de tout ça, grommela

Stacey alors qu'elles repartaient de nouveau à une allure que Paula jugeait raisonnable.

Pour autant que Stacey puisse en juger, elles avançaient au pas de course.

— Moi non plus. Tout fout l'camp, ma p'tite dame…

— Je ne crois pas que le commandant Rutherford et Carol Jordan aient suivi la même formation. Carol ne nous aurait jamais infligé ça. On n'avait pas besoin de jouer à ces exercices de cohésion de groupe. On était la cohésion de groupe incarnée.

Nul n'aurait pu la contredire. Les membres de la BREP – Brigade régionale des enquêtes prioritaires que la commandante Carol Jordan avait constituée – avaient été soigneusement sélectionnés pour leurs compétences et leur approche singulière de la profession. Mais surtout, ils savaient fonctionner avec les autres. Tant que ces autres appartenaient au même camp qu'eux. À présent, Carol était partie, et la BREP venait seulement d'être exhumée après des mois d'inactivité. À en croire les sources d'information les moins fiables, à savoir les rumeurs et les cancans, cette brigade qui intervenait sur plusieurs secteurs de police était considérée avec le plus grand scepticisme. Ceux qui, à l'origine, y avaient été favorables avaient été échaudés, tandis que les plus prudents étaient devenus, paradoxalement, les plus enthousiastes. S'il devait y avoir des désastres opérationnels, se disaient-ils, mieux valait que quelqu'un d'autre porte le chapeau. Pendant qu'ils tergiversaient, Paula avait été mutée à Bradfield, sa brigade d'origine. On l'avait affectée à une enquête au long cours sur une affaire de trafic d'êtres humains et d'exploitation sexuelle, une opération qui s'était avérée, sur le plan émotionnel, plus éprouvante que tout ce qu'elle avait vécu jusque-là. En étant réintégrée à la BREP, elle avait eu l'impression d'être sauvée.

Stacey avait, elle, été affectée à la Met pour travailler sur la délinquance financière. Le plus difficile dans cette mission avait été de dissimuler toute l'étendue de ses connaissances. Travailler avec Carol Jordan, d'abord à Bradfield puis à la BREP, avait donné à Stacey une liberté absolue pour se promener sur la Toile comme elle le voulait et y faire ce qu'on lui demandait. Elle était passée maîtresse dans l'art de faire valider après coup des opérations dans lesquelles elle n'aurait jamais dû tremper. Tant que le résultat final paraissait irréprochable, Carol la laissait faire.

Il lui avait fallu trois jours pour comprendre que suivre le règlement à la lettre la frustrait. Pis, cela l'ennuyait. Elle avait été forcée de reconnaître qu'en dépit de son approbation apparente des conventions, elle s'identifiait davantage aux rebelles qu'aux redresseurs de torts.

— Le seul point positif de tout ça, c'est que j'ai tellement de disponibilité intellectuelle que j'ai développé une super petite appli qui permet de calculer la dépense calorique liée à nos frappes sur un clavier d'ordinateur, avait-elle un jour confié à Paula pendant qu'elles partageaient un repas chinois à emporter à Bradfield.

— Pourquoi est-ce que quelqu'un voudrait savoir ça ?

Perplexe, Paula avait froncé les sourcils tout en piquant un ravioli à l'aide de ses baguettes.

— Les accros au sport et aux régimes veulent *tout* savoir. Crois-moi, ils ont élevé le narcissisme à un niveau supérieur. Faut bien faire tourner le business, Paula. C'est un monde de requins. Si tu arrêtes d'avancer, tu meurs.

Manière furtive de rappeler que le salaire de policière de Stacey ne constituait qu'une fraction de ses revenus. Elle avait mis au point son premier programme commercial avant même d'être diplômée et développé depuis son entreprise, discrètement mais avec succès. Voilà pourquoi elle pouvait se permettre d'être la policière la mieux habillée du nord de l'Angleterre. Ses vêtements en mérinos et Gore-Tex n'étaient qu'une bagatelle au vu de son compte en banque.

Elle avança à la hauteur de Paula.

— Je vais devoir redoubler de vigilance avec mon entreprise, maintenant, maugréa-t-elle.

— Tu as peur que Rutherford n'apprenne son existence ?

— Ce n'est pas exactement un secret. Mais il est tellement à cheval sur le règlement que je ne l'imagine pas jouer les ignorants.

— Tu gères ta boîte pendant ton temps libre. Il n'y a pas de conflit d'intérêts.

Stacey haussa les épaules.

— Il pourrait me reprocher d'utiliser des connaissances et des compétences acquises grâce à mon métier.

— J'aurais plutôt pensé que le transfert de connaissances s'effectuait dans l'autre sens. Mais ce ne serait pas la fin du monde si tu devais démissionner, si ?

— Je ne m'ennuierais pas, c'est certain. Il y a quantité de défis à relever pour m'occuper. Mais ce boulot me manquerait vraiment, reconnut-elle en lançant un regard en biais à son amie. Je n'ai jamais dit ça à personne. Mais ce que j'adore, c'est qu'être flic légitime le fait de fouiner dans la vie des gens. Je sais que je dépasse les bornes en permanence et, en théorie, je pourrais continuer à le faire même si je ne travaillais plus pour la police. Toutes mes portes dérobées sont encore ouvertes. Mais je n'aurais plus aucune raison valable.

Elle lâcha un petit rire.

— Ça paraît dingue, mais c'est mon éducation, j'imagine. Les valeurs traditionnelles chinoises. Ou quelque chose dans ce genre-là.

— Ça me semble sensé. Restons donc prudentes tant qu'on ne connaît pas très bien le commandant. On sait toutes les deux qu'il y a souvent un fossé entre ce que disent les chefs et ce qu'ils font. Quand on sera lancés, il fermera peut-être les yeux sur tes activités, comme Carol.

— Tu as eu des nouvelles d'elle, récemment ?

Stacey fouilla dans une de ses poches dont elle sortit une barre de chocolat artisanal. Elle en cassa deux carrés et en tendit un à Paula.

— *Miam*, gingembre, approuva cette dernière. J'essaie de lui rendre visite toutes les deux semaines. Juste pour voir comment elle va. J'ai l'impression d'être en mission diplomatique entre la Corée du Nord et la Corée du Sud. Je rends visite à Tony en prison, puis à Carol dans un autre type de prison.

— Il refuse toujours de la voir ?

— Il est convaincu qu'elle souffre du syndrome de stress post-traumatique. Ce qui, franchement, est une évidence. Il lui a dit : pas de visite tant qu'elle ne se fait pas soigner.

— Et c'est ce qu'elle fait ?

Paula éclata de rire.

— Tu imagines poser cette question à Carol Jordan ? « Alors, chef, comment ça va, le stress post-traumatique ? Ça y est, on suit une thérapie ? » Je m'y vois bien...

— On peut quand même lire entre les lignes. Tu crois qu'elle avance ?

— Elle ne boit pas. Ce qui est incroyable, tout bien considéré. Mais en ce qui concerne le reste...

Paula fut coupée par un bref cri perçant en provenance du bois, à l'ouest.

— C'était quoi, ça ? s'exclama-t-elle.

Un deuxième hurlement indistinct s'ensuivit, interrompu brusquement. Puis un bruit de piétinement dans le sous-bois. Paula s'élança entre les arbres, dans ce qu'elle pensait être la bonne direction. Moins habituée à l'action de terrain, Stacey hésita un instant puis lui emboîta le pas, l'air résigné.

Paula continuait à courir, s'interrompant brièvement pour s'assurer qu'elle se dirigeait bien vers ce qui ressemblait à une bruyante course-poursuite. Elle modifia sa direction avant de repartir de plus belle. Quand les bruits cessèrent d'un coup, Paula s'immobilisa, levant une main pour stopper Stacey. Puis elle progressa aussi furtivement que possible. En moins d'une minute, elle gagna l'orée d'une clairière.

À quelques mètres de là, une jeune femme en tenue de jogging était maintenue contre un arbre par un homme corpulent vêtu d'un jean et d'un sweat à capuche. Il avait un couteau dans la main droite, pressé contre la gorge de sa victime.

# 3

> *Personne n'est immunisé contre le traumatisme. Certains d'entre nous semblent faire fi des épreuves que la vie leur envoie ; c'est une illusion, dont les origines remontent loin dans leur passé sous forme d'horreurs non résolues. Quand elle travaillait à l'hôpital psychiatrique sécurisé de Broadmoor, le Dr Gwen Adshead avait l'habitude de dire : « Nos patients arrivent chez nous car ils sont victimes de désastres. Mais ces gens sont leurs propres désastres. » Même les actes des psychopathes sont définis par des traumas personnels...*
>
> *Décrypter les crimes*, Dr Tony Hill

Bien qu'elle l'ait programmée dans son GPS, Carol Jordan avait eu du mal à trouver l'adresse de Melissa Rintoul. Elle ne s'était rendue à Édimbourg que deux fois auparavant, et avait un vague souvenir de New Town, ses rues larges, ses hauts bâtiments géorgiens et ses jardins privés fermés par le genre de clôtures en fer destinées à empaler les intrus. Mais derrière ces façades sévères se cachaient apparemment des labyrinthes de petites allées et de ruelles où les anciens hangars à calèches avaient été transformés en appartements coquets. Ou bien ils abritaient de petites entreprises comme celle que cherchait Carol.

Elle avait trouvé une place de parking hors de prix pour sa Land Rover à quelques rues de là et passa la demi-heure qui la séparait de son rendez-vous à arpenter le quartier. Ces temps-ci, elle aimait se familiariser avec les différentes échappatoires potentielles. Plus jamais elle ne voulait être acculée.

Melissa Rintoul travaillait dans un cottage de deux étages situé dans une jolie allée pavée perçant une trouée entre deux immeubles d'habitation. Des pots de lavande, de romarin et d'hortensias étaient alignés le long de l'étroit trottoir, forçant les piétons à mettre un pied dans le caniveau. Carol faillit manquer la plaque discrète qui signalait le Centre du mieux-être, coincé entre un podologue et une boutique de lampes fabriquées à partir d'engins industriels recyclés.

Il n'était pas trop tard. Elle n'était pas obligée de faire ça. Elle pouvait continuer à porter ses fardeaux. Après tout, elle survivait. Mais la voix qui résonnait dans son esprit, et qu'elle connaissait aussi bien que la sienne, ne l'acceptait pas. « Survivre, ce n'est pas suffisant. » La dernière fois qu'elle avait parlé à Tony Hill en personne, c'était ce qu'il avait dit. Ensuite, il avait ajouté : « Les gens qui se soucient de toi ont envie que tu croques la vie à pleines dents. Survivre, ça ne devrait pas te satisfaire. » Les paroles résonnèrent dans sa tête, plus fort que ses doutes.

Carol prit donc une profonde inspiration et ouvrit la porte. Une femme d'une vingtaine d'années vêtue de ce qui ressemblait à une tenue de yoga était assise à une petite table dans le coin d'un minuscule hall d'accueil. Face à elle étaient disposés deux fauteuils à l'air confortable. Elle leva les yeux de son ordinateur portable en souriant.

— Bonjour, bienvenue au Centre du mieux-être. En quoi puis-je vous aider ?

Carol lutta contre une forte envie de fuir en courant.

— J'ai rendez-vous avec Melissa Rintoul.

Nouveau sourire.

— Vous devez être Carol ?

— Oui, ça doit être moi, répondit-elle en esquissant un sourire las. Je n'ai pas le choix.

Un haussement de sourcils. Dans un mouvement fluide, la femme se leva pour aller frapper à une porte proche de la table.

— Carol est là, annonça-t-elle.

La réponse fut étouffée, mais elle ouvrit la porte en grand avec un sourire encore plus grand.

— Melissa vous attend.

La pièce où pénétra Carol était peinte en vert sauge pâle et le sol couvert d'une moquette un peu plus sombre. Deux généreux fauteuils se faisaient face devant une cheminée à gaz minimaliste dont les flammes tremblotaient derrière une vitre fumée. La femme qui se leva de la banquette en tissu postée sous la fenêtre dégageait un calme serein. Habituée à observer les gens comme si elle pouvait être amenée plus tard à fournir une description à la police, Carol eut du mal à isoler un détail en particulier. La caractéristique la plus singulière de Melissa Rintoul était ses cheveux bouclés couleur cuivre coupés au carré à hauteur des épaules, mais inexplicablement, les traits de son visage étaient plus difficiles à identifier. Elle donnait une impression générale de placidité. Toutefois, elle ne dégageait rien de bovin ni de quelconque. Elle traversa la pièce et prit la main droite de Carol dans les siennes.

— Venez vous asseoir, proposa-t-elle.

Sa voix était grave et chaude, son accent légèrement écossais.

Les deux femmes s'installèrent face à face. Melissa soutenait le regard de Carol sans se défiler.

— Est-ce que je peux vous demander comment vous avez entendu parler de nous ?

Carol fouilla dans sa besace en toile et en sortit un flyer écorné.

— J'ai pris ça dans la salle d'attente de mon ostéopathe. Je me suis dit que ça valait le coup d'essayer.

— Je peux vous demander ce que vous attendez de notre rendez-vous ?

Carol inspira profondément par le nez.

— Aller mieux.

Une longue pause, que Melissa ne tenta nullement d'abréger.

— Je pense que je souffre de stress post-traumatique.

— Je vois. Est-ce que vous avez eu un diagnostic formel de ce syndrome ?

— C'est compliqué.

Nouvelle pause. Carol savait qu'elle n'avait pas d'autre choix que de s'expliquer ; c'était inévitable, mais ça ne rendait pas la chose plus aisée.

— Je suis un ancien officier de police. J'étais à la tête d'une brigade criminelle. Mon collègue le plus proche à l'époque était psychologue clinicien. C'était aussi, probablement, mon meilleur ami. Il a travaillé avec nous pendant des années en tant que profileur criminel. Nous avons traité les crimes les plus graves que vous puissiez imaginer.

Elle soupira et s'interrompit.

— C'est un bon début, commenta Melissa. Je ne cherche pas à connaître les détails de votre métier. Tout ce que j'aimerais savoir, c'est ce qui vous a amenée ici.

Carol savait qu'elle aurait dû parler davantage à Melissa de cette journée catastrophique qui s'était soldée par l'arrestation de Tony et sa propre disgrâce. Mais sa honte la réduisait au silence. Elle n'était pas prête à se dévoiler entièrement. Au lieu de quoi, elle reprit :

— D'après lui, je souffre du syndrome de stress post-traumatique. Je ne voulais pas l'admettre à l'époque, mais maintenant je l'ai accepté. J'avais un problème d'alcool. Une addiction. Il m'a aidée à m'en défaire. Je ne bois plus.

À chaque phrase, elle avait la sensation de pousser une porte fermée.

— Depuis combien de temps êtes-vous sobre ?

— Bientôt seize mois, répondit-elle avec un sourire plein d'ironie. Je pourrais vous dire la date exacte au jour près, mais j'aurais l'air un peu désespéré.

Melissa sourit.

— Vous êtes la seule à vous juger, ici. Je suis contente pour vous que vous vous en sortiez si bien dans cette tâche toujours difficile. En dehors de ce problème d'addiction, est-ce qu'il vous a donné d'autres raisons expliquant ses conclusions ?

Carol regarda par la fenêtre derrière Melissa. Un fin rideau camouflait les détails, mais elle avait l'impression d'entrevoir un arbre dont les feuilles tremblaient doucement dans le vent. En tout cas, c'était ce qu'elle avait envie d'imaginer. Elle ferma les yeux un instant et répondit :

— Prise de risque. Imprudence. Agressivité. Je mettais des gens en danger, et moi aussi.

— Alors qu'avez-vous fait pour changer ces comportements ?

Carol passa les doigts dans son épaisse chevelure blonde.

— Rien. Au début, je n'ai rien fait. Et puis tout a merdé. J'ai... j'ai fait quelque chose qui a eu des conséquences terribles.

Elle était le plus près possible de la confession.

— C'est la raison pour laquelle vous n'êtes plus policière ?

— On m'a demandé de démissionner avant qu'on ait à me virer. Je me suis exécutée. Et malgré tout, je n'ai rien fait pour changer.

Carol ne savait pas exactement comment se débrouillait Melissa, mais elle semblait irradier une sorte de compassion qui vous soutenait. Peu à peu, parler devenait plus facile. La raideur de sa mâchoire et de sa nuque étaient désormais moins perceptibles.

— Mais quelque chose est venu modifier cela ?

Carol sentit sa gorge se serrer, comme si elle s'apprêtait à fondre en larmes. Elle était scandalisée. Confrontée à l'absence de Tony dans sa vie, elle n'avait pas réussi à pleurer et elle avait enduré une souffrance constante, une douleur physique dans la poitrine depuis des mois. Mais cinq minutes dans le bureau de cette inconnue, et le barrage retenant ses émotions menaçait de s'effondrer. Elle se racla bruyamment la gorge et répondit :

— Il a refusé de me voir tant que je ne me ferais pas aider. Il m'a dit qu'il m'aimait, et après ça il a refusé de me voir.

Ce n'était pas ce qu'elle avait prévu de dire. Absolument pas.

Melissa hocha la tête.

— Je comprends en quoi ç'a pu vous pousser à chercher de l'aide. Est-ce que vous vous êtes tournée vers d'autres, avant nous ? Je pose la question parce que notre chemin vers le mieux-être n'est pas le plus conventionnel et, en général, les gens nous consultent quand des méthodes plus traditionnelles n'ont pas fonctionné pour eux.

Carol hocha la tête, encore secouée par son moment de révélation.

— J'ai consulté un thérapeute.

L'image de Jacob Gold apparut dans sa tête. C'était à lui que s'était confié Tony pendant des années, quand il avait besoin d'une aide professionnelle. Sans aucun doute, Jacob était compétent, mais il ne lui convenait absolument pas. Elle ne voulait pas qu'il pénètre dans sa tête.

— Plus d'un, en fait. Mais je suis, par nature, assez réservée. Pendant des années, j'ai exercé un métier où la confidentialité est de mise. Je n'ai jamais eu l'habitude de m'épancher sur mes problèmes, et je ne pouvais pas me mettre à parler comme ça, tout simplement. En plus...

Elle se ressaisit.

— En plus... ?

Carol secoua la tête.

— Rien.
— En plus, vous étiez plus intelligente ?
Carol écarquilla les yeux, surprise.
— Je n'ai pas dit ça.
— Non. J'ai formulé une supposition et vous l'avez confirmée.
Carol se retint de rire.
— J'avais une lieutenante comme vous. La meilleure que j'aie vue pendant les interrogatoires.
Melissa hocha la tête.
— Merci. Carol, je ne vais pas vous demander quelles circonstances particulières vous ont menée jusqu'à nous. Je n'ai pas besoin de le savoir. Ce qu'on fait ici n'implique pas la parole. Nous proposons une méthode de traitement centrée sur le travail du corps. Est-ce que vous voulez que je vous explique ? Ensuite, vous pourrez décider si cela vous convient.

Carol se sentait en sécurité comme cela ne lui était pas arrivé depuis très longtemps. C'était un sentiment qu'elle avait craint de ne plus jamais éprouver.

— Oui. S'il vous plaît.
— Est-ce que vous savez ce que sont les fascias ?

Carol secoua la tête.

— On dirait un nom de plante, mais j'imagine que vous n'allez pas me parler de jardinage.
— En effet. Les fascias sont des membranes internes du corps. Ce sont de longues bandes enveloppantes qui s'étirent dans tout l'organisme. Ils relient et protègent les muscles ainsi que les organes internes. C'est comme une toile d'araignée qui assure le bon fonctionnement de l'ensemble. Quand on est stressé ou

traumatisé, quand l'adrénaline monte en cas d'agression, notre organisme, une fois le danger ou la peur passés, est censé revenir à un état de repos. Imaginez que c'est comme quand vous enterrez des câbles électriques pour plus de sécurité. Mais il arrive que notre réflexe en cas d'agression soit exagéré, si bien qu'on monte en puissance jusqu'à atteindre la tétanie et la dissociation. Cette réaction est tellement intense qu'on ne parvient pas à canaliser l'électricité et qu'on ne redescend pas jusqu'à l'état de repos et la détente de la conscience. Jusque-là, vous me suivez ?

— Je comprends ce que vous dites, oui.

Melissa sourit.

— Bien. En réalité, nous avons deux cerveaux. Le cerveau conscient qui contrôle nos pensées et nos actions. Il comprend l'existence du passé et du futur, il est toujours occupé à envoyer des messages neurologiques dans tous les sens, dont nous ne sommes, pour la plupart, pas conscients. Derrière lui se trouve notre cerveau inconscient. C'est un vestige de notre passé reptilien et il s'occupe uniquement de notre survie. Il est branché sur les cinq sens mais comprend uniquement l'immédiat. Il vit au présent. Il sait quand le cycle de l'adrénaline est terminé. Mais si ce cycle ne se termine pas, si nous nous accrochons au stress et au trauma, alors le cerveau de survie pense que ça continue. Il tourne en boucle, il ressasse. Est-ce que vous avez des flash-backs, Carol ?

Elle hocha la tête, pas suffisamment confiante pour parler.

— La thérapie traditionnelle par la parole peut utiliser ces flash-backs comme points d'accès à l'état traumatique, et pour certaines personnes, c'est efficace. Mais pour d'autres, raconter cette histoire peut conduire à un état dysfonctionnel au niveau du cerveau de survie. Donc notre rôle, c'est de convaincre les fascias de relâcher le stress qu'ils ont accumulé afin que l'électricité puisse se canaliser d'elle-même.

— À vous écouter, ça paraît très simple. Si c'est aussi accessible, pourquoi tout le monde ne le fait pas ?

Le sourire de Melissa demeura chaleureux.

— Je comprends votre résistance. Vous êtes prise dans la boucle et, au fond de vous, vous craignez que tout n'empire. Si tout le monde ne le fait pas, c'est essentiellement parce qu'il y a toujours eu une opposition aux formes de traitement alternatives. L'industrie médicale a beaucoup investi pour maintenir la façon dont elle a toujours procédé. Tout ce que je peux vous dire pour vous rassurer, c'est que notre technique s'appuie sur de nombreuses recherches et qu'elle est approuvée par des institutions comme l'Organisation mondiale de la santé. Cela fait cinq ans maintenant que je la pratique et j'ai un taux de réussite auprès de mes patients qui se situe entre soixante-quinze et quatre-vingts pour cent. Cela étant, ça ne fonctionne pas pour tout le monde. Je ne vais pas prétendre le contraire.

— Alors comment ça marche ? Est-ce que c'est un genre de technique de massage ? Est-ce que vous allez faire disparaître mon stress en me pétrissant ?

Carol perçut la note de défi dans sa propre voix. *Ça doit être mon cerveau reptilien.*

— Non. Je crois que, tout comme notre corps guérit de traumatismes physiques, notre esprit peut guérir du trauma psychologique. Nous allons commencer par de tout petits mouvements d'yeux que vous pourrez répéter jusqu'à cent fois par jour. Pour dire à votre cerveau que ce n'est pas dangereux de regarder. On appelle ça l'EMDR (*Eye Movement Desensitisation and Reprocessing*). Je ne vais pas vous ennuyer avec la théorie. On trouve beaucoup d'informations sur Internet. Le principe, c'est que cela va vous aider à reprogrammer vos réactions face aux événements qui vous ont traumatisée. Vous pourrez revivre ce qui s'est passé sur un mode qui cesse de vous piéger dans la boucle incessante du trauma.

Melissa montra ce qu'elle voulait dire. Cela paraissait facile jusqu'à ce que Carol essaie de le reproduire plusieurs fois de suite. Après une dizaine de clignements d'yeux, elle se sentit barbouillée.

— Ça va devenir plus confortable, c'est promis, commenta Melissa.

La thérapeute lui montra quelques autres exercices. Pousser lentement et avec détermination les bras dans un mouvement semblable à celui de la brasse contre une résistance imaginaire. Piétiner sur place le plus vite possible pendant de brèves séries. En position assise, pieds au sol, et simuler les mouvements de la course. Carol l'imitait, acceptant corrections et ajustements. Après moins d'un quart d'heure, son cœur battait la chamade et elle se sentait légèrement nauséeuse.

— Vous vous en sortez très bien, dit Melissa. Je veux que vous fassiez ces exercices tous les jours. De petites séries de répétitions aussi souvent que possible, tant que ça reste confortable.

Au fil des jours, ça devrait devenir plus facile et vous devriez pouvoir augmenter les répétitions. Je recommande une série de huit sessions, pour que nous puissions mesurer les changements. J'aimerais vous revoir dans deux semaines. Est-ce que c'est possible ?

Carol se leva.

— Je serai là. Je ne veux plus me sentir mal.

— Et j'imagine que vous aimeriez renouer le contact avec votre ami. C'est un objectif qui vaut le coup.

— Ça, je n'arrive pas encore à y penser.

— Est-ce que vous rentrez à Bradfield directement ?

Carol hocha la tête.

— En voiture ?

— Oui, je suis garée à quelques rues d'ici.

— Ne reprenez pas le volant immédiatement. Il y a un joli petit café au bout de l'allée. Allez vous installer, prenez un thé et un scone. Respirez. Il est possible que vous ayez une réaction émotionnelle puissante après cette séance, alors soyez indulgente envers vous-même.

Melissa se leva et posa la main sur le bras de Carol.

— Félicitations pour être venue ici aujourd'hui. Ce n'était pas une décision facile à prendre. Prenez soin de vous.

— Merci.

Légèrement étourdie, Carol sortit dans l'allée. Pendant la séance, le temps avait changé. Un grand rayon de soleil éclairait la ruelle. Elle se sentit tout de suite mieux.

— Oh bon sang ! maugréa-t-elle contre elle-même en se dirigeant vers le café. C'est juste un effet de la météo.

Et pourtant, elle ne pouvait pas nier qu'elle ressentait une lueur d'espoir. Peut-être avait-elle réellement fait le premier pas vers la reconquête d'elle-même.

# 4

> *Nous traitons volontiers la violence extrême et répétée comme un symptôme de maladie mentale. De là à considérer que le crime le plus violent témoigne d'un esprit malade, il n'y a qu'un pas. Si nous modifions nos comportements, nous changerons peut-être les conséquences de nos actions.*
>
> Décrypter les crimes, Dr Tony Hill

Tony s'aperçut qu'oublier Vanessa était plus facile en théorie qu'en pratique. Une vague anxiété pesait sur ses pensées, ce qui le rendait nerveux alors qu'il avait besoin d'être en pleine possession de lui-même. Ce qu'il s'apprêtait à tenter pouvait déterminer l'ambiance du reste de son incarcération. L'influence de Druse avait fait baisser le niveau de peur ; mais Tony voulait augmenter le niveau de respect. Le seul problème était de trouver comment.

Il avait découvert la réponse quelques jours après son transfert à la prison de Doniston, un établissement pénitentiaire de catégorie C où il terminerait probablement de purger sa peine.

L'atmosphère était moins néfaste qu'en détention provisoire, mais il n'y avait aucun doute sur le type d'institution dans lequel il se trouvait.

Aucun amateur de séries policières n'aurait été surpris par l'agencement de Doniston. Deux séries de cellules se faisaient face, séparées par un couloir le long de chaque aile et un grand vide au milieu, où s'élevait l'escalier reliant les étages entre eux. Au rez-de-chaussée se trouvaient deux tables de billard et de ping-pong. Les murs étaient en brique, couverts de plusieurs couches de peinture grise institutionnelle, les portes des cellules légèrement en retrait, suffisamment pour qu'un homme s'y glisse et reste invisible à ceux qui parcouraient le quartier. Une méthode efficace pour semer la terreur consistait à attendre que la cible arrive à votre hauteur puis de bondir devant elle avec un affreux rictus. Aucune agression n'était nécessaire ; le choc et la peur suffisaient à provoquer la réaction escomptée.

La cellule de Tony était identique à toutes celles qu'il avait aperçues en parcourant nerveusement les couloirs, les bras chargés de draps, de vêtements de rechange, d'un carton de livres et de son précieux ordinateur portable. Il avait été la principale attraction ce matin-là. Les autres détenus s'étaient penchés aux portes, lançant des questions et des sifflements incompréhensibles sur son passage.

Il avait été soulagé de pénétrer dans sa cellule. À première vue, elle semblait en bon état, avec seulement de petites traces et éraflures sur les murs peints en blanc cassé. Un lit étroit, une bibliothèque d'angle dotée de trois petites étagères, une minuscule table vissée au sol et une chaise en plastique. Une enceinte radio fixée au mur au-dessus du lit. Près de la porte, des toilettes et un lavabo en acier séparés du reste de la pièce par une cloison de briques peinte.

— Tu peux accrocher des trucs au mur avec de la Patafix. Pour égayer un peu. Y en a à la boutique, l'informa l'officier qui l'escortait.

Quelques photos ne suffiraient pas à égayer cette cellule spartiate, songea Tony. La fenêtre, constituée d'une douzaine de briques de verre, donnait sur un morceau de toit et un champ cultivé derrière le mur d'enceinte. Un aperçu du monde extérieur et de ce qu'il avait perdu.

Une fois seul, il avait allumé la radio par curiosité. Il comprit vite qu'elle diffusait l'interview par un détenu d'un poète qui organisait un atelier dans la bibliothèque de la prison cet après-midi-là. Il s'avéra qu'il écoutait « Radio Pris'Ondes », une station gérée par des prisonniers. Apparemment, le mercredi était la Journée du renouveau, consacrée à la créativité et aux opportunités éducatives. Il apparaissait clairement que, malgré les ressources officielles limitées, les détenus s'étaient appuyés sur leurs compétences individuelles pour élargir leur champ d'action qui allait de la plomberie à la cuisine. Tandis qu'il écoutait, Tony sentit naître un début de perspective.

Il savait qu'il ne pouvait pas débarquer à la station sans recommandation. Après avoir passé quelques jours à questionner les individus les moins hostiles à la cantine et à la bibliothèque, il avait fini par tomber sur Kieran, un jeune de vingt-sept ans condamné à une peine de trois ans pour, selon ses mots : « un paquet de cambriolages ».

Tony se demandait comment il avait contacté la station.

— J'aimais bien écouter Pris'Ondes, mais je trouvais que leur émission de fitness était beaucoup trop spécialisée. J'aime bien rester en forme, mais ils ne faisaient que de parler de l'équipement de la salle de gym. Et cet équipement, d'abord il est pas terrible, mais surtout, il n'y en a pas assez pour tout le monde. Et puis, y a beaucoup de gars qui sont pas très sportifs et ils ont pas envie d'aller s'entraîner aux côtés des purs et durs, lui expliqua Kieran. En plus de ça, faut ajouter les petits chefs avec leurs sous-fifres qui pensent que la salle de sport leur appartient.

Tony n'avait pas besoin de toutes ces informations, mais il connaissait mieux que d'autres l'importance de laisser les gens parler.

— Je vois ce que tu veux dire. Je me sentirais complètement nul à côté de la moitié des gars, là-bas.

— Ouais, c'est sûr. Alors j'ai mis au point une routine fitness qu'on peut suivre dans sa cellule. Des exercices simples et efficaces d'étirements et de renforcement, en multipliant les répétitions pour construire du muscle. Pour s'étoffer un peu, ajouta-t-il en tendant la main afin de tâter le biceps de Tony. T'en aurais besoin, Tony.

Il gloussa et fit rouler ses épaules, pour montrer sa propre musculature.

— J'essaierai. Alors tu es juste allé là-bas et tu as proposé ton programme ?

Kieran hocha la tête.

— Les gars m'ont fait faire un essai, ils ont suggéré quelques trucs et puis ils m'ont donné un créneau de dix minutes par semaine. Ç'a plu aux gens, donc maintenant j'ai quinze minutes trois fois par semaine. J'ai dû apprendre plein de choses, genre tout le côté technique comme les ingénieurs du son de la BBC. Pourquoi ça t'intéresse à ce point ? Tu veux nous parler des tueurs en série que t'as coincés ? Nous expliquer les coulisses ? Du style *Faites entrer l'accusé* ?

— Tout ça, c'est de l'histoire ancienne pour moi maintenant. Je n'aurai plus jamais l'occasion de collaborer à une enquête criminelle.

Kieran ricana.

— Pas maintenant que t'es passé de l'autre côté. Mais je suis sûr que t'as de sacrées histoires à raconter.

— Je pensais à quelque chose d'un peu différent. Tu veux remettre les gens en forme. Moi je veux leur proposer de changer leur vie d'une autre façon. Est-ce que tu peux me présenter aux mecs de la radio ?

— Bien sûr. Viens avec moi mercredi matin à l'heure de mon émission. C'est le meilleur moment, on est plusieurs ce jour-là pour planifier le reste de la semaine.

Le mercredi, il se retrouva adossé à un mur dans une petite pièce bondée encombrée d'équipement radio, avec une demi-douzaine de types qui semblaient avoir été piochés au hasard dans une tribune lors d'un match du Bradfield Victoria. Et pas seulement parce qu'ils étaient tous blancs, ce qui contrastait fortement avec la population générale de la prison. Deux d'entre eux avaient le crâne rasé, les bras ornés de tatouages qui s'étendaient jusque dans le cou. Un autre ressemblait à un prof de sciences, lunettes glissant sur le nez, tripotant un tournevis et un câble quelconque. Un autre encore, la trentaine, coupe de cheveux soignée, regard vigilant, épaules larges et bedaine naissante, n'aurait pas détonné à la cantine du commissariat de Bradfield. Kieran présenta Tony à celui qui était clairement en charge des opérations.

— Spoony, voici Tony. Il est...

— Ouais, je sais. On n'a pas de divan ici, doc. Et le système nous a déjà analysés et rejetés. Alors, qu'est-ce que tu nous veux ?

Spoony inclina la tête de côté, ce qui fit saillir les tendons de son cou. Il était grand et mince, ses bras dépassaient de son tee-shirt semblables à un croquis d'anatomie : ici un muscle, là un tendon, et là une veine. Son visage rappelait à Tony un oiseau tropical ; de grands yeux, un nez crochu, une petite bouche et un menton rentré.

— Je voudrais proposer une émission.

Spoony éclata de rire. Les deux chauves firent de même en croisant les bras. Tels Dupond et Dupont.

— Comme ça, d'un coup ? Tu te crois spécial, juste parce que tu t'es fait un nom quand t'étais dehors ?

Spoony se détourna et fit mine de tripoter quelque chose sur l'un des moniteurs. L'imitant, les autres s'affairèrent avec leurs blocs-notes et leurs écrans.

— Inutile de faire comme si je n'avais aucune compétence, dit Tony. Ce serait vraiment stupide de faire croire que je suis juste un gars comme les autres. J'ai écouté Pris'Ondes, et il est clair que vous n'êtes pas stupides non plus. Sans vouloir me vanter, je peux vous proposer une émission qui ferait une différence dans la vie des gens. Peut-être les aider à ne pas revenir ici.

Spoony s'immobilisa.

— Tu crois vraiment ça ? T'es là depuis, quoi, cinq minutes ? Et tu crois que tu peux tout réparer ? Tu te prends pour une putain de Reine des neiges ou quoi ?

— Je ne comprends même pas la référence, répliqua Tony. Tout ce que je sais, c'est que j'ai quelques idées qui, à mon avis, valent le coup d'être essayées.

Il sortit un petit carnet de sa poche. Un autre cadeau de la part de personnes qui, dans le système judiciaire, savaient qu'il savait dans quels placards étaient planqués les cadavres.

— J'ai gribouillé une dizaine de minutes. Juste pour vous donner une idée.

Sans se lever, Spoony pivota et se pencha sur le côté afin de s'adresser à Kieran, qui était derrière Tony.

— T'as bien fait de l'amener. On est vraiment en manque de programmes comiques.

Le geek muni d'un tournevis leva les yeux.

— On risque rien à lui donner une chance.

À en juger par l'expression de surprise qui se peignit sur le visage des autres, il n'avait pas l'habitude d'exprimer une opinion.

Spoony poussa un soupir bruyant.

— Allez, viens, dit-il en indiquant de la tête une chaise devant laquelle trônait un micro recouvert de mousse. Pose ton cul et montre-nous ça.

Tony obéit et se faufila entre Dupond et Dupont pour gagner la chaise. Il se racla la gorge.

— Je suis le détenu immatriculé BV8573. Je suis également psychologue clinicien, et je m'appelle Tony Hill. J'ai passé les vingt-cinq dernières années à travailler avec des gens comme vous et moi, à essayer de comprendre pourquoi tout a déraillé pour nous.

Il leva la tête de ses notes. Spoony était calé dans son siège, mains croisées derrière la tête, yeux tournés vers le plafond.

— Je ne crois pas que les gens naissent mauvais. Je crois qu'on se retrouve du mauvais côté de la loi pour tout un tas de raisons et la plupart ne dépendent pas de nous. Je l'ai déjà dit et je vais sans doute le redire : la société récolte les crimes qu'elle mérite. Bâtissez une société sur la cupidité, par exemple, et le vol deviendra votre crime par défaut. Transformez le sexe en produit de consommation et bingo, les crimes sexuels se multiplient comme des têtards. Alors si telle est la cause du crime, en toute logique la solution doit être à notre portée. Si on change le scénario de l'existence des gens, alors nous devons être capables de modifier leur destin, non ? Je veux vous parler des façons dont nous pouvons changer notre scénario. Et le premier thème qu'il faut aborder, c'est la peur. Parce que ici, nous avons tous peur.

Soudain, Spoony bondit sur ses pieds.

— OK, ça ira. T'as des couilles, on peut te le reconnaître, doc. Venir ici et dire qu'on a tous la trouille.

Tony soupira et se leva.

— OK, j'ai compris le message. Je vais foutre le camp, retourner dans ma cellule et oublier que j'ai voulu être la star de la prison de Doniston.

— Qu'est-ce que tu racontes ? fit Spoony menton en avant, suintant l'agressivité.

Il arracha le bloc-notes des mains de l'un des chauves. Il fit glisser son doigt sur la page.

— Ouais. On va raccourcir les cathos à une demi-heure le vendredi. T'as quinze minutes par semaine pour un mois, doc. Si ça marche, ce sera ton créneau. Maintenant casse-toi, on a des émissions à produire.

Tandis qu'il gagnait la sortie, Tony entendit la conclusion de Spoony :

— T'as pas intérêt à me décevoir, doc. Druse impressionne pas les gens que je connais.

En un instant, son niveau de peur grimpa en flèche. *Ici, la sécurité n'existe pas.*

## 5

> *Chaque scène de crime possède son escorte de spécialistes : officiers de police, médecins, photographes, techniciens médico-légaux, profileurs. Une scène de crime s'apparente à un livre : nous ne le lisons pas tous de la même façon, nous en retenons des messages différents, y entendons d'autres échos. Chaque spécialiste décrypte la scène à sa manière. Quand nous mettons nos idées en commun, cela ressemble à un congrès consacré au défunt.*
>
> *Décrypter les crimes*, Dr Tony Hill

Prudente, Paula avança d'un pas.

— C'est le moment de baisser ce couteau, dit-elle sur un ton léger. Il y a de meilleures façons de régler la situation.

L'homme sursauta et lança un rapide coup d'œil derrière son épaule. Mais il ne relâcha pas son étreinte sur la femme et n'éloigna pas son arme.

— Laissez-la partir. Vous pouvez vous en sortir, poursuivit Paula, immobile, d'un ton posé. C'est la seule façon de vous en tirer.

— C'est plutôt *vous* qui devriez vous tirer. Ça vous regarde pas.

Sa voix était moins assurée que ses paroles. La femme gigota et il se détourna de Paula pour s'appuyer plus fort sur elle.

Paula puisait dans son expérience pour trouver les mots justes.

— Si vous ne vous arrêtez pas maintenant, c'est votre vie qui va se terminer ici, dit-elle doucement. Il n'y aura pas de retour en arrière. Je ne crois pas que c'est ce que vous voulez. Comment vous vous appelez ? Moi c'est Paula.

Il tourna brusquement la tête vers elle.

— C'est quoi votre problème ? Vous vous prenez pour qui ?

— Je suis juste quelqu'un qui regrette de voir un homme gâcher sa vie.

— On dirait un flic, putain ! s'exclama-t-il, l'indignation audible dans sa voix. Y a qu'un putain de flic pour parler comme ça.

Tout à coup, il lâcha la femme et s'élança à travers la clairière en direction de Paula, couteau pointé en avant. La femme s'enfuit en trébuchant dans la direction opposée.

— Stacey, rattrape-la ! cria Paula sans quitter l'homme des yeux.

En approchant d'elle, il recula sa main qui tenait l'arme, prêt à l'attaque. Elle attendit le tout dernier moment avant de faire un habile pas de côté, en tendant une jambe pour lui donner un coup de pied.

Elle avait visé le genou et au cri qu'il poussa en s'effondrant sur le sol, elle sut qu'elle l'avait touché. Elle pivota sur un pied, appuya l'autre sur sa main armée puis se laissa tomber de tout son poids sur le dos de l'homme. Il poussait des hurlements de douleur incompréhensibles mais elle n'y prêta pas attention. Paula lui attrapa le bras droit et le lui tordit dans le dos avant d'attraper dans sa poche, de sa main disponible, la paire de menottes en plastique qu'elle transportait toujours avec elle. Il lui fallut moins d'une minute pour l'attacher et lui dicter ses droits. Elle le remit debout en le tirant par les menottes pour plus de facilité et il glapit quand son genou dut supporter son poids.

— C'est pas votre journée, n'est-ce pas ? dit-elle hors d'haleine en cherchant du regard Stacey et la femme à travers les arbres.

— Vous êtes complètement cinglée, explosa l'homme. Je suis flic, bon sang.

Paula éclata de rire.

— Ça, c'est la meilleure que j'aie entendue depuis longtemps !

À ce moment-là, elle entendit glousser derrière elle.

— Il ne ment pas.

Paula ne travaillait pour le commandant Ian Rutherford que depuis trois jours, mais elle reconnaissait déjà son doux accent des Borders. Lentement, elle se tourna pour lui faire face.

— Monsieur ?

C'était une question dont elle connaissait déjà la réponse.

— Aujourd'hui, il ne s'agit pas seulement de cohésion de groupe, capitaine McIntyre. Il s'agit aussi pour moi de voir comment vous réagissez sous la pression.

— Est-ce que quelqu'un va me détacher ces menottes ? Il faudrait lui apprendre à ne pas serrer aussi fort. Sans parler de mon genou qui est foutu.

Cet homme paraissait furieux, et à juste titre, songea Paula. Il ne s'attendait sans doute pas à se faire tabasser par une femme de dix ans de plus que lui, au moins.

— Je vous présente l'officier Thwaite, du South Yorkshire. Invité pour la petite intervention d'aujourd'hui. Vous pouvez le relâcher, maintenant.

Pendant qu'il parlait, la « victime » s'extirpa d'un buisson pour revenir dans la clairière, suivie de près par Stacey qui avait perdu son chapeau et récolté à la place quelques feuilles et brindilles. L'une des jambes de son pantalon était maculée de boue. Elle avait l'air furieuse.

— Et voici l'officier Vaughn de Manchester, annonça-t-elle les lèvres pincées, sur un ton sec. Qui a eu la gentillesse de m'aider à sortir d'un fossé.

— Elle m'avait déjà rattrapée à ce moment-là pour être honnête, ajouta l'officier Vaughn en souriant.

En relâchant Thwaite, Paula sentit l'adrénaline retomber en elle. Le commandant Rutherford paraissait sacrément content de lui. C'était, songea-t-elle, un homme qui aimait bien être content de lui. Manifestement, il s'efforçait de garder la forme et choisissait ses vêtements de façon à ce que personne ne puisse en douter. Ses cheveux étaient toujours soigneusement coiffés – coupés court sur les côtés pour révéler une base grisonnante, plus longs sur le dessus pour prouver qu'il n'en manquait pas encore. Il pouvait paraître froid ou amical ; sa mâchoire était carrée comme celle de Clark Kent. Il avait la réputation d'appliquer les règlements à la lettre, ce qui consistait également, selon Paula, à maintenir les apparences. Ce que cet épisode lui prouvait, c'est qu'il pouvait se montrer aussi sournois que Carol Jordan.

Au diable Rutherford et ses jeux ! Paula se tourna face à Stacey et consulta ostensiblement sa montre.

— Nous avons un rendez-vous, officier Chen. Il va falloir qu'on y aille.

Sur ce, elle fit demi-tour sur la piste, sans avoir besoin de vérifier si Stacey la suivait.

Plus tard, le vrai moment de cohésion de groupe survint quand ils se furent tous débarrassés de Rutherford pour aller au pub. Paula et Stacey furent rejointes par leur collègue de longue date, le lieutenant Alvin Ambrose, et Steve Nisbet, une nouvelle recrue de l'équipe. Nisbet était un officier du West Yorkshire récemment promu au grade de lieutenant. D'après ce qu'on disait, il comprenait vite et avait l'esprit d'équipe. Cela n'impliquait pas nécessairement qu'il serait à son aise dans ce groupe atypique, pensait Paula.

Alvin et Steve avaient eux aussi passé un petit test, quinze minutes après le début de leur parcours d'orientation. Au détour d'un virage, ils étaient tombés sur un homme en train de tirer une femme hors du bois en direction d'une camionnette stationnée sur la piste. Elle portait une robe courte, avait les mains attachées dans le dos, semblait furieuse et criait dans une langue s'apparentant au polonais. Elle n'avait plus qu'une chaussure, son talon aiguille se balançant dans le vide.

— C'est la dernière fois que tu te barres, espèce de pute ! avait hurlé le type.

Ils étaient à deux cents mètres environ. Mais ils n'eurent pas besoin de se consulter. Qu'il s'agisse d'un trafic d'êtres humains ou d'une femme ayant tenté d'échapper à son agresseur, tout ce qui importait c'était d'y mettre un terme. Les deux hommes s'étaient élancés à toute vitesse. Steve Nisbet avait le physique sec du coureur, mais même si Alvin était charpenté, il était en forme et fonçait sur le chemin aussi vite que son collègue.

Il n'y avait rien de subtil dans leur approche, et l'homme les vit arriver avant d'avoir pu enfermer la femme à l'arrière de la camionnette. Il se dépêcha d'ouvrir et la poussa à l'intérieur. Il claqua la portière et gagna le côté conducteur au moment où les deux policiers atteignaient le véhicule.

— La fille ! grogna Alvin en prenant sur le côté pour attraper l'homme qui avait déjà commencé à grimper derrière le volant.

Steve ouvrit la portière, mais avant qu'il ait pu attraper la femme, elle lui donna des coups de ses pieds nus, atteignant sa mâchoire.

— Je suis flic, bon sang ! cria-t-il.

Elle se recroquevilla le plus loin possible à l'intérieur du véhicule encombré en baragouinant quelque chose d'incompréhensible. Il tenta de grimper à son tour, mais elle tapait des pieds comme une folle.

Pendant ce temps-là, Alvin mit la main sur l'homme avant qu'il ne puisse refermer la portière. Le policier s'en saisit et l'ouvrit en grand au moment où le conducteur introduisait la clé et démarrait le moteur. Alvin ne s'interrompit pas un seul instant. Il plongea à l'intérieur, passa son bras autour du cou de l'autre pour le cravater et le tirer de la camionnette sans ménagement. L'homme tenta de se libérer, mais Alvin était bien trop fort.

C'est alors que Rutherford sortit du bois derrière eux et lança :

— Du calme, tout le monde. On ne veut pas de blessés.

— Il est resté planté là, à sourire comme un idiot, raconta Alvin au-dessus de sa première pinte, d'un ton écœuré. Il m'a dit que j'avais fait du bon boulot, si ce n'est que j'avais eu la main un peu lourde en sortant le suspect de la camionnette.

— Et apparemment, moi j'ai été trop lent à secourir la victime. J'aurais dû la sortir de là avant que le moteur démarre, maugréa Nisbet. J'aimerais voir comment il s'y prend avec une policière de la route polonaise complètement folle, originaire de Burnley, qui essaie de le décapiter. Je crois que c'est la journée la plus inutile que j'aie vécue en huit ans de carrière.

— Où sont les deux autres ? demanda Stacey.

Elle repoussa sa chaise, prête à aller commander une nouvelle tournée en regardant autour d'elle pour savoir si elle devait attendre les deux derniers membres de la BREP.

— En plein débriefing, répondit Alvin. Karim a dit que leur trajet les avait menés à travers un parking où ils ont repéré un gamin qui tentait de forcer une voiture. Karim voulait intervenir, mais Sophie préférait appeler du renfort. Elle a sorti son téléphone en lui disant d'attendre, mais il n'en a pas tenu compte et s'est approché du gamin. Pile au moment où il arrivait à son niveau, un autre jeune a surgi de l'ombre derrière la voiture et les deux ont mis Karim à terre. Sophie était encore en train de donner leur localisation au centre opérationnel.

Il y eut un silence. Des regards furent échangés, les trois qui se connaissaient rechignant à parler tant qu'ils ne savaient pas de quel côté penchait Steve. Ce dernier haussa les épaules.

— J'imagine que huit ans comme manager de vente n'ont pas donné à la capitaine Valente beaucoup d'expérience sur le terrain.

— Il n'y a pas mieux que le terrain pour apprendre, constata Alvin. Même Stacey s'en est super bien sortie aujourd'hui, alors qu'elle ne quitte quasiment pas son bureau, ces temps-ci.

— Carol n'aurait jamais recruté quelqu'un tout droit sorti de la formation, commenta Paula. On est censés être une équipe d'élite, pas un service de babysitting.

Elle vit trop tard qu'Alvin secouait la tête à son intention, pour la mettre en garde.

Sophie Valente apparut derrière la cloison en bois qui donnait à l'équipe de la BREP un peu d'intimité. Elle adressa un doux sourire à Paula.

— C'est bien de savoir qui ne sera pas de mon côté, dit-elle. Quelqu'un veut un autre verre ?

# 6

> *Selon les mots célèbres du poète Philip Larkin : « Ils vous foutent en l'air, vos parents. » Parfois, il suffit même d'un seul.*
>
> *Décrypter les crimes*, Dr Tony Hill

Les années avaient inexplicablement épargné Vanessa, songea Tony tandis qu'on l'escortait dans le parloir jusqu'à la table où elle était installée, à l'autre bout de la pièce. Il se demanda si elle avait fait quoi que ce soit pour atténuer sur son visage certains signes de l'âge et de sa malveillance. Peut-être un lifting discret derrière les oreilles pour étirer la peau flasque sous le menton ? Sa coiffure était digne du meilleur salon, un blond cendré avec un balayage de mèches foncées et claires qui semblait aussi naturel que celui d'une adolescente. Et comme toujours, sa tenue était impeccable. Veste en lin, foulard en soie élégamment drapé. Elle avait presque soixante-dix ans, mais en paraissait à peine cinquante. Elle ne ressemblait à personne d'autre dans la pièce, et Tony était conscient de la curiosité non dissimulée de ses codétenus et de leurs visiteurs. Il savait qu'on le questionnerait sans relâche ce soir pendant la promenade. Il y avait toujours quelqu'un qui cherchait les problèmes, et c'était exactement le cas de Vanessa.

Se concentrer sur son apparence évitait à Tony de penser à ce qu'elle dissimulait derrière. Par son narcissisme et sa cruauté ordinaire, cette femme avait transformé son enfance en une période de peur, d'insécurité et d'humiliation. Une existence privée d'amour et de respect aurait aisément pu le pousser sur le même chemin que ceux qu'il avait traqués et soignés au fil des années. Mais il avait eu de la chance. Une femme avait détecté sa douleur et sa vulnérabilité, et l'avait pris sous son aile pour lui montrer autre chose. Malgré cela, avoir été élevé par Vanessa l'avait rendu vulnérable à la cruauté des inconnus. C'était à elle qu'il imputait l'impuissance sexuelle et les défaillances émotionnelles qui avaient marqué sa vie d'adulte.

Et pourtant, voilà qu'il traversait cette pièce pour se retrouver face à elle une nouvelle fois. Il s'était fait la promesse de ne plus jamais la revoir. Mais au fond de lui, il avait toujours su qu'il ne pourrait pas tourner la page tant qu'elle serait de ce monde. Il s'était juré de ne pas assister à son enterrement. À l'époque, il pouvait compter sur Carol pour l'aider à tenir cette promesse.

Vanessa le considéra longuement d'un air froid tandis qu'il s'asseyait en face d'elle. Pas l'ombre d'un sourire.

— Nous ne sommes pas pareils, dit-il. Même avec l'imagination la plus folle.

Elle parut sincèrement amusée.

— Nous avons tous les deux tué un homme. À l'aide d'un couteau. Au contact. Et nous avons tous les deux été piégés. La plupart des gens diraient : telle mère, tel fils.

— Comment ça, « nous avons tous les deux été piégés » ?

Il comprenait très bien le parallèle qu'elle voulait établir, mais il n'était pas prêt à laisser passer ça sans broncher. Elle avait neutralisé un tueur déterminé, mais Tony savait que ce n'était pas la première fois qu'elle avait utilisé un couteau bien aiguisé pour résoudre ses problèmes. Autre raison pour laquelle il détestait leur indéniable connexion.

— Cette nuit-là, tu ne m'as pas avertie qu'un tueur fou pouvait s'introduire chez moi. Tu m'as piégée pour qu'il me tue. Mais j'ai été plus intelligente que toi, Tony. Quant à toi ? Tu as été piégé par Carol Jordan.

Il tenta de répliquer, mais elle le fit taire et, par habitude remontant à l'enfance, il céda.

— J'imagine que ni elle ni toi ne seriez prêts à le reconnaître. Mais je pense que ce jour-là, elle était déterminée à commettre un meurtre en sachant pertinemment que tu ferais tout ton possible pour l'en empêcher. Et tu en es la preuve vivante.

— Tu ne t'embarrasses pas de la vérité tant que ça peut faire une bonne histoire.

Elle sourit.

— Légitime défense, Tony. Avec ce piège que tu m'as tendu, tu m'as donné une échappatoire. C'est pour ça que je suis de ce côté de la table et toi de l'autre. Manque de discernement. Après toutes ces années, tu n'as toujours pas appris à couvrir tes arrières.

Pourquoi est-ce qu'il avait accepté de la voir ? Elle connaissait ses points faibles. Elle ne l'humiliait plus comme quand il était petit mais pouvait quand même le blesser.

— Est-ce que tu es venue ici uniquement pour te vanter ? J'avais l'impression que tu voulais quelque chose. C'est généralement le cas.

Le visage de Vanessa avait repris sa tranquillité habituelle.

— On m'a volé de l'argent.

— Et en quoi ça me concerne ?

— Parce que j'ai besoin que Carol Jordan s'en occupe.

Il ne put se retenir de laisser échapper un grand éclat de rire.

— Est-ce que tu as perdu la tête ? Pour commencer, Carol n'est plus policière. Ensuite, elle préférerait traverser les Pennines en rampant sur des tessons de verre plutôt que de t'aider.

— Je le sais bien. Pour commencer, l'imitat-elle avec sarcasme, je ne veux pas d'un policier. Et ensuite, si elle ne le fait pas pour moi, elle le fera pour toi.

Ils échangèrent un regard noir, sans essayer de dissimuler ce qu'ils ressentaient, l'un comme l'autre.

— Si on t'a volé de l'argent, c'est la police qui peut t'aider.

Vanessa secoua la tête avec impatience. Elle se carra dans sa chaise et croisa élégamment les jambes.

— La police ne va pas récupérer mon argent. S'ils ont beaucoup de chance, ils vont arrêter ce salopard et le coincer ici avec toi. Mais je ne reverrai pas un centime. Alors qu'avec Carol... Disons que, d'après ce que j'ai entendu, elle a ses propres méthodes.

— Tu vas devoir m'expliquer ce qui s'est passé.

À la surprise de Tony, Vanessa détourna le regard, fixant le distributeur automatique de boissons de l'autre côté du parloir.

— Il y a trois ans environ, une collègue m'a recommandé un conseiller financier. Harrison Gardner. Il avait obtenu d'excellents résultats pour ses investissements, m'a-t-elle dit. Rien de spectaculaire ou de sensationnel. Rien de suspect. Juste un point ou deux au-dessus du marché, ce qui n'est pas si éloigné de ce qu'obtiennent certains fonds *ad hoc*. Elle nous a présentés lors d'une conférence et il m'a impressionnée. Il ne se vantait pas de façon ridicule, ne lançait pas de promesses excessives. Il m'a affirmé travailler pour une grande entreprise, et m'a donné la carte de visite de quelqu'un auprès de qui je pouvais vérifier.

— Ce que tu as fait.

— Bien entendu. Je m'aperçois maintenant que tout ça faisait partie du coup monté, mais ça paraissait réglo. Je suis tombée sur une femme qui s'est présentée comme la secrétaire de la personne en question, et elle me l'a passé. Il m'a chaudement recommandé ce conseiller financier. J'ai donc décidé de lui donner une chance. J'ai commencé par lui confier vingt mille livres, un petit avant-goût. Juste pour voir ce qu'il pouvait faire.

Elle esquissa un sourire amer.

Tony faillit ressentir une pointe d'empathie, avant de se rappeler qui il écoutait.

— Difficile pour moi de compatir avec quelqu'un pour qui vingt mille livres ne représentent qu'un avant-goût.

Vanessa plissa les yeux et pivota pour lui faire face.

— J'ai travaillé toute ma vie, espèce de petit merdeux. Travaillé pour mettre un toit au-dessus de ta tête, je te ferais remarquer. Contrairement à certains, contrairement à toi, personne ne m'a légué un paquet d'argent que je n'avais rien fait pour mériter. Ce que j'ai eu, je l'ai gagné, dit-elle avant de déglutir et retrouver son calme. Je lui ai donné six mois. Les intérêts étaient bons. Meilleurs que la moyenne mais rien de sensationnel. Il y a même eu une baisse, pendant un mois. Il a prétendu que c'était la fluctuation du marché. Mais j'étais quand même gagnante. Au bout de six mois, je lui faisais suffisamment confiance pour lui confier la majorité de mon capital. Tout se passait bien jusqu'à il y a trois semaines. Mon chèque mensuel était en retard. Et deux jours plus tard, un idiot du Service des fraudes a sonné chez moi pour m'annoncer que Harrison Gardner avait mis en place un système de Ponzi.

Elle frappa la table du plat de la main, alertant l'officier le plus proche qui approcha.

— C'est rien, le rassura Tony. C'est ma mère, elle est bouleversée de me voir ici.

Le gardien hocha la tête et se replaça contre le mur.

— Tu sais ce qu'est un système de Ponzi ? demanda Vanessa.

— Un montage financier frauduleux. Ça fonctionne sur le principe du profit. Ils proposent des taux meilleurs que les autres et utilisent l'argent des nouveaux investisseurs pour rembourser les premiers payeurs. En général, ça se casse la figure quand la croissance cesse.

— Ou quand le salopard qui est derrière tout ça récupère suffisamment d'argent pour s'offrir la belle vie sous les tropiques, rétorqua vivement Vanessa.

— Combien ?

— Cinq millions deux cent cinquante mille.

À présent elle faisait son âge, le dégoût révélant les profondes rides autour de sa bouche.

— J'ai vendu l'entreprise.

Tony poussa un petit sifflement.

— Et ça représente la totalité ? Envolée ?

— Envolée. Ma retraite, tout ce dont je voulais profiter.

— Tout ce dont tu voulais profiter ? répéta-t-il en laissant échapper un rire qui s'apparentait à une toux. Tu avais prévu de tout dépenser pour ne pas me laisser un centime, n'est-ce pas ?

Elle se ressaisit.

— Pourquoi est-ce que je léguerais ça à quelqu'un qui m'a piégée pour me tuer ? Bien sûr que j'allais le dépenser.

— On dirait que ton ami Harrison t'a épargné cette peine.

— Je veux récupérer mon argent. Et je veux que Carol s'en occupe pour moi.

Tony secoua la tête, sincèrement abasourdi. Il pensait que le narcissisme de Vanessa ne pouvait plus le surprendre, mais cette fois-ci ça dépassait tout.

— Pourquoi est-ce que Carol lèverait un petit doigt pour toi ? Elle te méprise.

Vanessa leva les yeux au ciel.

— Elle se croit aussi dure que moi mais elle se trompe. Quand il s'agit de toi, elle devient un vrai shamallow. Alors tu vas le lui demander pour moi.

Il sourit.

— Tu as vraiment perdu la boule, Vanessa.

— Ne te moque pas de moi, Tony. Il n'est pas trop tard pour que je donne une interview exclusive à un tabloïde. Et pour raconter que mon fils, de mèche avec la police, m'a offerte comme un agneau sacrificiel à un tueur en série pour l'appâter.

*Elle n'hésiterait pas une seule seconde à le faire,* songea-t-il.

— Qu'est-ce qui te fait croire que ça m'ennuierait ? Je suis déjà un paria dans le seul univers professionnel que je connaisse. Tu ne peux pas nuire à une réputation qui est déjà détruite.

À ce moment-là apparut le sourire traître qui lui retournait toujours les entrailles. Le sourire qui indiquait qu'elle avait le dernier atout du jeu.

— J'ai entendu dire que tu écrivais un livre. Je doute que tes éditeurs jugent que toute publicité est bonne à prendre.

La satisfaction de Tony s'avéra de courte durée. Comment faisait-elle ? Comment parvenait-elle toujours à trouver son talon d'Achille ? Le seul espoir auquel il se raccrochait, la seule clé susceptible de lui ouvrir une future porte, elle parvenait à le lui enlever.

Vanessa avait toujours su lire en lui.

— Je sais que tu ne peux pas lui écrire de message, ici. Alors quand on aura fini, tu demanderas à téléphoner, et tu laisseras sur mon répondeur un message que je pourrai faire écouter à Carol, dit-elle avant de se lever. Sans quoi c'est moi qui passerai un coup de fil. Et je ne me contenterai pas de te traîner dans la boue. Je l'y traînerai, elle aussi.

# 7

> *L'un des effets les moins évidents de l'austérité est l'augmentation du nombre de personnes visiblement vulnérables. Pour les prédateurs, c'est une occasion en or d'étendre leur éventail de victimes.*
>
> *Décrypter les crimes*, Dr Tony Hill

Même après minuit en pleine semaine, le quartier de Temple Fields à Bradfield était animé. L'étroit dédale de rues qui avait poussé dans un coin du centre-ville comme un furoncle possédait son identité propre : chaque fois qu'une nouvelle mode déferlait sur ce quartier bouillonnant et avant-gardiste, il refusait de s'y plier et inventait de nouvelles façons de la transgresser. Quelques années plus tôt, ç'avait été le quartier chaud de la ville, avec ses rues miteuses éclairées par de rares néons, comme dans un film noir à petit budget. C'était un coin sordide où survivaient des clubs de jazz grâce aux loyers bon marché.

Il y avait alors quelques bars gay aux abords du quartier. Quand les entrepreneurs comprirent que la communauté homosexuelle avait du pouvoir d'achat, la rue principale connut en l'espace de quelques années une hémorragie de bars et boîtes gay tellement cool qu'ils finirent par être colonisés par tout le monde. À présent, à une époque où les frontières entre les genres étaient plus floues, peu importe où l'on se situait sur le spectre, on trouvait toujours un endroit où traîner sans dépareiller. Selon Mark Conway, cela devait vraiment en irriter certains.

Cela l'amusait de penser que lui non plus n'était pas unique. Il n'était pas le premier à ratisser les bas-fonds de Temple Fields en quête de quelqu'un de spécial. Bien entendu, il cherchait des recrues, pas des victimes. Pas comme ces détraqués dont il avait un vague souvenir. Il y avait eu un cinglé qui avait tué une série d'hommes et abandonné leurs corps dans le quartier. Et un autre qui torturait et tuait des prostituées. Ces affaires avaient bénéficié d'une publicité sordide parce que la police avait travaillé avec un psychologue profileur. Un petit bonhomme étrange qui paraissait toujours un peu distrait quand il était interviewé par la télévision jusqu'à ce que vous remarquiez à quel point son regard était perçant quand il fixait l'écran.

Finalement, le psy possédait le même genre d'esprit meurtrier que les tueurs qu'il avait aidé à arrêter. Il était à son tour derrière les barreaux, aujourd'hui. Cela faisait longtemps que Mark y était attentif ; gardant un œil sur un rétroviseur imaginaire, il vérifiait toujours que le profileur ne soit pas à ses trousses. À présent, il pouvait se permettre de se détendre un peu. D'après lui, les flics ne s'empresseraient pas d'embaucher un remplaçant, de peur que celui-ci tourne mal lui aussi.

Cependant, un ennemi de moins ne signifiait pas qu'il devait relâcher sa vigilance. Jusque-là, il avait tellement bien effacé ses traces que personne n'avait remarqué ce qu'il faisait. Il en concluait donc qu'il agissait correctement. Il offrait le salut aux désespérés. Tout le monde n'était pas capable de rédemption dans cette vie. Durant son enfance sous les règles contraignantes de la communauté religieuse, il avait bien compris cela. Ce qu'il faisait n'était que la continuité évidente de ces préceptes. Il en voulait pour preuve le soulagement qu'il ressentait après avoir sauvé une nouvelle âme de la déchéance et du désespoir.

Comme à son habitude, il pénétra dans Temple Fields depuis le parking de Bellwether Square. Il emprunta une allée, un raccourci pratique si l'on ne prêtait pas garde à l'odeur des poubelles derrière le bar à burgers et le pub gastronomique, avant de sortir une casquette de sa poche. Il baissa soigneusement la visière sur son front et, d'un geste habile, retourna son anorak réversible, transformant le rouge foncé en noir. Quand il ressortit de ce passage non couvert par la vidéosurveillance, le respectable Mark Conway avait disparu.

Les nuits qu'il passait à arpenter les rues de Temple Fields s'apparentaient à une recherche de nouveaux talents. Il refusait de croire que la seule et unique personne qu'il ait jamais recrutée parmi les junkies et les sans-abri était une exception miraculeuse qui ne se produisait qu'une fois. Gareth s'était révélé être une star. À tel point qu'il avait été repéré par un chasseur de têtes deux ans après le début d'une carrière prometteuse sous la protection de Mark. À présent, ce petit ingrat était basé à Singapour, où il chancelait sur les plus hauts échelons du monde des affaires. Mark devait trouver un remplaçant.

Il cherchait à laisser un héritage. C'est ce que voulaient tous les grands hommes d'affaires, et il l'avait compris tôt dans sa carrière. Il ne suffisait pas seulement de réussir. On n'entrait pas dans la légende simplement pour s'être hissé au sommet de la hiérarchie sociale. Ce que Mark voulait – non, ce qu'il désirait de tout son être – c'était une succession dynastique. Mais pas une dynastie du genre habituel. Inutile d'être psychologue pour comprendre le schéma que suivaient les magnats des affaires et leurs enfants. Les enfants ne possédaient jamais la même énergie que leurs parents. Ils fichaient tout en l'air, rassurés par ce filet de sécurité que représentait la grande fortune.

Non, la dynastie de Mark serait bien différente. Il trouverait un nouveau Gareth. Ou plutôt, il trouverait plusieurs autres Gareth. Il les sauverait de leur existence dépravée, une existence qu'il avait lui-même connue avant de s'extraire du caniveau. Et il les aiderait à constituer la prochaine génération de stars qui s'emparerait de son héritage pour aller plus haut, plus loin, plus fort.

Il avait trouvé des gens dans le système qui pouvaient accomplir cette mission. Cela n'avait pas posé de problèmes. Ce qu'il n'avait pas trouvé, c'était une autre perle rare, un diamant brut à ciseler pour le transformer en pierre précieuse. Il voulait montrer à tous qu'il avait un don pour repérer le talent et transformer des vies. Quelque chose de spécial sur lequel les journalistes écriraient des articles et qui forcerait le respect.

Quelque chose qui interpellerait les gens et les laisserait bouche bée devant leur petit déjeuner à se demander si c'était vraiment Mark Conway l'invité de l'émission matinale. Mark Conway qui était derrière moi en maths en cinquième ? Mark Conway, qui n'avait marqué qu'un seul but en dix ans de football, et encore, seulement parce que le ballon avait rebondi sur ses fesses alors qu'il se tenait près du poteau ? Mark Conway, dont les manches de costume étaient toujours trop courtes et les chaussures décollées au bout ? Ce Mark Conway-*là* ?

Pour devenir ce Mark Conway-là, il fallait qu'il soit plus qu'un simple homme d'affaires. Il devait être celui qui arrache les jeunes hommes aux griffes du désespoir et du désastre pour modifier leur destin. Leur sauveur. Ce n'était pas une tâche facile, mais il savait que c'était possible. Il l'avait fait pour lui-même ; il pouvait transmettre ce qu'il avait appris pour que cela fonctionne chez quelqu'un d'autre. Il suffisait de trouver le bon. Puis le suivant.

Forcément des hommes. Il n'avait pas de temps à perdre avec les femmes, en affaires. Elles étaient trop inconstantes. Les hormones et les bébés. Pas de concentration, pas de détermination. Bien sûr, on ne pouvait plus dire ce genre de choses à voix haute. Même entre amis. Il ne pouvait expliquer à personne pourquoi il ne cherchait que des hommes. Systématiquement.

Ainsi sillonnait-il Temple Fields, casquette de baseball baissée sur les yeux, lunettes aux verres non correcteurs chaussées sur le nez. Ce soir-là, il portait un jean et des baskets noirs. Cette tenue paraissait quelconque, mais aux yeux d'un jeune homme à la rue, avide d'argent, elle était synonyme de haute couture. Synonyme de fortune. Elle attirait l'attention.

Quand il remarquait qu'il avait éveillé la curiosité de quelqu'un, Conway ne ralentissait pas. Jamais lors du premier passage. Il en prenait note et poursuivait son chemin. Ensuite, il faisait demi-tour pour trouver un poste d'observation d'où il pouvait épier la scène. S'agissait-il vraiment de quelqu'un qui aurait bientôt touché le fond, ou d'un amateur qui avait une solution de rechange lui permettant de rebondir ? Est-ce qu'il faisait preuve d'un peu de créativité ou répétait-il un mantra monotone ? Est-ce qu'il était complètement bousillé par les drogues incompréhensibles qui circulaient parmi les sans-abri et changeaient sans arrêt de composition, si bien que plus personne ne savait si le prochain shoot allait lui griller le cerveau ou simplement adoucir la noirceur de sa journée ? Ou bien pouvait-il être sauvé ?

Il observait aussi longtemps que possible, debout parmi les fumeurs devant un bar, puis assis derrière la fenêtre d'un café à faire durer son *latte* pendant une heure. Il observait les transactions dans la rue, les pièces jetées dans des gobelets en carton, les petits attroupements propices aux échanges et au trafic. Ensuite, il repassait une deuxième fois pour voir si sa cible était en mesure de le reconnaître. Est-ce qu'il s'égayait à sa vue, est-ce qu'il le rejetait ou paraissait simplement indifférent ? En approchant, Conway ouvrait grand les narines pour humer son odeur. Si elle était trop forte et prononcée, il continuait sans faire demi-tour. Mais si elle était tolérable, il allait jusqu'au bout de la rue avant de revenir en arrière. Si le jeune avait toujours les yeux tournés vers lui, il revenait à sa hauteur et marquait une pause. Lui offrait une cigarette. Une bière. Ou un café.

Pour commencer, la proposition s'arrêtait là. Il prenait son temps. Pour laisser la cible venir à lui. Lui montrer ce qu'il attendait de leur arrangement. Trop souvent, ils pensaient que son intérêt était sexuel. Parfois ils étaient même vexés de voir leurs avances rejetées. Ce qu'il attendait d'eux n'était pas sexuel. Il voulait les transformer. Ce qu'il voulait leur offrir était bien plus important que le sexe.

S'ils remplissaient ses critères exigeants, il les emmenait chez lui. Là, il les soumettait à la tentation. Des larcins faciles. Un portefeuille posé sur le meuble de la cuisine. Boisson et drogues accessibles. Gareth n'avait pas prêté attention à tout cela, et n'avait pas caché qu'il attendait de Mark précisément ce que ce dernier pouvait lui apporter.

Bien entendu, la déception était le prix à payer pour son ambition. Parfois, comme ce soir, il était clair qu'aucun d'entre eux n'avait en lui l'étincelle que Mark pouvait transformer en flamme, si bien qu'il allait rentrer bredouille. Tout le monde ne pouvait pas avoir le niveau. S'il leur laissait entrevoir des perspectives, et qu'ils comprenaient ensuite que son monde ne serait jamais le leur, il était impossible de les abandonner en douceur. Franchement, il leur rendait service.

# 8

> *Bien que les narcissiques puissent paraître charismatiques, ce charme est toujours et exclusivement mis au service de leur propre gloire. Ils ne tiennent pas compte des sentiments et intérêts des autres et sont souvent capables de les manipuler afin d'obtenir ce qu'ils veulent, tout de suite et maintenant.*
>
> *Décrypter les crimes*, Dr Tony Hill

Rénover la grange où elle vivait avait eu un effet inattendu chez Carol Jordan. À sa grande surprise, elle avait découvert non seulement qu'elle aimait bien le travail manuel, mais aussi qu'elle était douée pour ça. Ces deux dernières années, en partie grâce aux conseils de Tony, elle avait appris que le meilleur moyen pour elle de conserver un semblant d'équilibre, c'était d'être occupée. Donc une fois qu'elle avait apporté les dernières touches au chantier, elle s'était mise à la menuiserie. À présent, elle terminait son premier projet : une table de chevet avec des pieds tournés et un tiroir.

— YouTube m'a sauvé la vie, fit-elle remarquer à Flash, son border collie.

La chienne, comme d'habitude, se frotta contre ses jambes.

— Seule, je n'aurais jamais compris mon erreur avec les mortaises et les tenons.

Elle posa le papier de verre à grains fins, se leva et fit rouler ses épaules pour les détendre. C'était le moment de faire les exercices que Melissa Rintoul lui avait appris. Elle n'en était qu'au début et, jusqu'à maintenant, Carol ne pouvait pas dire qu'elle avait remarqué une différence. Elle se sentait toujours étrangère à elle-même, et la femme qu'elle avait été lui semblait un souvenir distant et improbable. Mais Melissa n'avait pas prétendu que la transformation serait rapide. Or s'il y avait bien une chose qui demeurait de l'ancienne Carol, c'était l'opiniâtreté.

Elle était en train d'effectuer ses mouvements de bras quand Flash bondit à ses pieds et courut vers la porte, ventre à terre comme si elle devait remettre dans le rang un bélier récalcitrant. Carol s'interrompit puis entendit ce que Flash avait perçu avant elle. Une voiture quittant la route pour pénétrer dans sa cour. Quatre heures de l'après-midi en pleine semaine ? Pas Paula, qui envoyait toujours un texto avant. Peut-être George Nicholas, son voisin le plus proche, s'arrêtant en route avant de regagner sa grande maison sur l'autre versant de la colline, pour lui apporter un de ses cadeaux habituels : une paire de faisans, une boîte d'œufs de canes ou un fromage « intéressant » qu'il avait trouvé dans une ferme. Elle ne méritait pas toutes ces gentillesses.

Ça ne lui faisait pas toujours plaisir de voir George. Mais même dans ses plus mauvais jours, elle aurait été beaucoup plus contente de le voir, lui, plutôt que la personne qui se tenait sur le seuil de sa maison, s'apprêtant à appuyer sur la sonnette en cuivre. Instinctivement, Carol baissa une main pour la plonger dans le pelage de Flash.

— Ça alors. Vous ici ?

Son ton était au summum du sarcastique.

Le sourire de Vanessa était tranchant.

— Je pensais que vous étiez polie, par éducation.

— Je l'étais. Mais pour vous, je ferai toujours une exception. Qu'est-ce que vous faites ici ?

Pour toute réponse, Vanessa brandit son téléphone portable et appuya sur *Play*.

Malgré la piètre qualité de l'enregistrement, la voix était parfaitement reconnaissable. Carol reçut un coup au cœur, littéralement. Quand elle la reconnut, elle sentit sa poitrine se serrer et son estomac se retourner.

— Carol ? Je suis vraiment désolé pour tout ça.

Une pause. Un soupir.

— Écoute, j'ai dit à Vanessa que j'allais te demander de l'aider, au moins d'écouter ce qu'elle a à dire.

Nouveau soupir.

— J'espère vraiment que tu vas bien.

Vanessa replaça le téléphone dans la poche de son manteau.

— Maintenant, est-ce que je peux entrer ? Je me demande pourquoi il faut que vous viviez au milieu de nulle part, il y a un vent horrible qui souffle du sommet de cette lande.

Carol avait envie de l'envoyer paître. Mais si elle le faisait, elle n'aurait pas l'occasion d'écouter le message de Tony. Elle brûlait d'envie d'entendre sa voix chaque jour depuis qu'il lui avait interdit de le voir. Ironiquement, c'était Vanessa qu'elle aurait dû remercier pour ça, et c'était presque intolérable. Elle se demandait quels arguments cette femme avait utilisés pour faire pression sur lui et le forcer à enregistrer ce message. Il ne l'aurait jamais fait de son plein gré. Elle recula d'un pas, tenant la porte entrouverte et tirant Flash d'un côté.

Vanessa entra en observant son intérieur avec toute la perspicacité d'un agent immobilier.

— Beau travail, commenta-t-elle d'une voix traînante. Personne ne se douterait que c'était une scène de crime. Je suis impressionnée que vous arriviez à vivre sous le même toit que...

— Ça me regarde.

Carol savait que si Vanessa se montrait cruelle, c'était pour la rendre vulnérable en prévision de ce qui l'attendait. Mais dès qu'elle avait ouvert la porte, son système de défense s'était mobilisé et même le son de la voix de Tony ne l'avait pas amollie au point d'ouvrir une brèche à Vanessa.

— Alors, qu'est-ce que vous avez à me dire ?

Vanessa s'installa dans un fauteuil, croisa les jambes et posa simplement les mains sur ses genoux.

— J'ai besoin que vous retrouviez quelqu'un pour moi. Et quand vous l'aurez trouvé, de le « persuader » de me rendre ce qu'il m'a volé.

— Je ne suis pas officier de police.

Carol s'appuya contre le mur, bras croisés, Flash couchée à ses pieds.

— Et puis, si on vous a volé quelque chose, je m'en fiche pas mal.

Vanessa soupira.

— Je suis étonnée que mon fils et vous, vous me preniez pour une idiote. J'ai bien conscience de ce que vous me dites. Mais je sais aussi que ce que vous ne ferez pas pour moi, vous le ferez pour lui. Je vais aller droit au but, Carol. N'oubliez pas que je pourrais raconter comment vous m'avez tous les deux jetée dans la gueule d'un tueur. Si vous ne m'aidez pas, j'utiliserai la presse et les réseaux sociaux pour m'assurer que le peu de réputation qu'il vous reste soit détruit. Vous ne serez qu'un dommage collatéral. Je ne demande pas grand-chose. Pour un policier de votre trempe, ça devrait être un jeu d'enfant, dit-elle avec un sourire plus énervant qu'une grimace. Vous pouvez refuser. Et rester là à me regarder bousiller la vie de Tony.

Cette menace ne surprit pas Carol, vu ce qu'elle savait du passé de Vanessa. Quel genre de femme tentait de tuer son fiancé pour récupérer l'argent de l'assurance ? Quel genre de mère essayait de voler l'héritage paternel de son fils ? Le plus frustrant, c'était que les informations dont elle disposait ne pouvaient rien contre Vanessa.

— Pour Tony, je vais vous écouter, dit-elle. Mais je ne promets rien de plus.

Vanessa répéta rapidement ce qu'elle avait exposé à Tony.

— Vous pouvez comprendre pourquoi c'est vous que je veux et pas la police, conclut-elle. Je veux récupérer ce qui m'appartient. Et même si vous n'avez vraiment pas envie de m'aider, une part de vous-même aimerait bien donner à cet escroc la leçon qu'il mérite. Soyez honnête, Carol. Vous adorez coincer les prédateurs. Et puis, ce n'est pas comme si vous aviez mieux à faire en ce moment.

Son regard parcourut la pièce et s'arrêta sur la table qu'avait construite Carol. Elle esquissa un sourire dédaigneux.

Carol détestait que Vanessa sache si bien la décrypter. Peut-être que le don de Tony pour l'empathie était héréditaire, songea-t-elle avec ironie.

— Si la police ne l'a pas trouvé, c'est que ça ne doit pas être aussi facile, dit-elle en risquant un commentaire.

— Ils n'ont pas toutes les informations, répondit Vanessa. Je ne leur ai pas tout dit. Parce que je savais que vous mèneriez l'enquête pour moi. Harrison Gardner a une cachette toute trouvée. Et elle ne se situe pas dans un paradis fiscal lointain sans accord d'extradition. Elle est ici, au Royaume-Uni.

— Pourquoi est-ce qu'il resterait dans le pays si la police le recherche ? Ça n'a pas de sens.

— Pour qu'ils ne trouvent aucune trace de réservation de vol ou de contrôle de passeport. Ce n'est pas le genre de type qui a des contacts capables de lui fournir une fausse pièce d'identité. Il doit laisser passer un peu de temps avant de s'enfuir...

Malgré elle, Carol était intriguée.

— Alors comment s'y est-il pris ? Et comment se fait-il que vous en sachiez autant ?

— Un soir, on buvait un verre et il s'est mis à parler des paradis fiscaux. Il m'a dit qu'il avait créé une fiducie au nom de son fils quand il était bébé. Il a délibérément caché son existence au fils en question et à sa mère et s'est contenté d'y placer de l'argent quand il le pouvait. Il en a utilisé une partie pour acheter un cottage dans le Northumberland à travers cette fiducie, m'a-t-il dit. Dans un de ces villages côtiers de carte postale que les locations de vacances ont fini par dépeupler et où les habitants à l'année sont trop peu nombreux pour remarquer les allées et venues des voisins. Il m'a dit qu'il s'y rendait, seul, une semaine sur deux, pour une ou deux nuits. Ça ne devrait pas être trop dur à trouver pour quelqu'un comme vous. Une location de vacances qui ne reçoit jamais aucun vacancier.

La piste était mince.

— C'est tout ? C'est ça, l'information essentielle que vous avez cachée au Service des fraudes ? Ça fait beaucoup d'hypothèses, rétorqua Carol en rendant à Vanessa un de ses sourires méprisants.

— Est-ce que vous allez accepter ?

La seule chose que désirait Carol à cet instant de sa vie, c'était un moyen de renouer avec Tony. Il ne lui avait pas demandé d'aider Vanessa, mais si cela pouvait le protéger des médias et des internautes malveillants qui adoraient détester tout le monde, il reconnaîtrait qu'elle avait fait le bon choix, non ? Que cela constituait un premier pas vers le remboursement de la dette qu'elle avait envers lui ?

— Avec les infos que vous m'avez données, les chances de réussite sont maigres. Mais je vais regarder.

— C'est bien. Il y a autre chose. Je ne voulais pas tout vous révéler de peur que vous ne mettiez la main sur le pactole pour l'empocher.

Carol secoua la tête avec dédain.

— Vous êtes culottée. Je n'en veux pas, de votre argent. Ce qui vient de vous ne m'intéresse pas.

Vanessa haussa légèrement une épaule.

— Tout le monde veut une plus grosse part du gâteau. Pourquoi seriez-vous différente ? Le fils a dix-sept ans, maintenant. Donc vous savez en gros à quelle époque la propriété a été achetée. Il m'a dit qu'il avait vue sur Holy Island, ça réduit les possibilités.

Elle se leva puis sortit une liasse de papiers de son sac.

— J'ai fait des copies de toutes les déclarations et les échanges. Je n'y vois rien qui puisse être utile. Mais peut-être que vous, si. Appelez-moi quand vous aurez du nouveau.

Elle posa le dossier sur une petite table, en passant.

— Ne traînez pas trop, quand même. Je ne suis pas quelqu'un de patient. Mais vous vous en doutiez, probablement.

# 9

> *La plupart des meurtres sont spontanés. En général, ils impliquent boisson et drogue, et ils sont élucidés par le premier policier présent sur les lieux. Les homicides les plus compliqués sont ceux qui ont été prémédités. Le problème, ce n'est pas le meurtre en lui-même, du moins pas sur le plan pratique. Il existe de nombreux moyens relativement faciles de tuer un autre être humain. Le plus dur, c'est de se débarrasser efficacement du corps de façon à ce qu'il ne refasse pas surface tel le spectre de Banquo, en pointant un index accusateur sur son tueur.*
>
> *Décrypter les crimes*, Dr Tony Hill

Pour une fois, Paula et sa compagne s'étaient attablées pour le petit déjeuner avec Torin, l'adolescent qui était leur pupille. Entre les aléas du job d'Elinor qui travaillait comme médecin urgentiste, les horaires imprévisibles de Paula et les grasses matinées de Torin le week-end, ils parvenaient rarement à partager un petit déjeuner plus d'une fois par semaine. Pour fêter l'occasion, Paula prépara des œufs brouillés aux champignons pour tout le monde. Torin s'occupa du grille-pain, produisant une pile de toasts aux graines parfaitement dorés et dégoulinant de beurre. La radio en fond sonore, Elinor interrogeait Torin sur ses progrès dans le cours de politique, histoire et philosophie qu'il suivait pour le bac.

— En ce moment, on étudie le libre arbitre, expliqua-t-il en déposant une assiette de toasts sur la table. En fait, ça n'existe pas vraiment.

— Comment ça ? Bien sûr que ça existe, protesta Elinor.

— Ah bon ? Pourquoi est-ce que tu fais les choix que tu fais ?

— Parce qu'ils me paraissent être les mieux adaptés, au vu des circonstances.

— Exactement. Donc tu n'as pas de libre arbitre, puisque tu choisis en fonction des circonstances et de qui tu...

— *Chuuuut*, juste un instant s'il vous plaît, intervint Paula. Je voudrais écouter ça.

« ... dans un ancien foyer de filles de Bradesden, en périphérie de Bradfield, annonça le journaliste légèrement hors d'haleine. D'après des sources policières, il pourrait y avoir jusqu'à trente dépouilles humaines dans des tombes anonymes. Le foyer, géré par un ordre de religieuses catholiques, a été fermé il y a un peu plus de cinq ans. Le couvent et le terrain ont été vendus à un promoteur immobilier et les ouvriers ont fait cette découverte macabre hier, quand ils ont commencé à creuser le sol. Plus d'informations pendant le journal, dans une demi-heure. »

— Bon sang, dit Elinor.

— Wouahou, des bonnes sœurs meurtrières, marmonna Torin la bouche pleine. Je pensais que ça arrivait uniquement dans les films d'horreur pourris. Est-ce qu'on va t'envoyer là-dessus, Paula ?

Elle haussa les épaules.

— Je ne pense pas, répondit-elle en se servant une tasse de thé. Ce n'est pas vraiment le genre d'affaires dont la BREP est censée s'occuper.

— Ça me semble pourtant sacrément prioritaire, commenta Elinor.

— Oui, mais ça relève davantage du *cold case*. Une analyse interminable des os et une batterie de tests. Ça va occuper les anthropologues médico-légaux pendant des semaines.

— Mais au final, il faudra bien découvrir qui est responsable, objecta Torin. Quelqu'un sera accusé, non ? Elles ne seront pas innocentées juste parce qu'elles sont religieuses.

Elinor lui donna une petite tape sur le bras.

— Mais si le libre arbitre n'existe pas, alors elles n'avaient pas le choix. De quel droit peut-on les punir ?

Paula soupira.

— Vous me donnez mal à la tête, tous les deux. Il est trop tôt pour ça.

Torin sourit.

— Est-ce que je peux emporter un paquet de biscuits ? Pour le bateau ?

Il était devenu par défaut le gardien de la péniche de Tony, amarrée à Minster Basin. Il s'y rendait après l'école deux ou trois fois par semaine pour le faire démarrer et s'assurer que tout allait bien. Dernièrement, il avait pris l'habitude d'y rester une heure ou deux, pour lire sans être dérangé.

— Tant que tu ne t'enfiles pas tout le paquet avant de rentrer dîner, dit Elinor. Exerce ton libre arbitre et résiste.

— La résistance est futile, El.

Il enfourna le reste de ses œufs et de ses toasts et, avant même de les avoir avalés, se dirigea vers le couloir en attrapant son sac à dos de cours au passage.

— À plus tard, les filles.

— Il est d'excellente humeur en ce moment, remarqua Paula.

— Ce changement de lycée a fait toute la différence. Là-bas, personne ne sait que sa mère a été tuée il y a trois ans et personne n'est au courant de cette histoire stupide avec cette fille qui l'a fait chanter. Il mérite qu'on lui fiche la paix.

Elinor ramassa les assiettes sales, les mugs et les couverts pour les mettre dans le lave-vaisselle.

— Prochaine leçon pour lui : débarrasser la table, soupira Paula.

— Je vais vous inscrire tous les deux à ce cours.

Se penchant par-dessus le lave-vaisselle ouvert, Paula déposa un baiser sur le front d'Elinor.

— Je dois filer, désolée. À ce soir.

— Bon courage avec Rutherford.

— Oh, comme je regrette Carol Jordan, grommela Paula.

Bien que la BREP occupe les mêmes bureaux que sous le commandement de Carol Jordan, il y avait plusieurs différences essentielles. La plus importante, aux yeux de Paula, était la disparition de leur machine à café sophistiquée qui moulait le grain. Son remplacement par une bouilloire et un pot d'instantané constituait une insulte indéniable au passé. Autre différence : Stacey avait été déplacée de son enceinte cloîtrée dans un coin du bureau principal. Elle demeurait plus ou moins emmurée derrière un déploiement d'une demi-douzaine d'écrans d'ordinateurs, mais Paula savait que son amie interprétait ce changement comme un signe de défiance, et ça faisait mal.

— J'ai toujours obtenu des résultats, se plaignait-elle. Je n'ai pas besoin qu'on regarde par-dessus mon épaule pendant que je travaille.

Elle n'avait pas tort. Ce n'était pas toujours nécessaire de savoir comment elle parvenait à ses fins. Par ailleurs, elle fournissait toujours une bonne explication, si bien que tout paraissait réglo. D'après Paula, en ces temps de *fake news* et de manipulation de données, ils avaient plus que jamais besoin de la science obscure de Stacey. Il était contre-productif de lui faire sentir qu'on la surveillait en permanence.

Les murs du bureau principal étaient équipés de tableaux blancs et d'autres réservés aux scènes de crime. Il était désormais impossible de regarder dans le vide une fois qu'une enquête avait commencé, songea Paula.

Rutherford avait sauvegardé son espace personnel en intégrant l'ancien domaine de Carol Jordan où il avait ajouté une rangée entière de meubles de classement. Ce matin-là, cependant, son bureau était vide, son écran d'ordinateur sombre et éteint. Le reste de l'équipe était à son poste, à s'efforcer d'avoir l'air occupé. À l'époque de Carol, quand la BREP n'avait aucune enquête en cours, ils se penchaient parfois sur des affaires non résolues, souvent parce que Tony suggérait que cela pouvait produire de nouveaux résultats. Cela passait le temps et semblait valoir le coup, même si ces enquêtes ne progressaient pas toujours beaucoup. Mais Rutherford n'avait pas encore expliqué à quoi ils devaient employer leur temps lorsqu'ils ne travaillaient pas sur des enquêtes prioritaires.

Karim était voûté au-dessus de son bureau à éplucher les rapports de la nuit, cherchant manifestement quelque chose qui pourrait éventuellement atterrir chez eux. Il avait rejoint la BREP de Carol Jordan plein d'enthousiasme pour le poste, épaté par ce qu'il considérait comme une chance. À vingt-six ans, trois ans après son diplôme universitaire en droit que ses parents l'avaient forcé à décrocher, il avait confié à Paula que rejoindre une équipe d'élite avait largement compensé leur déception, qu'ils ne dissimulaient pas.

— J'ai toujours voulu être flic, avait-il expliqué. C'est pas comme si c'était secret. « Tu es trop petit », me disait ma mère. « Tu es trop maigre », me répète encore mon frère. C'est dur d'entendre toutes ces conneries à chaque réunion de famille. Mais c'est la vie.

Au début, il s'était montré un peu timide, mais son enthousiasme avait été immédiatement visible. Il était bon avec les témoins féminins ; avec ses grands yeux noisette et sa jolie peau, elles avaient toutes envie de l'embrasser ou de le materner. À présent, il avait pris confiance en lui et d'après Paula, allait d'ici peu monter en grade. Il décala sa chaise sur le côté de façon à voir Paula, par-dessus leurs bureaux qui se faisaient face. D'une voix douce, juste assez haute pour qu'elle seule l'entende, il lui dit :

— À votre avis, ça a servi à quoi, la journée d'hier ?

Paula haussa les sourcils.

— Esprit d'équipe, officier Hussein, répondit-elle très ironique. Quelle partie de ton corps te fait encore souffrir ?

— Surtout mes côtes. Le type qui m'a mis au sol m'est tombé dessus comme un arbre. Je n'ai pas ressenti beaucoup de solidarité de la part de ma coéquipière à ce moment-là.

— Elle n'a pas été assez sur le terrain. Reste à voir ce qu'en dira Rutherford dans le débriefing.

Avant que Karim puisse répondre, le commandant Rutherford entra.

— Briefing du matin pour tout le monde, annonça-t-il gaiement en traversant la pièce pour se poster devant l'un des tableaux blancs.

Ils se tournèrent tous pour lui faire face.

— Bien que la journée d'hier ait été utile, il est temps pour nous de nous atteler à un véritable travail de police.

Son ton léger semblait mettre le travail de police sur le même plan qu'une boîte d'assortiment de beignets.

— L'une des choses que j'attends de mes officiers, c'est qu'ils gardent une oreille sur la radio locale. C'est un excellent moyen de prendre la température de votre terrain. Cela étant dit, je suis sûr que certains parmi vous, au moins, ont entendu la nouvelle intéressante qui est tombée ce matin.

Il regarda autour de lui, dans l'attente.

Paula échangea un regard avec Alvin Ambrose. C'était comme un retour à l'école primaire.

Qui allait tenter de devenir le chouchou du maître ? Comme on pouvait s'y attendre, Sophie Valente leva le bras, le maintenant fléchi au niveau du coude.

Rutherford sourit.

— Sophie ? Vous voulez bien répondre ?

— Les dépouilles humaines sur le terrain du couvent, répondit-elle avec assurance.

Mal à l'aise à présent, Paula baissa délibérément les yeux vers le sol pour ne pas risquer de croiser le regard de quiconque. Comme elle l'avait expliqué à Torin, ça ne ressemblait pas au genre d'affaires pour lesquelles la BREP avait été créée.

Rutherford sourit largement à son élève préférée, ses échecs de la veille relevant clairement de l'histoire ancienne.

— Exactement. Vous êtes peut-être nouvelle comme moi à Bradfield, Sophie, mais c'est bien de voir que vous êtes curieuse. Pour ceux d'entre vous qui ne sont pas au courant, un promoteur immobilier a envoyé des bulldozers dans un ancien couvent et foyer pour jeunes filles qu'il a acheté après sa fermeture il y a cinq ans. Le couvent de l'Ordre de la perle bénite, à Bradesden. Le foyer s'appelait le « Foyer et école St. Margaret Clitherow », dit-il avant de marquer une pause et de regarder autour de lui. N'hésitez pas à prendre des notes.

Karim et Steve saisirent des calepins et des stylos. Les autres ne bougèrent même pas.

— Quand les engins ont commencé le travail, ils ont trouvé des dépouilles humaines. Des os, pour être précis. Pas joli à voir. À ce stade, difficile de dire à combien de corps nous avons affaire, mais probablement une trentaine.

Peut-être beaucoup plus. Notre job est de trouver à qui ces squelettes appartiennent, qui les a mis là. Et aussi s'il s'agit de morts suspectes. Ce qui est, à mon avis, une évidence, vu l'ampleur de la chose.

Il marqua une pause théâtrale.

— Est-ce qu'on sait à peu près depuis combien de temps ils sont enterrés ? demanda Paula.

Le sourire de Rutherford se crispa légèrement.

— Eh bien, je pense qu'on peut supposer sans risque qu'ils y sont depuis au moins cinq ans, vu que les religieuses sont parties et que l'école a fermé à ce moment-là. Mais de quand ils datent ? Il va falloir attendre le rapport du légiste pour le savoir. Datation par le carbone 14 et tout ça. Alvin, je veux que vous collaboriez avec le labo sur cette enquête. Ils refuseront de dépenser leur budget pour ça, mais poussez-les. Jouez la carte du chantage affectif si besoin. « Toutes ces petites filles avaient des parents. »

— Est-ce que ce sont uniquement des filles ?

— C'est une hypothèse raisonnable, dans la mesure où c'était un couvent et un foyer pour filles. Alvin, insistez auprès du labo à ce sujet aussi.

Alvin avait l'air dépité. Il n'avait jamais été attiré par l'aspect scientifique des enquêtes.

Le paternalisme condescendant de Rutherford allait sans aucun doute être un problème, pensa Paula.

— Mais ne soyez pas jaloux d'Alvin. Il y a bien assez de travail pour tout le monde dans cette affaire. Officier Chen, je veux que vous passiez en revue toutes les archives relatives au foyer. L'Église catholique doit avoir des détails, même s'ils ne figurent pas au recensement ni rien d'officiel. Je veux savoir qui vivait là, quand et pendant combien de temps.

Stacey se redressa visiblement. Paula savait qu'elle n'aimait rien tant qu'une mission impossible.

— Je m'y mets, dit-elle en se concentrant de nouveau sur ses écrans, les doigts pianotant légèrement sur le clavier.

— Capitaine McIntyre, je veux que vous collaboriez avec l'officier Chen pour retrouver ces religieuses et toutes les anciennes résidentes du foyer. Nous devons en interroger un maximum et le plus vite possible. Karim peut vous donner un coup de main avec ça. Alors Chen, trouvez-nous des pistes, et capitaine, organisez les auditions. Sophie, je veux que vous alliez sur les lieux du crime pour parler avec le commandant Fielding et voir ce qu'il en est, et quand vous aurez une idée de la situation là-bas, vous reviendrez ici pour installer le bureau central filtrant toutes les informations qui arrivent.

Selon Paula, c'était une lourde tâche pour quelqu'un de peu expérimenté dans la gestion de centre opérationnel d'enquête. Certes, Sophie paraissait avoir toutes les compétences organisationnelles requises. Bon sang, il fallait être bien organisée pour être autant pomponnée à une heure aussi matinale : le genre de maquillage qui paraissait naturel mais prenait plus de temps qu'une application à la truelle, des cheveux châtains brillants coiffés en un chignon banane impeccable, des vêtements assortis sans un pli en vue. Et c'était comme ça tous les matins. Par-dessus le marché, elle avait du sang-froid. Il serait intéressant de voir comment elle négocierait les relations glaciales qu'entretenaient Rutherford et Fielding. Paula ne lui enviait pas cette tâche.

Rutherford remarqua que Steve montrait des signes d'impatience.

— Steve. Il devait y avoir des hommes qui travaillaient là-bas. Un prêtre. Peut-être un homme à tout faire. Ou un chauffeur. Le rectorat devait être au courant, aussi. Même si les enfants étaient scolarisés dans le couvent, il y a forcément eu des inspections, ce genre de choses. Un médecin. Ils devaient tenir un registre médical. Vérifiez tout ça. Alvin pourra vous seconder quand il sera passé au labo.

Ce n'était pas l'attribution de tâches la plus cohérente que Paula ait vue. Elle n'était pas mécontente de son sort ; elle connaissait ses talents pour interroger les témoins et arracher des informations clés aux suspects. Mais pour le reste, ça paraissait un peu à côté de la plaque. Elle avait également remarqué la façon dont il s'adressait à eux. Pour Stacey et elle, c'était toujours par grade et nom de famille. Pour Stacey, le grade n'était même pas systématique. Avec tous les autres, il utilisait le prénom. Les hommes, à l'évidence, parce que dans la police, on favorisait l'amitié entre hommes. Et Sophie, sans doute parce qu'elle était l'une des élus du commandant. Elle se demanda si Rutherford se rendait seulement compte qu'il agissait ainsi. Elle allait essayer de ne pas trop se laisser enquiquiner par ça. En attendant, elle montrerait à Rutherford qu'elle n'était pas là pour gonfler les effectifs.

— Il doit y avoir une maison mère pour l'Ordre de la perle bénite, dit-elle. Je vais voir ce que je peux trouver sur Internet en attendant que Stacey m'apporte un élément sur lequel travailler.

— Pourquoi ne pas commencer par là, commenta Rutherford d'un air peu impressionné.

Il carra les épaules et ferma sa veste par le bouton du milieu.

— Allons-y. Je veux des réponses, et je veux qu'elles commencent à arriver bientôt.

# 10

> *Certains tuent par envie de faire avec un corps des choses qu'ils ne peuvent pas infliger à un être vivant. D'autres tuent parce qu'ils prennent plaisir à ôter peu à peu la vie de quelqu'un. Et d'autres encore parce qu'ils croient que c'est la seule solution à la situation dans laquelle ils se trouvent. Ce sont ceux qui prennent les chemins les plus détournés pour cacher le corps, parce qu'ils ne veulent pas se rappeler en permanence qui ils sont vraiment.*
>
> *Décrypter les crimes*, Dr Tony Hill

La femme qui s'était fait appeler jadis sœur Mary Patrick était assise, le visage tourné vers la fenêtre. Elle aurait tout aussi bien pu être aveugle, vu le peu qu'elle percevait de l'extérieur. Sous le bureau, ses doigts bougeaient, passaient d'une perle d'ambre à la suivante tandis qu'elle récitait méthodiquement son chapelet. C'était une habitude si ancrée qu'elle en était devenue inconsciente, une façon de s'occuper les mains quand elle n'avait rien d'autre à faire. L'expiation était un long chemin, un chemin qu'elle venait à peine d'entamer. Ou du moins, c'est ce qu'on lui répétait avec une régularité monotone. Facile à dire pour eux.

Bien qu'elle n'habite plus au Royaume-Uni, elle parvenait à écouter les infos de la BBC tous les matins. À sa grande surprise, la maison où on l'avait transférée était équipée du Wi-Fi. Quand elle s'était rendue en ville pour acheter un smartphone, elle n'avait pas été frappée par la foudre, et personne n'avait prêté attention à son achat. Ainsi, elle pouvait écouter la radio avec ses écouteurs en cachette, dans l'intimité de sa cellule. En fait, c'était une chambre, mais elle avait conservé l'habitude de la pensée monastique et envisageait cet endroit comme une cellule. Surtout dans la mesure où elle vivait une sorte d'emprisonnement.

Elle avait toujours su qu'un jour, elle entendrait aux infos un titre qui ferait resurgir le passé. D'autres personnes semblaient convaincues que, de même que les corps enveloppés dans les linceuls en lin, leur histoire était morte et enterrée, mais elle connaissait la vérité. Elle avait lu Faulkner. « Le passé n'est jamais mort. Il n'est même pas passé. » Elle portait ce passé avec elle, où qu'elle aille, chaque soir quand elle posait la tête sur l'oreiller, chaque matin quand elle ouvrait les yeux après un sommeil en apparence tranquille. Le passé ne l'empêchait pas de dormir ; mais il hantait sa conscience comme un prédateur.

Elle avait appris à vivre avec le jugement intempestif des autres, ceux qui n'avaient pas été confrontés aux genres de filles dont les sœurs avaient eu la charge. Ce n'était pas des filles sages qui finissaient à St. Margaret Clitherow.

Pas des filles bien élevées qui ne répondaient pas et filaient droit à l'école. Non, celles qu'elle devait se coltiner, personne d'autre n'en voulait. Les incontrôlables, qui se moquaient du nom même de l'école, qui souffraient de troubles de l'alimentation, qui flirtaient déjà avec la drogue et l'alcool avant même d'avoir atteint l'adolescence. Les bien-pensants si prompts à la condamner n'auraient pas tenu cinq minutes dans le couvent de l'Ordre de la perle bénite.

Elle avait toujours su qu'il y aurait des conséquences. Et elle préférait qu'elles surviennent dans ce monde-ci. Cela valait mieux que de compromettre ses chances dans celui d'après. Toutefois, si elle pouvait garder ça soigneusement compartimenté dans le confessionnal et se contenter d'une pénitence supportable composée de *Je vous salue Marie* et de dizaines de chapelets, c'était aussi bien.

Ce matin-là, au ton mesuré du journaliste présentant les informations doté d'un sang-froid très classe moyenne, elle avait senti son drame personnel sur le point d'éclater violemment. Il avait mûri lentement et s'apprêtait maintenant à la frapper de plein fouet. L'Église avait fait son maximum pour cacher son linge sale derrière de hautes murailles, dans un recoin sombre.

Mais voilà que l'ange improbable de la BBC avait roulé la pierre du tombeau.

# 11

> *Quand les enquêteurs sont confrontés aux crimes les plus sombres, la pression pour trouver un coupable est presque écrasante. La hiérarchie, les médias, la famille et les amis de la victime, tous exigent des réponses. Comme si les réponses s'attrapaient aussi rapidement qu'un petit rhume.*
>
> *Décrypter les crimes*, Dr Tony Hill

Sa rencontre avec Vanessa avait laissé Carol agitée et en colère. Elle se tourna vers la solution qui, habituellement, la calmait – chaussures, veste, bonnet, tour de cou et gants – et s'élança sur la colline aride qui s'élevait derrière la grange, Flash gambadant autour d'elle en formant des huit. Un vent frais soufflait du sommet de la lande et la faisait pleurer. Elle se dit que ce n'était que le vent, mais quand elle fut abritée des rafales par la crête de la colline, ses larmes mirent un peu plus longtemps à sécher que ne le justifiait son excuse.

Foutue Vanessa. Cette femme était capable de s'abaisser au maximum pour faire pression et obtenir ce qu'elle désirait. Quelle que soit l'arme qu'elle ait pointée sur la tempe de Tony, ç'avait fonctionné. Peu importe qu'il n'ait pas demandé à Carol d'obéir aux exigences de Vanessa, ils savaient tous les deux qu'elle ne refuserait pas. Elle n'en était plus à se soucier d'elle-même ou du peu de réputation qui lui restait. Mais Tony, c'était une autre histoire.

Un jour, elle avait cru pouvoir se défaire de ses sentiments envers lui. Laisser derrière elle tout ce bagage émotionnel compliqué et reconstruire sa vie sans qu'il y figure au centre. Mais dès qu'il avait été menacé, elle avait cédé. À l'époque, c'était Paula qui les avait réconciliés. Carol n'aurait jamais imaginé que cette fois, cela puisse être Vanessa.

« Et puis, ce n'est pas comme si vous aviez mieux à faire en ce moment », avait-elle lâché sans cacher son mépris pour le travail manuel de Carol.

À cet instant, Carol eut un flash-back inattendu. Lors de sa première collaboration avec Tony, qui remontait à plus d'années qu'elle ne voulait en compter, ils poursuivaient un tueur qui avait construit des engins de torture médiévaux magnifiquement élaborés pour faire souffrir ses victimes. Avait-elle inconsciemment créé un lien avec leur passé en choisissant de travailler le bois ? Ou cherchait-elle par tous les moyens une connexion avec leur histoire commune ?

Prenant de profondes inspirations, Carol effectua quelques exercices.

— Sors-toi ça de la tête, se répéta-t-elle.

À présent, elle devait se concentrer sur la recherche de cet escroc qui avait été suffisamment inconscient pour arnaquer Vanessa. Elle n'avait pas beaucoup d'éléments. Un nom, l'évocation d'une fiducie, une vague idée de lieu. Au moins, le nom Harrison Gardner n'était pas courant. Heureusement, de nos jours, les certificats de naissance, de mariage et de décès étaient accessibles en ligne. Plus besoin de se déplacer à Londres pour feuilleter des registres jusqu'à ce que les yeux vous brûlent et que la peau de vos doigts devienne grise à force de tourner les pages. Elle pouvait obtenir ces informations en quelques minutes. Probablement.

Mais où cela la mènerait-il ? Carol savait qu'il était possible de consulter les registres du cadastre par nom de famille afin de savoir quelles propriétés possédait tel individu. Elle savait aussi d'expérience que pour autoriser ce type de recherche, il y avait des critères très stricts et faire le sale boulot de Vanessa n'y répondait absolument pas. Lors d'une précédente affaire, la Brigade d'enquêtes prioritaires de Carol avait dû obtenir un mandat d'un juge pour être autorisée à consulter ces registres. À présent qu'elle n'était plus officier de police, elle n'avait aucune autorité pour demander une chose de ce genre.

D'un autre côté, quand rien n'était légalement possible, il restait parfois d'autres approches. Or Carol n'était pas étrangère aux méthodes non orthodoxes. Elle détestait demander des faveurs pour son propre compte, mais elle pouvait ravaler sa fierté et le faire pour Tony. En particulier si la personne à qui elle demandait service comprenait parfaitement les enjeux de la situation.

Une fois ces premières étapes éclaircies, Carol fit demi-tour pour regagner la maison. À cet endroit-là, il n'y avait pas de chemin à proprement parler, si bien qu'elle se concentrait sur ses pas tout en traversant agilement les broussailles parsemées de touffes de myrtilles et de bruyère. Un jour comme celui-ci – empli de chants d'hirondelles, avec la brise qui agitait les buissons d'ajoncs et sans aucun autre bâtiment en vue – il était difficile de croire que l'étendue urbaine de Bradfield ne se trouvait qu'à quarante minutes de voiture. Quand elle eut enfin retrouvé la piste étroite qui menait à la grange rénovée qu'elle avait transformée en un foyer confortable, elle put de nouveau relever la tête pour regarder autour d'elle, apprécier le vaste panorama sur la lande jusqu'à l'horizon des collines. Mais son regard s'arrêta brusquement sur ce qu'elle aperçut au-delà de son toit en ardoise.

Une élégante voiture noire était garée dans son allée, à côté de sa Land Rover. Elle ne reconnaissait pas le véhicule et n'attendait personne. Deux visites imprévues en une journée, c'était inédit. Elle sentit monter en elle une tension qu'elle connaissait bien, annonçant une étouffante vague de panique. Au lieu d'y céder, elle se rappela les exercices appris à Édimbourg et étendit lentement les bras, forçant contre un poids imaginaire, avant de les ramener le long de son corps dans un mouvement circulaire comme pour repousser quelque chose loin d'elle. Elle répéta l'exercice plusieurs fois et, peu à peu, l'anxiété diminua.

Carol s'accroupit et respira profondément. Elle effectua les minuscules mouvements d'yeux que Melissa Rintoul lui avait montrés, en jetant de petits coups d'œil de chaque côté. Dix, quinze, vingt-cinq, jusqu'à ce qu'elle sente enfin son rythme cardiaque retrouver une cadence proche de la normale. Maintenant, elle pouvait regarder ce qui se passait sans danger. Maintenant, elle pouvait réfléchir rationnellement à la façon d'agir.

Il n'y avait rien à voir. Juste une voiture inconnue garée devant chez elle. Personne n'en sortit pour sonner à la porte. L'inconnu avait probablement déjà tenté pendant qu'elle réfléchissait à la demande de Vanessa ou se concentrait sur sa descente de la colline. Son premier réflexe fut de rester là où elle se trouvait. Cette personne finirait par partir. *Forcément*, songea-t-elle. Si son visiteur était un citadin, il ne penserait peut-être pas à regarder en haut de la colline pour voir si elle ne s'y trouvait pas. Elle pouvait attendre qu'il s'en aille avant de rentrer chez elle, à l'abri entre ses quatre murs.

Mais peut-être l'avait-il déjà remarquée. Si ç'avait été Carol elle-même ou l'un des membres de son équipe bien préparée, elle aurait sonné puis, en l'absence de réponse, jeté un œil aux alentours pour s'assurer qu'elle ne s'y trouve pas. Si la personne avait été assez perspicace pour le faire, elle aurait su que Carol était en pleine promenade. Elle serait donc restée au chaud dans la voiture tandis que le flanc de la colline s'assombrissait et que la température chutait. En sachant qu'elle finirait bien par revenir.

À ce moment précis, elle n'avait aucune garantie de n'être pas surveillée. Elle ne portait pas de vêtements aux couleurs vives, mais cela ne signifiait pas non plus qu'elle se fondait dans le paysage de la lande aux tons jaune, gris et vert. Même si Flash était ventre à terre à côté d'elle, son pelage noir et blanc ressortait dans la végétation comme un panneau de signalisation.

Carol se releva et commença à descendre la colline d'un pas régulier, son regard allant du sentier inégal à son point d'arrivée. Elle savait que Melissa n'approuverait pas. Elle qualifierait sans doute son attitude d'imprudente. Mais en contrepartie, elle ne pouvait pas sortir de cette impasse. Mieux valait en finir une bonne fois pour toutes et affronter la personne qui attendait dans la voiture noire tant qu'elle avait encore assez d'énergie pour prendre le dessus.

Tandis qu'elle approchait de la fin du sentier, derrière la grange, la porte du conducteur s'ouvrit. Elle avait donc raison. Son visiteur savait exactement où elle se trouvait et l'avait gardée à l'œil. Appelant Flash au pied, Carol continua d'avancer sur le même rythme, les bras le long du corps, prête à affronter ce qui l'attendait. S'il s'agissait de George Nicholas venu lui montrer sa nouvelle voiture, elle allait se sentir vraiment bête.

Mais ce n'est pas George Nicholas qui sortit lentement. À moins qu'il n'ait adopté les collants noirs et les talons aiguilles. Après les jambes apparut un manteau en cachemire camel porté sur un tailleur anthracite ajusté. Puis une magnifique chevelure aux mille reflets blond foncé, coupée aux épaules, qui témoignait des talents d'un coiffeur hors de prix. Un maquillage expert qui effaçait les années aussi efficacement que celui de Vanessa. Le temps fut suspendu un instant quand Carol la reconnut, provoquant immédiatement en elle la réaction physique et émotionnelle qu'elle savait désormais attribuer à un syndrome de stress post-traumatique.

Des années durant, cette femme avait été son adversaire. Mais la dernière fois qu'elle l'avait vue, c'était au procès de Tony, car cette avocate avait contribué à le défendre.

Voilà que Bronwen Scott lui rendait visite. Quand elle imagina quelles pouvaient en être les raisons, le cœur de Carol se mit à battre la chamade.

# 12

> *C'est le travail des officiers de police d'enquêter sur le passé des suspects. Ils ont accès à toutes sortes d'informations qui ne sont pas immédiatement disponibles au premier venu. Le résultat de ces enquêtes constitue le matériau brut et inestimable de tout psychologue qui conseille la police sur les différents angles d'approche lors d'un interrogatoire.*
>
> *Décrypter les crimes*, Dr Tony Hill

L'un des secrets de la réussite de Paula durant les interrogatoires, c'était d'accumuler le plus d'informations possibles sur le passé de ses interlocuteurs. À tel point que Stacey avait un jour qualifié ces derniers de « victimes de Paula ». Elle avait prétendu que c'était un lapsus mais, dans l'équipe, personne ne l'avait corrigée. Ainsi, tandis que Stacey recherchait des données sur des individus à interroger, Paula s'était lancée dans un autre genre de recherches. Stacey régnait peut-être en maître sur le côté obscur de la quête d'informations, mais Paula savait utiliser Google.

Quand la Perle bénite avait fermé cinq ans plus tôt, cela n'avait pas fait grand bruit sur Internet. La fermeture d'un couvent et du foyer pour enfants qui lui était associé n'intéressait pas grand monde, même à Bradfield pourtant tout proche. Il n'y avait eu aucune allégation d'abus sexuel formulée contre les sœurs et prêtres de la Perle bénite, et si quelqu'un avait dénoncé d'autres types de violences, elles n'avaient pas attiré l'attention des médias importants ni des journalistes du cyberespace.

Le *Bradfield Evening Sentinel Times* s'était donc contenté d'un entrefilet consacré à la fermeture d'une institution qui avait existé dans la plus grande indifférence à la périphérie du village dortoir de Bradesden pendant plus de soixante-dix ans. Il citait la mère supérieure, une femme étrangement baptisée sœur Mary Patrick :

> *C'est très triste d'assister à la fin d'une communauté qui a élevé et assuré l'éducation de centaines d'enfants, les préparant à une existence productive au sein de la société. Mais de moins en moins de femmes entrent dans l'Ordre de la perle bénite, et nous ne pouvons plus assurer le niveau de suivi et de formation nécessaire pour s'occuper de filles qui sont souvent très perturbées et ont des besoins émotionnels complexes. Le Foyer et l'école de St. Margaret Clitherow ont été un point d'ancrage pour ces enfants, mais le temps est venu de passer le relais.*

L'archidiocèse avait également apporté un témoignage :

*Les sœurs de l'Ordre de la perle bénite ont remarquablement servi des générations de jeunes gens. Nous saluons leur travail et leur sacrifice. Les jeunes seront toujours chez eux au sein de l'Église catholique, mais dans des circonstances moins formelles qu'autrefois.*

À la lumière de ce que les bulldozers avaient découvert, il était intéressant de noter l'absence de témoignage d'anciens résidents de St. Margaret Clitherow. Paula savait que les journalistes pouvaient être paresseux et se satisfaire de réponses faciles. Néanmoins, ne pas avoir cherché à contacter les enfants élevés par les religieuses s'apparentait bel et bien à une négligence, vu le nombre d'allégations pour abus sexuels qui avaient déferlé comme une vague de pollution sur l'Église catholique ces dernières années.

Peut-être que la réponse était encore plus simple et n'était pas imputable à des journalistes surmenés ou peu curieux. Peut-être que les morts de St. Margaret Clitherow avaient été victimes d'un autre genre de crime. Cela valait certainement le coup d'être envisagé.

Vers la fin de l'article, on évoquait le sort des religieuses de Bradesden. Selon la mère supérieure, elles allaient être affectées dans les autres établissements de l'Ordre. Paula se demanda si l'histoire s'arrêtait là. Si elle avait dirigé un ordre religieux dont certains membres paraissaient avoir eu un comportement douteux, elle aurait eu envie de les envoyer directement vers une autre communauté. Quelque part où personne ne viendrait les chercher. Chez les Petites

Sœurs de l'hypocrisie perpétuelle, ou quelque chose comme ça.

Paula continua à pianoter sur Google, à la recherche d'une quelconque évocation de comportement déplacé au sein de l'Ordre de la perle bénite. Elle découvrit qu'il avait été baptisé ainsi en hommage à sainte Margaret Clitherow, une martyre catholique de l'Angleterre élisabéthaine. Elle était connue dans la région à l'époque sous le nom de « Perle bénite de York ». L'ordre qui lui rendait hommage avait été fondé en 1930, un an après la béatification de Margaret par le pape Pie XI. En lisant le martyre de Margaret au XVI$^e$ siècle, Paula ressentit un dégoût semblable à celui qui l'envahissait chaque fois qu'elle travaillait sur des homicides en série. Ses bourreaux l'avaient déshabillée et allongée par terre, plaçant une pierre pointue sous sa colonne vertébrale. Ensuite, ils avaient déposé sur elle une lourde porte qu'ils avaient criblée de pierres jusqu'à ce que sa colonne se brise et que sa poitrine soit écrasée, de sorte qu'elle ne puisse plus respirer. Son crime ? Avoir caché des prêtres catholiques contre les fanatiques protestants après la Réforme. Paula se demanda ce que Tony aurait dit à leur sujet, et à celui de la reine vierge qui était alors à la tête de leur Église. Cela étant, Élisabeth avait écrit à la population de York pour exprimer son regret face à cette exécution. Non sur la méthode, mais sur le fait que Margaret, en tant que femme, n'aurait pas dû être exécutée. Tony était un grand défenseur de la réhabilitation et de la rédemption, mais Paula soupçonnait que la lettre d'Élisabeth n'aurait pas suffi à le convaincre.

Margaret avait acquis le statut d'héroïne locale, un point de ralliement pour les catholiques forcés de dissimuler leur foi. Ensuite, quand il était devenu légal d'embrasser cette religion, elle avait fait l'objet d'une campagne pour la canonisation, menée par les sœurs de l'Ordre de la perle bénite, qui obtinrent gain de cause en 1970 quand Margaret fut canonisée par le pape Paul VI.

D'après Wikipédia, la Perle bénite n'avait jamais fait partie des grands ordres religieux. La maison mère était située à York, à un kilomètre environ de la maison des Shambles où Margaret avait vécu avec son mari boucher et leurs trois enfants. Sans oublier, apparemment, les prêtres cachés là. La chapelle de cette maison contenait la relique la plus précieuse de l'Ordre, le cœur embaumé de la sainte. Une nouvelle fois, Paula eut un frisson de révulsion. Cela lui semblait profondément primitif de vénérer des parties du corps d'un mort, quelle que soit l'aura spirituelle qu'on lui attribuait.

En dehors de l'établissement de Bradesden, ils avaient également des couvents à Liverpool, Galway et un dans la campagne du Norfolk. Certains avaient également une école, et les sœurs du Norfolk avaient tenu un foyer pour enfants jusqu'en 1982. Pas le moindre scandale ne semblait associé à ces institutions. Elles paraissaient mener une existence pieuse et tranquille. Elles ne contribuaient même pas aux bonnes œuvres classiques comme l'enseignement ou les soins aux malades et aux personnes âgées de la collectivité. En définitive, se demanda Paula, à quoi servaient-elles ?

Elle était parvenue à ce stade dans ses réflexions quand Stacey déposa une liasse de papiers sur son bureau.

— Je t'ai envoyé des copies numériques, mais je sais que tu aimes bien travailler sur papier, lui dit-elle.

— Qu'est-ce que c'est ? demanda Paula en jetant un œil à la première page qui contenait une liste de noms.

— Des registres électoraux. Les religieuses votent. Qui l'aurait cru ? Et elles doivent s'inscrire sous leur nom de naissance, pas leurs noms d'emprunt, si bien que c'est plus facile de les suivre d'un lieu à l'autre.

Stacey sélectionna le premier groupe.

— Ici, ce sont les religieuses qui se trouvaient à Bradesden quand ç'a fermé. Ou du moins, elles y étaient quand le registre électoral a été dressé l'année précédente. J'en ai vingt-trois à cette adresse.

Après avoir jeté un rapide coup d'œil autour d'elle, elle baissa la voix.

— J'ai comparé cette liste au recensement de 2011, et tout correspond, à une exception près. Cela m'a donné des informations sur leur âge, ce qui m'a menée à leurs certificats de naissance. J'ai donc une date de naissance pour chacune d'entre elles, ainsi que l'adresse où vivait leur famille quand elles sont nées. Pas hyper utile, mais ça peut peut-être servir à un moment.

— Pas mal, commenta Paula. Est-ce que tu peux rechercher les registres électoraux actuels de ces autres communes ? demanda-t-elle en pointant la liste des couvents sur son écran. Apparemment, les sœurs de Bradesden ont été envoyées dans d'autres maisons de la

Perle bénite. Voyons qui se trouve où, et s'il en manque. Oh, et tant que tu y es, est-ce que tu peux remonter un peu plus loin et me dresser une liste des religieuses qui se trouvaient à Bradesden cinq et dix ans avant la fermeture ? J'ai l'impression que celles qui vont nous intéresser sont celles qui étaient là depuis longtemps.

Stacey joignit les mains en prière et courba la tête.

— Vos désirs sont des ordres.

Paula éclata de rire et lui adressa un clin d'œil, en indiquant Sophie.

— Fais attention à bien couvrir tes arrières.

— Ne t'inquiète pas. J'effacerai mes traces au fur et à mesure. Tout ce que je te donnerai aura le vernis de la légitimité.

Ce qui allait considérablement ralentir les choses, pensa Paula.

— Je ne sais même pas exactement pourquoi Rutherford trouve ça utile qu'on enquête là-dessus. Tout ce qu'on a, c'est un tas d'os. Certes, vu le nombre, il est probable qu'il se soit passé quelque chose de louche. Mais à moins qu'on leur ait tiré une balle dans la tête ou qu'on les ait frappés tellement fort à coups de couteau ou de machette que leur squelette en porte la trace, on n'a aucun moyen d'établir que la mort est suspecte, encore moins qu'il s'agit de meurtres. Au mieux, tout ce qu'on pourra faire, c'est mettre en examen un groupe de religieuses probablement âgées pour inhumations irrégulières. Ce qui n'est pas le but premier de cette unité.

Stacey hocha la tête.

— Il ne s'agit peut-être même pas d'inhumations irrégulières. J'ai regardé les photos de la scène de crime, et il y a un cimetière de l'autre côté du mur du couvent. Avec des pierres tombales en marbre, et tout. Les sœurs et les prêtres, ce sont eux qui reçoivent des stèles. Donc ils avaient probablement le droit et les permis nécessaires pour procéder à des enterrements, ajouta-t-elle avant de hausser les épaules. Espérons seulement que ça ne cache pas d'incident majeur passé inaperçu.

# 13

> *Parmi ceux qui font respecter la loi, tout le monde n'admet pas facilement que la psychologie puisse être une science à part entière. Ils préfèrent les sciences dures, plus quantifiables, où des échantillons peuvent être analysés suivant des méthodes reproductibles et fiables. Dans un monde idéal, toutes les enquêtes fourniraient ce genre de preuves. Mais en réalité ? On peut toujours rêver.*
>
> *Décrypter les crimes,* Dr Tony Hill

Alvin Ambrose n'avait jamais été à l'aise avec les complexités de la science médico-légale. Il n'avait jamais validé aucune matière scientifique à ses examens. Il se demandait si le nouveau chef essayait délibérément de le déstabiliser, ou si, tout simplement, il ne connaissait pas encore très bien les compétences des membres de son équipe. Quoi qu'il en soit, ce n'était pas la meilleure stratégie pour tirer parti de ses capacités. Ni de celles des techniciens en investigation criminelle ou de l'équipe du labo.

Quand les cinq forces de police avaient uni leurs efforts pour créer la BREP, elles avaient aussi collaboré avec une entreprise privée pour créer un service médico-légal commun. L'époque où les pièces à conviction d'une scène de crime étaient traitées par un service médico-légal national financé par le contribuable était révolue. Aujourd'hui, on confiait cette mission à celui qui facturait le moins cher. Or, d'une façon ou d'une autre, le labo commun semblait toujours remplir ce critère.

Le labo était situé dans un parc industriel à la sortie de la M62, en théorie équidistant de chacun des cinq contributeurs. En pratique, à cause de la circulation, cela prenait plus de temps depuis Bradfield que depuis les quatre autres QG. Quand il atteignit le labo, Alvin était déjà de mauvaise humeur parce qu'il avait passé la plus grande partie de sa matinée à l'arrêt, dans les bouchons. Il regrettait presque de ne pas avoir écouté sa femme qui lui conseillait régulièrement, sur le même ton patient qu'elle utilisait avec les enfants, de se mettre aux livres audio.

— Tu te plains tout le temps de ne plus avoir le temps de lire, entre le travail et les enfants. Alors tous ces moments où tu es là à attendre, utilise-les pour écouter des livres.

Il avait tenté de lui expliquer que la plupart de ces moments d'attente nécessitaient en fait une vigilance constante de sa part et qu'il ne pouvait pas se laisser happer par les péripéties de tel ou tel personnage. Elle s'était raclé la gorge puis avait marmonné :

— Des excuses, des excuses. C'est tout ce que j'entends de ta part et de celle des enfants. Fais ce que je te dis ou arrête de te plaindre, Alvin, espèce de gros bébé.

Il contourna le comptoir de la réception en brandissant sa carte de police et en faisant appel à son froncement de sourcils le plus intimidant. Même dans un établissement de police, sa taille et la couleur de sa peau avaient tendance à rendre les gens nerveux et conciliants. Il suivit les timides indications de la réceptionniste pour gagner la pièce où les scientifiques s'entretenaient avec la police. Elle comportait une paroi vitrée donnant sur un labo qui ressemblait à ceux qu'Alvin avait vus à la télé, à sa plus grande satisfaction. On y voyait des gens en blouse blanche portant des gants de nitrile, des masques et des lunettes de protection manipuler des outils, regarder dans des microscopes, ou en pleine conversation devant des bocaux en verre posés sur une étagère. Tout cela était très rassurant.

La femme qui l'attendait paraissait experte dans l'art de demeurer impassible. Des cheveux châtains parsemés de mèches blanches attachés en un de ces chignons semblables à un pain aux raisins. Il avait beau essayer, il ne parvenait pas à comprendre comment on les confectionnait. Des lunettes démesurées à monture noire qui lui rappelaient le personnage de Brain dans *Les Sentinelles de l'air* que ses enfants avaient à une époque regardé en boucle pendant six semaines. Autour de ses yeux, des rides qu'il aurait pu attribuer au rire si elles n'avaient pas été complétées par d'autres, plus sévères, autour de la bouche. Mais quand elle lui tendit la main, elle lui adressa un sourire plutôt chaleureux.

— Lieutenant Ambrose ? Je suis le docteur O'Farrelly. Chrissie O'Farrelly. Je suis directrice adjointe ici, et je m'occupe en général de la collaboration avec la police. Installez-vous.

Une petite table de conférence entourée d'une demi-douzaine de chaises. Alvin en choisit une qui faisait face au labo, et le Dr O'Farrelly s'assit en face de lui.

— Vous êtes ici au sujet des dépouilles trouvées sur le terrain du couvent de la Perle bénite, n'est-ce pas ?

Quand elle parlait, on percevait un très léger accent irlandais.

— C'est ça. Je sais que c'est encore prématuré, mais tout ce que vous pouvez nous apporter à ce stade… Eh bien, ça pourrait nous permettre d'avancer.

Elle hocha la tête et ouvrit le dossier qu'elle avait à la main.

— Vous comprendrez que c'est une enquête vaste et complexe. Nous estimons qu'elle concerne une quarantaine d'individus, tous des enfants. Jusqu'à maintenant, aucun reste de chair, uniquement des os et des touffes de cheveux. Notre première tâche est de reconstituer le puzzle pour déterminer qu'est-ce qui appartient à qui. On pourra peut-être trouver de l'ADN dans les restes de squelettes mais ça prendra du temps, et si on n'a pas de parent avec qui le comparer, ça n'aidera probablement pas à établir des identités.

— Vu le genre de familles d'où étaient sans doute issus certains de ces enfants, il se peut qu'on trouve des correspondances d'ADN de parentèle dans notre base de données. On ne sait jamais. Est-ce que vous pouvez établir depuis combien de temps les corps sont enterrés ?

Elle secoua la tête.

— Ce n'est pas facile à dire. Une fois que le tissu mou a disparu, ça se résume pratiquement à un jeu de devinettes.

— Vous ne pouvez pas utiliser la datation par le carbone 14 ?

Il avait répété comme un perroquet les mots de Rutherford comme s'il savait ce qu'ils signifiaient.

— Ça serait utile pour vous dire si ces squelettes ont trois cents ou trois mille ans. Mais même avec les changements atmosphériques engendrés par les essais nucléaires des années cinquante, qui ont globalement modifié l'équilibre des isotopes radioactifs, ça reste seulement de la macro.

Alvin essaya de ne pas montrer qu'il était déjà perdu.

— Donc ça veut dire non ?

Bref sourire.

— J'en ai bien peur. Mais il y a une petite lueur d'espoir. Parmi les os, nous avons des fibres de tissu. D'après nos premières observations, il semblerait que les corps aient été enveloppés de linceuls, probablement en lin, ou en lin mélangé. Et sous ces linceuls, ils portaient des sous-vêtements. Les tissus naturels ont pourri, mais un nombre significatif d'étiquettes sont en fibres synthétiques. Cela nous apprend deux choses. D'abord, que les corps sont relativement récents. Les étiquettes tissées ont commencé à apparaître seulement au début du XX$^e$ siècle, quant aux synthétiques elles ne sont devenues courantes que dans les années soixante. Celles que nous avons sont très tachées, mais on devrait pouvoir les lire quand même.

— En quoi ça peut nous aider ?

Alvin craignait d'avoir l'air bête avec sa question, mais il était prêt à payer ce prix si cela leur permettait d'avancer.

Nouvelle esquisse de sourire.

— Eh bien, en dehors des instructions de lavage… Certaines porteront le nom du magasin où les vêtements ont été achetés. Elles nous indiqueront la taille, ce qui nous aidera à déterminer l'âge des dépouilles, ce qui n'est pas une science exacte. Il se peut qu'elles comportent des éléments nous permettant de les dater plus précisément. Quand vous enlèverez votre pantalon ce soir, regardez l'étiquette. Elle a sans doute un code qui correspond à la base de données du vendeur. Il est possible qu'il ait encore une trace de ce code. Encore une fois, ce n'est pas très précis dans la mesure où, dans un foyer, les vêtements passent souvent d'un enfant à l'autre. Mais au moins, cela vous permet de réduire le spectre.

Alvin hocha la tête, maussade.

— Ce n'est pas très concluant, si ?

Elle tapota silencieusement le bord de la table du bout des doigts, comme si elle jouait du piano.

— À ce stade, non. Mais il est encore tôt, ajouta-t-elle en jetant un coup d'œil à son dossier, parcourant la première page. L'un de mes collègues, présent sur le site, pense que les tombes ont été creusées avec une pelleteuse mécanique.

— Ça se voit rien qu'en regardant ?

— Le godet de la tractopelle compresse la terre tout en s'enfonçant. Même après qu'on a rebouché le trou, il est parfois possible de voir où le godet a creusé. Je suis désolée qu'on n'ait rien de plus à vous apporter pour le moment. Néanmoins, parfois, quand on examine le sol autour des dépouilles plus attentivement, on trouve des preuves externes nous permettant de dater. Une pièce qu'on a fait tomber. Un bijou gravé. Parfois même une carte de crédit, même si, à l'évidence, c'est moins probable avec des enfants.

— Il semble qu'on ait fait le tour, conclut Alvin en se frottant l'arrière du crâne, un geste habituel de frustration chez lui. Je suppose qu'il est trop tôt pour dire comment ils sont morts ?

Le Dr O'Farrelly le regarda comme sa mère quand il avait fait quelque chose de particulièrement bête.

— On pourrait ne jamais le découvrir. Jusque-là, d'après mes observations très superficielles des dépouilles, rien ne saute aux yeux, comme des impacts de balles ou des crânes défoncés. Cette affaire va traîner en longueur, lieutenant Ambrose. Des personnes haut placées vont exiger des réponses. Et d'autres préféreront les taire.

Alvin rechignait à l'admettre, mais il avait le lourd pressentiment qu'elle avait raison.

# 14

> *Tout homicide à caractère sexuel est déclenché par un facteur de stress initial – ce que le commun des mortels appellerait un point sensible. J'examine tous les aspects de la perpétration du crime auxquels je peux avoir accès et j'essaie d'y trouver les interférences qui pourraient me ramener aux facteurs de stress. Ainsi, je dresse un schéma de l'état psychologique du criminel, mais aussi des détails de son histoire personnelle. Cerner ces points faibles peut s'avérer tout aussi utile quand il s'agit de mener un interrogatoire efficace. Et pas seulement en ce qui concerne les tueurs.*
>
> *Décrypter les crimes*, Dr Tony Hill

Quand elle la reconnut, Carol eut un choc qui la fit légèrement trébucher. Elle se ressaisit puis avança lentement vers Bronwen Scott. Pas de temps à perdre en politesses.

— Est-ce qu'il est arrivé quelque chose à Tony ? demanda-t-elle en s'arrêtant à quelques mètres d'elle.

Bronwen sourit. Carol pensa que c'était sûrement destiné à la rassurer. Si tel était le cas, ça n'avait pas marché.

— Je ne suis pas là à cause de Tony. Je suis venue vous voir, Carol.

Ses mots réussirent là où son sourire avait échoué. Carol sentit une détente physique s'opérer dans sa poitrine. Mais sa deuxième phrase n'avait aucun sens. Pour autant qu'elle sache, son casier avait été effacé quand elle avait quitté la police. C'était une des conditions sur laquelle les deux parties avaient été heureuses de s'accorder. Certains éléments de son passé portaient autant ombrage à ses employeurs qu'à elle-même. Elle n'avait pas besoin d'un avocat de la défense.

La seule chose qui lui venait à l'esprit, c'était que Bronwen voulait utiliser une de ses anciennes affaires pour appuyer la défense d'un client. Auquel cas, elle perdait son temps.

— Je n'irai pas dans le box des témoins pour vous, déclara-t-elle en passant à côté de la voiture pour se diriger vers sa porte d'entrée.

— Ce n'est pas pour ça que je suis venue, répondit Bronwen en la rejoignant tandis qu'elle introduisait la clé dans la serrure. Tout ce que je vous demande, c'est quelques minutes de votre temps. Si vous avez autre chose à faire, ajouta-t-elle sans parvenir à contrôler entièrement un pincement de lèvres suggérant l'incrédulité, je peux repasser une autre fois.

Carol s'interrompit, tête baissée, respirant fortement, les yeux fixés sur sa clé dans la serrure.

— Dans la vie que je mène maintenant, vous n'avez pas votre place, Bronwen. Je sais que vous avez fait du super boulot pour Tony, et ça remet les compteurs plus ou moins à zéro. Mais c'est du passé et je vis dans le présent.

— Je vous en prie, Carol.

Carol tourna la tête vers son interlocutrice, étonnée. Elle n'avait jamais entendu Bronwen supplier. Or c'était bien ce qu'elle venait de faire. Malgré elle, Carol fut intriguée.

— Cinq minutes, annonça-t-elle en déverrouillant la porte avant de pénétrer à l'intérieur sans un regard derrière elle.

Elle ôta sa veste et ses chaussures et poursuivit dans la pièce principale de la grange.

— Wouahou, dit Bronwen, juste derrière elle. Vous avez restauré tout ça vous-même, c'est bien cela ?

Carol ressentit le mélange de fierté et de regret que cette maison provoquait en elle dès qu'elle la considérait seulement comme un lieu de vie.

— Oui, j'ai dû acquérir beaucoup de nouvelles compétences. Il s'avère que même à mon âge, on peut encore apprendre.

Elle se tourna face à Bronwen et Flash s'installa entre elles, les oreilles dressées.

— Votre temps est compté, ajouta-t-elle.

— Très bien. Voilà ce qui m'amène. Tout le monde dit que vous étiez une excellente policière, c'est-à-dire une excellente inspectrice. Je suis d'accord avec ça, mais ce que j'admirais plus que tout chez vous, c'était que vous étiez entièrement dévouée à la justice. J'ai remarqué très vite que c'était ce qui vous animait.

À présent, elle avait toute l'attention de Carol. Parce que Bronwen venait de souligner la facette de sa personnalité que Tony estimait lui aussi. Est-ce qu'il l'avait briefée ? Est-ce qu'il se cachait également derrière cette deuxième visite ?

— Vous ne serez peut-être pas d'accord, vu que j'ai longtemps défendu des gens que vous jugiez coupables, mais je partage cette soif de justice. Le système judiciaire est défaillant, Carol. En tant qu'avocate, c'est mon travail d'en exploiter les failles et les lacunes et de faire mon maximum pour mes clients. Je sais que vous ne me croyez sans doute pas, mais je préférerais que la tâche soit plus ardue. Et je reconnais que certaines personnes à qui j'épargne la prison ne devraient pas se retrouver en liberté, admit-elle en se mordant la lèvre. Ça, je sais que ça va être difficile à accepter pour vous.

Elle dégagea ses cheveux de son visage et plongea son regard dans celui de Carol.

— J'ai besoin de trouver un équilibre dans ma vie professionnelle. J'imagine qu'on pourrait appeler ça une expiation.

Carol ne put retenir le sourire moqueur qui se forma sur son visage.

— Vous pourriez tout simplement arrêter de défendre des salauds.

Bronwen baissa la tête en signe de concession.

— Tout le monde a droit à une défense, Carol. Si ce n'était pas moi, ce serait quelqu'un d'autre. Quelqu'un qui le ferait moins bien, donc il y aurait encore plus de candidats à la Cour d'appel, ajouta-t-elle en imitant le sourire de Carol pour montrer qu'elle était culottée. Je ne suis pas ici pour vous forcer à approuver ce que je fais. Je sais que ça n'arrivera probablement jamais. Je suis ici pour vous faire une proposition. Et puisque je n'ai que cinq minutes, la voici.

Elle prit une profonde inspiration.

— Des innocents finissent en prison. Généralement à cause d'une incompétence. Flics, avocats, experts. Nous avons tous nos failles, parfois c'est de la mauvaise foi, de temps en temps une réelle tendance à la malhonnêteté. Parfois, c'est parce que les preuves, à l'époque, n'ont pas permis de mener une analyse médico-légale concluante. Quelle qu'en soit la raison, des gens qui ne devraient pas se retrouver derrière les barreaux finissent en prison. Vous êtes d'accord ?

Carol hocha la tête.

— Ça arrive. Vous avez mentionné la Cour d'appel. C'est à ça qu'elle sert. Elle, et la Commission de révision des affaires criminelles.

— Les mécanismes sont là, mais pas les ressources pour produire des preuves destinées à convaincre. Aucune aide légale n'est fournie pour poursuivre des enquêtes spéculatives. Et certains d'entre nous jugent ça inacceptable. Nous avons donc constitué un groupe informel de professionnels afin d'examiner des affaires victimes, selon nous, d'un mauvais arbitrage judiciaire. Nous sommes en train de porter notre première affaire devant la Commission de révision et nous avons des raisons de croire que le tribunal va révoquer une peine à perpétuité pour incendie volontaire.

— Tant mieux pour vous.

Carol croisa les bras sur sa poitrine. Elle savait où Bronwen voulait en venir et ne souhaitait pas la suivre.

— Nous voudrions que vous vous joigniez à nous.

— Je ne suis pas intéressée. J'ai tourné la page sur cette vie-là.

Bronwen regarda autour d'elle, ses yeux s'attardant sur le travail d'ébénisterie inachevé de Carol.

— Vous avez tout plaqué pour travailler le bois, c'est ça ? Vous pensez que Tony va vous rejoindre à sa sortie de prison pour vous aider avec vos assemblages à queue-d'aronde ?

Son ton était badin mais pas son intention.

— On ne pourra pas me faire changer d'avis, même par la moquerie. Revenir sur le terrain d'une enquête, ça ne m'intéresse pas.

— Il ne s'agit pas vraiment d'enquêtes de terrain, Carol. Il s'agit de plonger dans de vieux dossiers pour essayer de trouver une nouvelle piste à explorer. Peut-être, de temps en temps, interroger un témoin.

Carol n'avait vraiment pas envie de poursuivre cette conversation, mais il y avait une question qu'elle devait poser.

— Alors, qui d'autre avez-vous mis dans le coup ?

Bronwen eut l'intelligence de ne montrer aucun signe de triomphalisme.

— Deux autres avocats, Cora Bryant, l'avocate de la Couronne, et Hector Marsh. Il travaillait pour le ministère public, mais il a arrêté et s'est joint à moi. Morna Thorsson, qui est professeur de droit à l'université de Bradfield, le Dr Claire Morgan qui enseigne la science médico-légale là-bas, dit-elle avant de marquer une pause pour plus d'effet. Et Grisha Shatalov.

Carol fut surprise. Elle avait étroitement collaboré avec le Dr Grisha Shatalov pendant plusieurs années. Le Canadien avait été le médecin légiste dépendant du ministère de l'Intérieur à Bradfield depuis les débuts de Carol dans cette ville, et elle admirait ses méthodes. Il était compétent, respectueux et enclin à dépasser les observations pour proposer des théories sur la façon dont les blessures avaient pu être infligées. Mais en plus de reconnaître son professionnalisme, elle avait aussi de l'affection pour lui. Il était prévenant et possédait un sens de l'humour discret quoique parfois tranchant. Elle avait dîné chez lui avec son épouse et leur famille plus d'une fois. S'il avait ajouté son nom au projet de Bronwen, il était plus difficile de considérer que tout ça n'était qu'une perte de temps.

Par ailleurs, l'avocate avait raison. Dans sa carrière de policière, Carol avait toujours été mue par son sens de la justice. Il y avait si souvent un fossé entre la loi et la justice : les chefs d'accusation possibles, les décisions des tribunaux, les limites de peines… Très souvent, les victimes, leurs familles et les témoins se sentaient incompris et trahis. Ils n'étaient pas les seuls. Carol avait passé du temps au pub avec son équipe, dépités, à décortiquer les nombreuses défaillances que le système avait une fois de plus montrées. Rien dans sa vie professionnelle ne l'avait plus énervée et déçue que ça. Un peu plus tôt dans la journée, elle avait même dû s'avouer que ce qui l'avait en partie poussée à enquêter sur l'arnaqueur de Vanessa, c'était le plaisir potentiel de le voir payer le prix, tant sur le plan littéral que métaphorique.

— Je sais que vous connaissez Grisha, reprit Bronwen après un long moment. C'est lui qui a suggéré de vous contacter. Je voulais qu'il vienne vous parler en personne, ajouta-t-elle avec un bref sourire. Je pensais qu'il avait plus de chance que moi de vous convaincre. Mais il a refusé. Il avait peur que vous vous sentiez piégée s'il vous exposait le projet et que vous découvriez ensuite que je le chapeautais, dit-elle en écartant les bras. Alors voilà pourquoi c'est moi qui suis ici et pas lui. Carol, vous êtes une enquêtrice de talent. Vous êtes la policière la plus intelligente que j'aie affrontée. Vous ne pouvez pas rester là à tailler des morceaux de bois et à gâcher ces compétences.

Elle laissa tomber ses mains et secoua la tête, avant d'ajouter :

— Je n'essaie pas de vous faire du chantage affectif.

— Ça signifie donc que c'est exactement ce que vous vous apprêtez à faire, interrompit Carol, menton levé, regard plein de défi. Je parierai que vous allez me sortir quelque chose du genre : Tony serait tellement déçu que je ne mette pas mes aptitudes et mon expérience au service de la justice.

— Je vais vous laisser vous en charger, dit Bronwen.

Elle plongea une main dans son ample manteau pour ouvrir une sacoche en cuir qu'elle portait dessous, en bandoulière. Elle en sortit une fine enveloppe marron A4 qu'elle tendit à Carol.

— Voici l'affaire où, selon moi, vous pourriez faire une différence.

Carol n'esquissa pas le moindre mouvement pour s'en emparer.

— Pas intéressée, répéta-t-elle.

Bronwen poursuivit malgré tout. Peu en auraient été capables, pensa Carol.

— Saul Neilson. Il y a trois ans, à vingt-huit ans, il a été condamné à perpétuité pour meurtre. C'est un dossier particulièrement intéressant parce qu'il n'y a pas de corps. Il n'est pas coupable, Carol, insista-t-elle en lançant l'enveloppe sur un siège proche. Je vous parie une chose : vous aurez ouvert cette enveloppe avant que ma voiture ne quitte votre cour.

Elle se retourna et franchit la porte, Flash sur ses talons comme pour s'assurer qu'elle partait pour de bon. La porte se referma, puis sa portière de voiture, avec un bruit sourd. Le ronronnement puissant d'un moteur bien huilé résonna avant de diminuer, à mesure que le véhicule s'éloignait sur la route. Un silence s'ensuivit, aussi profond que l'obscurité au-dehors.

Carol saisit l'enveloppe et l'emporta dans la cuisine pour la jeter avec les déchets recyclables. Quel que soit le programme télé ce soir, ça vaudrait mieux que d'ouvrir l'enveloppe de Bronwen Scott. Elle appuya sur le bouton de son enceinte Sonos et la voix puissante d'Alison Moyet emplit la pièce. Mais même elle ne pouvait pas faire taire celle de Tony, répétant dans sa tête : *Allez, Carol. Tu sais que tu en as envie.*

## 15

> *Ce type de meurtre marque la fin d'un processus qui peut durer de quelques minutes à plusieurs années. La première étape est l'identification d'une proie possible. La deuxième consiste à ne pas commettre d'imprudence.*
>
> *Décrypter les crim*es, Dr Tony Hill

Mark Conway aimait prendre son temps. Il entendit les paroles de sa mère résonner dans sa tête : *Hâte-toi lentement*. Elle avait un vrai talent pour les clichés. Il ne se rappelait pas l'avoir jamais entendue formuler une pensée originale. Enfant, il n'avait pas mesuré à quel point son discours était populaire ni qu'il était l'expression directe de sa pensée. Il lui avait fallu des années pour se rendre compte que c'était comme vivre avec un perroquet particulièrement bien élevé. Il lui en avait fallu encore quelques autres pour rééduquer lui-même son propre discours. Il avait consciemment fait le choix de changer parce qu'il voulait libérer ses pensées et ses projets des canaux et des schémas préconçus qu'il avait hérités d'elle et des Frères chrétiens.

Il aimait croire qu'il s'était ainsi façonné un esprit agile, qui saisissait vite les différentes possibilités et y répondait avec souplesse. Il avait bâti son entreprise de A à Z en un temps record parce qu'il était réactif face aux changements de situations. Il employait des gens dont le train de pensées n'était pas linéaire et était toujours à l'affût de nouveaux talents. Et comme il était entré dans les affaires par la petite porte, il était prêt à explorer des lieux aussi peu conventionnels que son milieu d'origine pour dénicher la future perle.

Bien que cette quête soit urgente, il allait devoir la mettre en pause. Les infos de ce matin l'avaient frappé comme un coup en plein cœur. Il s'était véritablement senti abattu par l'annonce du journaliste. Il avait chancelé jusqu'à une chaise avant de s'y affaler comme un sac de sable en attendant de pouvoir digérer ces mots. Les dépouilles humaines découvertes au couvent de la Perle bénite représentaient son pire cauchemar.

Mais quand les alarmes s'apaisèrent dans sa tête, il comprit que cela n'avait rien à voir avec lui. Des squelettes d'enfants ? Ça concernait les religieuses.

N'empêche que... pourquoi est-ce que Jezza ne l'avait pas averti ? Qu'est-ce qui se passait, bordel ? Il devait savoir que les bulldozers allaient creuser. Est-ce qu'il était vraiment aussi bête pour ne pas mesurer l'effet dévastateur que ces nouvelles pouvaient avoir sur son cousin ?

Une vague de nausée le traversa et il tituba jusqu'à l'évier, juste à temps pour rendre son jus d'orange et son granola qui constellèrent le revêtement en inox. Il haleta et vomit jusqu'à ce que plus rien ne vienne. Hors d'haleine, il se rinça la bouche sous le robinet. Dieu merci, Jezza n'avait pas vu ça. S'ils se sortaient de cette situation, ce serait parce que Conway était fort, intelligent et qu'il avait toujours une longueur d'avance sur les autres.

Il se rassit. Il fallait qu'il y réfléchisse posément. Jezza lui avait certifié n'avoir rien fait qui puisse risquer à Conway d'être découvert. L'étroite bande de terre où s'élevaient les jardinières et le potager avait été cédée à Jezza avec un bail de cinquante ans, au moment de la fermeture du couvent. Bien qu'il n'y eût pas de clôture ni de mur, ce terrain ne faisait pas partie de celui que le promoteur avait acheté. Jezza avait été clair sur ce point. Il lui avait juré qu'aucune des tombes que les sœurs lui avaient demandé de creuser ne se trouvait près de celles où il avait déposé les recrues de Conway qui n'avaient pas fait l'affaire. En plus, avait-il promis, elles étaient enterrées beaucoup plus profondément. Et même si elles étaient exhumées ? Eh bien, ce n'est pas lui qu'on accuserait.

Vraiment, il n'y avait aucune raison de paniquer. Manifestement, malgré sa stupidité, Jezza ne paniquait pas, lui non plus. Sans quoi il aurait immédiatement appelé Conway. Il verrait Jezza au foot. Il y avait un match dans deux jours. Manchester City à l'Etihad. Ils descendraient ensemble en voiture, comme d'habitude. Passeraient la soirée au stade. Agiraient normalement. Il en apprendrait un peu plus sur cette affaire et s'assurerait que Jezza soit bien briefé pour ne rien révéler.

Il fallait juste qu'il garde ses distances avec la Perle bénite le temps que ça se calme.

Mais surtout, il devait contenir ses ardeurs. Fini de rôder dans Temple Fields en quête du garçon spécial qu'il pouvait façonner à son image pour qu'il devienne son successeur et assure son héritage. Ce n'était pas un point final, juste une pause. Si Jezza n'était plus en mesure de l'assister, il trouverait une autre solution.

C'était lui, l'esprit agile, après tout.

# 16

> *Pendant ma formation de psychologue clinicien, je m'imaginais travailler ensuite dans une institution, où j'aiderais les gens à supporter les épreuves de l'existence. J'ignorais où cette carrière pourrait me mener, ce qui n'est probablement pas plus mal.*
>
> *Décrypter les crimes*, Dr Tony Hill

De même qu'il n'y avait rien de mieux qu'un voleur pour arrêter un voleur, il allait falloir un autre esprit agile pour neutraliser Mark Conway. À une époque, cette tâche aurait été dévolue à Tony, avec le regard attentif de Carol, prête à glaner toutes les informations susceptibles d'aider son équipe à avancer.

Mais aujourd'hui, il ne savait même pas que Mark Conway existait ni combien de victimes il s'était convaincu d'avoir sauvées d'un destin plus funeste. Le monde de Tony s'était réduit à son environnement immédiat, son seul impératif étant de se tenir éloigné d'embrouilles qu'il ne saurait pas comment gérer. Faire profil bas, poursuivre tranquillement l'écriture de son livre, faire son émission de radio, voilà sur quoi il devait se concentrer dorénavant. Tout le reste était de l'ordre de la distraction. Il aurait le temps de réfléchir plus tard au type de vie qu'il désirait. Le temps de voir si Carol et lui pouvaient trouver un moyen de revenir l'un vers l'autre.

Groggy après une nuit agitée sur son matelas inconfortable, il suivit machinalement sa routine matinale. Se raser à l'eau tiède, enfiler un jean et un tee-shirt qu'il garderait un jour ou deux de plus que s'il avait été en liberté. Les petites humiliations qui lui rappelaient constamment sa punition. Puis descendre prendre un petit déjeuner composé de saucisses molles et grasses et de purée, en surveillant les alentours au cas où un différend n'explose et ne le place au centre d'un conflit. Rien à signaler, il regagna sa cellule. Plus loin dans le bâtiment, quelqu'un dénonça en hurlant une quelconque injustice. Le chauffage fonctionnait mal et, pendant sa brève absence, sa cellule était devenue étouffante, les odeurs familières amplifiées. Néanmoins, il allait pouvoir se dégager une heure d'écriture avant de prendre son service.

Deux jours plus tôt, on l'avait assigné à trois services par semaine dans la blanchisserie de la prison. Ce serait son deuxième jour à pousser des paniers dans les couloirs, récolter les vêtements et les draps sales avant de les charrier jusqu'à la blanchisserie où de grosses machines industrielles tournaient en couinant. C'était, lui avait-on appris avec une certaine amertume, un job pépère.

Ce matin-là, l'homme qui était visiblement le caïd de son étage l'avait arrêté alors qu'il se rendait au petit déjeuner.

— Eh, le blanchisseur, lui avait-il lancé d'une voix pleine de dédain. Tu sais comment on t'appelle, maintenant ?

— Tu peux peut-être me le dire ? avait répliqué Tony en tentant un sourire conciliateur, sachant très bien que c'était voué à un échec total.

— Le facteur.

Il ne s'était pas attendu à ça.

— Parce que je suis timbré ?

Le type avait souri avec aigreur.

— Le con qui fait les blagues, ici, c'est moi. Tu feras des livraisons pour moi pendant tes tours de blanchisserie. C'est clair ?

Le cœur lourd, Tony avait accepté de devenir le nouveau livreur. Il soupçonnait les gardiens de prison d'être tout à fait au courant de ce qui se passait mais de laisser faire, parce que c'était plus facile que d'y mettre un terme sans savoir ce qui allait remplacer ce système.

Avant qu'il ait pu écrire plus de deux phrases, un prisonnier maigre, avec des tatouages élaborés de serpents et de femmes nues, se glissa dans sa cellule. Tony, qui n'avait aucun souvenir de l'avoir déjà vu, fut instantanément sur ses gardes. L'homme avait un visage émacié et des cheveux noirs coupés court aux tempes grisonnantes.

— T'es le psy ? demanda-t-il.

Il avait ce qui ressemblait à un accent d'Europe de l'Est.

Ce n'était pas le moment d'expliquer les différences entre psychologues, psychiatres et psychothérapeutes.

— Faut croire, répondit Tony. Docteur Tony Hill, c'est moi.

— Je suis Matis Kalvaitis. Tu es un homme éduqué.

Il avança de quelques pas dans la cellule. Il croisa les bras sur la poitrine, ses muscles tendus faisant bouger ses tatouages en une danse sinistre.

— La plupart des gens diraient que oui.

Tony sentit la peur familière lui serrer la poitrine. Que voulait cet homme ?

— J'ai besoin de toi, dit-il en laissant retomber ses bras pour sortir de sa poche un morceau de papier. J'ai besoin que tu écris ça pour moi.

Il le lança à Tony, qui le déplia pour le lire. C'était une page imprimée d'un site Internet expliquant les possibilités d'appel contre une expulsion à la suite d'une condamnation criminelle.

— Ils veulent t'expulser ?

— Me renvoyer en Lituanie. C'est pas bon pour moi.

— Tu penses avoir de bonnes raisons de faire appel ?

Kalvaitis hocha vigoureusement la tête.

— Oui, putain. Je suis au Royaume-Uni depuis onze ans. Je travaille dans garage, je suis mécanicien. J'ai femme anglaise depuis huit ans. J'ai deux garçons. Six ans et quatre ans, dit-il en haussant les épaules. Je me suis battu, c'était stupide, expliqua-t-il avant de se taper la poitrine. Je sais bien me battre. Trop bien pour le connard qui a commencé. Ils disent je suis un homme dangereux mais je veux juste rester avec ma famille. Tu vas écrire la lettre.

Ce n'était pas vraiment une question.

— Tu as tous les papiers ? Ton certificat de mariage, tes contrats de travail, les certificats de naissance de tes fils ? demanda Tony pour gagner du temps.

— Oui, oui, ma femme garde les stupides papiers, elle jette jamais rien. Tu écris la lettre, elle fait le reste.

— Pourquoi est-ce qu'elle n'écrit pas cette lettre ?

Il lâcha un petit son moqueur.

— Parce qu'elle est pas éduquée. On n'a pas d'argent pour avocat et on a pas une histoire triste pour les gens sur Twitter. Tu écris la lettre et je suis ton ami. Tout le monde a besoin des amis en prison.

D'après Tony, ce n'était pas tant qu'on avait besoin d'amis, mais qu'il fallait éviter de se faire des ennemis. La dernière chose qu'il souhaitait, c'était de devenir l'ennemi d'un as de la bagarre.

— Donne-moi ça, dit-il. Je vais voir ce que je peux faire.

Kalvaitis le fixa longuement du regard.

— Moi je vais voir ce que tu peux faire, docteur Hill.

Il tourna les talons et s'éclipsa sans un regard en arrière. Tony examina de nouveau le papier. Il ne devrait pas être trop difficile de préparer une demande en appel. La femme peu éduquée de Kalvaitis n'aurait qu'à remplir les blancs, ou demander à quelqu'un de s'en charger pour elle.

Tony ferma son ordinateur portable et ouvrit son carnet à une nouvelle page. Si cela lui assurait une fraction supplémentaire de sécurité, ça valait le coup. La survie, tel était l'objectif premier.

# 17

*Lors du premier séminaire auquel j'ai assisté en tant que jeune étudiant en psychologie, le professeur commença par une petite formule destinée à se donner l'air intelligent : « Vous avez deux oreilles et une bouche. Quand vous pratiquerez la psychologie, essayez de les utiliser dans ces proportions. » Le conseil que je donnerais serait légèrement différent : « Vous avez quatre organes de perception et d'observation (deux yeux et deux oreilles) et un pour l'interrogation. En général, c'est en utilisant sa bouche qu'on apprend le moins. »*

*Décrypter les crimes*, Dr Tony Hill

Sophie Valente suivit scrupuleusement son GPS pour traverser le village quelconque de Bradesden, constitué de maisons identiques regroupées derrière la rue principale bordée de cottages trapus en pierre et flanquée d'une épicerie et d'un pub hideux. Le village était entouré de champs vallonnés, séparés par de petites haies et des bouquets d'arbres dont elle se réjouissait d'ignorer le nom. Sophie était une fille de la ville ; la campagne ne l'attirait pas. À quoi les gens pouvaient bien occuper leurs journées ?

Le GPS la mena à une étroite ruelle. Les voitures garées tout le long lui indiquèrent qu'elle était au bon endroit. Les grappes d'hommes et de femmes appuyés sur les pare-chocs, chargés de micros avec perches et de téléobjectifs, lui apportèrent confirmation. Ils levèrent des yeux pleins d'espoir à l'approche de son véhicule, puis l'ignorèrent si rapidement qu'elle se sentit insultée.

Le cordon de police se résumait à un officier vêtu d'une veste réfléchissante planté au milieu de la route à côté d'un véhicule de patrouille. Quand elle approcha, il avança d'un pas, brandissant son bloc-notes comme s'il avait le pouvoir de repousser les inconnus. *Ça y est, le premier branleur de la journée*. Sophie baissa sa vitre et présenta sa carte de police.

— Capitaine Valente, de la BREP.

Il ne parut pas impressionné.

— Le parking est plein, annonça-t-il. Il va falloir vous garer plus loin dans la rue et revenir à pied.

Elle voyait que derrière son véhicule, il y avait de la place pour stationner.

— Merci, monsieur l'agent, mais je crois que je vais juste me garer là.

— Je suis censé garder le passage dégagé.

Ils saisissaient chaque occasion d'exercer leur minuscule pouvoir, songea-t-elle. Elle savait qu'elle ne pouvait pas se permettre de céder, pas si tôt dans son nouveau job. Tout le monde semblait connaître son parcours et, vu que ses collègues les plus proches ne la soutenaient pas, elle ne pouvait pas perdre davantage la face.

— Et moi, je suis censée me trouver sur les lieux du crime. Je ne vous demande pas la permission, je vous dis de me laisser passer.

Elle supposait que le regard franc et entêté de son interlocuteur pouvait faire céder la plupart des gens. Parce que lors d'un face-à-face, ils résistaient mal au silence. Mais Sophie avait travaillé dur pour ne pas devenir comme la plupart des gens. Si elle avait continué à travailler dans le commerce, elle aurait fini par décrocher un poste haut placé. Mais elle s'ennuyait. Devenir flic lui avait semblé une option plus stimulante, une fois qu'elle avait pu gravir les échelons pour accéder directement aux niveaux intéressants. Elle n'allait pas se laisser intimider par des hommes persuadés qu'elle n'était pas à sa place parce qu'ils n'avaient pas la moindre idée de ce qu'étaient les compétences transférables.

— Je ne veux pas perdre mon temps à expliquer à votre chef pourquoi je l'ai fait attendre.

Lentement, il se décala, tout en notant ostensiblement quelque chose sur son bloc-notes. En passant, elle afficha un sourire. Ni triomphant ni contrit. Un simple sourire franc.

— Merci. Je ne manquerai pas de mentionner que vous avez été très coopératif.

Il releva la tête et elle aperçut une brève expression de panique. Clairement, il n'avait aucune envie que ses collègues pensent qu'il s'était mis en quatre pour satisfaire la petite nouvelle.

Elle avança pour se garer derrière la première voiture venue, calculant qu'elle serait sans doute la dernière de la file. Elle avait une paire de bottes en caoutchouc dans le coffre, qu'elle échangea contre ses escarpins à petits talons, avant de remonter l'allée pour franchir un portail en fer forgé grand ouvert supporté par deux piliers en pierre. Le minuscule parking du couvent n'avait sans doute jamais vu autant de voitures, pensa-t-elle. Des véhicules de police, le labo mobile de la police scientifique, la camionnette de la morgue, sans oublier une camionnette de la brigade canine. Le bureau de police mobile, avec son générateur qui ronronnait doucement en fond sonore, occupait toute une partie du terrain.

Sophie se dirigea vers le bureau mobile. On lui avait donné un nom, commandant Alex Fielding, et elle était bien décidée à en faire bon usage. En entrant, elle croisa deux officiers en uniforme qui sortaient. Personne ne leva les yeux à son arrivée, chacun étant concentré sur sa tâche. Elle admirait ça. Elle s'arrêta à la première table et s'éclaircit la voix.

Un jeune homme au visage terne leva de l'écran des yeux rougis.

— Oui ?

— Je suis la capitaine Valente. Je cherche le commandant Fielding.

— Là-bas, dans la grande tente bleue. Là où ils trient les os, répondit-il avant de retourner à son écran.

Impossible de manquer la grande tente bleue. Elle se dressait derrière le parking, occultant une grande partie du bâtiment blanc sale, crénelé dans le style gothique victorien. Sophie en déduisit qu'il s'agissait de l'Ordre de la perle bénite. Elle ouvrit le rabat de la tente et découvrit une scène qui aurait dû être horrible mais qu'elle trouva en réalité assez banale. Une bonne dizaine de tables à tréteaux étaient réparties dans la tente, sur lesquelles étaient étalés des os de façon à former des squelettes approximatifs. Des silhouettes vêtues de la combinaison blanche de rigueur, de chaussons et de gants en nitrile examinaient les dépouilles, prenaient des photos à l'aide de téléphones portables ou gribouillaient sur des blocs-notes. Un homme de grande taille se déplaçait d'une table à l'autre, posant des questions et notant les réponses. Le commandant Fielding, devina Sophie.

Elle attendit qu'il s'approche d'elle, puis lança :

— Excusez-moi ? Commandant Fielding ? Je suis la capitaine Valente de la BREP.

Il parut surpris puis amusé.

— Vous pensez que je suis le commandant Fielding ? Vos talents d'enquêtrice ont besoin d'être affinés, ma petite.

Il se retourna et indiqua une petite silhouette en pleine conversation avec quelqu'un qui avançait entre les tables tout en pointant les ossements.

— La commandante Fielding est là-bas, lui dit-il avant d'élever la voix. Chef ?

Fielding releva la tête.

— Qu'est-ce qu'il y a, lieutenant ?

— Quelqu'un pour vous. De la BREP.

Elle leva les yeux au ciel, manifestement agacée.

— Une minute. Je termine ça, lança-t-elle avec un accent écossais immanquable amplifié par son énervement. Et vous, de la BREP ? Attendez à l'extérieur.

Sophie ressortit de la tente. Merde. Pourquoi personne n'avait pensé à lui préciser qu'Alex

Fielding était une femme ? Était-ce un oubli de bonne foi, ou est-ce que sa supposée erreur de jugement lors de l'exercice de cohésion d'équipe avait fait d'elle le bouc émissaire du groupe ? À présent, elle était coincée là, la seule policière à n'avoir, visiblement, rien à faire.

Heureusement, Fielding ne tarda pas. Elle était sans doute la policière la plus petite que Sophie ait jamais vue. Elle avait entendu dire que les Écossais étaient plus petits, alors peut-être que leurs critères de recrutement étaient eux aussi littéralement plus bas. Fielding la jaugea du regard de ses yeux perçants nichés au milieu des rides, affichant un sourire sardonique pincé.

— Personne ne vous a dit que j'étais une femme, c'est ça ?

Elle avait beau être petite, elle en imposait.

Sophie hocha la tête.

— En effet, madame. J'ai supposé que...

Elle se sentit rougir sous le regard direct de son interlocutrice.

— Je suis désolée, madame.

— Paula McIntyre n'a pas appris le fair-play, même si elle a réussi à devenir capitaine, commenta Fielding en soupirant. Alors, qu'est-ce qui vous amène ?

C'était de pire en pire. Apparemment, Rutherford n'avait pas pris la peine d'informer Fielding qu'il lui piquait l'affaire. Elle ressentit une urgente envie d'uriner. Elle s'éclaircit la voix.

— La BREP va prendre le relais sur cette affaire. Je suis ici pour me présenter, je vais centraliser les données. Capitaine Valente. Toutes les infos passeront par moi.

— C'est une blague, ou quoi ? Cette affaire n'est pas pour la BREP. J'ai une équipe sur le terrain qui connaît son job. Contrairement à une vendeuse, ajouta Fielding d'un air moqueur. Oui, capitaine Valente, votre réputation vous précède.

— Le commandant Rutherford pense que nous avons les compétences nécessaires. Il peut diriger efficacement cette enquête, tenta Sophie.

L'expression de Fielding hurlait le mépris plus clairement que si elle avait parlé.

— Alors c'est *vous* qui serez responsable du centre opérationnel ? Et j'imagine que vous vous attendez à ce que je vous fournisse des hommes pour faire le sale boulot ? Parce que vous n'avez pas suffisamment de personnes dans votre équipe, n'est-ce pas ? Bon sang, ils sont plus nombreux sous cette tente que dans toute la BREP.

— C'est ce qu'envisage le commandant Rutherford, madame, en effet. Je suis venue par courtoisie. Je mettrai sur pied le centre opérationnel à mon retour à Skenfrith Street dès que j'aurai examiné le lieu du crime.

Sophie ne savait pas d'où lui était venue cette réponse, probablement savait-elle instinctivement que la meilleure réaction face à l'ennemi était d'adopter ses manières.

Fielding esquissa du bras une courbette exagérée.

— Bonne chance à vous, dit-elle sans qu'il soit possible d'ignorer le sarcasme dans sa voix. Je vous en prie. On va simplement s'acquitter des tâches ingrates comme les bons petits citoyens de seconde classe que nous sommes. Je verrai avec Rutherford pour décider qui mettre sur le coup. Mais n'oubliez pas une chose. Il n'est pas mon supérieur. Nous avons le même grade. Regardez bien où vous marchez, capitaine Valente. Littéralement et métaphoriquement.

Elle tourna les talons et regagna la tente la tête haute. Sophie ressentit un soulagement presque palpable. Elle avança jusqu'à l'extrémité de la tente, gardant en tête le dernier missile envoyé par Fielding. Elle prit son temps pour s'imprégner des lieux avant de s'y embourber.

À présent, elle pouvait voir l'ancien couvent dans toute sa splendeur décatie. C'était une bâtisse immense avec une tour centrale crénelée, flanquée de reproductions plus petites aux quatre coins du bâtiment de trois étages. Le stuc qui le recouvrait avait sans doute été blanc à l'origine, mais il s'écaillait par endroits. La rouille s'étendait autour des jointements des tuyaux d'écoulement, et la mousse remontait de façon inégale depuis le sol. À la belle époque, il avait dû être magnifique. Vu le parcours des enfants qui atterrissaient là, ç'avait plutôt dû leur évoquer un film d'horreur.

Le périmètre de la propriété était délimité par un haut mur de pierres bordé d'arbustes fournis et de vieux arbres. D'un côté de l'entrée régnait une activité intense. Deux douzaines de personnes en combinaisons blanches travaillaient avec des truelles et des pelles dans une série de fosses de profondeur différente, ôtant ce qui avait manifestement été une pelouse. Cette pelouse entourait tout le bâtiment et était étonnamment bien entretenue. On n'aurait pas deviné que ce terrain avait été abandonné cinq ans plus tôt.

Elle s'avança jusqu'à l'extrémité de la façade et bifurqua au coin. Au bout de quelques mètres, tout signe d'activité avait disparu. On entendait juste le murmure des générateurs et, de temps en temps, une voix qui s'élevait et rappelait ce qui se passait de l'autre côté.

Elle découvrit une autre pelouse et au-delà, près de la haie d'arbustes, les rangées bien ordonnées d'un potager. Derrière elles, des jardinières surélevées contenant de nombreux plants en bonne santé. Les sœurs n'étaient peut-être plus là, mais quelqu'un entretenait les lieux. Sophie tourna de nouveau à l'angle suivant et derrière une petite parcelle herbeuse, elle découvrit un cimetière enclos d'un mur. Curieuse, elle traversa la pelouse pour franchir le double portail en fer forgé assez large pour laisser passer un cercueil porté par quatre personnes. Il devait y avoir deux douzaines de croix en granit, aux inscriptions toutes similaires. Sur la section supérieure, IHS. Au milieu, le nom des religieuses en lettres pleines. Sœur Mary Catherine, Sœur Theresa, Sœur Mary Joseph, Sœur Margaret Mary, etc. Dates de naissance et de décès. Puis RIP. Cela lui rappelait une version miniature des cimetières militaires qu'elle avait visités lors d'un voyage scolaire sur les champs de bataille de la Première Guerre mondiale. Dans le coin le plus éloigné se dressait une version plus imposante de la croix. Même lettrage, mais cette fois-ci, la barre transversale portait l'inscription Père Joseph Peter Toner, 1912-1975.

Elle n'aurait pas su expliquer pourquoi, mais Sophie eut le réflexe de lever les yeux par-dessus la cime des arbres, où de fins nuages s'étiraient dans le ciel bleu. Malgré ses soupçons quant aux activités auxquelles s'étaient livrées les sœurs, elle était étrangement émue par le petit cimetière. Elle se secoua mentalement et revint ici et maintenant, continuant son tour d'horizon de la propriété. Elle fut surprise d'apercevoir un cottage à travers les arbres. Intriguée, elle rebroussa chemin dans le cimetière et s'engagea dans cette direction.

Bâti derrière un mur bas surmonté d'une clôture en fer forgé, le cottage était une construction en pierre carrée avec de petites fenêtres de part et d'autre d'une entrée large comme une guérite, et deux autres lucarnes à l'étage où la lumière ne devait guère pénétrer. Mais il était en bon état et bien entretenu. Une serre se dressait dans un coin, remplie de verdure luxuriante parmi laquelle on entrevoyait le rouge d'une tomate. Au fond du jardin, à l'arrière, elle apercevait le mur d'enceinte du couvent.

Sophie ouvrit le portail et remonta l'allée pavée. Pas de sonnette, juste un heurtoir en cuivre lourd, très bien poli. Elle le souleva puis le laissa retomber bruyamment. Pas de réponse. Elle décida de jeter un coup d'œil par les fenêtres. Pourquoi pas, après tout ? Sur la gauche, le salon comprenait un long canapé en cuir qui n'était plus de première jeunesse, et deux fauteuils un peu moins abîmés. En face du canapé, suspendu au-dessus de la cheminée, un immense écran plat. Une tasse était posée sur la table basse ; elle se sentit fière d'elle-même quand elle reconnut le logo du FC Bradfield Victoria.

Elle se retourna pour gagner l'autre fenêtre du rez-de-chaussée et faillit lâcher un cri. Dans l'allée, à quelques pas d'elle, se tenait un homme, marteau à la main. Il portait un tee-shirt à l'effigie des Bradfield Vics et était corpulent. Un jean épais qui n'était plus à la mode et une paire de chaussures de travail usées complétaient la tenue. Sophie enregistra ces informations pendant qu'elle se ressaisissait et finit par le dévisager. Une trentaine d'années, estima-t-elle. Une épaisse chevelure raide et foncée.

— Je peux vous aider ?

Il avait l'air d'un Européen de l'Est, mais son accent était local.

— Je suis de la police. Capitaine Valente, annonça-t-elle en sortant sa carte. Et vous êtes… ?

Elle essayait de son mieux de paraître calme et autoritaire alors que son cœur continuait de battre la chamade. Elle ne l'avait pas entendu approcher, n'avait pas senti sa présence. Voilà ce qui la paniquait.

— Jerome Martinu. Tout le monde m'appelle Jezza. Je suis le gardien.

— Vous vivez ici ?

Il soupira.

— Écoutez, j'ai déjà tout expliqué à vos collègues. J'ai acheté le cottage à l'Église. C'est ma propriété. L'Église me paie pour entretenir le terrain. C'est tout. Maintenant, si ça ne vous ennuie pas, j'ai du travail.

Il avança vers le cottage.

— À quoi sert ce marteau ?

Il s'arrêta et secoua la tête.

— À enfoncer des clous.

Il regarda par-dessus son épaule, probablement pour voir si elle souriait. Ce n'était pas le cas.

— L'une des jardinières avait besoin d'une petite réparation.

Sur ce, il disparut, bifurquant à une vitesse surprenante au coin de la maison vers l'arrière de son terrain.

Elle ne l'avait pas vu près des jardinières. Cela dit, elle n'avait pas été très attentive non plus. Si l'on avait déjà vérifié ses informations, inutile pour elle de le refaire. Maintenant qu'elle avait une idée plus précise des lieux, il était temps de rentrer pour installer le centre opérationnel au commissariat de Skenfrith Street. Plus vite il serait sur pied, plus vite elle pourrait impressionner Rutherford et le reste de l'équipe. Elle avait du chemin à parcourir, alors autant commencer dès maintenant.

# 18

> *Les bébés sont biologiquement programmés pour sourire dès la naissance. Cela les rend plus attirants pour les adultes, qui sont eux aussi programmés pour répondre. Mais plus tard, quand il s'agit de nouer des relations, nous basculons dans le monde des comportements acquis. Or trop de gens n'arrivent pas à acquérir les outils nécessaires pour se sentir bien dans leur peau. En général parce qu'ils n'ont jamais rencontré personne pour les leur enseigner.*
>
> *Décrypter les crimes*, Dr Tony Hill

Steve Nisbet n'avait pas imaginé que sa première mission au sein de la Brigade régionale des enquêtes prioritaires aurait consisté à s'entretenir avec une assistante sociale au sujet d'un groupe de religieuses. Il avait postulé pour rejoindre la BREP quand Carol Jordan l'avait mise sur pied et avait été amèrement déçu de ne pas être retenu. Il avait suivi leur progression de loin, désireux de faire partie de ce qu'il considérait comme l'élite de la police moderne. Sa mère chantait toujours une chanson d'un Irlandais,

Pierce quelque chose, *Je veux être dans l'équipe qui gagne*. Et pour Steve, la BREP était vraiment l'équipe qui gagnait.

Jusqu'à ce jour catastrophique où tout s'était effondré. Mais même à ce moment-là, alors que ses copains lui disaient qu'il avait évité le pire, il regrettait secrètement de ne pas faire partie de cette équipe ébranlée qui n'avait plus qu'à panser ses plaies et ramasser les morceaux.

Quand la nouvelle se répandit qu'une version revue de la BREP allait voir le jour, on murmurait dans les vestiaires que candidater là-bas, c'était quasiment du suicide professionnel. Dans son équipe, personne ne comprit pourquoi Steve, annoncé comme « le plus disposé à réussir », voulait quitter une bonne planque pour un poste aussi précaire. Steve, quant à lui, savait que c'était là qu'il voulait être. Cette brigade n'était peut-être plus dirigée par la légendaire Carol Jordan, mais il ne pouvait croire que son ADN n'ait pas durablement marqué l'équipe.

Son enthousiasme avait été quelque peu douché lors de la journée de cohésion d'équipe. Ensuite, pendant la réunion, les anciens (Paula, Stacey, Alvin et Karim) s'étaient serré les coudes, échangeant constamment des regards complices, regardant les autres avant d'exprimer une opinion, ne sachant pas qui, parmi leurs nouveaux collègues, méritaient leur confiance pour l'instant. Il espérait que sa collaboration avec Alvin avait suffi à faire tomber certaines de ces barrières, mais il reconnaissait qu'il y avait encore du chemin à parcourir. Il gagnerait leur confiance avec le temps, il en était sûr. Il était doué avec les gens. Il ne restait jamais célibataire bien longtemps.

La grosse déception, c'était Rutherford. Tout ce qu'il avait entendu dire sur Carol Jordan indiquait qu'elle était unique. Il ne pensait pas que Rutherford ait ce degré de singularité ou d'originalité. Ce matin, la réunion n'avait pas changé son opinion. Tout avait paru approximatif, mal réfléchi. À présent, voilà qu'il se retrouvait à poireauter dans le bureau d'une assistante sociale tandis qu'elle essayait de trouver quelqu'un qui avait rencontré en personne les religieuses de la Perle bénite.

La femme avait paru nerveuse, d'abord peu encline à coopérer. Mais Steve avait lourdement insisté. Il s'agissait peut-être d'une enquête pour meurtre, lui avait-il rappelé. Ça ferait mauvais effet si l'on découvrait plus tard que le service d'aide sociale de la municipalité ne s'était pas décarcassé pour essayer d'identifier certaines de ces jeunes victimes. Il l'avait vue réfléchir, se remémorer la façon dont les responsables des services sociaux avaient été descendus dans les médias, par le passé, quand ils n'avaient pas été à la hauteur. Aussi avait-elle rapidement mis la main sur l'une de ses pauvres collègues dont le nom figurait dans le dossier.

Steve attaquait sa troisième partie de Scrabble sur son téléphone quand la porte s'entrebâilla pour laisser apparaître une tête. Cheveux châtains soigneusement coupés au carré, lunettes à monture noire disproportionnée, air anxieux et demi-sourire nerveux.

— Lieutenant Nisbet ?

La voix était étonnamment confiante, chaleureuse et cultivée.

Steve bondit sur ses pieds.

— C'est moi. Bonjour, répondit-il.

La femme qui entra était tout autre, rondelette et effacée, tenant un dossier contre sa poitrine, une alliance toute simple serrant l'un de ses doigts potelés. Il l'imagina mariée à un mollasson qui lisait le *Guardian*. Elle afficha un sourire mal assuré.

— Sarah m'a dit qu'on pouvait utiliser son bureau.

Elle regarda autour d'elle pour chercher un endroit où s'asseoir qui ne soit pas le fauteuil de sa chef, en vain. Elle contourna le bureau pour se jucher maladroitement sur le siège.

— Je suis Jackie Jonhston. Sarah m'a dit que vous vouliez parler à l'assistante sociale qui s'occupait des enfants à l'école et foyer St. Margaret Clitherow ?

— C'est ça.

Elle hocha la tête.

— C'était moi, en tout cas pendant leurs dernières années d'activité.

— Vous avez certainement entendu parler de ce qu'on a découvert sur le terrain du couvent de la Perle bénite ? À moins que vous n'ayez passé votre temps les yeux fermés et les oreilles bouchées.

Elle battit brièvement des paupières.

— C'est affligeant. Et je sais qu'on finira par nous coller la responsabilité sur le dos.

— Ce n'est pas mon travail d'adresser des reproches, Jackie. J'essaie simplement de me représenter le foyer tel qu'il était. La façon dont il était géré. Ce que vous saviez des conditions de vie des enfants là-bas.

Elle produisit un bruit guttural et gêné.

— La réponse est : j'en sais beaucoup moins que ce que vous devez vous imaginer.

Elle prit un stylo sur le bureau et se mit à jouer avec, le faisant cliquer sans arrêt.

— Il va falloir m'expliquer ça, Jackie.

Continuer de l'appeler par son prénom pour lui rappeler qu'elle était là, ici et maintenant.

— Techniquement, nous n'étions pas responsables de la plupart des filles du foyer, expliqua-t-elle hâtivement. Très peu d'entre elles étaient placées là par les autorités locales. Or c'est elles dont nous sommes responsables. Nous n'avons aucun renseignement sur les autres.

— Quoi ? Vous aviez dans votre secteur un orphelinat rempli de petites filles et vous ne savez pas combien elles étaient ? Ni qui elles étaient ? Ni d'où elles venaient ?

Steve ne pouvait dissimuler l'incrédulité sur son visage et dans sa voix.

Jackie se réinstalla sur son siège.

— Les sœurs cultivaient habilement le flou, rétorqua-t-elle avec une note de défi.

*Elles n'étaient pas les seules*, pensa Steve.

— Elles prétendaient que les autres filles n'étaient pas des résidentes permanentes. Qu'elles étaient seulement de passage. Le temps que leur mère se repose après un accouchement difficile, par exemple. Ou pour respirer l'air pur de la campagne. Ou parce que leurs parents s'étaient séparés et que la famille n'avait pas encore réussi à s'organiser. C'était toujours très crédible, très sensé. On ne pouvait pas le réfuter, puisqu'il n'y avait pas de documents écrits. Par ailleurs, nous n'avions pas le droit de consulter leurs archives.

— J'ai du mal à y croire, dit Steve en se grattant furieusement la tête. D'où venaient donc ces autres filles ?

— La mère supérieure, sœur Mary Patrick, disait qu'elles étaient là, pour la plupart, sur recommandation du prêtre de leur paroisse. Qu'elles venaient de différentes régions du pays. Voire d'Irlande, soupira Jackie. J'ai essayé, j'ai vraiment essayé. Mais c'était impossible. Elles n'allaient pas à l'école du coin donc je ne pouvais pas obtenir leurs noms ni leurs dossiers. Le couvent assurait leur enseignement. Tout à fait correctement, d'ailleurs.

— J'ai l'impression qu'elles étaient prisonnières, pas résidentes.

— Lors de mes visites, je n'ai vu aucun signe de maltraitance. Elles paraissaient toutes bien élevées et contentes.

— Vous étiez responsable de combien d'entre elles ?

— St. Margaret Clitherow a fait partie de mes dossiers pendant quatre ans. Pendant ces quatre années, j'ai eu sept filles en permanence là-bas. Six d'entre elles étaient orphelines, quant à la septième, sa mère était morte et son père n'était pas en mesure de s'occuper d'elle. Elles étaient toutes catholiques et le foyer paraissait être la meilleure option.

— Vous leur rendiez visite régulièrement ?

Jackie ouvrit son dossier.

— Tous les six mois, répondit-elle avant de lever les yeux rapidement, l'air inquiet. Écoutez, je sais que ça paraît peu. Mais comme tout le monde dans ce service, je suis débordée. Je devais… je dois traiter des affaires de violence familiale, de consommation de drogue et d'alcool, de santé mentale, des menaces d'expulsion, des allégations d'abus sexuels sur mineurs, des ados en fugue, des problèmes avec les minima sociaux. Le foyer était géré correctement, les filles étaient divisées en petits groupes qu'elles appelaient des familles, sous la houlette de deux ou trois religieuses. Les filles qu'on envoyait là-bas semblaient bien nourries, bien traitées, bien éduquées. Elles n'avaient jamais grand-chose à dire, elles étaient assez réservées. A posteriori, il est facile de prétendre qu'on a pu les intimider pour qu'elles se tiennent tranquilles. Mais je n'avais aucune raison de croire qu'il y avait le moindre problème. Pour être honnête, j'étais plutôt soulagée d'avoir sept enfants de ma liste qui ne semblaient pas en danger.

Ses lèvres tremblèrent et elle ferma de nouveau les yeux.

Il avait envie de se prendre la tête dans les mains et de grogner comme un chien enragé. Au lieu de quoi il ravala sa colère et demanda :

— Vous n'avez pas vu de signes de la moindre maltraitance ?

— Si ç'avait été le cas, j'aurais réagi. Je ne suis pas complètement nulle dans mon job.

L'expression pitoyable de son visage contredisait ses paroles.

— Qu'est-il arrivé aux filles quand le foyer a fermé ?

Un bref éclair d'enthousiasme.

— Eh bien, elles étaient toutes là et bien vivantes, si c'est ce que vous voulez savoir.

Elle consulta de nouveau le dossier.

— Celle dont le père était toujours en vie... elle est partie vivre avec lui et sa belle-mère. Les six autres sont allées en famille d'accueil. Deux d'entre elles sont majeures maintenant, et elles n'ont plus fait parler d'elles. Les quatre restantes... commença-t-elle avant d'avoir l'air abattu. Deux en fugue. La première quinze ans, la deuxième seize. Signalées à la police. Pas exactement une priorité absolue pour vous.

— En toute honnêteté, elles n'ont en général pas envie qu'on les retrouve. Bradfield est une grande ville. Ce n'est pas difficile de disparaître de la circulation. Ça en laisse deux autres. Où sont-elles ?

Jackie consulta de nouveau le dossier en fronçant les sourcils.

— Ce n'est pas terrible. L'une d'elles s'est suicidée il y a trois ans. Paracétamol et vodka. La dernière est hospitalisée. Internée, en fait. Anorexie sévère et troubles mentaux.

Steve regarda Jackie droit dans les yeux.

— Pas très glorieux pour des filles qui étaient censées être dans un « bon » foyer.

— Non. Mais malheureusement, ce n'est pas rare chez les enfants placés.

— Il va me falloir les coordonnées de ces filles, dit Steve.

Jackie referma rapidement le dossier et le serra contre elle.

— Je ne suis pas sûre que ce soit autorisé.

Son anxiété se transforma en panique. Les gens tentaient tout pour couvrir leurs traces.

— Nous parlons d'une trentaine d'enfants morts. Si vous voulez être sûre et certaine que vous et vos collègues soyez tenus responsables de ce qui s'est passé à la Perle bénite, continuez à faire de l'obstruction. Maintenant allez demander à votre responsable qu'elle vous autorise à nous transmettre le dossier de ces sept filles, dit-il en croisant les bras. Je ne bougerai pas d'ici. Ne me laissez pas poireauter et contacter un de mes copains des médias pour qu'il dénonce dans un tweet les services sociaux soucieux de leur réputation.

— Vous n'oseriez pas.

Il afficha un sourire amer.

— Pourquoi est-ce que vous êtes encore là, Jackie ? Il n'est pas trop tard pour commencer à faire votre boulot.

# 19

> *Pendant trop longtemps, les gens ont cru que les criminels naissaient mauvais. Cela nous dédouanait tous : à quoi bon essayer d'améliorer la société, puisque ces criminels « mauvais de naissance » allaient venir tout gâcher ? Mais peu à peu, nous avons pris conscience qu'une grande part du comportement criminel est affaire de situation et de circonstances. Et l'idée qu'on peut changer l'histoire des gens a récemment commencé à gagner du terrain.*
>
> *Décrypter les crimes*, Dr Tony Hill

Tony était allongé sur son étroite couchette, mains croisées derrière la tête, les yeux rivés sur le plafond magnolia uni. C'était ennuyeux qu'il soit dénué de craquelures et de taches dans lesquelles Tony aurait pu discerner une carte imaginaire ou une ancienne écriture cunéiforme de Babylone. Il n'y avait rien pour le distraire du lointain brouhaha de la prison. On ne pouvait pas ignorer le bruit constant ; dans l'attente du prochain cri ou hurlement de rage inéluctable, il ressentait une anxiété permanente.

Il essayait de penser à un script pour sa prochaine émission de radio. Ce n'était pas comme d'animer un cours pour des étudiants ou un séminaire pour des collègues. Là, il avait toujours su en gros ce qu'il allait dire. Il réussissait même parfois à mettre au point quelques diapos PowerPoint pour ne pas perdre le fil. Il pouvait maîtriser son sujet sans que le mot à mot soit parfait. Mais sur Radio Pris'Ondes, il ne pouvait pas se permettre de faux pas. Ses auditeurs étaient à l'affût de la moindre note discordante, prêts à trouver une raison de bondir à la première occasion potentielle. La protection avait ses limites, et il n'était pas pressé de découvrir quelles provocations pouvaient les mettre à l'épreuve. Il avait toujours besoin de préparer ce qu'il allait dire, et de le faire correctement.

Dans ces moments-là, l'absence de Carol était une douleur quasi physique – une tension dans les tempes, une raideur dans la nuque. Il savait qu'il avait un don inhabituel pour l'empathie quand il s'agissait de comprendre ce qui se passait dans la tête des gens blessés et perdus. Mais il savait aussi que, socialement, il n'était pas toujours à la hauteur. Il disait parfois la première chose qui lui passait par la tête sans considérer si c'était utile dans la conversation. Au fil des années, il avait appris à soumettre ses idées à Carol avant de les partager avec d'autres. Elle savait l'aider à modifier ce qu'il voulait exprimer sans en perdre le sens ni l'impact positif. Il n'arrivait pas toujours à réfléchir suffisamment en amont pour utiliser ce talent au mieux, mais il s'était sans aucun doute amélioré.

Ç'aurait été une occasion parfaite de lui demander de l'aide. Et elle aurait été heureuse de la lui apporter. C'était une option qu'il avait exclue. Il l'avait éloignée de lui pour de bonnes raisons. Tant qu'il était là pour elle, elle trouverait toujours des raisons de ne pas affronter ses démons ni traiter ce syndrome de stress post-traumatique qui la mettait en danger ainsi que son entourage. Elle le vivait comme une punition, il le savait. Savait-elle que lui aussi ? Que lui aurait-elle dit, à ce moment précis ? Quel serait son conseil ? Quasiment tous les jours, depuis son arrivée à Doniston, il lui avait fallu toute sa volonté pour s'en tenir à la décision qu'il avait prise de garder ses distances.

Ce matin, par exemple. Ç'avait explosé au petit déjeuner. Il ne l'avait pas vu venir. Sortis de nulle part, deux hommes s'étaient mis à se battre sur la table. Une demi-douzaine d'autres s'étaient joints à eux et quand ce fut terminé, il y avait du sang sur la table, où surnageait un morceau de dent.

Aujourd'hui, il voulait donc utiliser son émission pour parler une nouvelle fois de la peur, parce que cela sous-tendait tous les aspects de la vie pénitentiaire. Tout le monde la ressentait en permanence, même les piliers de la prison et les durs. Eux peut-être plus que les autres, parce que personne n'avait plus rien à perdre. Il voulait évoquer cette peur d'une façon qui ne soit pas un défi ni une insulte à leur virilité. Parce que les aider à gérer leur anxiété, c'était commencer à changer leur avenir.

— Derrière ces murs, il y a quelque chose que nous avons tous en commun, murmura-t-il. Que nous soyons détenu ou gardien. Nous vivons tous dans un état de peur permanente.

Il le répéta pour identifier d'éventuels pièges.

— Avouer notre peur, ne serait-ce qu'à nous-mêmes, ce n'est pas de la lâcheté. Au contraire. C'est courageux. Au fond, je crois que ce que nous craignons le plus, c'est de nous retrouver enfermés dans un mode de vie qui signifie que nous n'échapperons jamais à la prison et à ses conséquences. Que ça devienne comme l'Hôtel California. On peut le quitter, mais il ne nous quitte jamais.

Ce n'était pas mal. Peut-être un peu trop formel, trop jargonneux au milieu. Et il devrait sans doute éviter de mentionner les gardiens de prison. De part et d'autre de cette ligne qui les séparait, personne ne voulait se voir jeter dans le même sac.

Comment continuer ?

— Avant d'atterrir ici, j'ai passé le plus clair de mon temps à essayer d'aider les gens afin d'éviter que leur avenir soit aussi catastrophique que leur passé. La question que me posaient le plus souvent les personnes extérieures, c'était comment je pouvais supporter de passer ma vie au milieu de ces existences détruites, ces esprits détruits. La réponse est simple. Parfois je pouvais les aider à récrire le script. Pour changer leur avenir.

Bon sang, ça sonnait pompeux. Il allait falloir retravailler ça. Pour que ça ressemble davantage à une conversation et non à un cours magistral. Sans quoi il était bon pour une sacrée correction.

— Peut-être que vous avez perdu foi en l'avenir. Peut-être que vous avez déjà perdu votre femme, votre compagne, vos enfants, votre foyer. Je comprends ce sentiment de perte qui creuse un vide à l'intérieur de nous. Je ne vais pas prétendre qu'il existe un moyen facile de se débarrasser de ces sentiments. Mais il y a des choses que vous pouvez faire pour vous sentir mieux. Pour imaginer un avenir qui n'inclue pas un retour ici.

Ensuite, il poursuivrait avec le plan de méditation qu'il affinait depuis le début.

Il avait craint que ses codétenus ne pensent qu'il s'agissait d'un truc de pseudo-hippie. Mais il savait que certains étaient loin d'être des causes perdues. Quelques-uns essaieraient peut-être la méditation dans l'intimité de leur cellule, une fois enfermés pour la nuit. S'ils pouvaient apprendre comment trouver en eux-mêmes cette oasis de paix et de calme au milieu de la tourmente, ce serait un premier pas vers un avenir différent.

Qu'est-ce qui pouvait arriver de pire ? Il ne pensait pas provoquer plus qu'une flopée d'injures de la part de ceux qui s'étaient construit une image de dur plus vacillante qu'ils n'auraient bien voulu le reconnaître. Par ailleurs, il fallait qu'il mette à profit son temps en prison pour faire quelque chose de constructif. Cela ne suffisait pas de ne satisfaire que son intérêt personnel en écrivant un livre.

Ça se déroulait mieux qu'il ne l'avait espéré. Peu de détenus lui faisaient de retour positif, mais les railleries et les critiques avaient peu à peu diminué. Ces temps-ci, les purs et durs le laissaient tranquille. Et de temps en temps, quelqu'un murmurait une remarque encourageante en passant dans le couloir.

Par respect pour lui-même, il devait trouver un moyen d'utiliser ses talents. Sans quoi il ne serait pas meilleur que le pire d'entre eux. Or c'était un verdict auquel il ne pouvait se résoudre.

## 20

> *L'une des choses les plus difficiles à faire, c'est d'apprendre à assumer la responsabilité de nos actions. Essayer d'éviter celles dont nous savons, au fond de nous, qu'elles sont honteuses, est un instinct puissant.*
>
> *Décrypter les crimes*, Dr Tony Hill

Jezza Martinu ne se retourna pas pour vérifier que cette policière était bel et bien partie. Il craignait que cela ne donne l'impression qu'il se sentait coupable. En ce moment, les flics et les experts médico-légaux étaient entièrement concentrés sur l'exhumation des dépouilles et l'assemblage des squelettes comme un puzzle, mais tôt ou tard ils se mettraient à poser d'autres types de questions. Personne ne croirait que quelques bonnes sœurs avaient creusé ces tombes. Surtout que la plupart d'entre elles n'étaient plus toutes jeunes. À ce moment-là, on le pointerait du doigt. Et mieux valait se tenir prêt.

Il déverrouilla le vaste cabanon au fond de son jardin puis y pénétra. Il ferma la porte et s'adossa contre elle, respirant profondément jusqu'à ce que son cœur cesse de battre la chamade comme un poney en fuite. Il suspendit le marteau à sa place sur le tableau à patères où il rangeait ses outils, en vérifiant auparavant qu'il n'avait pas besoin d'être nettoyé. Jezza était fier de ses outils, et il en allait de même pour la qualité de son travail. Il essaya de ne pas penser à un autre type de travail sur lequel la police enquêtait en ce moment même.

Jusqu'à ce qu'il surprenne cette femme en train de regarder par la fenêtre de son salon, le seul flic à qui il ait parlé était un jeune en uniforme qui aurait pu sans problème être sélectionné pour intégrer l'équipe des Vics de moins de vingt et un ans. Il s'était contenté de noter le nom de Jezza, son numéro de portable et quelques infos sur son job.

— Je tonds la pelouse et je m'occupe de l'entretien. J'ai un contrat de location à long terme pour le terrain qui entoure le potager, je fais pousser des légumes.

Le flic avait pris des notes en hochant la tête.

Mais ils reviendraient à la charge.

En attendant, il fallait qu'il s'occupe. S'il commençait à stresser à propos des questions qu'on allait lui poser et des réponses qu'il pourrait bien donner, il risquait d'imploser. Il ne pouvait pas se le permettre. Il avait beaucoup trop à perdre.

Jezza se tourna vers le grand carton qui occupait la moitié de l'espace du cabanon. Il ressemblait à un cercueil. Il ne put réprimer un petit gloussement nerveux. Qu'aurait pensé cette flic si elle avait vu ça ?

Il saisit un cutter et fendit rapidement le scotch qui maintenait le carton fermé. Les ailes se déployèrent pour révéler des panneaux de bois MDF de tailles différentes. Un sachet de vis, chevilles et charnières était scotché sur le côté, ainsi qu'un manuel d'instructions. Sous ses mains expertes, cela deviendrait bientôt un rangement idéal pour accueillir ses collections de programmes du Bradfield Victoria. Il avait déjà téléchargé une image des armoiries du club qu'il avait fait transformer en pochoirs pour la porte du placard.

Jezza soupira de contentement. Assembler le meuble puis y ranger ses programmes. Voilà qui lui changerait les idées vu l'agitation qui régnait dehors.

Tout allait bien se passer.

# 21

> *Il est évident que pour décrypter une scène de crime il faut savoir où le crime a eu lieu. Cela peut sembler tomber sous le sens au point d'en devenir insultant, mais les apparences peuvent être trompeuses, en particulier si vous avez affaire à un tueur qui sait garder la tête froide. Le plus difficile, c'est de comprendre ce qui se passe dans cette tête.*
>
> Décrypter les crimes, Dr Tony Hill

Dans les cabinets d'avocats, les salles de réunion n'avaient rien à voir avec les salles d'interrogatoire des commissariats. Carol supposait qu'il valait mieux qu'elle s'y habitue. Ce nouvel environnement avait ses avantages : un siège confortable, une assiette garnie de biscuits onéreux, un mug de bon café, deux peintures spectaculaires au mur... Même une boîte de mouchoirs au cas où. Et nulle trace de matériel d'enregistrement.

Elle ne ressentait aucune nostalgie pour son ancien environnement de travail mais n'était simplement pas certaine qu'elle se sentirait à l'aise ici pour exercer ses compétences. Elle jeta un coup d'œil à son téléphone. Bronwen Scott était en retard. Quand Carol l'avait appelée pour accepter de discuter de ce dossier, Bronwen avait suggéré un entretien dans son bureau durant la pause déjeuner du tribunal, mais selon Carol, il était très probable qu'un imprévu ait retardé l'avocate. Elle disposait d'une demi-heure avant son prochain rendez-vous.

Elle secoua la tête, souriant pour elle-même. Du jour au lendemain, elle était passée d'un emploi du temps vierge à un enchaînement de rendez-vous. Malgré elle, elle se rendit compte que ça ne la dérangeait pas. Avant de quitter la maison, elle avait effectué ses exercices et bien qu'elle ne se sente pas entièrement maîtresse d'elle-même, elle pensait pouvoir assurer deux entrevues.

Sur ce, Bronwen Scott fit irruption dans la pièce.

— Désolée, Carol. J'ai dû prodiguer un ou deux conseils avisés, s'excusa-t-elle avant de se laisser tomber dans un fauteuil avec un *ouf* de soulagement. Merci d'être là.

Carol s'apprêta à répondre, mais Bronwen leva une main pour l'interrompre.

— Je sais qu'en venant ici, vous ne vous engagez à rien, mais j'apprécie que vous vouliez bien jeter un œil.

Un coup à la porte, puis un jeune homme en bras de chemise entra avec un dossier en carton bleu.

— Le résumé du dossier Neilson, annonça-t-il en le tendant à Bronwen.

Il adressa à Carol un sourire courtois avant de ressortir.

— C'est John. Il est stagiaire et il est assez intelligent pour savoir que se porter volontaire pour travailler là-dessus lui permettra de gagner ma confiance.

Carol songea que c'était exactement le genre de répliques que les gens attendaient de la part de Bronwen, et que celle-ci le savait parfaitement. Elle indiqua le dossier d'un signe de tête.

— C'est l'affaire en question ?

— Saul Neilson. Purgeant actuellement une peine pour meurtre. Il a trente et un ans aujourd'hui, a été condamné à vingt-huit ans pour un crime qu'il aurait commis alors qu'il en avait vingt-sept. Il est architecte paysagiste, vivant à Bradfield mais travaillant pour une entreprise basée à Leeds.

Bronwen ouvrit le dossier puis le passa à Carol. La première page montrait un portrait d'un homme métis à la mine renfrognée, sourcils froncés, yeux noisette clair. Rien chez lui n'était particulièrement frappant, à l'exception de ses beaux yeux.

— Voici Saul.

— Il a l'air inoffensif, commenta Carol sans s'engager davantage.

— Il l'est. Aucun antécédent, aucun problème avec la justice, heureux dans son travail, aucun différend avec ses collègues. Membre du club de squash local, à peu près au milieu de l'échelle hiérarchique. Propriétaire d'un VTT haut de gamme, il faisait des excursions le week-end avec des amis.

— Un citoyen modèle, d'après ce que j'entends, dit Carol en tournant la page. Jusqu'à ce qu'on l'accuse du meurtre de Harry Bow, lut-elle avant de lever les yeux. Harry Bow ? Soit ses parents étaient accros aux Dragibus, soit ils avaient un drôle de sens de l'humour.

Bronwen leva les yeux au ciel.

— Ou bien ils étaient trop bêtes pour s'apercevoir qu'ils avaient baptisé leur fils comme une marque de bonbons. Mais oui. Jusqu'à ce qu'on l'accuse du meurtre de Harry Bow, il n'avait rien fait de mal.

— Qu'est-ce que cette affaire a de si spécial ?

Carol savait qu'elle trouverait la réponse dans le dossier, mais il était toujours utile d'entendre ce que d'autres personnes jugeaient important.

— Il n'y a pas de corps. Ils l'ont coincé grâce à des preuves indirectes. Il a toujours clamé son innocence, son explication est crédible. Ce qu'il nous faut, c'est trouver un fil à tirer de façon à détricoter la démonstration de l'accusation et l'amener devant la Cour d'appel. Et c'est là qu'on a besoin d'un bon enquêteur.

Bronwen lui adressa un sourire joyeux.

— C'est-à-dire vous, au cas où vous en doutiez.

— Je n'ai pas encore accepté.

Carol sentait que les muscles de sa mâchoire étaient serrés, la tension remontant jusqu'aux tempes exprimant son entêtement.

— Mais vous allez le faire, affirma Bronwen en se levant. Vous pouvez rester ici pour lire le dossier. Ou l'emporter avec vous, si vous préférez travailler à votre aise. Il faut que je retourne au tribunal avant que tout ne dégénère. Ces fichus bébés avocats qui ont besoin d'un soutien de tous les instants…

Carol était contente de ne pas faire partie des bébés avocats en question.

— Rappelez-moi quand vous serez prête à parler stratégie.

Sur ce, elle s'éclipsa. Les caractéristiques qui faisaient d'elle une adversaire aussi formidable qu'irritante pouvaient, selon Carol, la transformer en alliée puissante voire inspirante. Elle consulta l'heure. Elle avait juste le temps de parcourir rapidement le dossier avant son rendez-vous suivant. Elle pouvait le lire en diagonale et, avec un peu de chance, elle trébucherait sur un détail saillant.

À la deuxième page, elle découvrit le secret que Saul Neilson avait dissimulé. Il était gay. Ce qui ne constituait pas un problème dans l'Angleterre du XXI$^e$ siècle, sauf si votre père était un pasteur haut placé chez les chrétiens pentecôtistes. Un invité régulier des émissions de radio religieuses. Comme Saul ne voulait ni blesser, ni décevoir, ni embarrasser ses parents (qu'il aimait et respectait), il avait caché cette part de lui-même.

Des années dans la police à travailler sur le côté obscur de la rue avaient appris à Carol qu'une vie de faux-semblants créait toujours des tensions, des pressions et des peurs qui finissaient par exploser et couvrir de taches purulentes une existence en apparence conventionnelle. C'est ainsi que cela s'était passé pour Saul Neilson. Il avait évité les bars et boîtes gay, mais l'arrivée des applications de rencontres en ligne lui avait enfin permis d'avoir une vie sexuelle, même s'il était encore plus enfermé dans le placard que le Monde de Narnia. Mais Saul ne voulait pas risquer des rencontres occasionnelles qui pouvaient porter à conséquences ; comme il préférait que ses transactions demeurent professionnelles, il avait recours à des escort boys. Pas via des agences, qui conservaient des traces de paiement par carte. Non, Saul avait peu à peu constitué un réseau discret de jeunes hommes qui venaient chez lui pour des nuits de sexe mouvementées, empochaient leur paiement en liquide et s'en allaient. Il était paranoïaque au sujet de sa vie privée, utilisait des téléphones à carte pour les contacter et évitait de faire trop souvent appel au même garçon.

Carol s'interrompit pour réfléchir. Les affaires sans cadavre étaient notoirement difficiles à prouver. Les jurés aimaient la présence irréfutable d'un corps. D'ailleurs, les enquêteurs aussi. Les tueurs pensaient souvent que se débarrasser correctement d'un corps signifiait qu'on ne pourrait pas les poursuivre. L'histoire les avait contredits à de nombreuses reprises. Mais ces résultats donnaient à l'accusation davantage de cartouches pour prouver à un jury qu'il était parfaitement valable de juger quelqu'un coupable à partir d'une supposition.

Était-ce ce qui était arrivé à Saul Nielson ? D'après cette première lecture, Carol pensait qu'il disait probablement la vérité. Mais le chemin pour le prouver s'annonçait long et difficile, sans garantie de succès. Et cette fois-ci, elle n'aurait aucun renfort. Pas de Tony pour l'aider à décrypter les complexités du comportement humain. Elle n'était pas sûre d'être prête pour ça.

Peut-être était-elle prête à avancer d'un petit pas. Elle avait confiance en son instinct et en ses compétences. Elle aurait la courtoisie de lire le dossier de Saul Neilson avec la même attention qu'elle avait portée à tous les dossiers qu'on lui avait confiés quand elle dirigeait une brigade spécialisée dans le meurtre. Mais c'était tout.

Sans engagement. Absolument aucun.

## 22

*J'ai toujours trouvé utile de voir la scène de crime quand le corps était encore présent. C'est une expérience éprouvante mais qui s'avère invariablement plus riche en informations que les photos. Après la découverte initiale de la victime et l'examen médico-légal de la scène de crime, le profileur n'est plus très utile. Néanmoins, j'essaie de rester à disposition le plus longtemps possible, parce que toutes les idées formulées au cours de l'enquête ne dépassent pas nécessairement le stade de la « première hypothèse ». Et on ne sait jamais quelles bribes d'information vont éclairer le cheminement du profileur par la suite.*

*Décrypter les crimes*, Dr Tony Hill

Stacey avait, selon elle, de bonnes raisons d'être contente de son travail. À partir des registres électoraux, elle avait obtenu les noms officiels des religieuses qui se trouvaient à la Perle bénite au moment de sa fermeture. L'accès par des voies détournées au dernier recensement lui avait procuré les âges de la plupart d'entre elles. Armée de ces informations, les registres lui avaient fourni des dates de naissance de quasiment toutes les sœurs. Elle avait recoupé ces données avec les registres électoraux qui couvraient les trois autres couvents anglais et découvert que toutes les religieuses de Bradesden sauf deux se trouvaient là-bas.

Sachant que sa collègue préférait des documents imprimés, elle porta à Paula les impressions et les déposa devant elles.

— À mon avis, il est raisonnable de penser que ces deux sœurs dont on n'a pas retrouvé la trace, expliqua-t-elle en tapotant deux noms du bout de son crayon, ont atterri dans le couvent de l'Ordre à Galway, en Irlande. J'ai réussi à me procurer les registres de ce couvent.

Elle feuilleta les documents et posa une nouvelle page en haut de la liasse.

— Je ne vais pas poser de questions.

— Bonne idée. Par élimination, les deux religieuses qu'on ne retrouve dans aucun couvent anglais sont sœur Mary Patrick et sœur Brigid Augustine.

— Sœur Mary Patrick était la mère supérieure, dit Paula en réfléchissant. Ça pousse à se demander si l'Église a découvert ce qui se passait à Bradesden et aurait décidé de fermer le couvent même s'il tournait bien.

— S'ils étaient au courant, ils n'auraient sûrement pas vendu le terrain à un promoteur.

— C'est vrai. Ils étaient peut-être au courant de certaines pratiques sans savoir jusqu'à quel point ça allait ?

Stacey haussa les épaules.

— Ce serait plus logique. Ils auraient quand même pu se demander où disparaissaient toutes ces filles.

— C'est assez facile de mentir. « Elles sont retournées dans leurs familles. » « Elles ont été adoptées. » « Elles ont quitté l'école et sont parties étudier ailleurs. »

— Est-ce qu'on va au moins interroger les sœurs ? demanda Karim depuis l'autre côté du bureau.

— J'aimerais retrouver certaines de ces filles et leur parler d'abord. Il nous faut un point de pression et, pour l'instant, les dépouilles ne suffisent pas. Il nous faut connaître au moins approximativement certaines dates, et pour ça on doit attendre que les légistes nous donnent du concret. Alvin a appelé pour signaler qu'on pourrait peut-être tirer quelque chose des étiquettes, mais ça prendra du temps, dit Paula.

Pile à ce moment-là, Steve ouvrit la porte et entra d'un air fanfaron.

— Qui c'est qui a réussi à obtenir des informations auprès des services sociaux ? lança-t-il à la cantonade.

— Tu as utilisé la torture ? demanda Paula.

— Même pas eu besoin de recourir à la violence, répondit Steve.

Avec un grand sourire, il brandit une liasse de feuilles imprimées.

— *Tada !*

Paula les lui arracha presque des mains et les parcourut en vitesse. L'excitation céda la place à la déception.

— C'est tout ? Sept filles ?

— Les autorités locales n'étaient pas responsables des autres. Elles venaient d'ailleurs : familles en difficulté, recommandations de prêtres, etc. Donc les assistantes sociales ne les connaissaient pas.

— Quoi ? Personne ne savait qui étaient toutes ces filles ?

Steve indiqua les dossiers qu'il avait obtenus.

— C'est tout ce qu'il y a, chef. Je suis d'accord avec vous, c'est complètement aberrant, mais c'est comme ça.

Paula soupira.

— C'est pas grand-chose. On sait seulement où se trouve l'une d'entre elles : dans un hôpital psychiatrique pour adolescents, avec des troubles mentaux.

Steve haussa les épaules.

— Je sais, ce n'est pas un super début. Mais ces résultats nous disent quelque chose de la vie dans ce couvent. Ces filles n'en sont pas sorties pleines de joie de vivre et bien équilibrées, si ?

— Apparemment non, reconnut Karim qui se pencha par-dessus son bureau pour jeter un coup d'œil à la liasse de documents. Mais en même temps, je n'ai aucun moyen de comparer avec d'autres gamins qui sortent des services sociaux d'une façon générale.

— Quoi qu'il en soit, ce n'est pas bon.

Stacey saisit la liasse.

— Je vais voir si je peux en retrouver certaines, dit-elle en parcourant les informations. Celle qui est retournée chez son père, ou les majeures, sont peut-être nos meilleures chances.

— Personne ne se soucie vraiment des gamins qui disparaissent des radars, n'est-ce pas ? constata Karim d'un air dégoûté. On est tous sentimentaux au sujet des enfants, mais la vérité c'est que dès qu'ils deviennent un problème, on se débarrasse d'eux.

Personne ne réagit, mais tout le monde se remit au travail d'un air penaud. Stacey se pencha vers Paula et dit :

— Je m'y mets dès que possible. Il faut juste que je m'éclipse pour un rendez-vous.

Paula hocha la tête.

— Pas de problème. Je vais contacter l'hôpital, pour voir si on peut parler à... je ne sais plus son nom. Celle qui fait de l'anorexie.

Stacey leva les yeux au ciel.

— Tu te dis enquêtrice ? Tu ne vas pas me demander avec qui j'ai rendez-vous ?

— Avec qui as-tu rendez-vous, Stacey ? demanda Paula, surjouant l'enthousiasme.

Stacey s'était éloignée de quelques pas quand elle lui répondit :

— Carol Jordan.

Paula resta bouche bée. Stacey et Carol ? Qu'est-ce qu'elles manigançaient ? Et pourquoi ne l'apprenait-elle que maintenant ? Elle savait que c'était une réaction infantile, mais Carol était son amie, pas celle de Stacey. Qu'est-ce qui se passait ? Elle commença à se lever de sa chaise avant de se rasseoir. Elle le découvrirait bien assez tôt, après tout. Si Stacey avait l'intention de le garder secret, elle n'aurait pas parlé de leur rendez-vous à Paula.

N'est-ce pas ?

À ce moment-là, son téléphone sonna et elle ne pensa plus à ce mystérieux rendez-vous. La voix à l'autre bout du fil était abrupte et directe.

— Agent Diamond à l'accueil, madame. J'ai ici une jeune femme qui veut vous parler au sujet de la Perle bénite.

# 23

> *Le psychologue que l'on invite à participer à une enquête criminelle afin de dresser le profil d'un tueur ou d'un criminel sexuel devrait appliquer ses compétences non seulement aux victimes et au coupable, mais également aux officiers de police rattachés à l'enquête. Leurs prédispositions et leurs partis pris peuvent influencer non seulement l'investigation mais également la façon dont le dossier est présenté au psychologue. Or cela peut souvent amener à se fourvoyer de façon malheureuse. Prenez toujours en compte l'état d'esprit de vos alliés supposés !*
>
> *Décrypter les crimes*, Dr Tony Hill

Carol avait soigneusement choisi le lieu du rendez-vous avec Stacey. Les pubs étaient exclus. Trop de flics s'y réfugiaient pour un bref moment de détente à n'importe quelle heure du jour ou de la nuit, en particulier les pubs proches de leur base, à pied. Les cafés aussi, pour les mêmes raisons. Elle avait donc proposé la City Art Gallery, à cinq minutes à peine des locaux de la BREP à Skenfrith Street.

On aurait aussi bien pu se trouver sur une autre planète. Carol aurait parié cher que l'écrasante majorité d'officiers travaillant au commissariat aurait peiné ne serait-ce qu'à indiquer le chemin jusqu'à l'imposante bâtisse edwardienne. C'était l'équivalent architectural de la musique d'ascenseur.

Elle avait suggéré le premier étage du musée qui abritait deux grands paysages de Turner. Elle avait toujours aimé Turner, depuis le jour où son père l'avait emmenée à la National Gallery. Ils ne connaissaient pas grand-chose à l'art l'un comme l'autre, mais il avait pensé que ça ferait une bonne excursion. Carol était tombée amoureuse de *Pluie, Vapeur et Vitesse*, et du *Dernier Voyage du* Téméraire. Elle avait affiché des reproductions de ces tableaux dans sa chambre d'étudiante et, aujourd'hui encore, avait sur le mur de sa chambre une reproduction de *Westminster Sunset*. Les deux qu'on pouvait voir au musée de Bradfield n'étaient pas ses plus belles œuvres, mais restaient bien meilleures, à son avis, que la majorité des tableaux qui y étaient exposés.

Carol était assise sur un banc en cuir matelassé devant la plus grande des deux peintures, une vue d'un paysage du Northumberland dans la froide lumière d'hiver. Cela lui rappelait la lande au-dessus de sa grange lors des matins gelés où Flash et elle grimpaient la crête pour voir le lever du soleil, les deux seules silhouettes du paysage. Tony les avait rarement accompagnées à cette heure de la journée ; c'était donc pour elle un souvenir préservé, qui ne lui serrait pas douloureusement le cœur.

Elle vit moins Stacey arriver qu'elle ne la sentit. Un mouvement du coussin sous elle, un vague effluve de son parfum citronné et acidulé.

— Bonjour, chef, dit Stacey.

— Je ne suis plus votre chef, Stacey. Appelez-moi Carol.

Elle tourna la tête juste à temps pour voir l'expression épouvantée de Stacey.

— Je ne crois pas que j'en serai capable un jour, répondit-elle. Ça fait trop bizarre.

— « Chef » aussi, rétorqua Carol en espérant que son regret ne transparaissait pas. Alors dites simplement : « Bonjour, vous ! »

— Ou pas, répondit Stacey avec un léger sourire. Joli tableau. Excellent choix. C'est bien de vous voir. Comment allez-vous ?

— Je suis toujours debout. En tout cas, j'y travaille. Et vous ? Qu'est-ce que ça fait d'être de retour à la BREP ?

— C'est très différent. Je ne pense pas que le commandant Rutherford nous comprenne.

Carol fut surprise de s'entendre rire.

— Soyons honnêtes, Stacey, il faudrait qu'il soit assez spécial pour ça. Cela dit, il a bonne réputation.

— Il est assez fonceur, ajouta-t-elle en regardant Carol en coin. On a eu un exercice de cohésion d'équipe lundi.

Son intonation suggérait qu'on l'invite à poursuivre, même si elle n'en dit rien. Carol obéit.

— Et ça s'est passé comment ?

Cette permission accordée, Stacey lui raconta. Sans le genre d'embellissement qu'aurait ajouté Paula, mais sans cacher non plus le niveau d'efficacité de cet exercice. Ni la qualité de leurs nouvelles recrues.

— Au moins, vous en savez un peu plus sur les nouveaux, maintenant, remarqua Carol d'un ton sarcastique.

— Et on s'est lancés direct dans une enquête. Les squelettes dans le couvent.

— Ah bon ? J'en ai entendu parler aux infos, dit Carol en tentant de cacher sa surprise. Des dépouilles anciennes ? Pas vraiment le genre d'affaires pour la BREP, me semble-t-il.

— On ne sait pas si elles sont anciennes. En tout cas, le commandant a hâte qu'on s'y mette. Il n'est pas très organisé, à vrai dire. Je ne peux pas m'absenter trop longtemps. J'ai des analyses à faire pour Paula. Non que je n'aie pas envie de papoter, ça me ferait plaisir, bien sûr…

C'était l'une des plus longues tirades que Carol ait entendues de la part de Stacey. Elle ne montrait pas vraiment ses émotions. Pas même durant sa malheureuse idylle avec Sam Evans. Alors qu'ils étaient tous les deux de proches collègues, Carol n'avait pas deviné, d'après l'attitude de Stacey, qu'il y avait quoi que ce soit de plus entre eux. C'est seulement une fois l'histoire terminée, après que la carrière de Sam avait été anéantie, que Paula lui avait raconté leur relation et leur rupture. Carol s'en voulait de sa suspicion, mais elle ne pouvait s'empêcher de se demander si la chute de Sam avait été provoquée par une pichenette numérique de son ancienne amoureuse. Ce n'était pas une femme qu'on avait envie de contrarier.

— J'ai besoin d'un service, annonça Carol. Mais vous vous en êtes doutée, probablement.

Stacey haussa les épaules.

— Pas de problème. Vu notre histoire, les services font partie de notre ADN.

Carol reconnut qu'elle avait raison en inclinant la tête.

— Est-ce que vous avez déjà rencontré la mère de Tony ? Vanessa ?

L'impassibilité immédiate de Stacey équivalait, chez le commun des mortels, à une curiosité brûlante.

— Je ne l'ai jamais rencontrée. Ce que je sais d'elle, je l'ai appris par Paula. Je pense que c'est amplement suffisant.

— Je ne peux pas vous contredire là-dessus. D'après Tony, c'est une narcissique classique. Moi, je pense que c'est juste une garce. Mais une garce qui sait très bien manipuler les gens. Et en ce moment, c'est moi qu'elle manipule.

Carol ferma brièvement les yeux puis respira lentement et profondément. Ensuite, elle se redressa et expliqua à Stacey ce qu'elle devait faire pour Vanessa. Une fois raconté, ce n'était pas très reluisant.

— Je suis désolée de vous entraîner là-dedans. Mais je ne connais personne d'autre qui puisse me trouver cette information. J'ai cherché des infos sur le fils de Harrison Gardner. Il s'appelle Olivier, exposa-t-elle en tirant de sa sacoche une feuille pliée. Son certificat de naissance. Il a dix-sept ans, ce qui réduit les possibilités pour la date de création de la fiducie et l'achat du cottage. Je ne peux pas accéder au cadastre...

— Moi si, dit Stacey sans détour.

— C'est beaucoup vous demander.

Stacey sourit.

— Non, vraiment pas. C'est un peu rébarbatif de passer en revue les résultats, mais ce n'est pas *difficile*. Northumberland, vous dites ?

— D'après Vanessa, oui. Sur la côte, avec vue sur Holy Island.

— Je vous laisserai cette partie-là, si ça ne vous dérange pas. Je vais vous sortir une liste des propriétés qui ont changé de mains dans la période qui vous concerne, avec des propriétaires qui pourraient répondre aux critères, mais les trier ensuite à l'aide d'une carte, ce sera à vous de le faire.

— Je ne me serais pas attendue à ce que vous vous en chargiez. Je vous demande un service, pas un sacrifice.

— Qu'allez-vous faire une fois que vous l'aurez trouvé ?

Carol inspira bruyamment par le nez.

— Lui parler doucement mais fermement. Après tout, il a rencontré Vanessa. Cela devrait suffire à le convaincre de rendre l'argent.

— D'après ce que j'ai entendu, je pense que vous avez sûrement raison, conclut Stacey en se levant. Il faut que j'y retourne. C'était bien de vous voir. Je vous contacte dès que j'ai quelque chose. On pourrait se retrouver toutes les trois pour dîner ? Paula, vous et moi ?

— Ce serait avec plaisir, répondit Carol, surprise de sa propre sincérité. Bonne chance avec les sœurs.

Stacey afficha une moue sceptique.

— Voilà une institution qui garde bien ses petits secrets. Vous n'imaginez pas le nombre de registres de l'Église catholique qui ne sont pas encore numérisés. Comme s'ils n'avaient pas ouvert la porte à la révolution digitale.

— Espérons que vous hériterez bientôt d'une véritable enquête pour la BREP.

Stacey secoua la tête.

— En ce moment, je fais très attention à ce que je souhaite. Prenez soin de vous.

Elle s'éloigna de quelques pas avant de se retourner.

— Carol. Prenez soin de vous.

## 24

> *Le passage en revue des pièces à conviction, même consciencieux, a ses limites. Vient un moment où le profileur doit s'entretenir avec des témoins et des enquêteurs afin d'esquisser la silhouette du coupable.*
>
> *Décrypter les crimes*, Dr Tony Hill

Paula observa la jeune femme assise en face d'elle dans la salle d'audition. Elle aurait donné à Louise Brand entre vingt-cinq et trente ans. Ses longs cheveux bruns étaient attachés en queue-de-cheval, ce qui ne mettait pas en valeur son visage légèrement grassouillet. Ses sourcils avaient été sévèrement épilés et son mascara était tellement épais qu'il formait des pâtés par endroits. Elle avait mordillé la plus grande partie de son rouge à lèvres rose pâle, laissant apparaître ses lèvres gercées. Une ligne de boucles d'oreille en forme d'étoiles courait le long de l'hélix de son oreille gauche.

— Merci d'être venue nous parler, Louise. Si je comprends bien, vous avez vécu pendant quelques années au foyer de St. Margaret Clitherow. Et suivi des cours là-bas.

Louise inspira profondément en tremblotant.

— Je ne sais pas si j'ai bien fait de venir, mais j'ai vu les corps aux infos ce matin et j'ai flippé.

— Ça ne m'étonne pas, réussit à dire Paula avant que Louise ne continue.

— Parce que si ça se trouve, j'en ai connu certaines, vu que j'ai été là-bas pendant presque trois ans. Et certaines filles ont tout simplement disparu. On nous a dit que leurs familles étaient venues les chercher, ou qu'elles avaient été adoptées, ou qu'elles avaient eu un accident et avaient été transportées à l'hôpital et comme elles ne revenaient pas, les sœurs prétendaient qu'elles avaient été placées dans un autre foyer où elles seraient mieux intégrées. Maintenant, je me dis que c'était des conneries.

Elle s'interrompit et regarda autour d'elle.

— J'imagine que je peux pas fumer ici, non ?

Paula secoua la tête.

— Non, en effet.

— Typique. Ensuite quand mon père est venu me chercher, j'ai pensé que les sœurs disaient vrai. Vu que moi ça m'était arrivé.

— J'aimerais que vous me racontiez tout ça dans l'ordre, reprit patiemment Paula. Mais d'abord, j'ai besoin de quelques informations à votre sujet.

Certains témoins avaient besoin d'être traités avec attention et prudence. Certains noyaient l'enquêteur sous un torrent d'informations, d'insinuations, de rumeurs, de on-dit et de spéculation. Paula savait déjà à quelle catégorie appartenait Louise. Quelques minutes plus tard, elle avait obtenu l'autorisation d'enregistrer leur conversation, le nom complet de la jeune femme, sa date de naissance (elle avait quelques années de moins que ne l'avait supposé Paula), l'adresse où elle vivait avec son père et sa belle-mère (même si Louise ne la considérait pas comme une figure maternelle, contrairement à sa mère qui était décédée, et en plus son père n'avait pas épousé la nouvelle), le nom du pub où elle travaillait cinq soirs par semaine (déclarée comme une vraie employée, rien de louche là-dedans), et apprit qu'elle étudiait à l'université ouverte pour obtenir un certificat d'enseignement supérieur spécialisé dans le domaine de la famille et de la petite enfance. Paula avait suffisamment d'expérience pour ne pas exprimer de surprise en entendant cette dernière information, et s'en voulut d'être si prompte au jugement.

— J'étais pas bonne à l'école. Margaret Clitherow m'a bien dégoûtée, et je n'ai jamais vraiment repris après ça, mais je veux travailler avec les enfants. Peut-être dans une crèche ou même comme nounou. J'ai vu une pub pour l'université ouverte à la télé et je me suis dit, ça, c'est pas pour les gens comme toi, Lou, mais ma patronne au travail, elle m'a encouragée à essayer. Alors je l'ai fait, raconta Louise d'une traite. C'est bizarre d'avoir des devoirs à mon âge, mais en fait je suis pas si mauvaise que ça. Qui l'aurait cru ?

— C'est bien. Il n'est jamais trop tard. Alors, est-ce que vous pouvez me raconter la période où vous étiez à St Margaret Clitherow ?

— Maggie Clito, comme on l'appelait, dit Louise d'un air goguenard. À l'époque, je savais même pas ce qu'était un clito. J'avais neuf ans.

J'y suis restée presque jusqu'à mon douzième anniversaire. Vous pouvez faire le calcul.

— Pourquoi avez-vous été placée là-bas ?

La gaieté de Louise retomba.

— Ma mère a eu un cancer. Elle était vraiment malade et moi j'étais assez turbulente. Quand elle est morte, je suis devenue carrément ingérable. Je piquais dans les magasins du coin, mais de façon complètement nulle, comme si je m'en fichais qu'on m'attrape. Je sortais tard, je séchais l'école, j'étais une vraie chieuse avec mon père. Il pouvait pas suivre, le pauvre. Il n'arrivait pas à faire son deuil parce que je lui pompais toute son énergie. Le prêtre de la paroisse lui a conseillé de m'envoyer à Maggie Clito le temps que je me calme et que ça passe, pour que mon père puisse me récupérer après. Alors j'ai atterri chez ces grosses sadiques. Je pensais que ça durerait juste quelques semaines, mais au final ç'a duré quasiment trois ans. Pendant des mois j'ai chialé en m'endormant et en espérant que mon père viendrait me chercher.

L'espace d'un instant, elle se trouva à court de mots, réduite au silence par le poids des souvenirs.

— Votre père ne vous rendait pas visite ?

Elle lâcha un rire amer en fronçant les sourcils.

— Il est venu deux fois. À l'époque, j'ai pensé qu'il se vengeait parce que j'avais été insupportable avec lui. Mais quand j'ai fini par rentrer à la maison, je lui ai posé la question, et il m'a répondu que les sœurs lui avaient demandé de ne pas venir. Que ça perturbait les filles quand les familles venaient les voir. Tout ce qu'elles voulaient, c'était se simplifier la vie, les salopes. Il voulait me voir. Il est même venu au couvent deux autres fois, mais elles ont inventé des excuses. Soi-disant j'étais en sortie scolaire. C'était des conneries, vu qu'on sortait jamais. C'était comme une prison.

Paula laissa le silence s'installer, respectant les réminiscences douloureuses de la jeune femme.

— Comment vous traitaient-elles ?

Louise gratouilla la peau autour de son pouce.

— C'était dur, répondit-elle en regardant Paula, les yeux brillants de larmes contenues. On parlait beaucoup de l'amour de Dieu, mais aucune des bonnes sœurs ne montrait le moindre signe d'amour. Il y avait des règles pour tout. L'heure du coucher. L'heure du réveil. La fréquence et la durée des douches. Les tenues autorisées. Les moments où on devait se taire, ceux où on pouvait parler et ce qu'on avait le droit de dire.

Elle secoua la tête, gênée par ces souvenirs.

— Et que se passait-il si vous ne respectiez pas les règles ? demanda doucement Paula.

— On était punies, répondit Louise en frottant ses yeux du bout des doigts, étalant son mascara sur ses joues.

— Punies comment ?

— Ça dépendait de ce qu'on avait fait. Elles avaient des... j'imagine qu'on peut appeler ça des cellules de punition. Juste une pièce minuscule, vide, sans rien à part un sceau pour pisser et chier. Pas de matelas, pas de couverture, rien du tout. On était enfermées là-dedans toute la nuit. Parfois deux ou trois nuits. Rien à manger, juste un verre d'eau deux fois par jour. C'était glacial en hiver et étouffant en été. On traiterait même pas un chien comme ça, on n'aurait pas le droit.

À présent, Paula sentait la lente brûlure de la colère dans ses entrailles.

— Encore moins un enfant. Est-ce que ça vous est arrivé ?

Louise cligna lentement des yeux. Une petite larme s'échappa de ses paupières.

— Juste une fois. J'ai refusé de manger mon dîner. C'était du foie et des oignons, dit-elle en frissonnant. J'ai toujours détesté le foie. La texture autant que le goût. *Berk*. En plus, elles le cuisinaient jusqu'à ce qu'il soit dur comme de la semelle. Une des bonnes sœurs m'a tirée par les cheveux pour m'éloigner de la table. Ensuite elles m'ont attrapée par les bras tellement fort que j'ai eu des bleus, et elles m'ont emmenée dans la cellule de punition. J'étais terrifiée. J'ai cru que je devenais folle. Je vous le dis, j'ai jamais refusé de manger du foie après ça. Mais encore aujourd'hui, rien que l'odeur me donne envie de vomir.

— Je peux imaginer. Est-ce que les sœurs donnaient d'autres punitions ?

Louise soupira.

— Carrément. Elles se référaient à la Bible. Ou à des proverbes genre « Qui aime bien châtie bien. » Elles nous châtiaient bien, ça c'est sûr. Le premier niveau de punition physique, c'était la règle. Vous vous rappelez ces règles fines qu'on avait à l'école ? En bois ou en plastique, d'environ trente centimètres ? Elles les posaient derrière nos jambes ou sur le dos de nos mains, les pliaient en arrière et lâchaient. On dirait pas qu'un truc aussi petit puisse faire aussi mal, mais c'était affreux. Surtout sur le dos de la main. Y a pas de chair à cet endroit pour protéger.

Elle fit une grimace et se frotta le dos des mains comme pour les laver.

— J'imagine que ça devait faire mal. Un garçon de ma classe m'a fait ça sur les cuisses, je portais un pantalon mais je me souviens que ça m'avait brûlée.

— Ça suffisait pas à sœur Mary Patrick. La mère supérieure. Elle avait une ceinture en cuir, bien solide. Les filles qui avaient commis des crimes graves selon elle recevaient une raclée avec ça. Genre si elles avaient été insolentes avec une sœur ou qu'elles étaient arrivées en retard à la messe. Y avait une histoire qui courait, comme quoi parfois elle utilisait la boucle de sa ceinture.

L'idée de ce que cela pouvait causer au corps fragile d'une jeune fille en pleine croissance donna à Paula la nausée.

Louise observa le visage de Paula, comme si elle voulait peser quelque chose. Elle pinça les lèvres puis ajouta :

— C'était peut-être juste un truc que racontaient les grandes pour faire peur aux petites. Mais on disait que sœur Mary Patrick ne savait pas toujours s'arrêter.

## 25

> *L'un des premiers criminels sérieux dont j'ai établi le profil était un violeur sadique qui avait l'habitude d'abandonner ses victimes là où des femmes avaient, par le passé, été assassinées. Afin de les réduire au silence, il leur racontait l'histoire des lieux. Il s'agissait moins de revisiter la scène d'un crime que de s'approprier l'horreur de celui d'un autre.*
>
> *Décrypter les crimes*, Dr Tony Hill

Ça ne représentait qu'un léger détour pour Alvin de passer par la scène de crime sur le trajet du bureau. Il voulait la voir de ses propres yeux, la graver dans son esprit de façon à pouvoir situer tous les éléments sur sa carte mentale, au fur et à mesure qu'ils se présentaient. Il eut plus de chance que Sophie ; quand il arriva, il trouva une place sur le parking.

En approchant du bureau mobile, il embrassa du regard le couvent et le terrain qui l'entourait. Si ce lieu avait été géré correctement, cela aurait été le paradis des enfants : de l'espace pour se dégourdir les jambes, des arbres pour grimper, une campagne où se promener. Ce qui était arrivé en réalité ressemblait à une double peine.

Il se présenta au bureau mobile avant de se diriger vers la tente bleue. Près de la porte, il trouva une combinaison de protection extra-large en haut d'une pile et, une fois enfilée, il devint presque anonyme. Des chaussons par-dessus ses chaussures, des gants et un masque complétèrent son camouflage. Ce n'était pas qu'il se cachait ; mais il ne voulait pas attirer l'attention sur lui. Il avait l'impression que le nouveau chef verrait d'un mauvais œil que ses hommes fassent du hors-piste. Rutherford découvrirait bien assez tôt que c'était le mode de fonctionnement de la BREP. Cela étant, Alvin n'avait pas envie d'être le premier à s'engager sur cette voie.

Il aperçut la petite silhouette de la commandante Fielding et se dirigea à l'opposé. L'équipement de protection qui le camouflait l'empêchait également d'identifier clairement quelqu'un de confiance pour lui demander des détails sur l'enquête. Frustré, il ressortit par l'autre extrémité de la tente, où étaient menés les travaux d'exhumation. On aurait dit qu'une grosse balafre avait été pratiquée dans le sol, de deux mètres de large sur cinquante mètres de long, dans laquelle avançaient des silhouettes vêtues de blanc, truelles et brosses à la main. Tout le long, des appareils photo avaient été installés sur des tripodes, les flashs se déclenchant par intervalles. Cela permettrait, Alvin le savait, de conserver une trace de l'exhumation.

Il longea la tranchée en marchant à bonne distance du bord. Un officier se tenait à mi-chemin, muni d'un bloc-notes. En s'approchant, Alvin reconnut un employé de Skenfrith Street. Il ne se rappelait pas le nom du jeune homme, mais il était quasiment sûr que celui-ci le reconnaîtrait. Même aujourd'hui, il y avait encore peu de policiers noirs à Bradfield, et certainement aucun aussi reconnaissable que lui.

Alvin s'arrêta à sa hauteur et le salua d'un signe de tête.

— Vous enregistrez les découvertes ?

— Oui. Je prends juste quelques notes rapides avant de les envoyer à l'intérieur. C'est là que le vrai boulot se passe.

Il avait l'air de le regretter. Alvin ne pouvait pas lui en vouloir. Personne n'avait envie d'être un pauvre assistant dans une enquête pareille.

— Expliquez-moi ce que j'ai sous les yeux, dit Alvin.

Le jeune homme lui lança un bref regard surpris.

— Les promoteurs immobiliers ont lancé les bulldozers hier matin. D'abord, la défonceuse. C'est une sorte de grosse dent à l'arrière de l'engin qui désagrège littéralement le sol. Ensuite est intervenu le bulldozer en lui-même, avec sa lame qui creuse la tranchée en quelque sorte. Le conducteur du deuxième engin était à mi-parcours environ quand il a vu la défonceuse déterrer ce qui ressemblait à un crâne. Le temps qu'il s'arrête et crie à son collègue qu'il y avait un problème, la défonceuse était arrivée tout au bout. Quand ils se sont approchés, ils ont vu beaucoup d'ossements. Ils étaient un peu colorés à cause de la terre, mais ils ont quand même reconnu des os, expliqua-t-il en affichant une grimace. Surtout les crânes. Des petits crânes, lieutenant. Ça vous retourne le cœur.

Alvin avait des enfants. Il comprenait l'effet qu'une telle découverte pouvait produire.

— J'imagine, dit-il. Qui s'occupe des exhumations ? On n'a pas assez de spécialistes médico-légaux dans le coin pour un chantier de cette taille, n'est-ce pas ?

— Ils ont contacté l'université de Manchester. Ils possèdent un important département d'archéologie. Ils ont envoyé toute une équipe ce matin. D'autres les rejoindront demain, apparemment. Il y a une équipe du département d'expertise médico-légale de la fac de Bradfield dans la tente, pour aider à trier les ossements. C'est énorme, lieutenant.

— Quel cauchemar, commenta Alvin. Et l'on ne sait même pas s'il s'agit d'un crime.

Cette fois-ci, le jeune homme ne dissimula pas sa surprise.

— Ils ont quand même trouvé quelque chose. J'ai entendu la commandante Fielding dire à son équipe qu'ils avaient interrogé la mère supérieure de l'Ordre de la perle bénite et qu'il y avait eu des enterrements non déclarés ici, en plus des sœurs enterrées derrière. Donc on a au moins affaire à des inhumations irrégulières.

— Je comprends bien. Mais on ne sait pas encore ce qui s'est passé. Les sœurs sont là depuis 1930. On ne peut pas traiter les affaires qui remontent à plus de soixante-dix ans. Donc si ça se trouve, ça ne sera pas pour nous.

Son visage se décomposa.

— Je n'avais pas pensé à ça. C'est sûrement pour ça que Fielding est de mauvaise humeur. Ça va exploser son budget. Et elle n'en verra peut-être jamais les résultats.

Quoi qu'il en soit, cette enquête risquait de lui échapper de toute façon. S'il y avait des chances d'aboutir, il avait l'impression que Rutherford voudrait chérir cette victoire comme la sienne.

— Enfin, il faut bien en passer par là, conclut Alvin en donnant au garçon une tape sur l'épaule avant de poursuivre le long de la tranchée.

Une fois arrivé au bout, il contourna le coin du bâtiment et aperçut des jardinières et des rangées de potager bien entretenues à l'extrémité du terrain. Mais ce n'est pas l'horticulture qui retint son attention.

C'était la maître-chien qui avançait vers la zone cultivée, accompagnée de son golden retriever. Cela piqua la curiosité d'Alvin parce qu'il savait que ces deux-là n'étaient pas ici par hasard. Il reconnaissait la femme qui marchait à côté de ce bel animal, il l'avait rencontrée à l'époque où il travaillait encore pour la West Mercia, avant que Carol Jordan ne le recrute à la BREP. La lieutenante Josy Rivera avait emmené son chien Paco lors d'un des week-ends de formation réguliers que les officiers devaient suivre afin de rester à jour des procédures actuelles et des évolutions en termes d'expertise médico-légale.

La formation s'était tenue dans un hôtel avec salle de gym et piscine. Au début de la session, Josy leur avait demandé de la retrouver dans les vestiaires pour une démonstration pratique. Même l'odorat humain d'Alvin pouvait déceler une multitude d'odeurs : chlore, transpiration, fragrances chimiques de déodorant, lotions capillaires et parfums.

— Dans un de ces casiers se trouve un lapin mort, avait annoncé la lieutenante Rivera. Il est emballé dans du film alimentaire et réemballé dans des sacs en plastique scotchés. L'un de vos collègues l'a apporté ce matin et déposé dans un endroit de son choix. Même moi, je ne sais pas dans quel casier il se trouve, expliqua-t-elle en agitant une clé. J'ai la clé, mais comme vous pouvez le voir, il n'y a pas de numéro dessus.

Elle avait fait entrer Paco et, immédiatement, le chien avait montré de l'excitation, remuant la queue, reniflant l'air et piétinant sur place. Au bout de deux minutes, il avait bondi sur un banc et dirigé son attention vers un casier en particulier. Quand la lieutenante Rivera l'avait ouvert, ils y avaient trouvé le lapin emballé, tel qu'elle l'avait décrit.

Après quoi, il y avait eu une discussion. La démonstration avait été tellement convaincante qu'aujourd'hui encore, il se souvenait de certains détails qu'elle avait exposés. Les chiens possèdent un odorat qui peut être jusqu'à mille fois plus puissant que celui des humains. Le voisin d'Alvin s'était penché pour lui murmurer à l'oreille :

— Et pourtant ils se reniflent tous le derrière. Ils ont aucun goût...

Cela prenait deux ans pour former un chien détecteur de cadavres, principalement parce qu'au cours des cinq étapes de la décomposition, les corps humains produisaient plus de quatre cents substances chimiques volatiles. Afin de dresser les chiens, une entreprise chimique américaine avait recréé des odeurs humaines de synthèse. Parmi elles, se souvenait parfaitement Alvin, se trouvaient les fragrances « récemment décédé » et « décomposé ». Pas vraiment le genre de parfum dont on aime s'asperger avant un rendez-vous galant.

— Si vous êtes déjà allé sur une scène de meurtre, vous connaissez certaines de ces odeurs, avait annoncé Rivera devant une salle remplie de flics endurcis qui avaient exprimé un certain malaise. La chair pourrissante, l'urine, les selles, quelque chose comme une mauvaise haleine poussée à l'extrême. Ce que les humains perçoivent est l'équivalent du triangle au milieu d'un orchestre. Le chien, lui, perçoit toute la symphonie.

Longtemps après l'inhumation d'un corps, ces odeurs continuaient à raconter une histoire. Selon Alvin, il était tout à fait logique que Paco et sa maître-chien aient été appelés. Les scientifiques travaillaient à mettre au point une machine qui devrait être encore plus sensible que les chiens, mais ce n'était pas pour demain. Il n'y avait qu'une poignée de chiens détecteurs de cadavres dans tout le pays ; il supposait que Paco était le plus proche géographiquement. Vu l'ampleur de la découverte, il aurait été négligent de ne pas examiner le reste de la propriété, au cas où d'autres squelettes s'y trouvent.

Il envisagea d'aller les saluer avant de se raviser, puisque chien et maître-chien étaient en plein travail. Mais il allait s'approcher pour les observer un moment. Il était intrigué de voir le chien quadriller la zone, truffe au sol puis renifler l'air avant de se concentrer de nouveau sur le sol et l'herbe.

Alvin les observait depuis moins de quinze minutes quand le comportement de Paco se modifia subitement. Il abaissa son arrière-train et se mit à grogner. Quatre jappements graves, puis une pause. Quatre jappements supplémentaires et Rivera s'approcha pour lui donner des friandises qu'elle gardait dans une pochette fixée à sa ceinture. Alvin accourut tandis qu'elle contactait via sa radio le bureau mobile.

— Le chien a trouvé quelque chose, l'entendit-il dire. Sur le côté, près du potager. Il me faut une équipe sur place immédiatement.

# 26

> *Les enfants qui ont subi des traumatismes extrêmes durant l'enfance éprouvent souvent des difficultés, plus tard dans leur vie, à réagir de façon appropriée au traumatisme. Parfois ils n'arrivent pas à pleurer. Souvent, ils ont du mal à exprimer ce qu'ils ressentent et s'ils le font, ils en craignent les conséquences. C'est l'une des raisons pour lesquelles les victimes d'abus sexuels pendant l'enfance peinent ensuite à dénoncer les faits. Ils finissent par croire que s'ils disent l'indicible, le ciel leur tombera sur la tête.*
>
> *Décrypter les crimes*, Dr Tony Hill

Chaque interrogatoire avait un point de bascule. D'un côté, le triomphe. De l'autre, le crash. Paula avait toujours su d'instinct quand ce moment allait arriver. Carol Jordan avait remarqué son talent pour mener témoins et suspects jusqu'à des révélations inattendues et, au fil des années, Paula avait saisi chaque opportunité de formation pour affiner cette compétence. Un jour, Elinor avait dit que concernant les secrets, elle était sans défense face à sa compagne, mais elles savaient toutes les deux que c'était faux. Bizarrement, quand il s'agissait de soutirer des informations à Elinor, et maintenant à Torin, Paula ne réussissait jamais vraiment à égaler ses performances professionnelles. Même les meilleurs ont leurs faiblesses.

Néanmoins, dans le cadre d'un interrogatoire, elle se savait capable de trouver, en général, le chemin vers la vérité. Elle comprenait ce que les gens avaient besoin d'entendre et parvenait à convaincre les plus réticents et suspicieux qu'elle avait de la compassion pour eux. Parfois, elle regrettait de ne pas pouvoir laver son cerveau de toutes les perversions de certaines personnes. Mais elle se consolait en se disant qu'elle contribuait à rendre les rues plus sûres.

Elle ne détourna donc pas le regard face à Louise Brand qui clignait des yeux, l'air effrayé.

— Vous avez porté ça en vous pendant longtemps, Louise. Il est temps de partager le fardeau. Je sais que vous voulez briser le silence et vous pouvez le faire ici, sans risque. Personne ne vous juge. Que voulez-vous dire par « sœur Mary Patrick ne savait pas toujours s'arrêter » ?

Louise mordilla férocement la peau autour de son pouce, jusqu'au sang.

— C'est juste ce que disaient certaines filles. Vous savez comment sont les filles quand elles sont ados. Elles montent tout en épingle.

— Ça vous a pesé pendant toutes ces années, pourtant. Il devait y avoir quelque chose dans ces histoires qui vous faisait penser que ce n'était pas totalement faux.

Louise soupira, l'air implorant.

— Écoutez, je n'ai aucune preuve. Il y a eu... des incidents. Cette fille dans ma « famille », comme elles disaient, ce qui était juste ridicule vu que plein de filles venaient de familles dysfonctionnelles... Et elles se retrouvaient avec un autre type de famille qui était tout aussi tordue que celle qu'elles avaient quittée. Enfin bref, cette fille dans ma famille, elle s'appelait Jaya, et elle s'était fait prendre en train de piquer de la bouffe dans les cuisines, ce qui était con vu que la bouffe était dégueu. Mais on avait toujours des portions minuscules, on crevait de faim, donc Jaya a piqué des petits pains à la cuisine sauf qu'elle s'est fait attraper.

Elle s'interrompit un instant. Paula la relança doucement :

— Qu'est-ce qui est arrivé à Jaya ?

— Tu ne voleras point. Septième commandement. Les bonnes sœurs étaient à fond sur les dix commandements. Dommage que la Bible n'ait pas pensé à inclure : « Tu ne battras pas comme des chiens les enfants qui sont sous ta protection », dit-elle, gagnée par une colère amère. Une des sœurs l'a frappée tellement fort avec un rouleau à pâtisserie qu'elle lui a cassé le bras.

*Archives médicales*, songea Paula. Il devait y avoir une trace quelque part.

— Est-ce qu'elles ont emmené Jaya à l'hôpital ?

Louise poussa un grognement de mépris.

— Certainement pas ! Deux bonnes sœurs étaient infirmières, elles s'occupaient de tout en interne. Sauf une ou deux fois. Une fille a fait une crise d'appendicite, ça faisait des jours qu'elle se plaignait de maux de ventre mais elles s'en foutaient. Une autre... je sais pas exactement ce qui s'est passé mais elle était asthmatique et a eu une infection à la poitrine. En tout cas, chaque fois, le matin, elles avaient disparu. Soi-disant elles étaient à l'hôpital mais elles sont jamais revenues. Une des filles de ma « famille » a demandé quand allait revenir celle qui était asthmatique et sœur Catherine a répondu qu'elles l'avaient envoyée dans un couvent en Irlande parce que l'air de la mer lui ferait du bien, expliqua-t-elle au bord des larmes. Mais maintenant y a tous ces squelettes qui apparaissent... Et si elles n'étaient jamais allées à l'hôpital ?

— Nous allons faire de notre mieux pour établir les identités des personnes enterrées. Pour l'instant, on ne sait même pas depuis combien de temps elles y sont. Il est possible qu'elles aient été enterrées là des années avant votre arrivée à St. Margaret Clitherow.

La voix de Paula était calme et rassurante, même si intérieurement elle bouillait. Quel genre de conception de la chrétienté était-ce ? Drôle d'interprétation de « Laissez venir à moi les petits enfants »...

— C'était toujours l'histoire qu'on nous servait quand des filles disparaissaient : on les a envoyées en Irlande pour l'air marin. Ou à York parce qu'elles avaient eu des amitiés tendancieuses. Ou bien leurs parents étaient revenus les chercher, ce qui m'a toujours paru être des conneries jusqu'à ce que ça m'arrive, alors c'était peut-être vrai. Mais d'autres fois, des filles étaient envoyées dans les cellules de punition et on ne les revoyait jamais, dit-elle en baissant les yeux vers la table puis en poussant un long soupir tremblotant. On voulait peut-être croire ce qu'on nous disait parce que l'autre option était trop flippante à envisager.

— J'aurais fait pareil, j'en suis sûre. Quand on connaît les gens, même s'ils sont profondément déplaisants, c'est difficile de les imaginer en tueurs.

Elle marqua une pause.

— Ces mauvais traitements, est-ce qu'ils étaient infligés uniquement par la mère supérieure, sœur Mary Patrick ?

Louise secoua la tête.

— Non, c'était le traitement standard. Les vieilles sœurs étaient les pires, elles nous traitaient comme de la merde. Cette idée de punir les enfants pour les péchés des parents ? Elles ne vivaient que par ça. Puisqu'on avait atterri là-bas, ça voulait dire qu'on était immédiatement coupables de péché. Comme si elles étaient décidées à nous remettre dans le droit chemin avec des coups. Y avait trois ou quatre sœurs parmi les plus jeunes qui avaient encore un peu de gentillesse en elles, mais seulement quand les vieilles peaux avaient le dos tourné.

— Est-ce que vous ou vos amies avez envisagé de vous plaindre ?

Louise parut désemparée.

— Se plaindre ? À qui ? Le prêtre ne voulait rien savoir. Si vous lui parliez, il caftait à sœur Mary Patrick. Pareil si on écrivait à nos familles ou qu'on parlait à un inconnu venu visiter l'école parfaite de Maggie Clito. Sœur Mary Patrick laissait le charme agir et rappelait aux visiteurs que ces filles étaient ici parce que personne d'autre ne pouvait s'occuper d'elles. Elle mentait comme elle respirait. Et quand elle portait la main sur vous après, vous n'aviez plus qu'à prier, dit-elle avant de se reprendre ironiquement. Qu'est-ce que je raconte ! Prier ? Dieu ne nous entendait pas.

— Après être retournée vivre avec votre père, est-ce que vous lui avez parlé de ce qui se passait à l'intérieur du couvent ?

Louise se mordilla la lèvre inférieure.

— Non. Sœur Mary Patrick m'avait prévenue que si je disais quoi que ce soit contre elle ou les autres sœurs, elle détruirait toutes mes chances d'avancer dans la vie. Elle raconterait à tout le monde que j'étais une petite menteuse, manipulatrice et voleuse.

Ses yeux s'emplirent de larmes.

— Vous n'êtes pas catholique, si ? demanda Louise.

Paula secoua la tête.

— Je ne suis rien du tout.

— L'Église a encore un fort pouvoir sur la vie des gens. Même si, au fond de vous, vous savez que vous devriez résister face à leurs menaces, c'est dur de leur tenir tête. Attention, il y a plein de gens très bien dans l'Église. Mais on commence seulement à découvrir que beaucoup de mauvaises personnes ont fait subir des atrocités à des enfants et que l'Église les a couvertes et protégées, dit-elle en laissant une larme rouler sur sa joue. Même maintenant, aujourd'hui, j'ai l'impression d'être une traîtresse. De toutes les filles qui sont allées à Maggie Clito, je parie que quasiment aucune n'est venue témoigner.

— Jusqu'à maintenant, vous êtes la seule, reconnut Paula. Vous êtes la plus courageuse, sans aucun doute.

Louise secoua la tête.

— Je suis pas courageuse. J'ai la trouille. Mon père et sa femme, ils vont à la messe. Si tout ça sort, si je dois témoigner au tribunal, ça va leur pourrir la vie. Mais tous ces enfants morts... quelqu'un doit parler pour eux, non ?

Avant que Paula ne puisse répondre, il y eut un petit coup à la porte et Karim passa la tête dans la pièce. Il sourit à Louise puis dit :

— Pardon de vous interrompre, chef, mais on vous attend là-haut. Maintenant.

— Merci, Karim.

Il ressortit et Paula se tourna de nouveau face à Louise.

— Je pense que l'épreuve a été assez dure pour vous, aujourd'hui. Je vous recontacterai et, en attendant, ce serait très utile pour moi si vous pouviez dresser une liste de toutes les filles dont vous vous souvenez. Et de toutes les sœurs, aussi.

Louise hocha la tête, se redressa et renifla fortement.

— Vous avez été très gentille, merci de m'avoir crue.

Paula savait qu'ils allaient vérifier tous les détails de l'histoire de Louise, mais elle ne doutait pas que tout soit confirmé. Parfois, on le savait instinctivement. Elle raccompagna Louise à la sortie du commissariat avant de monter à l'étage. Karim patientait devant le bureau de la brigade.

— Que se passe-t-il ? demanda-t-elle. C'était une audition clé. Heureusement pour toi que tu es tombé pile au bon moment.

— Ils ont trouvé de nouveaux corps au couvent, annonça-t-il. Mais cette fois il s'agit d'autre chose.

# 27

*Il est toujours plus facile de répéter la même chose que de réinventer la roue. Mais parfois, nous devons réfléchir à notre façon de procéder pour déterminer si nous pourrions avancer de façon plus efficace. Si nous ne voulons pas nous scléroser et devenir trop rigides, il nous faut accepter d'intégrer de nouveaux éléments dans notre fonctionnement.*

*Décrypter les crimes*, Dr Tony Hill

Étant donné que la méditation était censée produire une sensation de calme et de bien-être, un observateur aurait pu conclure que Tony Hill ne maîtrisait pas bien le sujet. À la fin de sa première émission de quinze minutes, il ressemblait davantage à un homme qui venait de terminer son footing. En haut d'une colline avec vent de face. Il était tout rouge, il transpirait et ses poings étaient serrés. Il avait espéré que ses auditeurs avaient atteint un niveau de paix intérieure plus élevé que lui. Sans quoi on ne lui redonnerait probablement pas de deuxième chance derrière le micro.

Il avait ôté les écouteurs tandis que Radio Pris'Ondes enchaînait sur une annonce pré-enregistrée du programme de foot du week-end. Il s'était laissé retomber sur son siège en soupirant, faisant rouler sa tête et sentant sa nuque craquer. Puis, désireux de passer pour un homme qui maîtrisait la situation, il avait bondi sur ses pieds et levé le pouce vers Spoony de l'autre côté de la vitre. Spoony était resté impassible puis s'était penché sur sa table de mixage pour tripoter des boutons. Nerveux, Tony était sorti de la cabine et avait souri à Dupond et Dupont.

— Tout va bien ? avait-il demandé.

Spoony lui avait lancé un coup d'œil.

— Jamais rien entendu de pareil. Pas croyable, putain.

Rien qui indiquait si c'était positif ou négatif.

— J'imagine que c'est dur de juger quand on est là à faire l'émission plutôt que dans sa cellule à l'écouter. Je vais devoir attendre les retours des auditeurs, j'imagine, non ?

Tony savait qu'il parlait trop, mais c'était plus fort que lui. Spoony avait esquissé un rictus tordu.

— Tu auras des retours, t'inquiète. Même heure la semaine prochaine, alors ? Sauf si tu te fais descendre par la critique, évidemment.

Tony s'était senti tellement soulagé que c'en était presque gênant. Il n'avait pas connu un tel besoin de reconnaissance depuis l'époque où il tentait d'impressionner son directeur de thèse avec ses réflexions novatrices.

— C'est que des conneries, avait marmonné Dupond à Tony tandis que celui-ci s'engageait dans le couloir pour regagner sa cellule.

Il avait le pressentiment qu'on allait lui répéter ça tout au long de la journée. Mais cette première fois, en rejoignant son quartier, il n'avait croisé personne qui lui ait dit quoi que ce soit. Peut-être qu'ils ne savaient pas qui il était, tout simplement. Il avait presque atteint le sanctuaire de sa cellule quand Kieran était venu le trouver.

— C'était pas mal, lui avait-il dit en lui donnant un coup de poing amical dans l'épaule. J'ai jamais rien fait de ce genre alors je ne savais pas du tout si je le faisais correctement, et je me sentais un peu con, mais je peux imaginer que ça fait du bien.

— Merci. J'ai eu l'impression de marcher sur un fil. J'espère que tout le monde a reçu ça avec autant d'enthousiasme que toi.

— J'en doute, mon pote. On va probablement se foutre sérieusement de ta gueule, mais je pense pas qu'on va t'emmerder plus que ça.

Plusieurs mois s'étaient écoulés depuis. Aujourd'hui, quand Tony arriva à sa cellule, il trouva Kieran adossé contre le montant de la porte. De sa poche arrière, il tira un journal tout plié. Il avait réussi à obtenir les faveurs d'un gardien de prison qui lui donnait le journal tous les deux jours. Ce n'était jamais l'édition du matin même, et c'était généralement un tabloïde, mais c'était tout de même un maigre lien avec le monde extérieur. Kieran le lui lança. Pris par surprise, Tony faillit le rater mais se reprit par une petite pirouette. Depuis qu'il avait rejoint Radio Pris'Ondes, Tony avait gagné le droit de partager son trésor.

— Page quatre, lui indiqua Kieran. Pile dans ton domaine, je pense.

Il attendit que Tony trouve la page et lise l'article consacré aux dépouilles humaines découvertes sur le terrain d'un couvent en périphérie de Bradfield. Il se rappelait vaguement Bradesden. Une partie des canaux longeait le village et il avait navigué dans ce coin un après-midi sur le *Steeler* avec Paula, Elinor et Torin. Ils avaient fait un pique-nique dans un charmant petit bassin à un kilomètre de là environ avant de retourner s'amarrer à Minster Basin. Il revoyait encore les cottages disséminés et l'église carrée. Rien qui ressemble à un couvent cependant.

Une quarantaine de squelettes, apparemment. Ils avaient littéralement commencé par compter les têtes, se dit-il. Avec les crânes, on ne pouvait pas se tromper ; tout le monde en avait un, et un seul. Il imaginait qu'ils devaient être anciens, remontant à l'ère victorienne, quand une épidémie de choléra ou de typhoïde avait éclaté. On en parlerait pendant quelques jours avant de jeter l'affaire dans la poubelle de l'histoire. Pas de familles endeuillées pour mettre la pression et obtenir une enquête en bonne et due forme.

C'était le genre de choses auquel Carol aurait jeté un bref coup d'œil avant de la transmettre à une brigade criminelle classique. Circulez, y a rien à voir.

— Et les sœurs ? demanda Kieran qui n'y tenait plus. Tu crois qu'elles sont toutes coupables, ou que c'était juste une bonne sœur cinglée tueuse en série ? Qui s'est acharnée sur le couvent comme une mouche tueuse ?

— À mon avis, il est plus probable que ce soit quelque chose comme la grippe espagnole. L'article suggère que les squelettes sont des enfants, et si je me souviens bien, cette épidémie frappait surtout les plus jeunes.

— La grippe ? Quoi, le truc contre lequel ma grand-mère se fait vacciner tous les hivers ?

— Ç'a tué environ cent millions de gens juste après la Première Guerre mondiale. Alors si cet endroit était un foyer pour enfants à l'époque, tout s'explique.

— Et merde, ronchonna Kieran. Moi qui pensais qu'on pourrait avoir un bon petit programme sur Pris'Ondes où tu nous ferais un truc genre *Faites entrer l'accusé* sur la bonne sœur tueuse de Bradesden, dit-il avant de prendre une voix effrayante. La mort a frappé dans un couvent du Nord, sans regarder qui elle fauchait. La coupable ? Une fiancée du Christ devenue fiancée de Frankenstein.

Tony ne put s'empêcher de rire.

— Selon toi, c'est ce que je faisais quand j'étais dehors ?

Kieran sourit.

— C'était sans doute pas aussi drôle que ça, non ?

— On n'aurait pas pu qualifier mon job de drôle. Mais quand on réussissait, c'était gratifiant. Parce que ça signifiait en général qu'on avait neutralisé quelqu'un avant qu'il ne sévisse davantage.

Il s'autorisa à savourer ce moment de satisfaction. Une satisfaction à laquelle il n'aurait probablement plus l'occasion de goûter.

— Tu vas reprendre ton job quand tu sortiras d'ici ?

Tony secoua la tête.

— Aucune chance. Tu imagines comment réagiraient des gens comme ça ? dit-il en claquant sa main contre le journal. Tu parles d'un loup dans une bergerie !

Kieran haussa les épaules.

— Ouais, mais on pourrait argumenter qu'il faut un voleur pour attraper un voleur. Je suis sûr que tu pourrais avoir ton émission de télé. Ou au moins un podcast. T'es en train d'écrire un livre sur tous les tueurs que t'as arrêtés, non ? Les gens vont adorer. Mais la plupart ont la flemme de lire un livre en entier, ils voudront plutôt regarder ça à la télé ou l'écouter. Mon pote, ce sera du tout cuit. Tu seras le profileur préféré des Anglais.

Pour Tony, c'était une perspective effrayante. Mais le pire, c'était que Kieran avait sans doute raison. Et après tout, que savait-il faire d'autre ?

## 28

> *Les gens croient parfois à tort que dresser le profil de criminels en série consiste à formuler des hypothèses. En réalité, tout cela se fonde sur des probabilités. Quand j'étudie un dossier, je recherche activement des similitudes. La clé de notre comportement actuel se trouve dans notre passé. Et la clé pour comprendre les crimes d'aujourd'hui consiste souvent à les regarder à travers le prisme du passé.*
>
> *Décrypter les crimes*, Dr Tony Hill

Rutherford était assis sur un bureau à une extrémité de la pièce, bras croisés sur la poitrine. Il n'avait pas l'air content. Le reste de l'équipe était disséminé autour, à l'exception d'Alvin qui se trouvait toujours sur les lieux du crime.

— OK, dit-il. Nous avons trouvé un second site de dépouilles, grâce au chien détecteur de cadavres que j'ai fait intervenir.

Il se leva et indiqua un plan du site. À l'aide d'un pointeur laser, il entoura la zone où les squelettes avaient été découverts.

— D'après les premiers éléments, il semble qu'une quarantaine de squelettes se trouvent dans cette zone.

Il déplaça le petit point rouge sur le côté du couvent.

— Par ici, à proximité du périmètre, se trouvent un potager et une demi-douzaine de jardinières où poussent des herbes aromatiques et des légumes. Le chien s'est d'abord intéressé à cette jardinière ici, expliqua-t-il en montrant la première forme oblongue sur le dessin. Et ensuite...

Le point rouge indiqua six endroits supplémentaires.

— Par bonheur, Alvin se trouvait sur place, ajouta Rutherford sans manifester pour autant la moindre joie. Les experts médico-légaux et les archéologues de l'université ont discuté de la meilleure façon de procéder, mais la commandante Fielding a décidé que le temps pressait, donc ils ont démonté les jardinières en bois afin de faciliter l'exhumation. Une fois qu'ils ont enlevé les plantes et commencé à creuser la terre, ils sont tombés sur une masse rappelant celle d'un corps enveloppée de sacs-poubelle noirs. Le corps semble de la taille d'un jeune adulte. Ils sont en train de le transporter à la morgue pour le déballer et l'autopsier. Nous avons donc affaire à quelque chose de très différent, ici. En termes de lieu d'inhumation, de profil de victime et de mode opératoire utilisé pour l'envelopper, dit-il en secouant la tête et en poussant un gros soupir. Si le chien ne se trompe pas, il semblerait qu'on ait deux types différents de meurtres en série, au même endroit. Quelles sont les probabilités pour que ça arrive ?

— C'est peut-être le même tueur. Ou tueurs, au pluriel, suggéra Sophie. Pour une raison ou une autre, ils ont changé leur méthode.

— Inutile de spéculer tant qu'on n'a pas le rapport du légiste et des experts médico-légaux. Et de l'équipe qui exhume les corps, répondit Rutherford d'un ton sec. Alvin est sur place et observe ce qui se passe, pour nous. En attendant, on continue sur la première enquête. Il faut qu'on avance autant que possible pour pouvoir prendre la tête de ce qui va devenir une deuxième enquête. Sophie, qu'est-ce qu'on a, jusqu'à maintenant ?

Sophie consulta sa tablette. Elle se trouvait clairement dans sa zone de confort. Elle lista les différentes actions en cours, sur le terrain et au labo.

— L'officier Chen est en train d'identifier les religieuses basées au couvent et les filles qui ont vécu et suivi leur scolarité là-bas. Une fois qu'on aura une liste, on enverra des officiers les interroger.

— Chen, vous en êtes où ?

— Je sais où les sœurs ont été envoyées. Et le lieutenant Nisbet a eu des pistes sur quelques filles grâce aux services sociaux. J'aurai une image beaucoup plus précise d'ici demain.

— Bon travail, Steve. Chen, passez vos informations au centre opérationnel de Sophie et faites votre maximum pour trouver autant de détails que possible, rapidement. Et en toute légalité, officier.

Son ton exprimait clairement une mise en garde. Si Stacey lui obéissait, ils en seraient encore au même point à Noël, songea Paula.

— Monsieur ?

— McIntyre ? Quelque chose à ajouter ?

— Je viens de terminer une audition avec une ancienne résidente du Foyer de St. Margaret Clitherow. Si ce qu'elle nous dit est vrai (et je n'ai aucune raison d'en douter), alors il s'agit d'une affaire récente, et pas ancienne. D'après elle, les sœurs infligeaient des punitions brutales. Elles isolaient les filles difficiles dans des cellules, seules, parfois sans nourriture.

— Pourquoi est-ce que j'entends parler de ça seulement maintenant ? Vous devez me tenir au courant des avancées, capitaine !

L'accent de Rutherford devenait plus perceptible quand il était en colère. Ce serait une bonne indication à l'avenir, songea Paula.

— Elle s'est présentée d'elle-même. J'étais en train de l'auditionner quand vous nous avez réunis, je suis venue directement.

Rutherford réfléchit un instant puis, apaisé, demanda :

— C'est la seule qui s'est présentée ?

— Pour le moment, oui. Elles sont peut-être plus nombreuses, évidemment, mais maintenant que je l'ai entendue, je ne serais pas surprise qu'on ait du mal à obtenir d'autres témoignages spontanés. Apparemment, les sœurs faisaient régner la terreur et l'intimidation. Et comme l'Église continue d'exercer beaucoup d'influence, ces filles se sentent menacées encore aujourd'hui.

— Ou bien elles sont tellement traumatisées par ce qu'elles ont subi dans ce couvent qu'elles ne feront pas des témoins très fiables, ajouta Steve tristement.

— Eh bien, nous allons devoir franchir ces obstacles. Il nous faut des dépositions de témoins solides, et des preuves médico-légales.

Steve, allez interroger les voisins. Quelqu'un a bien dû voir quelque chose. Il a dû y avoir des rumeurs dans le pub du coin.

Sophie s'éclaircit la voix.

— On devrait sans doute entendre le gardien. C'est son potager.

Il y eut un moment de silence abasourdi.

— Il y a un gardien ? articula Rutherford.

— Oui. Il vit dans un cottage derrière le couvent. Il m'a dit qu'il était propriétaire, il l'a acheté à l'Église. Et il loue le terrain pour faire pousser ses légumes.

— Il vous l'a dit ? Donc vous lui avez parlé ?

— Oui, mais pas longtemps.

Rutherford répondit lentement en détachant bien chaque mot :

— Vous avez parlé avec le gardien d'un site où une quarantaine de squelettes ont été découverts et vous n'avez pas pensé à le convoquer pour une audition ?

Sophie rougit.

— On m'a dit que l'équipe de la commandante Fielding l'avait déjà interrogé.

— Vous avez trouvé sa déposition dans vos documents de terrain ?

— Je n'ai rien vu, répondit-elle dans ce qui était à peine plus qu'un murmure.

— Bon sang ! explosa Rutherford. Paula, dépêchez-vous d'aller sur place et de prendre la déposition de ce... comment s'appelle-t-il ?

Sophie consulta sa tablette.

— Jerome Martinu.

— Et si vous jugez qu'il faut le convoquer, faites-le, lança-t-il avant de secouer la tête. On est censés être une équipe d'élite, ajouta-t-il, aigri. La commandante Fielding doit jubiler.

— Sauf votre respect, monsieur, est-ce que ce n'était pas à son équipe d'interroger ce Martinu ? S'ils l'ont fait, mais que l'audition ne se trouve pas dans le système, ce n'est pas la faute de Sophie.

La tentative de conciliation de Paula ne servit pas à grand-chose.

— Une fois sur place, vérifiez avec Fielding s'il a été entendu ou non. Si oui, où est le PV, bordel ? Ensuite, vous l'auditionnerez de nouveau parce qu'il est hors de question de s'appuyer sur le travail de Fielding pour un témoin clé. Compris ?

Paula le regarda droit dans les yeux.

— Monsieur.

— Est-ce que vous avez enregistré votre audition avec cette femme ? Comment s'appelle-t-elle, d'ailleurs ?

Il attrapa un marqueur et se planta devant le tableau blanc.

— Louise Brand. J'ai enregistré l'audition et je l'ai chargée sur le serveur du centre opérationnel pour transcription.

*Parce que je ne suis pas débile.*

— Bien. Est-ce qu'on a un nom pour le prêtre résident au couvent ?

— Je viens de le verser au dossier. Il est actuellement prêtre à Sheffield, indiqua Stacey.

*Tout ça, plus un rendez-vous avec Carol Jordan ?* Son amie avait travaillé comme une dingue, pensa Paula.

— Bon travail, Chen. Karim, allez à Sheffield. Capitaine McIntyre, qu'est-ce que vous faites encore là ?

*Sérieusement ?* C'était comme ça que ç'allait se passer ? Rutherford avait regardé trop de vieilles séries policières, conclut Paula. Bientôt, elle rafraîchirait ses références avec des petites doses de *Suspect n° 1*. Mais dans l'immédiat, elle avait besoin de s'entourer d'alliés.

## 29

> *Il y a quelques années, j'ai discuté avec un acteur qui m'a affirmé : « Une fois que tu arrives à feindre la sincérité, tout est possible. » Même quand je n'avais aucun respect pour mes interlocuteurs, il était important d'agir comme si je les respectais.*
>
> *Décrypter les crimes*, Dr Tony Hill

Quand il présentait son frère, Imran Hussein avait une réplique favorite : « Voici Karim. Espérons qu'il soit meilleur flic que musulman. » Le reste de sa famille était moins sévère qu'Imran, mais Karim était quasiment sûr qu'en leur for intérieur, ils partageaient son avis et que cela peinait en particulier son père. Mais il ne croyait pas que la démonstration de la foi soit utile. Ses croyances ne regardaient que lui, même si son père tentait de l'emmener à la prière du vendredi en ayant recours à la cajolerie, au chantage ou à l'insistance.

Donc, maintenant qu'il s'agissait d'entendre un prêtre, il n'allait pas se laisser impressionner par la position de cet homme ou sa dévotion.

On était au XXI<sup>e</sup> siècle, après tout. Le père Michael Keenan était un témoin comme les autres. Au moins il n'avait pas à parler aux sœurs, qu'il imaginait comme une armée de vieilles femmes promptes à juger.

La femme qui ouvrit la porte de la maison de pierre grise du prêtre donna à Karim l'impression d'avoir fait un bond de cent ans en arrière. Elle pouvait avoir entre cinquante et soixante-dix ans. Ses cheveux grisonnants étaient attachés en un chignon serré, ses lunettes sévères rétrécissaient ses yeux en deux petits boutons noirs et sa fine bouche était pincée. Elle portait une tunique fleurie sur une robe noire quelconque, les doigts d'une paire de gants en caoutchouc dépassant d'une poche sur le devant. Elle fronça les sourcils.

— Oui ?

On aurait dit que ses paroles étaient rationnées et qu'elle n'avait pas l'intention de les gâcher pour lui.

— J'aimerais parler au père Keenan, annonça Karim. Le père Michael Keenan.

Elle demeura immobile. Il sortit sa carte de police et la lui montra.

— Je suis l'officier Karim Hussein. De la Brigade régionale d'enquêtes prioritaires.

— Il est occupé, rétorqua-t-elle en refermant la porte. Prenez rendez-vous.

Karim posa une main sur la porte.

— Ce n'est pas comme ça que ça fonctionne. J'aimerais que vous informiez le père Keenan de ma présence ; j'aimerais lui parler sans tarder.

— C'est un homme très occupé.

Karim sourit.

— Moi aussi. J'ai fait la route depuis Bradfield pour le voir, donc je vous serais reconnaissant d'aller le chercher.

En entendant « Bradfield », la femme avait changé d'expression. Karim n'aurait pu expliquer comment ni pourquoi, mais quelque chose dans ses traits s'était modifié.

— Attendez ici, dit-elle. Je dois fermer la porte pour garder la chaleur.

Il laissa retomber sa main et fixa des yeux le heurtoir en cuivre très bien poli. Quelques minutes s'écoulèrent. Il écouta les voitures et les bus passer dans la rue derrière lui. Il se demanda si la rencontre se serait passée de cette façon si Steve Nisbet avait été à sa place.

Karim était sur le point de sonner à nouveau quand la porte s'ouvrit. Un homme mince, vêtu de ce qu'il considérait comme un habit classique de prêtre avec son col, sa soutane et son crucifix au bout d'une chaîne, le considéra derrière ses lunettes à monture dorée, une tignasse brune lui tombant sur le front. Ses joues creuses, sa mâchoire osseuse et son nez pointu lui rappelaient un ami de son père, Zahid, qui se croyait voué à une existence ascétique parce que c'était la signification de son prénom.

— Mrs. Grimes me dit que vous êtes policier.
— Père Keenan ?
— Bien sûr, qui d'autre serait habillé comme ça dans ma maison ?

Sa voix était celle d'un ténor, son ton sarcastique, son accent légèrement irlandais.

Karim se présenta de nouveau en montrant sa carte.

— Que me veut la Brigade régionale de je ne sais quoi ? Je ne suis qu'un prêtre ordinaire.

Keenan fronça les sourcils, ce qui creusa trois profonds sillons parallèles entre ses sourcils.

— J'aimerais vous entendre sur l'époque où vous étiez aumônier rattaché à l'Ordre de la perle bénite, à Bradesden. Je suis sûr que vous avez vu les infos aujourd'hui ?

Keenan inclina la tête de côté comme une poule étonnée.

— Quelles infos ? J'ai mieux à faire de mon temps que de regarder la télé.

— Si je pouvais entrer… suggéra Karim en avançant d'un pas. Ce n'est pas un sujet dont on devrait discuter sur le trottoir, monsieur Keenan.

— C'est *père* Keenan, mon fils, le corrigea-t-il avant de soupirer et de reculer. Vous pouvez entrer, mais soyez bref. J'ai des paroissiens à aller voir, des lettres à écrire.

Il s'engagea dans un couloir dont le parquet sentait la cire à la lavande, jusqu'à une petite pièce. Un canapé et deux chaises raides étaient disposés autour d'une table basse. Les murs étaient peints en vert clair. Un crucifix était accroché au-dessus d'une cheminée en bois avec un foyer au gaz et du faux charbon. Pour toute décoration, deux reproductions pâlies de tableaux de la Renaissance italienne. Karim ignorait ce qu'ils représentaient, sauf qu'un des personnages avait des ailes et qu'il s'agissait donc sans doute d'un ange.

Le prêtre s'assit sur l'une des chaises et croisa les jambes en invitant Karim à l'imiter.

— Maintenant, j'imagine que vous pouvez me révéler l'objet de votre visite ?

— J'aimerais avoir quelques informations générales avant d'entrer dans les détails, dit

Karim, téléphone à la main. J'aimerais enregistrer notre conversation, c'est plus fiable que de prendre des notes. Et mieux vaut être précis.

Il afficha son sourire le plus convaincant. Il avait passé suffisamment de temps avec Paula pour apprendre d'elle deux ou trois astuces. Il appuya sur le bouton rouge de l'enregistrement, l'air aussi innocent que possible.

— Quel genre d'informations générales ?

Keenan ne facilitait pas les choses.

— Pendant combien de temps avez-vous été aumônier à demeure au couvent de Bradesden ?

Il poussa un long soupir patient, en homme habitué aux discours ennuyeux.

— J'y suis resté pendant cinq ans et sept mois. Jusqu'à la fermeture du couvent et du foyer.

— Est-ce que vous étiez également responsable du bien-être spirituel des filles du foyer de St. Margaret Clitherow ?

Karim n'était pas sûr que ce soit la bonne expression, mais il l'avait entendue dans des séries télé et des films.

— Oui.

— En quoi cela consistait-il, exactement ?

Keenan leva les yeux au ciel.

— Les attributions habituelles d'un prêtre. Mais je suppose que vous ne connaissez rien de tout ça, monsieur le policier. J'officiais dans la chapelle, j'entendais la confession, j'avais des discussions spirituelles avec la mère supérieure. En ce qui concernait les filles, je les préparais aussi à la première communion. Et je leur donnais une instruction religieuse dans le cadre scolaire. Je peux vous assurer qu'il n'y avait rien de déplacé dans mes interactions à la Perle bénite.

Son ton était hautain, et maintenant qu'il avait confiance en sa supériorité, sa posture se détendit légèrement.

— Comme vous le dites, je ne sais pas comment fonctionne le sacerdoce d'un prêtre. Comment êtes-vous arrivé là-bas ? Est-ce que vous avez candidaté pour le poste ?

Keenan fit une grimace dédaigneuse.

— La prêtrise est une vocation, pas un poste. Nous allons là où on nous envoie. Mon évêque m'a envoyé à la Perle bénite, donc c'était mon devoir de travailler avec cette communauté.

— Est-ce que vous aviez travaillé avec des sœurs, auparavant ? Est-ce la raison pour laquelle on vous a choisi ?

— J'étais prêtre à Glasgow, dans une communauté du centre-ville, puis j'ai été aumônier pendant deux ans à l'université de Deeside, à Aberdeen. J'avais donc une expérience de l'aumônerie mais pas au sein d'un couvent.

— Est-ce que ça vous a plu ?

Il sembla offensé par la question.

— Je ne suis pas devenu prêtre pour me faire plaisir. Je trouvais cela épanouissant de travailler dans cette communauté. C'était une occasion unique de combiner des actions pratiques avec une vie de contemplation.

— Peu de temps pour la contemplation quand on est prêtre dans une paroisse, j'imagine.

— En effet, répondit Keenan apparemment décidé à garder ses opinions pour lui. Il est temps que vous m'expliquiez pourquoi vous êtes là. Est-ce que quelqu'un me reproche quoi que ce soit ?

— Si c'était le cas, est-ce que cela vous surprendrait ?

— Je serais très surpris. Parce que de telles allégations seraient absolument sans fondement. Mais ces derniers temps, l'Église est devenue la cible privilégiée pour des gens sans scrupule qui cherchent à gagner de l'argent en proférant des mensonges et de fausses allégations.

Il leva une main pour empêcher Karim de l'interrompre même si celui-ci n'en avait nullement l'intention.

— Je ne nie pas qu'il y ait eu des cas regrettables d'abus sexuels sur des enfants commis par des prêtres. Mais l'ampleur du phénomène est largement exagérée. Et je n'ai jamais porté la main sur un enfant de façon inappropriée.

La véhémence de son démenti poussa Karim à se demander si le père Keenan n'avait pas plus à cacher qu'il ne le pensait.

— Êtes-vous au courant que le couvent et son terrain ont été vendus à des promoteurs ?

Ce changement de sujet le prit de court.

— Bien sûr. Nous étions tous au courant. C'est arrivé très peu de temps après qu'il a été décidé de fermer le couvent.

— Pourquoi cette décision a-t-elle été prise ?

*Continue de tourner autour du pot, ne le laisse pas tranquille*. Karim entendait la voix de Paula dans sa tête.

— Pas pour une raison louche, je vous l'assure. Récemment, le nombre de femmes qui entrent dans les ordres a baissé. Nous risquions rapidement de manquer de religieuses pour gérer l'école et le foyer. La maison mère a donc décidé qu'il valait mieux fermer complètement l'établissement et répartir les sœurs dans les autres couvents de l'Ordre.

Sa main glissa vers son lourd crucifix, caressant l'argent de ses doigts fins.

— Il a fallu un moment pour que les promoteurs réunissent le capital et obtiennent un permis de construire, mais ils ont commencé les travaux cette semaine. Et ils ont découvert des dépouilles humaines enterrées.

Le père Keenan ne montra aucun signe de surprise.

— Bien sûr. Il y avait un cimetière pour les sœurs et leurs prêtres précédents.

— Ce n'est pas de ça que je parle. Je parle d'une quarantaine de corps d'enfants qui sont enterrés sous la pelouse, devant le couvent.

Les doigts du prêtre arrêtèrent de caresser son crucifix. Il resta immobile. Pas un muscle ne tremblait.

— Que pouvez-vous me dire à ce sujet? demanda Karim. Vous viviez là-bas. Vous ne pouviez pas ignorer ce qui se passait.

Keenan s'éclaircit la voix. Il décroisa les jambes, adoptant une posture plus détendue.

— Les enfants meurent, monsieur le policier. C'est très triste, mais ça arrive. Les enfants de St. Margaret Clitherow étaient là-bas parce qu'ils n'avaient personne d'autre. Mieux valait les enterrer dans l'enceinte du couvent que les confier aux autorités locales qui les auraient jetés dans la fosse commune. Je ne sais pas quelle est la coutume dans votre culture, mais nous croyons que tout le monde a droit à une vraie sépulture en terre consacrée.

— Dans ma culture, on ne jette pas les enfants dans une fosse sans tombe, répliqua Karim en tentant de contenir sa colère. Même en période de guerre. Même dans les camps de réfugiés. On les traite avec dignité.

— Qu'est-ce qui vous fait dire que les sœurs de la Perle bénite n'ont pas fait ça ?

— Il n'y a aucune tombe. Pas de cercueil. Aucune indication qu'il s'agit d'un cimetière. Juste une pelouse où les enfants peuvent courir et jouer, pas être enterrés dessous. Vous étiez au courant ?

Pour la première fois, Keenan sembla incertain.

— J'étais au courant de la pratique, oui. Comme je l'ai dit, les enfants meurent. Ils tombent malades. Ils ont des accidents. Beaucoup d'entre eux arrivaient mal nourris et vulnérables. Les sœurs organisaient les enterrements dans la propriété afin qu'ils restent proches de celles qui s'étaient occupées d'eux. Parfois, les seules personnes qui s'étaient occupées d'eux.

— Est-ce que vous participiez à ces enterrements ?

— Non. J'organisais un bref service religieux dans la chapelle avant l'enterrement, mais ça s'arrêtait là.

— Est-ce que vous donniez à ces enfants mourants les derniers sacrements ?

Il leva les yeux vers le crucifix au-dessus de la cheminée.

— Parfois, oui.

— Combien de fois ?

— Je ne pourrais pas le dire. C'était il y a longtemps.

— Quarante fois ?

— Ne soyez pas ridicule, s'emporta Keenan, les joues rouges. Le couvent était là depuis les années trente. Pendant plus de quatre-vingts ans, des filles y ont séjourné. Une mort tous les deux ans, ce n'est pas surprenant.

— Vous trouvez ? rétorqua Karim, désormais incapable de dissimuler son horreur et son indignation. En treize ans d'école et trois d'université, je n'ai jamais eu aucun camarade de classe qui est mort. Et vous essayez de me dire que le taux de mortalité à la Perle bénite était *normal* ?

Keenan rougit, mais c'était manifestement de colère et non de honte.

— Vous ne savez pas de quoi vous parlez, dit-il en secouant la tête. L'état dans lequel certaines filles arrivaient au couvent… vous n'y croiriez pas. Elles avaient été mal nourries depuis leur naissance. Elles étaient fragiles. Elles avaient des vers solitaires. Des maladies de la faim comme la tuberculose. Elles étaient susceptibles de contracter des maladies qui ne nous atteindraient pas, vous et moi. C'est incroyable que les sœurs en aient maintenu autant en vie.

Calmé, Karim attendit un instant avant de reprendre.

— N'empêche. Nous avons appris que, pendant les dernières années, les sœurs imposaient une discipline brutale. Les coups et les punitions physiques étaient réguliers. Les filles étaient soumises à l'isolement, détailla Karim qui était pleinement entré dans la peau du méchant flic, le ton cassant, le regard froid. Vous deviez être au courant, non ?

— Je n'en savais rien. Je n'ai rien vu de la sorte. Sœur Mary Patrick offrait à la plupart de ces filles le seul foyer stable qu'elles aient jamais connu. Aucune ne s'est jamais plainte auprès de moi.

Keenan avait calqué son attitude sur celle de Karim.

— Je trouve ça difficile à croire. Vous viviez sous le même toit que des filles qui étaient brutalisées et emprisonnées, vous aviez un rôle pastoral dans leurs vies et vous ne saviez rien de tout ça ?

Keenan se leva. Il esquissa un sourire amer, tordu.

— Nous avons un dicton, dans l'Église : « C'est là le mystère de la foi. » Cet entretien est terminé, monsieur le policier. Si vous voulez bien quitter les lieux et emmener avec vous vos insinuations mesquines...

— Juste une chose...

Karim avait l'intention d'interroger le prêtre sur les autres corps, mais ce dernier quitta la pièce, le laissant désemparé. Il ne savait pas quoi faire. Il n'avait aucune bonne raison de poursuivre cet homme chez lui. On ne pouvait pas traîner un homme d'Église au commissariat juste parce qu'on le trouvait flippant. Il se leva, indécis.

La gouvernante apparut dans l'encadrement de la porte, aussi silencieusement que si elle avait traversé le couloir sur un coussin d'air.

— Je vous raccompagne, annonça-t-elle avec dédain.

Comme il marchait devant elle dans le couloir, elle dit :

— Vous avez du toupet de venir ici avec vos accusations. Le père Keenan est un homme bon. Pas comme vous autres.

Karim se retourna rapidement vers elle.

— Qu'est-ce que vous entendez par « vous autres » ?

Elle afficha un petit sourire triomphal.

— Les policiers. Vous pensiez que je parlais de quoi ?

Elle le dépassa pour ouvrir la porte.

— Maintenant sortez, et allez importuner d'autres pauvres innocents. Prions Dieu que vous attrapiez de vrais criminels.

La porte se referma derrière lui avec un petit clic. Karim laissa échapper un long soupir. Sur l'échelle de un à dix de la foirade, il était à onze. Il avait le vague pressentiment que la BREP n'en avait pas terminé avec le père Keenan.

## 30

> *Nous parlons d'« instinct » ou d'« intuition féminine », et nous les négligeons souvent. On dit que ce n'est pas scientifique, qu'on ne peut pas s'appuyer dessus lors d'un procès et bâtir un dossier à partir de ça. Mais le plus souvent, ces pressentiments sont de bons indicateurs. Ce sont des conclusions que nous tirons à partir de notre expérience, des interprétations de comportements humains auxquels nous adhérons pour les avoir déjà vus avant. Bien sûr, les préjugés peuvent s'inviter et perturber notre jugement, mais il ne faut pas négliger ces instants où nos poils se hérissent et notre colonne vertébrale frissonne. Ils sont aussi précieux que ces moments d'attraction instantanée qui marquent souvent le début des histoires d'amour...*
>
> *Décrypter les crimes*, Dr Tony Hill

Paula attendit d'être dans sa voiture avant de composer le numéro de Sophie Valente. Avec un peu de chance, sa collègue serait retournée au centre opérationnel, loin de Rutherford.

Sophie répondit d'une voix lasse.
— Paula ? Qu'est-ce que je peux faire pour toi ?
— Je suis en route pour aller entendre Martinu. Je n'arrive pas à croire que dans l'équipe de Fielding, personne ne lui ait parlé. Ça ne m'étonnerait pas qu'elle n'ait pas versé tous les éléments au dossier, juste parce que ça la fout en rogne qu'on lui ait piqué son enquête.

Un moment de silence, puis Sophie dit :
— Je comprends. Tu aimerais voir mes notes ?
— Ce serait super, si tu as eu le temps de les taper. Mais j'aimerais bien lire celles de l'équipe de Fielding aussi. Première audition, et tout ça. Est-ce que tu peux la contacter pour lui demander de nous les mettre à disposition ?

Paula espérait que l'ambition évidente de Sophie pallierait son manque d'esprit d'équipe. Elle s'insèra dans la circulation dense du centre-ville en essayant de réfléchir au trajet le moins embouteillé pour gagner Bradesden.
— Pourquoi tu ne les lui demandes pas toi-même en arrivant là-bas ?

Paula leva les yeux au ciel, ses espoirs douchés. Est-ce que c'était la petite revanche de Sophie après sa remarque au pub, en ce jour catastrophique de cohésion d'équipe ?
— Parce que Fielding me déteste. J'ai été placée dans son équipe avant la création de la BREP et ce ne fut pas ce qu'on peut appeler un succès. Si je lui demande le PV, on peut l'attendre jusqu'à la retraite.
— Elle saboterait l'enquête juste pour se venger de toi ?

Sophie paraissait plus curieuse qu'incrédule.
— Elle veut en sortir gagnante, Sophie. Et si elle peut me faire passer pour une conne au

passage, c'est cadeau. Elle sera plus disposée à t'aider parce que, soyons franches, tu es la chouchoute du patron et que tu es arrivée... s'interrompit Paula pour choisir correctement ses mots, avec fanfare et trompettes. Et elle sait que si elle est réglo avec toi, tu diras peut-être du bien d'elle quand le moment sera venu de récolter les lauriers de la gloire.

— Elle ne m'a pas exactement déroulé le tapis rouge, l'autre fois.

— J'ai besoin de ça, Sophie. Sois cool...

*Faites qu'elle ait le bon sens d'être* fair-play, pria Paula.

— Pas de problème. La BREP ne peut pas fonctionner si on ne se serre pas les coudes. Je vais appeler Fielding et dès que le PV arrive sur le serveur, je te le transmets. À plus tard.

Elle raccrocha. Pas exactement les meilleures copines du monde, mais l'intérêt personnel avait au moins joué en leur faveur. Peut-être que Paula aurait dû faire équipe avec Sophie le jour de l'exercice dans la forêt, mais l'amitié en avait décidé autrement. Elle savait que Stacey risquait de galérer au fin fond de la campagne, alors elle avait choisi d'épauler son amie plutôt que de créer des liens avec la petite nouvelle. Décidément, cette désastreuse journée n'avait servi à rien.

Il fallut presque une heure pour que le PV de l'audition initiale arrive dans la boîte de réception de Paula. Pour passer le temps, elle avait bu un café au pub de Bradesden, un ancien repaire d'ouvriers transformé en charmant pub gastronomique. Quelques journalistes endurcis dévoraient un assortiment de *pies* avec purée à la truffe et légumes rôtis sans prêter attention à elle, rivalisant entre eux pour partager d'une voix forte les ragots les plus obscènes sur leurs collègues et leurs rivaux.

L'audition avait été menée par un officier dont elle ne reconnut pas le nom. Elle semblait assez superficielle, mais il ne s'agissait que d'une conversation préliminaire, réalisée avant qu'on ait pris la mesure de l'ampleur de l'affaire. Toutes les informations de base y figuraient : Jerome « Jezza » Martinu, né à Bradfield, trente-sept ans. Il avait commencé à travailler pour la Perle bénite vingt ans auparavant comme assistant du gardien et homme à tout faire, avait succédé au vieil homme quand celui-ci avait pris sa retraite seize ans plus tôt. Il avait acheté son cottage avec jardin quand le couvent avait fermé et louait une bande de terre pour son potager. Oui, il avait creusé des tombes à la demande des sœurs sans que cela ne le surprenne. Les filles étaient orphelines, personne n'était venu récupérer les corps. Il n'y avait rien de suspect là-dedans.

L'officier de police avait conclu que Jezza était un peu simplet. Paula avait eu affaire à suffisamment de tueurs pour se demander lequel était le plus simplet des deux.

La seule information réellement utile ressortant de cette conversation était que la propriété de Martinu possédait un portail qui donnait sur l'arrière du couvent. Si elle arrivait par la direction opposée, elle éviterait la presse qui ne devait certainement pas bloquer cet accès-là. Mais surtout, elle éviterait Fielding et son équipe.

Une fois qu'on quittait la route principale, le dernier kilomètre consistait en un chemin étroit qui serpentait entre des haies basses, avec des bas-côtés mal entretenus envahis d'herbes hautes. À l'horizon, Paula apercevait la ligne sombre des collines s'élevant dans le ciel lourd, chargé d'une pluie qui tombait également sur Bradesden. Par un jour ensoleillé, les villageois devaient être convaincus d'avoir vraiment trouvé leur petit coin de paradis.

Comme elle s'y attendait, il y avait une agente en uniforme et veste réfléchissante postée devant le double portail en bois au milieu du mur d'enceinte, l'air bougon sous le crachin qui avait commencé à tomber. Paula s'arrêta sur le bord du chemin devant le véhicule de police et attrapa le gobelet de moka qu'elle avait acheté au pub. Elle se présenta et expliqua la raison de sa présence ici.

— Je ne suis pas censée laisser passer qui que ce soit par-là, répliqua l'agente dont le ton était aussi las et agacé que l'expression de son visage.

— Je suis de la BREP, insista Paula, pas du *Daily Mirror*. Je suis ici pour entendre un témoin, c'est tout. J'essaie d'éviter le cirque devant, expliqua-t-elle en souriant. J'ai un pot-de-vin.

Elle lui tendit le gobelet.

— Un moka. Tout chaud.

Immédiatement, l'agente se laissa convaincre. Elle prit le gobelet et fit un pas de côté.

— Je vous en prie, capitaine, dit-elle avant de froncer les sourcils. Tout ira bien pour vous ? Il est assez costaud.

Paula hésita un moment.

— Ça ira, répondit-elle en tapotant sa poche. J'ai ma radio à portée de main, au cas où il s'énerve. Je ne serai pas seule.

Le portail s'ouvrait sur une petite piste creusée d'ornières qui traversait une haute haie encerclant la propriété, puis donnait à l'arrière sur un petit jardin soigné où se trouvaient une cage de protection pour arbres fruitiers et, en face, un cabanon. Le cottage en lui-même était trapu et ne payait pas de mine, mais il était bien entretenu. Paula avança dans l'allée gravillonnée et frappa à la porte de derrière. Elle entendit des pas approcher. Des bottes sur des dalles, a priori.

L'homme qui ouvrit n'aurait eu aucune difficulté à transporter des corps dans la propriété. Il était charpenté et son maillot à l'effigie des Bradfield Vics révélait du muscle plutôt que de la graisse. Ses cheveux épais et noirs, propres et brillants, montraient les vestiges d'une coupe de cheveux décente. Sa mâchoire carrée arborait une barbe de quelques jours et ses sourcils proéminents formaient une saillie au-dessus de son large visage. Il fronça les sourcils :

— Encore une flic ?

Paula montra sa carte.

— Capitaine McIntyre. Je peux entrer ?

— J'ai déjà parlé à deux de vos collègues. Combien de fois vais-je devoir répéter la même chose ?

Il parlait doucement, sans agressivité, avec un accent de Bradfield évident.

— Pas exactement la même chose, répondit Paula. Plus on creuse, plus on a de questions à vous poser.

La méfiance se dessina sur son visage.

— Qu'est-ce que vous voulez dire ?

— Et si on parlait de ça à l'intérieur, à l'abri de la pluie ?

Il esquissa un petit sourire narquois.
— Je suis déjà à l'abri.
— Si j'avais creusé des tombes pour des petites filles, je me mettrais en quatre pour être sympa avec la police, rétorqua Paula en souriant.
— Écoutez, je vous l'ai déjà expliqué. Je ne sais pas ce qui se passait dans le couvent. Je faisais juste ce que me demandait la mère supérieure. Je tondais la pelouse. Je plantais des légumes. Je m'occupais des canalisations et des gouttières. Et quand une des filles mourait, je faisais en sorte qu'elle ait une vraie tombe. Je n'ai rien d'autre à dire.

Il croisa les bras sur la poitrine.
— Vous n'êtes pas sorti cet après-midi, alors ?
— Non. Parce que je ne peux pas travailler vu que vous occupez toute la place dehors. Pourquoi ? Qu'est-ce que je suis censé avoir fait ?

À présent, il avait un air de défi. C'était, Paula le savait, l'affreux jumeau de la peur. Quelque chose sur lequel elle pouvait capitaliser.
— Est-ce que vous allez me laisser entrer ? Ou est-ce que nous devrons vous auditionner au poste de police ? lui demanda-t-elle en se penchant vers lui. Qu'est-ce que vous préférez, Jezza ? Vous pouvez parier votre salaire du mois dernier que si je vous embarque dans ma voiture de police, je vais passer devant la petite troupe de journalistes.

Il secoua la tête, gonflant les joues pour surjouer l'exaspération de façon peu convaincante.
— OK, entrez. Je n'ai rien à cacher. Il n'y a aucune raison de m'emmener au poste.

Elle le suivit dans une cuisine au sol dallé, propre et bien rangée. L'égouttoir à vaisselle contenait un bol et une assiette, un couteau de cuisine, une cuiller et une fourchette dans le pot à couverts. Quatre chaises étaient rangées sous une table en pin impeccable ; sur le plan de travail, la bouilloire et le grille-pain étaient reluisants. Sur la gazinière était posée une vieille cocotte-minute qui dépareillait dans la pièce ordonnée. Il tira une chaise et s'assit, ses grosses mains croisées sur la table devant lui.

Paula choisit une chaise dans sa diagonale. Si elle n'était pas satisfaite de ses réponses, elle aurait largement l'occasion de le confronter en face à face. Pour l'instant, elle voulait savoir ce qui se passait sous la façade de Martinu. Parce que c'était une façade, elle en était persuadée. Une fois de plus, elle regretta l'absence de Tony. Elle était douée pour les auditions, mais c'était toujours utile d'avoir quelqu'un d'autre présent, avec un style différent.

— Nous avons trouvé les autres corps, annonça-t-elle.

Il fronça les sourcils.

— Quels autres corps ?

Paula gloussa.

— Il va falloir faire mieux que ça, Jezza. Vous savez de quels corps je parle. C'est vous qui creusez les tombes, ici.

— Vous voulez dire ceux du cimetière ? Les sœurs ?

Regard innocent, celui que tous les amateurs avaient appris des mauvais films hollywoodiens.

Paula secoua la tête.

— C'est fini de jouer les idiots. Ce que vous avez raté cet après-midi, c'est le chien détecteur de cadavres faisant son job. Vous savez ce que c'est qu'un chien détecteur de cadavres ? C'est un animal spécialement entraîné pour sentir les corps. Même quand ils sont ensevelis depuis longtemps. Même quand on les a enterrés bien profond. Je ne parle pas du cimetière, Jezza, je parle des corps sous vos jardinières. Oh, et des deux autres sous votre potager.

Son regard devint absent, les yeux fixés droit devant lui, sans ciller. Puis il jeta de rapides coups d'œil à gauche et à droite avant de battre des paupières comme un papillon de nuit agitant ses ailes.

— Je n'ai rien à voir là-dedans.

Il n'avait même pas l'air convaincu.

— Vous creusez les tombes, Jezza. Vous pensez sérieusement que je vais croire que vous êtes deux à faire ça ? Et que le deuxième a choisi d'enterrer des corps pile sous votre potager ? J'imagine que vous gagnez le prix tous les ans à la fête du village, avec tout ce fertilisant qui nourrit votre sol.

Il repoussa la table, faisant crisser les pieds de la chaise sur les dalles.

— J'ai juste fait ce qu'on m'a dit. C'est mon job.

C'était le moment de lui mettre la pression. Elle le sentait près de craquer.

— Est-ce que vous dites que les sœurs vous ont demandé de creuser une autre série de tombes ? Parce que nous savons déjà que ces corps ne sont pas ceux des filles du foyer. Est-ce que vous essayez de me dire que vous aviez affaire à un groupe de sœurs tueuses ? Ou est-ce qu'il n'y en avait qu'une ?

— Vous n'avez rien compris ! cria-t-il.

Il croisa les bras en entourant ses épaules.

— Alors ce n'était pas les sœurs ? C'était vous, Jezza ? C'est vous, le tueur en série ?

Il se leva, battant en retraite.

— J'ai jamais tué personne. J'ai juste fait mon job, je le jure. Vous n'allez pas me coller ça sur le dos.

Paula se leva à son tour. Elle ne s'était pas attendue à aller aussi loin aussi vite.

— Donnez-moi une bonne raison de vous croire, Jezza.

# 31

> *Le plus grand handicap pour un profileur est le même que pour n'importe quel enquêteur : tous les éléments peuvent s'avérer utiles, aussi insignifiantes que certaines preuves puissent paraître.*
>
> *Décrypter les crimes,* Dr Tony Hill

Avant la fin de la journée, Carol eut l'occasion de se rappeler que Bronwen Scott n'aimait pas qu'on lui dise non. Son téléphone avait sonné alors qu'elle lisait les informations générales du dossier de Saul Neilson. Dès que Carol avait répondu, Bronwen s'était lancée dans sa tirade :

— J'ai pensé qu'il serait bon pour vous de rencontrer d'autres personnes impliquées dans le projet, alors j'ai invité deux des filles à la maison ce soir. On a un petit bureau à l'université, grâce à notre experte en ADN, Kit Salvesen, mais je me suis dit que ce serait bien de se rencontrer de façon plus informelle. Donc chez moi à dix-neuf heures trente. Je vous enverrai les coordonnées par texto. Vous pourrez vous garer sur l'une des places visiteurs du parking souterrain de l'immeuble.

— Je ne peux pas, ce soir. J'ai prévu autre chose.

— Vous ne pouvez pas décaler ? répliqua Bronwen avec surprise. Envoyez-moi vos disponibilités par mail, dans ce cas, et on conviendra d'un autre moment.

— Je ne suis pas sûre de…

C'était trop tard. Elle avait raccroché. Sacrée bonne femme ! Mais malgré son agacement envers Bronwen, maintenant qu'elle avait eu l'occasion de se plonger dans le dossier, Carol devait reconnaître qu'elle était intriguée par le manque de preuves contre Saul Neilson. D'après les relevés téléphoniques de Harry Bow et les textos du téléphone que la police avait trouvé dans l'appartement de Neilson, Tagada – comme on le surnommait – avait été invité là-bas huit fois au cours des six mois qui avaient précédé sa disparition et sa mort présumée. C'était la première brique d'un mur branlant.

Un soir, il avait annoncé à son colocataire qu'il allait voir un régulier qui aimait bien le faire « à la dure ». Il aimait chahuter, mais il payait correctement. Harry Bow n'était jamais rentré chez lui. Deuxième brique.

Le colocataire, également travailleur du sexe, avait signalé sa disparition deux jours plus tard. L'enquête avait d'abord été quelque peu décousue. Harry était adulte, il vivait en marge, sans réelle attache avec l'appartement ou le quartier. Il n'était pas difficile d'argumenter que quelqu'un ait pu lui faire une proposition qu'il ne pouvait pas refuser. D'après les éléments de la police, Tagada aurait très bien pu partir se dorer la pilule à Ibiza avec un richard qui sucrait les fraises. Ils avaient trouvé un carnet dans sa chambre qui listait les noms et adresses de ses clients ainsi que les dates des entrevues. Cela mena inévitablement la police jusqu'à Saul Neilson, qui avait clairement flippé en les voyant. Il avait d'abord nié avoir jamais rencontré ou entendu parler de Harry Bow mais, mis devant l'évidence de la liste, il capitula. Un mensonge patenté ajoutait toujours une couche de briques au mur de preuves.

L'une des policières trouva sa nervosité suspecte. Elle ne savait pas que Neilson cachait son orientation sexuelle ; elle attribua sa panique à ce qui s'était passé avec Harry Bow et non au fait que ses parents puissent découvrir qu'il payait des prostitués pour avoir des rapports sexuels. Elle demanda donc à utiliser les toilettes et en profita pour examiner la pièce. Derrière la colonne du lavabo, elle trouva ce qui ressemblait à une trace de sang.

Sur le moment, elle ne dit rien, mais dès qu'ils eurent quitté l'appartement, elle contacta son commandant et lui suggéra de demander un mandat pour l'appartement de Saul Neilson. C'était le dernier endroit connu où s'était rendu Harry Bow, Neilson avait menti à son sujet et il y avait du sang dans la salle de bains. C'était mince, mais les policiers savaient quels magistrats contacter quand ils voulaient un mandat sans beaucoup d'éléments pour l'étayer.

Les techniciens en investigation criminelle avaient fait leur travail en utilisant des lumières de couleurs différentes, et ils avaient trouvé une quantité de sang importante qui avait été nettoyée dans la salle de bains. Il y avait également des traces sur le sol du salon. Comme Harry Bow proposait des services sexuels tarifés et achetait de la drogue, son ADN figurait dans la base de données. Il s'avéra identique à celui du sang retrouvé derrière la colonne du lavabo.

Par ailleurs, Harry Bow était toujours introuvable. Personne ne l'avait vu depuis qu'il s'était rendu chez Saul Neilson pour un rapport sexuel. Une fouille plus minutieuse de sa chambre révéla qu'il y avait laissé son passeport, son permis de conduire, trois sachets de cocaïne et sept cent trente-cinq livres en liquide dans la poche zippée de son sac à dos, en bas de son armoire à vêtements. À l'évidence, il n'avait prévu d'aller nulle part ailleurs ce soir-là. Il constituait une menace potentielle à la vie bien ordonnée de Saul Neilson. Dont l'appartement était maculé de son sang. Enfin, plus exactement, la salle de bains et le salon. Le mur était à présent tellement haut qu'il fallait se dresser sur la pointe des pieds pour voir au-dessus, même si les preuves étaient essentiellement indirectes.

Neilson raconta qu'ils avaient chahuté sur le sol du salon. Une bagarre inoffensive déguisée en préliminaires. Ou vice versa, selon le point de vue. Quoi qu'il en soit, ça ne correspondait pas à l'idée que Carol avait du plaisir. Mais il y avait tellement longtemps qu'elle ne s'était pas fait plaisir, qui était-elle pour juger ?

Neilson avait accidentellement donné un coup de coude à Bow. Son nez avait pissé le sang et dégouliné sur le parquet du salon. Neilson l'avait accompagné à la salle de bains et il avait fallu quelques minutes pour stopper l'hémorragie. Ils avaient sniffé de la cocaïne ensemble un peu plus tôt dans la soirée, si bien que la pression artérielle de Bow était élevée, et le flux plus abondant. Il avait paniqué, raconta Neilson. Il ne cessait de secouer la tête et avait aspergé la pièce de gouttelettes. Le saignement avait fini par cesser et Neilson avait posé un pain de glace sur le nez enflé de Bow. Après ces événements, ils n'avaient plus envie de sexe, alors ils avaient juste bu quelques bières en regardant la télé. Ensuite, Neilson avait payé Bow comme d'habitude quand il était parti.

C'était plausible, pensa Carol. C'était également le genre d'excuse plausible qu'un type futé pouvait inventer pour couvrir quelque chose de beaucoup plus sinistre. Sur ces présomptions, l'experte en traces de sang avait déclaré que le sang avait largement aspergé, ce qui était surprenant pour un simple saignement de nez. Selon elle, cela correspondait à une blessure beaucoup plus grave.

Sans oublier ce détail dérangeant : personne n'avait revu Harry Bow depuis.

Après deux jours de délibération, le jury avait décidé par dix voix contre deux que Saul Neilson était coupable d'homicide. D'après Carol, c'était une décision limite, fondée uniquement sur les preuves. Quand on ajoutait dans la balance l'histoire personnelle de Saul Neilson, elle se serait attendue à ce qu'il soit libéré. Aucun antécédent avec la police, bonne famille, bon travail. Que s'était-il passé au tribunal pour que la balance penche en sa défaveur ? Pourquoi le jury avait-il condamné monsieur Respectable ?

Carol soupira. Elle s'était fait avoir par Bronwen comme une bleue. Seule une conversation en face à face avec Saul Neilson pouvait l'aider à comprendre ce qui avait déraillé. Néanmoins, elle continuait de se convaincre qu'elle ne s'engageait pas dans l'affaire. Une rencontre préliminaire, rien de plus. En levant la tête du dossier, elle lança à Flash :

— Je n'ai aucun compte à rendre à Bronwen Scott.

La chienne agita la queue. Au moins, l'une des deux était convaincue.

# 32

> *On a souvent des idées très arrêtées sur la personne qui doit conduire un interrogatoire en fonction de celle à qui l'on essaie de soutirer des informations. « Envoyez une femme interroger un homme qui se croit puissant, parce qu'il pensera qu'il peut la dominer. » Ou « N'envoyez pas un jeune officier interroger une jeune femme parce qu'elle tentera de flirter avec lui. » Ce genre de jugements ne prend pas en compte les talents individuels des enquêteurs. Je conseille aux enquêteurs expérimentés de passer en revue les compétences de leur équipe et de choisir la personne la plus susceptible d'obtenir des résultats, indifféremment de l'âge, du sexe ou de la capacité de séduction.*
>
> *Décrypter les crimes*, Dr Tony Hill

Rutherford considéra ses options. Il avait suivi des cours de management censés lui apprendre à gérer une équipe lors d'une opération majeure. Les idées étaient bonnes, dans un monde idéal où les circonstances ne changeaient pas à toute vitesse. Le problème, c'était que dans la vraie vie, les événements conspiraient pour l'empêcher d'utiliser au mieux ses ressources. En ce moment, par exemple : quelqu'un devait se rendre à York, à la maison mère de l'Ordre de la perle bénite, pour entendre les sœurs qui avaient été nommées (est-ce que c'était le verbe approprié ?) à Bradesden, afin de tenter de comprendre ce qui s'y était passé et qui en était responsable. Son choix se serait arrêté sur Paula, qui avait la réputation d'être la meilleure de l'équipe quand il s'agissait de convaincre les réticents à se confier.

Mais Paula venait d'appeler pour annoncer qu'elle revenait avec le gardien du couvent afin de l'auditionner sous serment. Il ne pouvait pas contredire cette décision : à l'évidence, la découverte d'un second groupe de corps sur le terrain personnel de cet homme soulevait trop de questions. Soit c'était un tueur en série (Rutherford grimaça intérieurement à ce mot qui provoquerait à coup sûr l'hystérie collective et un déferlement médiatique), soit il connaissait l'identité du tueur.

Rutherford entrevoyait une troisième possibilité : que quelqu'un d'autre, probablement à la faveur de l'obscurité, ait creusé sous le potager du gardien et dissimulé les corps avant de reboucher le trou sans que son propriétaire ne s'en aperçoive. C'était plus ou moins possible. Si le tueur attendait le bon moment, quand les légumes avaient été récoltés et le sol retourné en préparation des semis suivants, cela aurait pu être envisageable. Mais c'était difficile de prévoir exactement le moment ; aucun tueur ne calquerait ses pulsions sur les habitudes potagères de quelqu'un d'autre, assurément ? Non, c'était n'importe quoi. Seul un avocat de la défense désespéré essaierait de faire avaler ça.

Il était content que l'équipe avance, mais ennuyé que sa meilleure enquêtrice ne soit pas disponible. Cela pouvait peut-être patienter jusqu'au lendemain matin, que Paula ait suffisamment avancé pour pouvoir mettre ce volet en attente pendant qu'elle entendrait les sœurs ? Mais c'était une décision risquée, et plus il laissait traîner, plus les sœurs avaient le temps de se préparer. En bon Écossais presbytérien, Rutherford ne doutait pas qu'elles avaient préparé une ligne de défense commune, même si cela contredisait leur version des événements. Après tout, si l'on pouvait croire à la maternité d'une vierge et à la transformation du pain et du vin en chair et en sang, on savait mettre sa tête dans le sable.

Cette brigade était censée représenter une grosse promotion pour lui. Sur le papier, c'était impressionnant. Mais en réalité, ses options étaient limitées. Afin de garder un certain contrôle des opérations, il avait nommé Sophie Valente responsable du centre opérationnel, un rôle pour lequel elle semblait à la hauteur, en toute honnêteté. Son expérience en management et sa capacité d'organisation la rendaient à même de maîtriser le flux des informations. L'assigner à une autre tâche risquerait de déséquilibrer les deux versants de l'enquête. La seule autre femme de la brigade était Stacey Chen. L'idée de l'envoyer interroger un groupe de nonnes le fit sourire. Chen était la déesse des machines, pas des gens.

Peut-être qu'une femme n'était pas le meilleur choix pour cette mission, de toute façon. D'après les vagues connaissances que Rutherford avait de la hiérarchie catholique, il pensait que la mère supérieure, bien que toujours décrite et perçue comme dirigeant ses coreligionnaires d'une main de fer, devait elle-même rendre des comptes au prêtre résidant au couvent. En définitive, les femmes avaient peu de pouvoir dans l'Église. Elles ne pouvaient même pas être ordonnées prêtres, contrairement à son Église à lui, où il n'y avait ni pape ni évêque pour leur dicter quoi faire. L'Église d'Écosse avait même eu des Modératrices, qui était le niveau de responsabilité le plus élevé. Mais si vous aviez toujours été soumise à l'autorité des hommes, vous trouveriez cela plus logique d'être interrogée par un homme.

Il soupira. C'était l'inconvénient d'avoir une petite équipe triée sur le volet. Quand vous étiez en pleine enquête, vous manquiez toujours de main-d'œuvre. Or ce n'était jamais une bonne idée de faire appel à des collègues locaux pour les auditions importantes. En théorie, tout le monde poursuivait peut-être le même objectif (obtenir des réponses, une mise en examen, une peine de prison appropriée), mais les petites querelles de bureau faisaient trop souvent obstacle. Il n'avait vraiment pas assez confiance en Alex Fielding pour confier les auditions cruciales à des membres de son équipe qu'il connaissait encore moins bien que ses propres troupes.

Karim était motivé mais trop inexpérimenté. Par ailleurs, même si Rutherford n'osait pas le dire à voix haute ces temps-ci, il le soupçonnait d'être, culturellement, enclin à ne pas pousser des femmes plus âgées dans leurs retranchements. Steve était tenace, c'était un bourreau de travail qui creusait sans relâche, mais restait à savoir s'il avait la délicatesse nécessaire pour une tâche comme celle-ci. De plus, Paula lui avait demandé de l'assister dans son audition de Martinu.

Alvin Ambrose n'était peut-être pas le premier nom qui venait à l'esprit quand on parlait de délicatesse, mais jusqu'à maintenant, Rutherford avait apprécié ce qu'il avait vu de lui. En dépit d'un physique intimidant, il savait mettre les gens à l'aise. L'image du « gentil géant » était un cliché, mais elle était suffisamment crédible pour que les gens y adhèrent. Et une fausse idée était assez répandue : celle selon laquelle si l'on ressemble à un poids lourd de la boxe, on ne doit pas être très finaud. Peut-être Ambrose pouvait-il donner aux sœurs une fausse sensation de sécurité.

Voilà comment Alvin se retrouva à la périphérie de York, à traverser au volant de sa voiture une cité de cubes modernes en briques. Il pensait s'être perdu ; ça ne ressemblait pas à l'environnement typique d'un couvent, malgré les tours jumelles de la cathédrale de York qui s'élevait au loin au-dessus des toits. Pourtant, à la fin de ce qu'il redoutait être un cul-de-sac, il parvint à un large portail au milieu d'un haut mur en pierres. Sur le pilier droit du portail, une plaque discrète annonçait qu'il se trouvait devant la maison mère du couvent de l'Ordre de la perle bénite. Au bout d'une courte allée se dressait une élégante bâtisse géorgienne. Autour d'un porche avec piliers surmonté d'une fenêtre circulaire, trois étages de fenêtres, huit de chaque côté divisées en petits carreaux, s'élevaient dans une parfaite symétrie. Il était difficile de dire jusqu'où s'étendait la propriété, mais Alvin avait l'impression que c'était grand. Comment ces religieuses pouvaient-elles s'offrir des logements aussi prestigieux ? D'après ce qu'il savait, elles étaient censées prôner la pauvreté, la chasteté et l'obéissance. N'empêche, comme le chantait Meatloaf, deux sur trois c'était déjà pas mal.

En s'approchant, il se rendit compte que, vu de près, sa première impression ne se confirmait pas vraiment. Cela lui rappela une star de la télé qu'il avait croisée un jour au cours d'une enquête. Derrière la caméra, elle arborait une perfection qui, une fois parvenue dans la salle d'interrogatoire d'un commissariat, s'avéra être un savant maquillage. De près, les défauts et le passage du temps étaient visibles. Il en allait de même pour le couvent. La peinture des fenêtres était écaillée ; la maçonnerie montrait des traces d'usure sur les rebords et les angles qui n'étaient plus vraiment précis ; et il apercevait une plante apparemment très robuste qui poussait dans la cheminée surmontant l'un des pignons.

Il se gara sur la zone goudronnée devant la bâtisse. C'était le seul véhicule présent, mais une allée étroite contournait la maison sur un côté, indiquée par un panneau PRIVÉ planté à l'entrée, légèrement de guingois. Alvin descendit de voiture et secoua les jambes comme un chien demeuré confiné trop longtemps. Il avança jusqu'à la porte en prenant son temps. Allure cow-boy solitaire plutôt que GIGN. Il savait qu'il était suffisamment élégant pour cet entretien. Son épouse, Esme, ne le laissait pas quitter la maison tant qu'il ne ressemblait pas à un homme respectable qu'on n'aurait pas pu confondre avec un sale type. Ainsi portait-il un costume gris foncé, une chemise bleu pâle et une cravate bleu paon. Parce qu'un homme devait porter une touche de couleur, n'est-ce pas ? Sans quoi il aurait ressemblé à monsieur Tout-le-monde. Quand il avait dit cela à Esme des années plus tôt, elle avait éclaté de rire : « Alvin, tu ne pourrais pas ressembler à monsieur Tout-le-monde », avait-elle répliqué en lui pinçant la joue.

Comme cela lui arrivait souvent, il se rappelait l'ouverture du *Grand sommeil* de Raymond Chandler, où Philip Marlowe détaille sa tenue la plus élégante et déclare : « J'étais correct, propre, rasé, à jeun et je m'en souciais comme d'une guigne. J'étais, des pieds à la tête, le détective privé bien habillé. J'avais rendez-vous avec quatre millions de dollars. » Certes, Alvin était policier, pas détective privé. Et il n'avait pas encore touché quatre millions de dollars. Mais le principe était le même. Quand on se traitait soi-même avec respect, il était plus difficile pour les autres d'en manquer à votre égard.

Il appuya sur un bouton en cuivre et entendit une sonnerie vieillotte retentir à l'intérieur. Il y eut une longue pause. Alvin se pencha et poussa le clapet en cuivre de la boîte aux lettres. Tout ce qu'il put voir était un sol en marbre noir et blanc à l'intérieur. Il se redressa et appuya de nouveau sur la sonnette. Cette fois, il entendit des bruits de pas précipités et la porte s'ouvrit. Une femme d'âge indéterminé vêtue d'une jupe grise et d'un cardigan, les cheveux dissimulés sous une sorte de couvre-chef qu'il avait plutôt l'habitude de voir lors d'enterrements de vies de jeunes filles ou de soirées déguisées. Un lourd crucifix en argent reposait sur sa poitrine comme sur une solide étagère.

— Nous sommes en prière, annonça-t-elle avec sévérité. Psaume cent dix-neuf. « Sept fois le jour je te célèbre. »

— Je suis désolé, répondit Alvin.

Il lui tendit sa carte de police. Elle l'examina derrière ses lunettes à monture dorée.

— J'espérais parler à la mère supérieure.

La femme fit une moue réprobatrice.

— Nous sommes à la maison mère. Vous voulez parler de la supérieure générale. Mère Benedict.

Bon sang. Il était clairement hors de sa zone de confort. Il afficha une grimace qu'il espérait être contrite.

— Vous allez devoir me pardonner, je ne sais pas comment fonctionnent les choses ici.

Elle pinça les lèvres, sorte de petit sourire aigri.

— Vous avez raison, je vais devoir vous pardonner. Entrez, lieutenant Ambrose. Les vêpres se terminent bientôt et mère Benedict pourra vous recevoir.

Il pénétra à l'intérieur, les semelles rigides de ses chaussures résonnant sur les dalles.

Elle s'éloigna en regardant par-dessus son épaule comme pour l'inciter à la suivre.

— Nous vous attendions.

## 33

> *J'ai lu beaucoup de théories démontrant comment détecter les mensonges. Les gens sont nerveux. Ils restent étrangement stoïques. Ils lèvent les yeux vers le coin supérieur gauche de la pièce. Ils transpirent. Ils se tripotent le visage. La vérité, c'est qu'il n'y a pas de règle.*
>
> *Décrypter les crimes*, Dr Tony Hill

Une fois arrivé au commissariat, le masque de Jezza Martinu était bel et bien tombé. Le poste de Skenfrith Street avait été profondément rénové ces dernières années, mais la décision avait été prise de conserver l'aspect rudimentaire des salles d'interrogatoire. Personne ne voulait dépenser de l'argent pour le confort des accusés. Tony avait un jour tenté de défendre l'idée d'un endroit un peu plus chaleureux. Carol s'était moquée de lui :

— Quoi ? Tu crois qu'on devrait commander un matériel d'enregistrement de couleur pastel, avec décor assorti ? Tu penses vraiment que ce serait plus rassurant ?

Depuis cette conversation, Paula ne pouvait s'empêcher d'imaginer l'ensemble du commissariat repeint dans l'esprit du *Truman Show*. C'était beaucoup plus perturbant que la réalité.

En vérité, selon elle, ça n'avait aucune importance que la salle d'interrogatoire soit décorée comme un hôtel cinq étoiles, avec panier de fruits à disposition. Une fois cette porte fermée et l'enregistreur enclenché, tout le monde savait à quoi s'attendre. Même ceux qui n'avaient aucune raison de se sentir coupable sentaient leurs cheveux se dresser à la base de la nuque. Y compris ceux, pensait Paula, qui n'avaient pas de cheveux à cet endroit.

Avant d'entrer, Paula entraîna Steve Nisbet dans la salle d'observation. Martinu ne cessait de s'agiter sur sa chaise.

— Voilà un type qui n'aime pas être enfermé, constata Steve. Ça paraît logique, vu son activité. Dehors par tous les temps. Plus on va le garder ici, plus il sera mal à l'aise.

— Pas forcément, nuança Paula. Certaines personnes se calment quand elles se rendent compte qu'elles ne peuvent pas changer la situation. C'est comme si elles plongeaient dans une sorte de transe zen de l'interrogatoire. Mais je pense que tu as sans doute raison au sujet de Jezza. Il y a quelque chose qui le tracasse et il faut qu'on lui fasse cracher le morceau.

— Comment on la joue, alors ?

Il était à fond, aucun doute là-dessus. Il avait ôté sa veste et dénoué sa cravate, comme un homme prêt pour une longue nuit. Même sa jolie petite houppette paraissait plus dressée que jamais. Il pointa Paula du doigt :

— Gentil flic ?

Et retournant l'index vers lui :

— Méchant flic ?

Paula se demanda vaguement si travailler avec Steve était une si bonne idée que ça.

— Non, répondit-elle en posant une main sur sa poitrine. Gentil flic, dit-elle avant de le désigner d'un hochement de tête et d'ajouter : flic silencieux. Flic qui prend des notes. Flic qui relève les expressions du visage. Tu peux avoir l'air aussi menaçant que tu veux, mais je ne veux pas que tu perturbes le tempo de mes questions.

Il se renfrogna.

— Et si je veux poser une question qui vous a échappé ?

— Ne pars pas du principe qu'elle m'a échappé. Je peux adopter une approche différente pour y parvenir. Si tu penses que j'ai raté un détail significatif, tu peux m'en parler à la pause et je l'interrogerai là-dessus quand on reprendra.

— Je n'ai pas l'habitude de...

— Ça va bien se passer, Steve. Fais-moi confiance, je sais ce que je fais, dit-elle en posant la main sur la poignée de porte. Allons-y.

La personne que Martinu avait appelée dans le cadre de son coup de téléphone autorisé lui avait envoyé un avocat. Pas un commis d'office, habillé comme un employé d'assurances et aux cheveux trop longs. Ce jeune homme portait un ravissant costume en tweed gris foncé avec une élégante cravate en soie bordeaux, et Paula ne fut pas surprise quand la carte de visite qu'il lui tendit révéla qu'il travaillait pour le cabinet de Bronwen Scott. Ce qui la surprit, c'était que Jezza Martinu ait les moyens de s'offrir les services de Richard Cohen.

Ils s'installèrent rapidement, lançant l'enregistrement et identifiant les personnes en présence.

Grâce aux séries télé, l'accusé connaissait la manœuvre aussi bien que les policiers et les avocats.

— Merci d'être venu, monsieur Martinu, dit Paula.

— Vous m'avez pas vraiment laissé le choix, grommela-t-il d'un air mécontent, les épaules voûtées.

— Mon client n'est pas en état d'arrestation et il demeure libre de partir quand il le souhaite, précisa Cohen.

— Tout à fait. Même si, bien sûr, cela peut changer, en fonction de ce qu'il a à nous dire, contra Paula en souriant et pas seulement parce que Martinu avait désormais l'air consterné.

— Peut-on en venir au fait, capitaine ? demanda Cohen en feignant l'ennui.

Paula avait hâte de le réduire en miettes.

— Monsieur Martinu, vous êtes le gardien du couvent de l'Ordre de la perle bénite, n'est-ce pas ?

— Vous savez tout ça, répondit Martinu. Je vous l'ai déjà dit. À vous trois qui êtes venus me harceler.

— Combien de temps y avez-vous travaillé ?

— Est-ce que je dois tout répéter ? demanda-t-il d'un air plaintif en regardant son avocat.

— Pour l'enregistrement, expliqua Paula.

Cohen hocha la tête.

— C'est agaçant, mais c'est normal. Quand ce ne sera pas normal, je vous le signalerai.

— Vingt ans. Quand ils ont fermé le couvent, ils m'ont gardé pour surveiller la propriété. Pour que ça n'ait pas l'air abandonné. Je leur ai acheté le cottage et je loue le terrain où je cultive mes fruits et légumes.

— En quoi consistait votre travail, monsieur Martinu ?

— Je tondais la pelouse. J'ai un tracteur, il en faut un pour un terrain aussi grand. Je cultivais quelques fruits et légumes pour fournir le couvent et l'école. En partie. Je veux dire, ça paraît évident. C'est pas une ferme, juste un genre de petit potager. Je m'occupais de petits travaux dans l'école : je vérifiais les gouttières, les joints, je faisais des réparations, un peu de plomberie et d'électricité. Rien d'important. Pour les gros travaux comme la peinture ou la toiture, elles appelaient des entreprises.

— Elles auraient été perdues sans vous, on dirait, constata Paula. Mais vous aviez également une autre mission, non ?

Il jeta un coup d'œil à son avocat qui se pencha en avant.

— Où voulez-vous en venir, capitaine ?

— M. Martinu a déjà expliqué son rôle dans les découvertes qui ont été faites sur le terrain du couvent. Je fais référence, pour l'instant, au grand nombre de dépouilles humaines ensevelies sous la pelouse devant la bâtisse. Jezza, parlez-moi de ces tombes.

Il regarda son avocat d'un air désespéré.

— J'ai rien fait de mal. J'ai juste fait ce qu'on me demandait.

— Vous n'avez pas remis en question ce qu'on vous demandait ? insista Paula.

Il fronça les sourcils sans comprendre.

— C'était mon travail. Je suis un bon catholique. Ce sont des sœurs, c'est elles qui décident. Elles accomplissent les œuvres du Seigneur. Ce n'est pas à moi de remettre en question ce qu'elles me demandent.

Steve changea de position sur sa chaise. Paula espéra qu'il allait continuer de se taire.

— Est-ce que c'était la mère supérieure qui vous donnait ces ordres ?

— Pas toujours. Parfois c'était sœur Mary Aquinas. C'était un peu le bras droit de sœur Mary Patrick. On voyait bien que c'était pas facile pour elles, quand une fille mourait. Mais elles voulaient agir du mieux possible. Ces filles-là, elles avaient personne. Pas de visiteurs, pas de famille, rien en dehors de St. Margaret Clitherow. Sœur Mary Aquinas disait que c'était une bénédiction, quand on pensait à ce qu'elles auraient pu devenir. « C'est plus facile d'être avec Dieu », qu'elle me disait pour que je me sente pas trop mal.

C'était glaçant d'entendre Martinu ne faire aucun cas de ces filles mortes de façon aussi terre à terre. Elle n'arrivait pas à déterminer s'il s'agissait du détachement caractéristique du psychopathe ou du profond manque d'imagination de quelqu'un qui n'était tout simplement pas très futé.

— Et alors ? Vous creusiez la tombe ?

Il hocha la tête non sans un nouveau coup d'œil en direction de son avocat. Paula fut légèrement surprise que ce dernier n'intervienne pas.

— Personne ne vous a jamais demandé ce que vous faisiez ? Parmi les autres filles ?

Martinu fronça les sourcils.

— Je faisais ça la nuit. Les dortoirs donnaient sur l'arrière, donc elles ne voyaient pas les lumières. Les sœurs ne voulaient pas perturber les autres, vous voyez ? Alors je creusais la tombe, ensuite les sœurs faisaient un service funèbre et je rebouchais.

— Seulement les sœurs ? Pas le prêtre ?

Un long moment de silence. Martinu fixait la table des yeux, le front plissé, apparemment perdu dans ses pensées.

— Non, finit-il par répondre en la regardant dans les yeux. Jamais le prêtre.

— Et vous ne trouviez pas ça bizarre ? Un enterrement sans prêtre ?

Paula ne connaissait guère la doctrine catholique, mais elle était quasiment sûre qu'un prêtre était censé être présent. En particulier dans une Église qui n'avait pas beaucoup de respect pour les femmes en dehors de la Vierge Marie.

— Écoutez, j'ai fait ce qu'on m'a dit. La révérende mère, elle disait que c'était bien, qu'elles avaient eu un service funèbre dans la chapelle, que c'était seulement l'enterrement, expliqua-t-il en serrant les poings. J'ai rien fait de mal. J'ai juste fait mon travail.

— Vous entendez ce que dit mon client. De quoi comptez-vous l'accuser, exactement ?

Enfin, une intervention de la part de l'avocat.

— Il s'agit d'une audition de témoin, maître Cohen. Si cela ne vous ennuie pas, nous avons encore quelques points à éclaircir avec votre client, rétorqua Paula en souriant. Est-ce que cela a duré tout le temps où vous avez travaillé pour les sœurs, Jezza ? Pendant vingt ans ?

Il fronça les sourcils. Elle voyait le mécanisme s'enclencher dans sa tête. Souvenir ou manipulation ? Difficile à dire. Il finit par répondre :

— J'étais là depuis environ quatre ou cinq ans quand la révérende mère m'a demandé de le faire.

— Sœur Mary Patrick ?

— Non, c'était avant son arrivée. C'était sœur Bernadette, à l'époque.

— Combien de filles avez-vous enterrées en tout, Jezza ?

Nouveau regard en coin à son avocat.

— J'ai pas compté. C'est pas comme si ça arrivait toutes les semaines, ou quoi. Peut-être une ou deux fois par an, tout au plus.

Frappée par le nombre et par son attitude détendue, Paula lutta pour rester neutre.

— Une ou deux fois par an ? Pendant, disons, quinze ans ? Seize ? Ça fait un sacré paquet de filles sur lesquelles vous n'avez posé aucune question, Jezza.

— Écoutez, si vous pensez que quelque chose de pas clair a eu lieu, il faut vous adresser aux sœurs. Tout ce que j'ai fait, c'est les enterrer, comme on me le demandait.

Il la regarda d'un air renfrogné comme pour la mettre au défi de l'attaquer là-dessus.

— Nous allons auditionner les sœurs, Jezza. Mais maintenant, nous devons parler des autres corps.

Instantanément, l'avocat se redressa sur son siège.

— Quels autres corps ?

— Votre client ne vous en a pas parlé quand il vous a contacté ? La presse n'est pas encore au courant. Nous avons découvert un autre groupe de dépouilles humaines. Pas sous la pelouse de devant. La découverte est toute récente. Nous n'avons pas encore beaucoup de détails, mais apparemment il ne s'agit pas de jeunes filles. Et ces corps sont enterrés dans votre potager, Jezza. Sous vos jardinières et vos légumes.

Paula se carra dans sa chaise pour observer l'impact de ses paroles. Martinu semblait se liquéfier, épaules voûtées, mains serrées entre les genoux.

En dépit d'années de formation et d'expérience, Cohen ne put dissimuler sa surprise. Il écarquilla les yeux et sa main se figea en pleine prise de notes.

— J'ai besoin de m'entretenir avec mon client, bafouilla-t-il.

Ils recommencèrent la même comédie avec l'enregistreur pour l'éteindre, puis Paula et Steve quittèrent la pièce.

— Tu penses que je ne l'ai pas poussé suffisamment, n'est-ce pas ? demanda-t-elle en s'adossant au mur, prise d'une envie de fumer.

C'était dans ces moments-là que ses vieux démons étaient le plus insistants. D'une façon générale, la cigarette ne lui manquait pas, même si elle pouvait dire précisément quand elle avait fumé sa dernière, au jour et à l'heure près. Mais pendant une audition, alors qu'elle tentait de soutirer le maximum d'informations à quelqu'un qui ne voulait rien lâcher, alors elle avait envie d'en allumer une, d'inspirer profondément et de ressentir cet étourdissement merveilleux.

— Je lui serais rentré dedans, reconnut Steve.

— On ne peut pas se permettre de se focaliser plus que ça sur les sœurs, même si c'était clairement des garces complètement sadiques. On ne saura jamais de quoi ces filles sont mortes. Si on peut qualifier ce qui leur est arrivé d'agression, on aura déjà de la chance. Je ne vois pas le ministère public engager des poursuites pour conspiration visant à empêcher un enterrement légal et décent. Ce n'est pas quelque chose qu'il aurait envie de traîner devant un tribunal. C'est compliqué, difficile, et il y a fort à parier que les sœurs se cacheront toutes les unes derrière les autres. Ce n'est pas comme si ces filles avaient des familles qui réclamaient justice. Par contre, les corps sous le potager ? C'est une autre histoire. Sophie m'a envoyé un texto tout à l'heure pour me dire que les victimes ont un sac plastique noué autour de la tête. Ça sent le meurtre. Et c'est avec ça qu'on va l'attaquer dès que l'avocat nous rappellera.

— Je pense quand même que...

Mais cette pensée fut interrompue par l'avocat qui passait la tête dans l'entrebâillement de la porte.

— Nous sommes prêts, capitaine.

L'acte deux débuta sans préambule.

— Ce ne sont pas des petites filles, ces cadavres, annonça Paula tandis que Jezza la fusillait du regard, impassible. Comme je l'ai dit, il est encore tôt. On ne sait pas grand-chose sur les victimes. Ce qu'on sait, c'est qu'elles ont été assassinées.

Jezza tressaillit involontairement.

— Qu'en dites-vous, Jezza ? demanda Paula en se penchant en avant, avant-bras sur la table, sans le quitter des yeux.

— Sans commentaire, lâcha-t-il d'une voix rauque et sèche.

— Ils avaient des sacs en plastique scotchés autour de la tête, Jezza. Je ne pense pas que les sœurs aient fait ça, si ?

— Sans commentaire.

— Le plastique fixe très bien les empreintes digitales. Le scotch aussi. Vous seriez étonné par le nombre de gens qui laissent des empreintes sur la face collante. En général la dernière fois qu'ils l'ont utilisé, avant de s'en servir pour l'appliquer sur le corps de quelqu'un. Est-ce que nous allons trouver vos empreintes, Jezza ? Votre ADN ?

— Sans commentaire.

C'était presque un mugissement.

Cohen posa la main sur le bras de son client, mais Martinu se dégagea.

— J'ai jamais tué personne ! hurla-t-il.

Paula secoua la tête, visiblement de peine plus que de colère.

— Vous voyez, ce n'est pas l'impression que ça donne, Jezza. C'est votre jardin potager. C'est vous qui avez construit ces jardinières. Vous qui avez un cabanon rempli d'outils. Une pelleteuse. Vous qui avez enterré des corps pour les sœurs pendant des années. Comprenez que je ne cherche pas ailleurs pour trouver notre tueur.

— Vous harcelez mon client, capitaine. Ce ne sont que des présomptions. Vous n'avez aucune preuve, protesta-t-il en repoussant sa chaise. Venez, monsieur Martinu. Allons-y.

L'air perdu, Martinu se leva en chancelant.

— Pas si vite, maître Cohen, les retint Paula avant d'indiquer à Steve d'un mouvement de tête de bloquer la porte. Jerome Martinu, je vous arrête dans le cadre d'une enquête pour meurtre...

— C'était pas moi ! cria Martinu en plongeant vers elle. C'était ce putain de prêtre !

# 34

> *Dans une société de plus en plus sécularisée, on s'attendrait à ce que le nombre de tueurs se prévalant de raisons religieuses diminue. Je n'ai pas de statistiques à ce sujet, mais entre nous, si les chiffres ont évolué, c'est plutôt à la hausse...*
>
> *Décrypter les crimes*, Dr Tony Hill

Alvin patienta dans une petite antichambre donnant sur l'entrée carrelée. La disposition rappelait celle d'une salle d'interrogatoire dans un commissariat, sauf qu'y trônait une table polie avec des pieds recourbés qu'il n'avait jamais vue ailleurs que chez des antiquaires. Elle était flanquée d'un côté d'un siège en bois sculpté avec de larges accoudoirs ; de l'autre de deux chaises rigides. Il resta debout à examiner les gravures au mur. Elles ressemblaient aux vieilles peintures qu'on trouvait sur les cartes de vœux envoyées par des gens qui voulaient vous donner l'impression d'être plus cultivés que vous.

Derrière lui, la porte s'ouvrit et il se tourna pour faire face à une sœur de grande taille dans l'encadrement. Le tissu de son habit était d'un noir tellement profond que cela lui donnait l'air d'être un espace négatif. Sur la tête, elle portait une coiffe compliquée et amidonnée qui rappela à Alvin l'adaptation télévisée de *La Servante écarlate*, si le couvre-chef de Defred avait été plié vers l'arrière comme un genre de becquet aérodynamique. À contre-jour, son visage paraissait austère et dénué de rides. Elle pouvait avoir aussi bien trente que soixante ans.

— Lieutenant Ambrose ? Je suis la supérieure générale de l'Ordre de la perle bénite, annonça-t-elle en avançant vers la chaise ornée et en lui indiquant de s'asseoir en face. Vous pouvez m'appeler mère Benedict.

— Merci de me recevoir.

Alvin s'installa sur l'une des chaises les plus inconfortables qu'il ait jamais testées.

— Nous avons conscience du monde extérieur, lieutenant. Nous avons vu les nouvelles au sujet de la maison de Bradesden. Nous nous attendions à une visite de la police.

Maintenant que la lumière éclairait son visage, il distinguait de fines rides au coin de ses yeux et sur son front. Plus proche de cinquante que de trente, donc. Des traits délicats, des yeux sombres sous des sourcils étonnamment épais.

— Si j'ai bien compris, certaines religieuses de Bradesden vivent ici maintenant ?

Elle inclina la tête.

— Puis-je vous demander exactement ce que vous pensez avoir découvert dans le parc de Bradesden ?

OK, donc ç'allait se passer comme ça.

— Nous avons découvert les dépouilles d'une quarantaine d'enfants et adolescents.

Cette approximation se fonde sur le nombre de crânes retrouvés jusqu'à maintenant. Pour autant que nous le sachions, il n'y a pas de traces d'enterrements déclarés au couvent, en dehors de ceux des sœurs et des prêtres, dans le cimetière à proprement parler.

— Et vous pensez que ceci a quelque chose à voir avec les membres de l'Ordre ?

— Cela semble probable, répondit Alvin en étendant ses jambes devant lui pour croiser les chevilles. Dans la mesure où les squelettes sont là depuis plus de cinq ans, date de la fermeture du couvent. Par ailleurs, les premiers relevés des équipes médico-légales montrent que certains d'entre eux ont bel et bien été ensevelis pendant que le couvent fonctionnait.

La main de mère Benedict se posa sur le crucifix incrusté de nacres qu'elle portait sur la poitrine.

— Paix à leur âme. Mais comment pouvez-vous tenir nos sœurs responsables de cela ?

Il ne la pensait pas stupide, mais si elle voulait jouer à ce petit jeu-là, il allait s'y plier.

— Eh bien, elles avaient la responsabilité des filles au sein du foyer et de l'école.

— Mais vous n'êtes pas certains que ces dépouilles soient celles de nos filles.

— Je ne pense pas que le contraire soit très probable. Mais quelle que soit leur origine, elles se sont retrouvées enterrées sous votre pelouse, ma mère. Ce qui explique que je doive m'entretenir avec les sœurs qui ont résidé à Bradesden.

Elle lâcha un bref soupir.

— Je ne suis pas sûre que cela vous soit d'une grande utilité.

— Pourquoi ? Elles ont dû voir quelque chose. On ne peut pas creuser votre pelouse quarante fois sans que vous le remarquiez.

Nouveau soupir.

— Les sœurs ne sont pas des femmes comme les autres, lieutenant. Même dans un ordre travailleur comme le nôtre, nous nous concentrons sur notre vie intérieure. Les préoccupations du monde ne pénètrent que rarement notre conscience.

Elle espérait vraiment qu'il allait gober ça ?

— Mais les sœurs n'en demeurent pas moins des êtres humains. Et la curiosité nous touche tous, à des degrés différents. J'aurai donc besoin de m'entretenir avec elles.

— Les femmes entrent dans les ordres pour tout un tas de raisons. Certaines ont une vocation religieuse très claire, un désir irrésistible de mettre leur vie au service de Dieu. Certaines entrent chez nous pour échapper au monde moderne, à ses tentations et à ses problèmes, puis elles découvrent qu'elles emportent leurs problèmes avec elles et qu'elles doivent y remédier. Certaines sont en quête d'une vie contemplative et se vouent à la beauté de nos tâches quotidiennes. Dans l'Ordre de la perle bénite, nous avons toutes une chose en commun, c'est le rejet du monde extérieur. Et, bien entendu, le vœu d'obéissance. Si on leur a demandé de ne pas poser de questions et d'arrêter de penser à quelque chose, elles auront obéi.

Alvin la fixa du regard, incrédule.

— Vous êtes en train de dire que la mère supérieure pouvait faire ce qu'elle voulait, en toute impunité ? Il suffisait de demander aux sœurs d'oublier quelque chose d'un peu louche et *bingo* ! c'était oublié ?

— Les révérendes mères ne sont pas enclines à des comportements « louches », comme vous dites. Mais en substance, oui, c'est ça. Les sœurs qu'elles supervisent sont obligées de renoncer au libre arbitre dont Dieu les a dotées et d'accepter la nécessité d'obéir en toutes choses.

Son expression était placide, comme si ce n'était qu'un détail.

— Elles sont donc susceptibles d'avoir détourné les yeux devant tout un tas de choses ? Et si jamais elles en parlaient, elles risquaient d'avoir des ennuis ?

— Si une sœur rencontre quelque chose qui trouble sa conscience, elle peut en parler à son prêtre.

Alvin leva les yeux au ciel.

— Et c'est protégé par le secret de la confession, n'est-ce pas ?

— Oui.

Il secoua la tête.

— À côté de vous, la mafia est un vrai moulin à paroles.

— Je ne cherche pas à faire de l'obstruction volontaire, lieutenant. Mais c'est la règle de vie que l'on suit depuis des siècles.

— Elle protège les coupables.

Un léger sourire.

— Nous ne nous pensons pas « coupables ». Quand nous sommes faibles, nous confessons nos faiblesses et nous sommes pardonnées. Les sœurs qui sont venues ici ne seront pas en mesure de répondre à vos questions. Leur révérende, peut-être. Mais elle n'est pas parmi nous.

— J'ai du mal à comprendre, mère Benedict. Nous parlons des corps d'une quarantaine de jeunes filles, des filles qui se trouvaient certainement sous la protection de votre ordre. Et vous vous cachez derrière un ensemble de règles d'un autre temps, dit-il en changeant de position, coudes sur les genoux, sa grosse tête penchée en avant. Il va y avoir, à tout le moins, une enquête du coroner. Vos sœurs seront sous serment. Elles seront obligées de répondre, à ce moment-là. Autant le faire dès maintenant.

Elle toucha de nouveau son crucifix.

— La réponse sera la même. Elles ne savent rien. Les sœurs qui sont arrivées chez nous depuis Bradesden sont les membres les plus âgés de notre communauté. Deux d'entre elles souffrent de démence, donc elles sont exclues. Je peux vous assurer que les autres ne savent rien de ces histoires. Si vous insistez, vous pourrez les interroger. Mais leurs réponses seront identiques.

Trois heures et huit religieuses plus tard, Alvin comprit qu'elle avait dit vrai. Les six qui ne souffraient pas de démence avaient autant à lui apprendre sur les enfants morts que celles qui connaissaient à peine leur propre prénom. Quoi qu'elles aient pu savoir, elles l'avaient remisé dans un coin de leur tête, derrière une lourde porte fermée par plus de verrous et de barricades qu'il ne pouvait en ouvrir. Trois d'entre elles le dévisagèrent avec une sidération si totale qu'il commença à douter de lui-même. Une autre n'arrêtait pas d'évoquer la vie merveilleuse du couvent, le privilège d'avoir en charge l'éducation de filles aussi prometteuses et la joie de servir quelqu'un comme sœur Mary Patrick.

Une cinquième refusa de croiser son regard et garda les yeux baissés sur ses genoux pendant toute la durée de l'entretien, donnant tout juste des réponses monosyllabiques. Et pas les bonnes, d'après Alvin. Une sixième le défia de jeter la première pierre et se refusa à tout commentaire, si ce n'est pour dire : « Tout ce qui s'est passé à Bradesden s'est passé sous l'œil bienveillant de Notre Vierge Marie et de sainte Margaret Clitherow. Elles n'auraient pas toléré le moindre péché sous leur toit. »

Pendant tous ces entretiens, mère Benedict resta assise sans sourire, ses doigts glissant constamment sur les perles d'ambre de son chapelet. Quand la dernière religieuse quitta la pièce, elle se leva.

— Je suis désolée que vous ayez perdu votre temps, lieutenant. Vous auriez vraiment dû me croire, quand je vous disais que les sœurs n'auraient rien à vous dire, conclut-elle avant d'afficher enfin un vrai sourire en plissant le coin des yeux. Pauvreté, chasteté et obéissance, lieutenant. Et le plus fort de tous est l'obéissance. Les sœurs ne mentent pas. Nous nous entraînons simplement à oublier ce que nous ne sommes pas censées savoir.

## 35

> *Quand l'analyse freudienne est mise en scène au cinéma et à la télévision, on insiste souvent sur le fait que l'analyste parle peu. Une telle approche a ses raisons d'être. Le silence est l'ami de l'enquêteur. La plupart d'entre nous ont du mal à contenir le besoin impérieux de le combler.*
>
> *Décrypter les crimes*, Dr Tony Hill

Paula posa le front sur le volant de sa voiture et respira profondément. Elle était affamée, fatiguée et en retard pour la soirée qu'elle avait attendue avec impatience. Mais l'accusation inattendue de Martinu avait provoqué l'un de ces rushs soudains que connaissaient les enquêtes majeures lorsque survenait un changement de direction imprévu.

Paula et Steve avaient bien entendu invité Martinu et son avocat à reprendre place pour poursuivre l'audition. D'abord, Martinu était resté prostré, la tête dans les mains, se balançant d'avant en arrière sur sa chaise. Mais Paula le surprit à jeter un coup d'œil entre ses doigts, ce qui la fit douter de sa sincérité.

— Allez, Jezza, l'encouragea-t-elle doucement sans montrer ses doutes. Je sais que c'est dur, mais une fois que vous nous aurez dit ce que vous savez, vous aurez l'impression de vous décharger d'un poids. Vous ne trahissez pas le père Keenan, vous prenez la bonne décision.

Il leva les yeux, le visage déformé par la douleur.

— C'était mon prêtre. Il disait que je ne pouvais pas comprendre ce qu'il faisait, mais que c'était l'œuvre de Dieu, expliqua-t-il en écartant les doigts. Qu'est-ce que je pouvais faire ?

— Il n'avait pas le droit de vous impliquer là-dedans, renchérit Paula. Mais nous devons connaître le fin mot de l'histoire, et vous pouvez nous aider, Jezza. Vous pouvez aussi vous aider. Je ne vais pas vous mentir, vous n'êtes pas en très bonne posture. Mais si vous nous racontez tout, que vous nous expliquez comment il vous a entraîné là-dedans, ça fera une différence pour vous.

Il se frotta les yeux avant de regarder son avocat.

— Je vais leur dire.

Cohen lui tapota le bras.

— C'est votre choix, monsieur Martinu. Mais j'interviendrai si je considère que ce que vous dites peut vous porter atteinte.

Martinu secoua la tête.

— Elle a raison. Je porte ce poids depuis longtemps et j'en ai marre.

— Qu'est-ce que vous avez fait ?

Martinu détourna le regard et croisa les doigts.

— La même chose que pour les sœurs. J'ai creusé des trous quand on me l'a demandé. Mais je les ai jamais rebouchés pour le prêtre. C'est lui qui le faisait.

— Expliquez-moi ça en détail, demanda Paula.

Il gigotait sur sa chaise, mal à l'aise et embarrassé. Son comportement n'avait rien à voir avec celui qu'il avait un peu plus tôt. D'après Paula, il avait toujours su que c'était mal sans savoir comment arranger ça, comment dire non à un prêtre.

— Il est venu me voir... ça doit faire sept ou huit ans. Il m'a dit qu'il travaillait beaucoup auprès des sans-abri de Bradfield, commença-t-il en l'implorant du regard. C'est le genre de choses que fait un prêtre, non ? Aider ceux qui sont dans le besoin.

Et Dieu savait qu'ils étaient légion à Bradfield, songea Paula. Les petites rues derrière Temple Fields et Bellwether Square grouillaient de débris de la ville. Le « Spice », la drogue de prédilection des plus pauvres, avait détruit des vies, laissant des zombies errer sans but dans les rues. Les citoyens reprochaient à la police de ne pas assurer sa mission de sécurité, mais qu'étaient-ils censés faire ? Il n'existait nulle part où déplacer ces gens pour les aider à remonter la pente.

— Continuez, l'encouragea Paula voyant que Martinu s'était interrompu.

— Il m'a expliqué que parfois, les gens mouraient dans la rue et que personne ne s'occupait d'eux. Personne leur payait un enterrement décent. Il a dit qu'on les incinérait et que leurs cendres étaient dispersées comme des déchets. Il voulait leur donner mieux que ça. Et comme le couvent était une terre sacrée, il voulait les enterrer là-bas. Sauf que c'était illégal de déplacer leurs corps sans avertir la police ou les services sociaux.

Il mordilla la peau autour de l'ongle de son pouce, ses yeux s'agitant comme ceux d'un animal nerveux.

— Il vous a demandé de l'aide ?

Martinu hocha la tête.

— Il a dit que ça n'arriverait pas souvent. Mais ça arrive, vous devez le savoir vu votre métier. Les gens meurent dans la rue et, la plupart du temps, personne ne connaît leur vrai nom ni leur origine. En entendant ça, il a eu envie de les emmener au couvent, pour qu'ils reposent en paix.

Steve ne pouvait plus se retenir. Il se pencha en avant, interrompant Martinu.

— Et vous n'avez pas trouvé qu'il y avait quelque chose de bizarre là-dedans ? Quelque chose de *mal* ?

Martinu fit une grimace, comme s'il retenait ses larmes. Mais ses yeux demeuraient secs, remarqua Paula.

— C'était un prêtre, putain. Vous comprenez pas ? Quand vous êtes catholique, c'est dans votre éducation. Un prêtre ne peut rien faire de mal. Même quand il a tort, il a raison. Ce n'était pas à moi d'aller lui poser des questions. Il disait que c'était comme une bénédiction, de les laisser reposer en paix. Et tout ce qu'il me demandait, c'était de creuser un trou.

— Comment ça se passait ? demanda Paula doucement pour faire retomber la pression dans la pièce. Est-ce que le père Keenan débarquait comme ça avec un corps ?

Il secoua lentement la tête.

— Il m'avertissait un peu plus tôt dans la journée. Un de ses contacts l'avait informé que quelqu'un était mort et qu'il garderait le corps en sécurité jusqu'à son arrivée. Je creusais une tombe quelque part dans le potager. Il y avait toujours un coin où il y avait besoin de faire du vide. Le soir, il se présentait au portail de derrière. À la nuit tombée. Il arrivait au volant de sa voiture, généralement avec un paumé sur le siège passager. J'ai une vieille lanterne de chantier, la lumière éclaire dans une seule direction. Je la posais près de la tombe pour qu'ils puissent y voir quelque chose, mais depuis le couvent on ne voyait rien.

Il s'interrompit de nouveau. Se concentrer lui demandait un effort.

Paula patienta. Le silence pouvait s'avérer le meilleur des outils, en particulier quand un accusé avait brisé le sceau de son propre secret. C'était comme ouvrir un sachet de Maltesers, songea-t-elle. Une fois que vous aviez commencé, vous pouviez prétendre que vous alliez vous arrêter. Mais c'était impossible.

— Je les laissais faire, poursuivit-il. Je n'ai jamais vu les corps. J'imagine qu'ils devaient être dans le coffre. Le père Keenan frappait à la porte de derrière quand ils avaient fini et disait : « On a terminé. Dieu te bénisse, Jezza. »

Ils continuèrent ainsi pendant une heure. Avec des interruptions. Huit corps, admit Martinu, bien qu'il n'en soit pas certain. Le dernier environ sept mois plus tôt. Car même si le prêtre avait déménagé, il avait maintenu son travail avec les pauvres de Bradfield. Non, il ne se rappelait pas les dates exactes. Il avait lâché un rire rauque à ce moment-là. Comment aurait-il pu se souvenir des dates ?

Paula avait souligné son obsession pour les Bradfield Vics ; il se rappelait peut-être un enterrement en particulier, qui se serait tenu avant ou après un grand match ?

À l'évocation du club, il était devenu nerveux. Il n'y avait aucun moyen, insistait-il, pour qu'il se souvienne des dates. Cela lui sortait de l'esprit dès que c'était fait parce qu'il était mal à l'aise. Le prêtre avait beau répéter qu'il n'y avait pas de problème, cela l'embarrassait quand même.

Quand ils avaient commencé à tourner en rond, Paula avait mis un terme à l'audition, laissant Martinu s'entretenir avec son avocat avant qu'on l'enferme en cellule pour la nuit. Rutherford avait crâné devant tout le centre opérationnel, soulignant bien quelle équipe avait fait cette découverte décisive. Il avait chargé Paula de convoquer le père Keenan pour une audition au plus vite.

Se rappelant que Karim avait été envoyé pour l'interroger, elle alla le chercher. Il n'était nulle part, et son entrevue n'avait pas été versée au serveur. Elle tenta de l'appeler mais tomba directement sur la messagerie. *Aucune raison de s'inquiéter*, se dit-elle. Il avait peut-être attendu que le prêtre soit disponible. Et terminé suffisamment tard pour s'autoriser à rentrer directement chez lui. À la BREP, les heures sup n'existaient pas après tout.

Vraiment, aucune raison de s'inquiéter.

Paula releva la tête de son volant et roula jusqu'au restaurant italien familial qui était assez proche de la maison pour être l'un des repères réguliers d'Elinor et elle. Ce soir-là, elles avaient prévu de convier une troisième personne pour dîner. Paula avait presque une heure de retard, mais elle savait qu'il n'y aurait aucun reproche. Elinor et Carol Jordan comprenaient toutes les deux que certains métiers nécessitaient de s'adapter sans cesse. Pour un médecin urgentiste, le concept d'heures sup n'existait pas non plus.

Durant les années où Paula en pinçait pour Carol, il ne lui était jamais venu à l'esprit de serrer sa chef dans ses bras. À présent qu'il n'y avait plus rien entre elles, et qu'elles n'étaient plus séparées par la distance hiérarchique, chaque fois qu'elles se voyaient, elles commençaient par se serrer l'une contre l'autre. Prendre Carol dans ses bras, c'était un peu comme câliner un arbre – un mince bouleau blanc, pas un chêne au tronc épais, mais raide et résistant néanmoins – toutefois cela confirmait leur amitié. Elles s'enlacèrent donc, puis Paula déposa un baiser au coin de la bouche d'Elinor avant de s'asseoir, sentant le poids de la journée s'alléger sur ses épaules.

— On a pris des antipasti, annonça Elinor. Et j'ai commandé un grand plat de *spaghetti alla nonna* à lancer dès que tu arriverais.

Elle se retourna et fit un signe du pouce à Donatella.

— C'est parti ! répondit celle-ci.

— Merci, dit Paula dans un soupir en tendant le bras vers la bouteille de Primitivo.

Un seul verre avait été servi, et il était posé devant Elinor. Du coin de l'œil, elle remarqua la bouteille de San Pellegrino près de Carol. Toujours un soulagement.

— Tu as dû avoir une sacrée journée, commenta Carol. Elinor m'a dit que tu travaillais sur les ossements retrouvés au couvent. Ça m'a surprise, je n'aurais pas pensé que c'était pour la BREP.

— Normalement, non. Surtout qu'on n'a pas de preuve d'homicide et que pour ça, il va falloir attendre que les experts analysent les ossements. Mais Rutherford voulait l'enquête et il a marché sur les plates-bandes d'Alex Fielding pour l'obtenir.

Carol fit une grimace.

— Il risque de le regretter.

— Le plus ennuyeux, c'est qu'il a peut-être eu raison d'agir ainsi. Ce n'est pas encore officiel, mais on a découvert une deuxième série de corps qui sont assez distincts de la première.

Paula piocha les dernières olives du bol.

— C'est bizarre, commenta Elinor. Tu penses qu'il y a un lien ? Par exemple, quelqu'un qui aurait eu connaissance des premiers corps et en aurait profité pour y cacher sa victime ?

— Ses victimes, au pluriel, la corrigea Paula en haussant les épaules. Pour l'instant, on n'en sait rien.

— Si ce n'est pas le cas, ce serait une coïncidence extraordinaire. Et, ajouta Carol en chœur avec Paula, on n'aime pas les coïncidences.

— Drôle d'affaire, rebondit Paula. Et voilà le salut qui arrive !

Donatella s'approcha avec un plat de pâtes fumant. Les arômes la firent saliver.

Tour à tour, les trois femmes se servirent en poussant des exclamations. Carol râpa du pecorino sur son assiette en disant d'un air détaché :

— Tony doit te manquer, à des moments pareils.

— Pas seulement dans ces moments-là. Je dois lui rendre visite bientôt, je verrai s'il a des idées intéressantes qui nous permettraient d'avancer dans la bonne direction.

Tout le monde garda la tête baissée sur son assiette, dans un de ces rares instants où la discrétion l'emportait sur la curiosité.

La dégustation les occupa quelques minutes puis Carol reprit :

— Bronwen Scott est venue chez moi, l'autre jour.

Paula haussa les sourcils alors qu'elle s'apprêtait à porter sa fourchette à sa bouche.

— Qu'est-ce qu'elle pouvait bien te vouloir ?

— Elle fait partie d'un groupe informel d'experts qui ont lancé une version miniature du projet « Innocence Project », pour rouvrir des enquêtes où des gens ont été accusés à tort. Ils se sont baptisés « Présumés coupables », en référence à...

— Je comprends, l'interrompit Paula avec un petit sourire. En référence à « présumé innocent », ajouta-t-elle pour Elinor.

— Exactement, confirma Carol. Elle m'a proposé de me joindre à eux.

— Il n'y pas de question à se poser, dit Elinor. C'est exactement dans tes cordes, non ?

Carol haussa une épaule.

— Je ne sais pas. J'ai toujours dit qu'on était bon quand on était bien entouré. Je ne sais pas du tout ce que je vaux en solo.

— Je ne m'en ferais pas pour ça. Est-ce qu'elle t'a appâtée d'une façon ou d'une autre ?

— Oh oui.

Entre plusieurs bouchées, elle leur raconta l'affaire Saul Neilson et Harry Bow.

— Pas de corps et beaucoup de présomptions, analysa Paula. Ça n'a pas dû être facile d'obtenir une condamnation.

Elinor posa sa fourchette.

— J'imagine que c'est d'autant plus difficile de la révoquer.

Carol la regarda avec attention.

— Est-ce que tu me lances un défi ?

Paula poussa un grognement.

— Oh non, qu'est-ce que tu viens de dire, docteur ? Carol Jordan et Bronwen Scott ? La dernière fois que vous avez travaillé toutes les deux ensemble, vous avez failli détruire la police métropolitaine de Bradfield.

Carol sourit.

— Tous aux abris, Paula.

Une demi-bouteille de Primitivo et une grappa offerte, cela signifiait que la voiture ne quitterait pas le parking du restaurant. Carol leur proposa de les reconduire chez elles, mais elles redoublèrent d'excuses l'une et l'autre : « Ce n'est pas ta route », « On est juste à côté », « J'ai besoin de prendre l'air. » Elinor et Paula rentrèrent donc ensemble à pied, toujours main dans la main après toutes ces années, bavardant comme le faisaient deux personnes qui savaient très bien ce que l'autre pensait et ressentait sur la plupart des sujets.

— C'est bon de voir Carol se consacrer à ce qu'elle sait faire de mieux, commenta Elinor.

— J'imagine. J'espérais qu'elle se découvre peut-être de nouveaux talents. Je n'aime pas la voir rêver de retrouver une vie qu'elle ne peut plus avoir.

— Elle a perdu tellement, Paula. Il lui faut quelque chose qui la raccroche à ce qu'elle était, le temps de se découvrir une nouvelle personnalité. Elle essaie clairement d'aller mieux pour pouvoir regagner la confiance de Tony. Avant que tu arrives, elle m'a dit qu'elle voyait une thérapeute spécialisée dans le traitement du stress post-traumatique.

Paula serra la main d'Elinor.

— C'est une bonne nouvelle. Espérons que ça l'aidera.

— Je l'ai trouvée un peu plus détendue, ce soir. Et elle ne boit pas.

— Contrairement à moi ! rétorqua Paula avec un petit rire. Après une journée pareille, un bon verre de vin, c'est comme une bouée de sauvetage vers la normalité. Je regardais les photos de la scène de crime, et je me disais que si Torin n'avait pas atterri chez nous, il aurait pu finir comme une de ces filles. Coincé dans une institution violente, ou à la rue. Je peux pas supporter cette idée.

— Je sais, soupira Elinor. J'en vois tout le temps, aux urgences. Des jeunes, foutus en l'air par la drogue et la rue. Les plus vieux sont quasiment des épaves à cause de l'alcool et la vie de SDF. Certains cherchent juste un endroit où s'asseoir au chaud en pleine nuit. D'autres ont des épisodes de fragilité mentale. Et certains sont déjà trop détruits pour qu'on puisse faire quoi que ce soit. Est-ce que tu savais que les SDF ont une espérance de vie de trente ans plus courte que nous autres ? Si on avait été SDF depuis dix ans, Paula, on aurait déjà un pied dans la tombe.

Avant que sa compagne ne puisse répondre, la sonnerie de son portable résonna, interrompant la rumeur de la ville. Elle lâcha la main d'Elinor pour sortir son téléphone de sa poche. Jetant un coup d'œil à l'écran, elle s'excusa :

— Désolée, il faut que je…

Elinor la devança de quelques pas, et alors que Paula portait son téléphone à son oreille, elle ressentit une bouffée d'amour pour sa compagne, ses longs cheveux noirs luisant sous les réverbères, les traits et les angles familiers de son joli visage aussi frappants que lors de leur première rencontre. Elle détourna les yeux en entendant la voix de Karim :

— Chef ? Je viens d'avoir votre message.

— Où es-tu ? Qu'est-ce qui s'est passé avec le prêtre ? Pourquoi tu n'as pas appelé ? Ni transmis ton rapport ?

Elle lui balança les questions sans lui laisser le temps d'y répondre.

— Je suis rentré chez moi, chef. Il était tard, il n'y avait rien à dire.

— Quoi ? Tu n'as pas vu le prêtre ?

— Si, si. Mais il n'avait rien d'utile à me dire. Il avait connaissance des tombes, mais d'après ce qu'il savait, les décès étaient naturels et il n'a jamais participé aux enterrements. Il n'était au courant d'aucune violence de la part des sœurs. Chef, il n'avait franchement rien à nous apprendre.

— Peu importe, Karim. Tu aurais dû transmettre ton rapport. Qu'est-ce qu'il a répondu quand tu l'as interrogé sur le second groupe de dépouilles ?

Il y eut un silence. Paula sentit la tension que le vin avait permis d'atténuer lui raidir de nouveau la nuque.

— Karim ? Il a répondu quoi ?

— Je n'ai pas pu lui poser la question.

Il avait l'air penaud.

— Comment ça, tu n'as pas pu ? Tu t'entretenais avec lui, Karim.

— Il m'a jeté. Il s'est énervé à cause de mes questions, il n'a pas apprécié mes insinuations que quelque chose de mal s'était passé, et qu'il ait pu être impliqué. Il m'a dit que c'était terminé et il a quitté la pièce.

— Et tu l'as laissé faire ? rétorqua Paula en glapissant presque.

— Comment est-ce que j'aurais dû réagir ? Je ne pouvais pas lui courir après dans sa propre maison. Il est juste témoin, chef. Je n'avais pas le pouvoir de le retenir.

— Ce n'est pas un simple témoin, Karim. Il est soupçonné. Le gardien, Martinu ? Il a balancé le père Keenan tout à l'heure, en audition. Si tu avais appelé comme tu l'aurais dû, tu serais planté devant sa maison à l'heure qu'il est, pour t'assurer qu'il ne nous file pas entre les doigts.

— Oh merde, murmura-t-il.

— Comme tu dis, Karim. Alors tu vas retourner là-bas demain à l'aube avec moi, et on l'emmène au poste. Je t'attends en bas de chez moi à six heures. Avec un bon café et un sandwich au bacon. Et en attendant, transmets ton putain de rapport au serveur, et prie pour que Rutherford ne découvre pas à quel point tu as foiré.

# 36

> *Certaines personnes se découvrent un talent pour la musique ou la peinture. Le cultiver leur donne un but dans la vie. Malheureusement, d'autres se trouvent doués pour la violence et sèment le malheur autour d'eux. Le problème, c'est que nous aimons tous avoir un but ; c'est difficile de renoncer à quelque chose pour lequel on est doué.*
>
> *Décrypter les crimes*, Dr Tony Hill.

Il s'avérait que Matis Kalvaitis n'était pas seulement doué pour la bagarre. C'était aussi un bon publicitaire. Tony avait pris deux jours pour écrire le brouillon de sa demande en appel. Il avait effectué quelques recherches à la bibliothèque de la prison. Elle disposait d'une collection d'ouvrages de droit intéressante quoique disparate, que le prisonnier de garde avait désigné sous le terme de « section d'autodéfense ». Il avait trouvé ce dont il avait besoin pour rédiger une lettre qui, selon lui, était complète, en y ajoutant une note expliquant quelles informations manquaient et où. Il l'avait remise à son destinataire à la première occasion puis n'y avait plus pensé car son esprit s'était concentré sur l'écriture d'un chapitre consacré à la misogynie.

Le lendemain matin, quand il était revenu du petit déjeuner, trois détenus l'attendaient sur le seuil de sa cellule. Il avait senti en lui une soudaine montée d'adrénaline. Est-ce qu'il avait offensé quelqu'un ? Ces trois types étaient-ils en mission punitive ? Avant qu'il ne puisse faire demi-tour, l'un d'eux lui lança :

— Arrête de flipper, doc. C'est pas ce que tu crois. Enfin, pas tout de suite du moins.

Kalvaitis avait été tellement impressionné par la lettre de Tony qu'il en avait parlé à tous ses copains. Qui à leur tour l'avaient répété à tous leurs copains. Non seulement le psy écrivait bien, mais il avait une jolie graphie. Le genre d'écriture qui pouvait impressionner une femme, réconforter un enfant ou vous faire passer pour autre chose qu'un bon à rien fini.

Trois détenus, trois demandes. Une lettre à un propriétaire pour réclamer de réparer les toilettes dans l'appartement où vivaient la copine de l'intéressé et ses trois enfants ; un message d'anniversaire à une mère ; et une histoire du soir pour une fille de trois ans.

— Pas besoin que ce soit long ou compliqué. Juste une petite histoire que sa mère pourra lui lire.

Tony était déconcerté. Il n'avait pas écrit d'histoire depuis le collège.

— Je ne sais pas... avait-il répondu, hésitant. Pourquoi est-ce que tu ne lui lis pas une histoire au téléphone ?

Le type avait serré les poings.

— C'est impossible de téléphoner au bon moment, putain. Ça sert à rien de lui lire une histoire à trois heures de l'après-midi, si ?

Tony avait compris. Le problème, ce n'était pas l'histoire, c'était la lecture. Il ne pouvait pas écrire d'histoire parce qu'il ne savait pas écrire. Il ne pouvait pas lire à sa fille parce qu'il ne savait pas lire.

— Je vais essayer, avait-il promis. Qu'est-ce qu'elle aime ?

— Les princesses et les fusées, avait marmonné l'autre. Je te paierai en cartes téléphoniques.

Ce qui serait bien, avait pensé Tony, s'il avait quelqu'un à appeler. Il avait des amis. Ces dernières années, Paula et Elinor étaient devenues des proches. Il était copain avec Torin, l'emmenait voir des matchs des Bradfield Vics, traînait avec lui sur sa péniche. Et puis il y avait Carol... Mais il avait toujours eu du mal à parler au téléphone. Il se sentait désavantagé quand il ne pouvait pas voir le langage corporel des gens, mesurer les changements d'intention sur leur visage. En plus, de quoi aurait-il bien pu parler ?

— Merci, avait-il répondu.

Au moins, les cartes téléphoniques constituaient une bonne monnaie d'échange. Il trouverait bien quelque chose contre quoi les troquer.

Mais cette entrevue l'avait fait réfléchir. Il soupçonnait que ce genre de requêtes allait se répéter. Il y réfléchissait tout en poussant son panier de linge à travers les couloirs. Il se souvint avoir lu dans une revue de psychologie un article sur un plan de lutte contre la criminalité. D'après cet article, l'un des changements clés dans le comportement des hommes violents, c'était la paternité. Ils aspiraient à devenir de vrais pères sans savoir comment, leurs propres pères ayant été soit absents, soit violents.

Les chercheurs avaient découvert que leur échantillon d'analyse comportait un taux élevé d'illettrés. Malgré les résistances de ces hommes qui ne voulaient pas qu'on les surprenne à lire « des trucs de gamins », ils leur avaient enseigné les bases de la lecture de sorte qu'ils puissent lire des histoires à leurs enfants le soir. En apparence, ce n'était pas grand-chose, mais les effets décrits étaient significatifs. Créer un lien avec leurs enfants avait mis un frein à leurs activités criminelles alors que la prison y avait échoué. La transformation ne s'était pas produite en une nuit, mais il était clair que pour ces hommes, quelque chose avait changé.

Tony réfléchit à une façon de tirer parti de ces conclusions. Il pouvait sans doute solliciter un rendez-vous avec l'un des directeurs adjoints de la prison pour lui suggérer de mettre en place des cours d'écriture destinés aux détenus. Cela avait toutes les chances de ne pas aboutir. Depuis son arrivée en détention, il n'avait cessé d'entendre que les budgets étaient tendus au maximum. Les prisonniers étaient censés avoir accès à des formations éducatives, mais elles étaient limitées et les listes d'attente longues. Passer par le canal officiel serait certainement une perte de temps.

Cependant, il avait vite découvert qu'en prison, il existait des canaux non officiels dans tous les domaines. Il y avait de la place dans la bibliothèque ; deux groupes de lecture existaient déjà. Peut-être qu'il pouvait organiser quelque chose. Il faudrait penser à un nom judicieux. Admettre qu'on ne savait ni lire ni écrire restait une des rares choses honteuses. Parce que c'était à la portée de tout le monde, non ? Les enfants. Les idiots. Les matons. En prison, personne ne voulait paraître vulnérable.

Il fallait trouver un nom neutre. Il ne pouvait pas l'appeler « Comment être papa », parce que ça sous-entendait qu'ils ne savaient pas l'être, ce qui équivalait à prétendre qu'ils ne savaient pas se comporter en hommes. « Lire avec vos enfants » ? Ou peut-être « Des livres à partager avec vos enfants » ? C'était mieux. Suggérer plutôt qu'ordonner.

Tony ne savait pas vraiment comment enseigner la lecture. Mais il avait une expérience de l'enseignement. S'ils commençaient par des abécédaires simples, ça ne devrait pas être sorcier ? La bibliothèque de la prison ne proposait probablement pas ce genre de livres. Mais il avait un éditeur. Et une carte téléphonique.

Et voilà qu'à présent, il avait un but.

# 37

> *Dans les romans policiers, en général, le coupable est la personne la moins susceptible d'avoir commis le crime. Dans la vie réelle, c'est le contraire. Généralement, c'est la personne la plus évidente.*
>
> *Décrypter les crimes*, Dr Tony Hill

Se réveiller à cinq heures et demie, c'était beaucoup trop tôt pour Elinor, si bien qu'elle avait préféré dormir dans la chambre d'amis pour que Paula puisse se préparer rapidement sans avoir à se soucier de faire du bruit. Elle éteignit l'alarme de son téléphone, fila sous la douche, se sécha et enfila un col roulé marron sous son ensemble gris acheté en soldes chez Hobb's. Vingt minutes plus tard, elle était en bas, prête à partir, postée devant la fenêtre avec un jus d'orange à la main, regrettant d'avoir arrêté de fumer. Oh, cette première taffe de la journée, quand la nicotine pénétrait dans le système sanguin pour réveiller les synapses !

Pile à ce moment-là, une BMW noire approcha et Karim se gara en double file devant sa porte. En moins d'une minute, Paula descendit l'allée et s'installa sur le siège passager. Un sandwich au bacon était posé dans un sac en papier sur le tableau de bord, formant un halo de condensation sur le pare-brise. Un gobelet de café dans le repose-gobelet, dont la fumée s'échappait par la fente du couvercle.

— Sur ce point-là, tu as tout bon, dit-elle en tendant la main vers le sandwich pour vérifier s'il y avait de la sauce. Mais tu n'es pas encore totalement pardonné. En fait, je me suis inquiétée pour toi.

— Inquiétée ? répéta-t-il en s'engageant dans la rue.

— Tu étais parti interroger un témoin accusé d'une série de meurtres. Et personne n'avait de nouvelles, expliqua-t-elle avant de croquer dans son sandwich. *Mmm.* C'est sublime. Tu aurais dû en prendre un.

Il leva les yeux au ciel.

— Pas vraiment le petit déjeuner du musulman typique. Mais vous pensiez qu'il m'avait tué ?

Elle mâcha et avala.

— Pas vraiment. À la réflexion, je me suis dit que tu étais sans doute un gros flemmard qui avait envie de retrouver sa copine sexy avant qu'elle ne se lasse.

Il rit.

— Je n'ai pas de copine, en ce moment.

— Aucune excuse, alors.

— Il a dit quoi, le jardinier ?

— Le jardinier ? répéta Paula sans comprendre avant que la lumière soit. Ah, le gardien !

Entre des gorgées de café et des bouchées de pain agrémenté de bacon croustillant, elle lui raconta l'audition de Jezza Martinu.

— Vous le croyez ? lui demanda Karim quand elle eut terminé.

— Je suis certaine que ce n'est pas Martinu qui les a tués. Mais je ne suis pas sûre à cent pour cent qu'il nous dise toute la vérité. Il est comment, le prêtre ?

— Irlandais. On dirait qu'il n'a pas mangé de vrai repas depuis des mois. Un peu pédant. Pas habitué à ce qu'on l'interroge. Il a vraiment mal pris mon scepticisme quand il a prétendu n'être au courant de rien. Ensuite, il a décidé qu'il en avait assez et il est parti, comme ça, dit-il en poussant un gros soupir. Qu'est-ce que vous auriez fait, chef ?

Bonne question. À sa place, elle n'aurait pas laissé les choses dégénérer à ce point, mais lui répondre ça n'aurait servi à rien.

— C'est délicat, mais j'aurais probablement attendu. Il aurait bien fini par revenir.

— Vous seriez restée assise à attendre ?

— Oui. Parce que tant que je n'ai pas mis fin à la conversation, elle n'est pas terminée.

Ils restèrent silencieux quelques minutes. Puis Karim reprit :

— J'ai beaucoup de choses à apprendre, hein ?

— Oui, mais en être conscient, c'est déjà bien.

Il n'y avait aucun signe d'activité dans la maison du prêtre. À l'étage comme au rez-de-chaussée, dans chaque pièce, les rideaux étaient tirés.

— Sympa, la baraque, commenta Paula. Ils s'en sortent pas mal, pour des gens qui sont théoriquement pauvres.

Elle sonna à la porte, recula et attendit. Rien. Pas même un rideau ne bougea. Nouveau coup de sonnette, toujours rien. De la tête, elle indiqua à Karim le heurtoir. En souriant, il frappa trois coups sonores.

— J'espère qu'il ne s'est pas fait la malle, murmura-t-il en actionnant de nouveau le heurtoir.

Cette fois-ci, la porte s'ouvrit, retenue par une chaîne. Un œil fatigué et une portion de menton mal rasé apparurent dans l'entrebâillement.

— Qu'est-ce que vous faites ici, à cette heure ?

Énervé plutôt qu'inquiet, analysa Paula. Elle s'avança.

— Et vous êtes qui ? demanda-t-il.

— Capitaine Paula McIntyre de la Brigade régionale des enquêtes prioritaires. Ouvrez la porte, s'il vous plaît, monsieur.

— Pourquoi ? J'ai dit tout ce que j'avais à dire à votre... votre collègue, hier. C'est scandaleux. J'étais dans mon lit, je dormais. Et vous venez tambouriner à la porte...

Paula l'interrompit sans ménagement.

— Il y a deux façons de procéder. Soit vous nous ouvrez la porte pour nous laisser entrer. Soit j'appelle la brigade d'intervention la plus proche et ils arrivent toutes sirènes hurlantes pour défoncer votre porte. Le choix vous appartient mais vous n'avez que trente secondes pour vous décider. Je vous préviens, ce n'est pas du bluff. Je me suis levée très tôt pour être ici et je ne repartirai pas bredouille.

Il resta bouche bée. Paula doutait que quiconque lui ait parlé comme ça depuis des années. Il referma presque la porte ; la chaîne cliqueta tandis que des doigts engourdis de sommeil ou de peur la poussaient dans sa glissière. Puis la porte s'ouvrit. Le père Kecnan était là, débraillé, vêtu d'une robe de chambre en laine d'où dépassaient deux jambes maigrichonnes couvertes de poils et d'un tee-shirt blanc. Il recula suffisamment pour laisser entrer Karim et Paula avant de refermer la porte derrière lui.

— Vous êtes le père Michael Keenan ? demanda-t-elle.

— Lui-même, répondit-il sur un ton impérieux, le choc s'estompant légèrement.

*Il allait voir ce qu'il allait voir.*

— Michael Keenan, je vous arrête dans le cadre d'une enquête pour meurtre. Vous pouvez garder le silence. Mais cela pourra nuire à votre défense si vous omettez de mentionner pendant l'interrogatoire quelque chose sur lequel vous vous appuierez au tribunal. Tout ce que vous direz pourra être retenu contre vous.

Il recula d'un pas, une incrédulité horrifiée sur le visage. Il leva les mains, paumes ouvertes, comme pour contrer un coup.

— C'est insensé, dit-il. Je n'ai rien à voir avec ces filles, rien ! Il ne m'a pas parlé de meurtre, ajouta-t-il en désignant Karim.

— Ce n'est pas au sujet des filles que nous sommes là, précisa Paula. C'est pour les autres corps.

Il cilla rapidement, atterré.

— De quoi parlez-vous ? Quels autres corps ?

— Père Keenan, je vais vous demander d'aller vous habiller et de nous accompagner à Bradfield, où vous serez formellement interrogé. L'officier Hussein va vous accompagner à l'étage pour vous préparer.

— C'est de la folie. Je ne vous accompagnerai nulle part. Vous ne pouvez pas débouler comme ça avec vos accusations.

Karim avança vers lui mais il battit en retraite.

— Je veux un avocat avant de mettre un pied dehors.

— Vous pourrez consulter un avocat au commissariat. Mais dans l'immédiat, je vous arrête et vous nous accompagnez à Bradfield. Si vous ne voulez pas vous habiller, je peux sans problème vous menotter et vous escorter jusqu'à notre véhicule devant tous vos voisins. Qu'en penseront vos paroissiens, d'après vous ? Et votre évêque ? lui demanda Paula avant de pousser un soupir et d'ajouter : Karim.

Il attrapa le bras du père Keenan et, de son autre main, tira une paire de menottes en plastique de sa poche.

— Très bien ! cria le père. Que Dieu vous pardonne vos actes scandaleux. Je vais m'habiller.

Karim le lâcha et le suivit à l'étage.

Paula laissa échapper un profond soupir. Était-ce la réaction d'un homme innocent ? Ou d'un homme assez fourbe pour avoir commis ces meurtres ? Trop tôt pour le savoir. Mais elle connaîtrait le fin mot de l'histoire. D'une façon ou d'une autre.

# 38

> *Aussi bizarre que puisse paraître l'enchaînement d'actions perpétrées par un tueur en série, elles auront toutes du sens à ses yeux. Deux séquences ne sont jamais identiques. Et il n'y a pas de limite à la monstruosité.*
>
> *Décrypter les crimes*, Dr Tony Hill

Rutherford avait téléphoné au moment où Alvin finissait de petit déjeuner. Chaque fois qu'il le pouvait, il partageait son repas avec Esme et les enfants. Pour lui, manger ensemble avait une valeur qui dépassait largement l'apport calorique. Ce matin-là, il s'était levé en premier, avait battu des œufs dans un bol pour les cuire façon brouillés avec une poignée de fromage et des oignons nouveaux, le tout saupoudré de piment et accompagné d'épaisses tranches de pain de mie blanc grillées et beurrées d'un côté.

— Le petit déjeuner des champions, annonça-t-il quand ils s'installèrent à table.

Esme leva les yeux au ciel, réaction aussi prévisible que l'avaient été les paroles d'Alvin. Les enfants, trop occupés à manger, ne dirent rien.

Quand son téléphone sonna, Alvin se leva automatiquement et referma la porte derrière lui pour gagner le couloir. Rutherford annonça sans détour :

— Lieutenant, inutile de venir au briefing du matin. Je veux que vous alliez directement au labo pour voir ce qu'ils peuvent nous apprendre sur la deuxième série de dépouilles. Je sais qu'il est encore tôt pour ça, mais je veux qu'ils comprennent qu'on est au taquet. Tout ce qu'ils peuvent nous dire à ce stade, je veux l'entendre. C'est clair ?

Il était difficile d'imaginer plus clair. Alvin se demanda si Rutherford était inconsciemment raciste ou s'il traitait systématiquement les gens comme des abrutis. Il vérifierait avec Paula.

— Très clair, monsieur, dit-il. Je me mets en route.

Il consulta l'heure. S'il déposait les enfants à l'école, ça ne représenterait qu'un détour de quelques minutes. Quelques minutes que personne ne remarquerait. Et qui lui permettraient de commencer la journée par quelque chose de plus agréable que les instructions condescendantes de Rutherford.

Il avait téléphoné un peu plus tôt pour informer Chrissie O'Farrelly de sa venue, si bien qu'elle l'attendait à la réception. Tandis qu'ils gagnaient la pièce qui donnait sur le labo, elle lui donna les derniers détails sur le second groupe de dépouilles.

— Les corps sont d'abord passés par la morgue pour que les légistes effectuent leurs constats préliminaires. Certains corps ne sont que partiellement décomposés, ce qui peut nous informer sur les événements qui ont précédé leur ensevelissement, expliqua-t-elle en menant la marche avant de s'asseoir.

— Alors vous ne pouvez pas me dire grand-chose à ce stade ? déduisit Alvin, déçu.

Il croyait toujours que les experts légistes pouvaient faire des miracles et ce, quasiment instantanément. Si on le poussait, il serait bien obligé d'admettre qu'il regardait trop *Les Experts*.

Elle ôta ses lunettes et les essuya sur la manche de sa blouse. Son visage se transforma, devenant moins intimidant.

— Nous sommes en contact permanent avec le labo du légiste, ces temps-ci, expliqua-t-elle en rechaussant ses lunettes, ce qui réinstalla leur relation hiérarchique. Nous sommes informés de leurs découvertes au fur et à mesure. Un tel processus de collaboration est très utile.

— Et ? demanda-t-il d'un air optimiste.

— Jusqu'à maintenant, nous avons découvert huit dépouilles et nous sommes en train de les reconstituer. Ce n'est pas aussi simple que les squelettes, parce que, comme je vous l'ai dit, certaines ne sont pas complètement décomposées en raison des conditions de conservation dans la terre. Nous devons donc prendre plus de temps pour les exhumer, et ôter la terre qui les recouvre. Ce n'est pas joli à voir, ajouta-t-elle en retroussant légèrement la lèvre.

— Si je comprends bien, ils entrent dans une catégorie bien différente des squelettes retrouvés dans le parc de devant, non ?

C'était une affirmation qu'il pouvait formuler avec une certaine confiance. En particulier après les révélations de Martinu.

Un vague sourire.

— Vous savez que nous n'aimons pas les conclusions trop hâtives, lieutenant. Mais de prime abord, ces corps semblent très différents des premiers. Pour commencer, les linceuls n'ont rien à voir. Comme je vous l'avais dit, ceux des filles sont un mélange de lin et de coton. Le second groupe a été enveloppé dans des draps : un mélange polyester coton, donc nous avons des morceaux de polyester teint, des élastiques provenant des coins de draps-housses, et des fragments d'étoffes relativement intacts. Les draps étaient maintenus avec du scotch qui ne s'est pas décomposé, si bien que des morceaux du tissu d'origine se sont retrouvés pris entre deux couches de scotch.

— Et les étiquettes ? Les draps ont des étiquettes, non ?

Le Dr O'Farrelly sourit.

— Vous apprenez vite, lieutenant. Je ne doute pas qu'on trouvera des étiquettes au niveau des corps. Cela étant, la plupart sont à l'état de squelette, donc ils sont enterrés depuis un moment. Probablement des années dans la plupart des cas. On a quand même retrouvé quelques fragments de vêtements. Divers tissus manufacturés. Polyester, lycra, du plastique de baskets, des œillets en métal provenant des lacets, des rivets, des zips de jeans. Des élastiques de pantalon de survêtement. D'autres choses. Deux maillots de football, par exemple. Étonnamment reconnaissables. Un d'Arsenal, l'autre du Bradfield Victoria.

Elle s'interrompit, les yeux levés vers le plafond comme si elle cherchait les mots les plus adaptés.

— Ce sont sans le moindre doute des victimes d'homicide, dit-elle sur un ton égal, sans émotion.

Alvin se redressa, attentif.

— Vous pouvez en être sûre ? Aussi vite ?

Le Dr O'Farrelly jeta un coup d'œil vers le labo où son équipe s'affairait à diverses tâches. Elle soupira.

— Ils ont des sacs plastique scotchés sur la tête. Ils sont morts d'asphyxie.

— Tous ?

Il s'imagina lutter pour respirer et eut la nausée.

Elle hocha la tête.

— Tous. Les corps les plus anciens se sont décomposés, donc avec le temps, ils ont atteint un stade de pourriture normal. Le cou finit par se décomposer suffisamment pour que le sac ne soit plus hermétique. Au bout du compte, il n'y a plus de différence entre l'état de la tête et le reste du corps. Sauf qu'il reste ce sac en plastique scotché sur le crâne pour raconter l'histoire de leur mort.

— Bon sang.

— Eh bien, sans effusion de sang, en réalité, bien qu'il s'agisse d'homicides. Il y a toutefois un corps qui est légèrement différent. Ma collègue spécialiste des sols s'est entretenue avec une anthropologue experte en taux de décomposition et, d'après ses analyses, il aurait été enterré il y a quelques mois seulement. Entre six et huit mois. L'état de décomposition du corps est raisonnablement avancé, si bien qu'elle a commencé à gagner le cou et la tête. À l'intérieur du sac... Eh bien, disons qu'il y a des choses que je suis très contente de voir sur un écran plutôt qu'en réalité.

Alvin prit une profonde inspiration.

— Je n'ai pas envie de l'entendre, mais vous allez devoir me le dire quand même.

— La chair est en bouillie. La tête repose dans ce qui ressemble à une flaque de vomi gluant. Un magma épais et blanc à l'intérieur du sac. La peau s'est décollée, ainsi que les cheveux. L'une de mes collègues a décrit ça comme « une soupe de cheveux avec des morceaux de peau flottant dedans, comme des morceaux de lasagne ». L'odeur devait être atroce.

Alvin sentit son estomac se soulever. Il se retint de quitter la pièce pour courir jusqu'aux toilettes les plus proches. Il déglutit lentement puis essuya une perle de sueur sur sa lèvre supérieure.

Elle prit une bouteille d'eau dans un placard et la lui tendit.

— Buvez, ordonna-t-elle.

Alvin obéit. Il sentit l'eau couler dans sa gorge, la fraîcheur apaiser sa nausée.

Le Dr O'Farrelly attendit qu'il se ressaisisse et dit :

— Rien de glamour dans ce métier, nous le savons l'un comme l'autre. Mais il y a un petit avantage, c'est qu'on devrait pouvoir vous donner l'ADN de cet homme assez rapidement.

— « Cet homme » ?

Elle hocha la tête.

— Pour l'instant, trois corps ont été examinés en détail et les légistes peuvent affirmer avec un haut degré de certitude qu'il s'agit de jeunes hommes. Rien à voir avec les filles du couvent.

— C'est un élément important.

— C'est à peu près tout ce que j'ai pour vous, dans l'immédiat. Tout ça prend du temps et nous n'avons jamais assez de techniciens pour accomplir ce travail. En plus, dès que vous vous retournez, un élément nouveau fait son apparition. J'assistais à une réunion la semaine dernière où j'ai appris qu'on pouvait retrouver de l'ADN même après qu'une tache de sang a été lavée sur un vêtement. Je me suis dit : super. Comme si on n'avait pas assez de crimes anciens à élucider. À présent, on part en quête de l'homme invisible.

Elle secoua la tête.

— Croyez-moi, je connais ce sentiment. Est-ce qu'il est possible de récupérer l'ADN du tueur ou ses empreintes à partir de l'adhésif ?

— Difficile à dire, à ce stade. Mais bien sûr, on va regarder. Les sacs eux-mêmes ne sont pas significatifs. Trois supermarchés différents, deux magasins de sport et trois vierges. Nous aurons peut-être plus de chance à l'intérieur des sacs.

Alvin hocha la tête.

— Quand on glisse la main à l'intérieur pour pouvoir l'ouvrir. Je comprends.

— Mais je ne me ferais pas trop d'illusions, quand même. L'action de ces fluides à l'intérieur des sacs...

— On va forcément trouver quelque chose pour coincer ce salaud, grommela Alvin.

— C'est ce qu'on espère, n'est-ce pas ? Mais ça ne fonctionne pas toujours comme ça.

# 39

> *L'art du profilage dépend de notre capacité à voir au-delà des évidences, à regarder ce à quoi on ne prête pas attention.*
>
> *Décrypter les crimes*, Dr Tony Hill

Durant le laps de temps relativement court qui s'était écoulé depuis que Carol avait quitté la police, le règlement dictant ce que l'on pouvait ou non apporter à un détenu lors d'une visite officielle était devenu encore plus draconien. Quand elles s'étaient retrouvées pour que Carol récupère sa lettre d'accréditation, Bronwen lui avait expliqué la situation :

— Chaque prison possède un peu ses propres lois, mais Strangeways est la pire de toutes. Ils changent le règlement d'une semaine à l'autre, juste pour nous taper sur les nerfs.

— On peut quand même prendre un sac avec soi ?

— Oui, mais ça ne vaut pas le coup. Les seuls objets autorisés sont un stylo, des papiers, et des lunettes si besoin. Si votre dossier comporte un trombone, il faudra l'enlever. La dernière fois que j'y suis allée, ils m'ont même fait enlever les élastiques et le ruban qui maintenaient le dossier, parce qu'ils pouvaient devenir des armes potentielles.

— La mort par élastique ? dit Carol incrédule.

— Apparemment, répondit Bronwen d'un air méprisant. Mais tout ça, c'est une histoire de pouvoir et de contrôle. Donc les règles de base sont les suivantes : pas de billets de train ni d'horaires, pas de nourriture ni de boisson, pas de montre connectée ni rien qui puisse permettre d'accéder au grand méchant Internet. Absolument aucun téléphone. Strangeways ne vous laissera porter aucune montre de sport ou objet de ce genre, ce qui est dommage parce que parfois, on se retrouve à marcher un bout de temps avant d'arriver au parloir, dit-elle en souriant. Prenez le minimum et laissez tout le reste dans le casier à l'exception de vos dossiers, votre bloc-notes et votre stylo. Prenez un stylo tout neuf, parce qu'ils ne vous laisseront probablement en apporter qu'un seul et que s'il vous lâche, tant pis pour vous.

Elle lui tendit une lettre identifiant Carol comme enquêtrice pour son cabinet.

— Faites ce qu'on vous demande, Carol, conseilla-t-elle. Je sais que ça va vous coûter, mais soyez docile et accommodante. Ne vous rebellez pas, même si c'est tentant. La personne la plus importante dans tout ça, c'est le client. Vous faire virer de la prison avant même d'avoir pu lui parler, ce sera contre-productif.

Carol haussa les sourcils.

— Je ne suis pas une novice.

Bronwen haussa les épaules.

— Vous êtes de ce côté-ci de la barrière. Vous avez l'habitude d'être aux commandes du véhicule. Les avocats de la défense, eux, n'ont même pas le droit d'y monter.

Carol avait donc joué le jeu sans relever le mépris des gardiens qui avaient minutieusement étudié son passeport et la lettre de Bronwen avant de lui indiquer à contrecœur le casier où elle pourrait déposer ses affaires pour ne conserver que le strict minimum. Elle était restée patiente et agréable face à leur arrogance, et sa récompense était de passer à présent au détecteur de métaux de la prison de Manchester.

Celle-ci avait été rebaptisée pour tenter d'effacer sa notoriété, mais détenus comme magistrats continuaient de la désigner sous son ancien nom : Strangeways, célèbre pour sa discipline de fer et ses détenus endurcis. Carol suivit un gardien aux hanches larges dans un couloir qui empestait les produits chimiques avant de franchir un sas sécurisé puis une série de portails verrouillés. Elle finit par pénétrer dans une minuscule salle d'audition juste assez grande pour deux chaises et une table suffisamment large pour éviter tout contact physique entre deux personnes. Le gardien la laissa seule face au mur pendant plus de dix minutes avant que Saul Nielson ne fasse son entrée par une porte située à l'opposé de celle utilisée par Carol.

La prison n'épargnait personne, y compris Saul. Il avait perdu du poids et avait dans les yeux une lassitude qu'elle supposait assez récente. Quand Carol se présenta, il réagit à peine :

— Je suis ici parce que nous pensons que votre condamnation est contestable, annonça-t-elle.

Il répliqua ironiquement :

— Évidemment qu'elle est contestable. On m'a désigné coupable d'un crime que je n'ai pas commis. On peut difficilement faire plus contestable. Je n'ai jamais enfreint la loi. Je ne me suis même jamais fait contrôler ni fouiller, ce qui est assez inhabituel pour un Noir qui conduit une belle voiture. Mais le jury ? Ils ont pensé qu'un Noir gay devait bien être coupable de quelque chose, alors autant que ce soit un meurtre.

Carol hocha la tête.

— Vous avez sans doute raison, le racisme a joué un rôle dans votre condamnation. Mais il n'y a aucun moyen de le prouver, or pour changer le cours des choses, nous avons besoin de preuves.

— Comment allez-vous vous en sortir, dans ce cas ? lança-t-il en levant le menton pour la mettre au défi.

— Je vais commencer par supposer que vous êtes innocent. S'il vous plaît, ne le prenez pas mal, mais j'ai été flic pendant presque vingt ans. Principalement en police judiciaire. J'ai terminé ma carrière à la tête d'une brigade d'enquêtes prioritaires.

Il lui jeta un regard en coin.

— Comme si ça allait m'inciter à vous faire confiance. À votre avis, qui m'a envoyé ici ?

— Vous pouvez être sûr que je sais ce que je fais. Et que je sais comment les flics montent des dossiers. Par exemple, il y a généralement un laps de temps entre l'arrestation de quelqu'un et son interrogatoire enregistré.

Parfois, les officiers de police prétendent qu'un suspect a fait des révélations alors qu'on l'emmenait au commissariat, pour ensuite refuser de les répéter pendant l'interrogatoire.

Il soupira.

— Ici, ils appellent ça « mettre les mots dans la bouche de quelqu'un ». Mais ce n'est pas arrivé avec moi. Ils n'ont pas fabriqué des preuves en s'appuyant sur des prétendues révélations.

— Ça marche dans les deux sens. Parfois, à ce moment-là, un suspect tient des propos qui n'intéressent pas l'accusation. Au moment de l'interrogatoire, le policier oublie gentiment ces propos et n'y fait pas référence. De cette façon, ça n'apparaît pas dans le dossier. Choqué et paniqué par l'arrestation, puis l'interrogatoire et la mise en examen, c'est facile d'oublier. Si les gens s'en souviennent, c'est parfois au moment du procès, quand il est trop tard pour que la défense puisse l'utiliser. Dans les tribunaux anglais, ce n'est pas comme dans les séries policières américaines, où une preuve décisive arrive au dernier moment et démonte l'accusation. Est-ce que vous vous souvenez de quelque chose comme ça ?

Il fronça les sourcils, plissant le front sous l'effet de la concentration, se tripotant les lèvres du bout des doigts.

— Je ne crois pas, finit-il par dire en secouant la tête. Comme vous l'avez dit, j'étais sous le coup du choc et de la panique. Pas seulement à cause du crime dont ils m'accusaient, mais... parce que j'étais un putain de pauvre type qui n'avait pas fait son coming-out et je me rendais compte que la vie que j'avais menée jusque-là était terminée. Quelle que soit l'issue du procès, j'allais perdre ma famille.

— À cause de votre orientation sexuelle.

Ses yeux brillèrent d'émotion.

— Oui. Et j'avais raison. Mon père ne m'a pas adressé la parole depuis le jour de mon arrestation. Ni lui ni ma mère ne m'ont rendu visite en détention provisoire ni depuis que j'ai été condamné. Ma sœur m'écrit, mais elle ne me rend pas visite non plus. J'ai tout perdu, alors que je n'ai rien fait.

Sa douleur était évidente. Elle savait ce qu'il ressentait, avoir tout perdu, être en colère et ne pas pouvoir la diriger contre qui que ce soit. Carol savait qu'il ne fallait pas juger hâtivement, mais elle pensait que Saul Nielson était innocent.

— Peut-être qu'on pourrait réparer cela, en partie au moins.

— Je ne vois pas comment. À moins que de nouvelles preuves soient tombées du ciel.

— Pas encore, répondit-elle en ouvrant le dossier qu'elle avait apporté avec elle. J'ai lu les documents relatifs à votre dossier. Et je les ai lus d'une façon bien particulière. En faisant ce qu'on appelle « remonter la piste ».

— Je ne sais même pas ce que ça veut dire.

— Ça veut dire retracer un élément jusqu'à son origine douteuse et essayer d'en comprendre le trajet. Dans ce cas précis, il s'agit de regarder ce qui n'est pas là.

Il se gratta la mâchoire.

— Comment faites-vous pour chercher quelque chose qui n'est pas là ? Et s'il n'est pas là, comment pouvez-vous savoir si vous l'avez trouvé ?

C'était une bonne question. Quel était ce poème que Tony leur récitait tout le temps ? « Hier, devant chez moi, j'ai croisé quelqu'un qui n'était pas là. Aujourd'hui il n'y était pas non plus. Oh, comme j'aimerais qu'il n'y soit plus ! » Mais la seule façon de le faire disparaître, c'était de le mettre en évidence.

— L'expérience. Vous êtes architecte paysagiste, n'est-ce pas ?

— Vous le savez. Pourquoi me poser la question ?

Elle esquissa un sourire contrit.

— La force de l'habitude. Toujours vérifier. J'imagine que quand vous examinez un projet, vous savez instinctivement comment l'améliorer ? C'est pareil pour moi. Je lis un compte rendu d'audience, et je me dis : Quelle question aurais-je posée que ces policiers n'ont pas posée ? J'ai eu la chance de travailler avec une policière qui avait un talent extraordinaire pour interroger les gens, et j'ai beaucoup appris en l'observant. Donc je m'appuie sur mon expérience.

Il était attentif à présent, tête inclinée sur le côté, jaugeant sa valeur.

— Et d'après votre expérience, qu'est-ce qu'il manque, dans mon dossier ?

— Je ne l'ai pas encore lu de façon approfondie, avoua-t-elle, mais il y a une chose que j'aurais demandée lors de cette première audition, et qui n'y figure pas. Et je ne vois la réponse nulle part dans le reste du dossier.

— Quelle est donc cette mystérieuse question que les flics de Bradfield n'ont pas pensé à me poser ?

Il avait désormais un air de défi, un signe d'engagement personnel qui était nouveau.

— Ce n'est pas une question mystérieuse. Mais la réponse pourrait avoir du poids. Est-ce que Harry Bow a mentionné où il se rendait, après avoir quitté votre appartement ?

# 40

> *Un profil psychologique n'a de valeur que pour l'investigation. Il ne constitue pas une preuve. Mais pour des enquêteurs qui cherchent à accumuler des éléments probants, cela peut souvent ouvrir des perspectives qu'ils n'avaient pas complètement envisagées.*
>
> *Décrypter les crimes*, Dr Tony Hill

Steve Nisbet s'était dangereusement rapproché de Paula, presque trop.

— Pourquoi est-ce que Karim vous accompagne pour l'interrogatoire ? lui demanda-t-il. C'est notre audition qui a permis d'impliquer Keenan, pas le sien. J'ai lu son rapport. Il ne lui a même pas posé de questions au sujet des autres corps.

Paula lui lança son regard le plus dur, refusant de lui parler tant qu'il ne reculerait pas d'un demi-pas.

— Quand il s'agit de mener des interrogatoires, on ne conteste pas mes décisions, lieutenant, répondit-elle en appuyant sur son grade.

Il la regarda, furieux, en respirant fort par le nez.

— Très bien, lâcha-t-il avant de tourner les talons et de s'éloigner.

Derrière Paula, Karim intervint doucement :

— Ça ne me dérange pas si vous prenez plutôt Steve.

— Ne t'y mets pas aussi, Karim. Qu'on crie ou qu'on murmure, ça ne change rien. Allez viens, Keenan a eu suffisamment de temps avec son avocat. Il est temps de lancer les festivités.

Paula sortit de la pièce pour se diriger vers la salle d'interrogatoire.

— Comment on s'organise ? demanda-t-il sur ses talons.

— Je pose les questions. Toi, tu vas ostensiblement noter certains de ses propos. Peu importe quoi, le but c'est de le déstabiliser. Lui faire croire qu'on en sait plus.

Devant la porte de la salle, Paula s'arrêta, bout des doigts sur la poignée. Elle inspira profondément, prit le temps de réfléchir à ce qu'elle savait et ce qu'elle croyait savoir au sujet du père Keenan, puis entra en le regardant à peine. Elle ne reconnut pas l'avocate, une femme d'une quarantaine d'années à l'air fatigué, portant une veste trop serrée aux épaules qui lui boudinait le haut des bras. Paula la soupçonnait de s'en ficher complètement.

Karim appuya sur le bouton du magnétophone et chacun énonça son nom à voix haute. Avant que Paula ne puisse poser la première question, Keenan se lança :

— Je souhaite protester de façon officielle contre la façon dont j'ai été traité. Je suis un prêtre ordonné de l'Église catholique. Si vous m'aviez convoqué au commissariat pour me questionner, je serais venu. Me traîner hors de chez moi au petit matin constitue à mes yeux une offense.

Pendant qu'il parlait, Paula afficha un air d'ennui.

— Vous avez terminé ?

— Vous avez entendu ce que j'ai dit ?

Ses joues étaient rouges d'agacement.

— C'est enregistré. J'aimerais vous rappeler que vous êtes en état d'arrestation dans le cadre d'une enquête pour meurtre et qu'il s'agit d'un interrogatoire officiel.

— Qui mon client est-il censé avoir tué, précisément ? demanda l'avocate avec un accent qui la situait environ trois niveaux plus haut que Paula sur l'échelle sociale.

Elle parlait comme une propriétaire terrienne s'adressant aux paysans lors de l'ouverture annuelle de ses jardins au public. Cela tranchait complètement avec son apparence.

— Une ou des personnes dont l'identité est inconnue, au cours des dix dernières années. Approximativement.

Son interlocutrice haussa les sourcils.

— Pourriez-vous être encore plus vague, capitaine ?

— Les corps que nous avons découverts ne sont pas encore identifiables, mais nous comptons sur l'équipe médico-légale pour établir leurs identités d'ici peu. Jusqu'à maintenant, nous avons découvert huit corps.

— Hier, il m'a dit quarante ! la coupa Keenan en indiquant Karim d'un geste théâtral. Il faut savoir ! C'est quarante ou huit ? Il y a une petite différence.

— Cela semble énorme, renchérit l'avocate avant que Paula ne puisse en placer une.

— Aussi bizarre que cela puisse paraître, nous avons affaire à deux groupes distincts de dépouilles humaines. Hier, mon collègue a interrogé votre client au sujet de la découverte d'une quarantaine de squelettes de filles dans le parc du couvent. À ce stade, nous n'envisageons pas d'accuser votre client dans ce dossier. L'objet de cet interrogatoire est une deuxième série de corps, partiellement décomposés, retrouvé dans une autre partie du terrain. Ils ont été découverts à la suite d'une fouille réalisée avec un chien détecteur de cadavres. Pour l'instant, nous avons trouvé huit corps. Les examens médico-légaux préliminaires indiquent qu'il s'agit de victimes d'homicide, précisa Paula sur le ton le plus calme.

— Cela paraît bizarre, en effet, reconnut l'avocate. Et qu'est-ce qui vous fait penser que mon client a un rapport avec tout ceci ?

— Nous avons un témoignage qui implique votre client.

— C'est absurde, protesta Keenan. C'est de la folie de penser que j'ai quelque chose à voir avec ça. Je ne pourrais pas tuer quelqu'un même si ma vie en dépendait. Il doit s'agir d'autres filles du couvent, vous devriez interroger les sœurs, pas moi.

— Ce ne sont pas des filles du couvent, précisa Paula. Il s'agit de jeunes hommes.

Keenan recula sur sa chaise, apparemment sous le choc.

— C'est impossible, articula-t-il.

— J'ai quelques questions à poser à votre client, ajouta Paula.

— Je lui ai conseillé de ne pas répondre…

— Je n'ai rien à cacher ! s'exclama Keenan en interrompant son avocate. Je ne suis au courant de rien. C'est scandaleux. Vous allez regretter ce que vous avez fait aujourd'hui.

— Pendant que vous œuvriez au sein de l'Ordre de la perle bénite, à Bradesden, vos attributions pastorales s'étendaient-elles au-delà du couvent ?

Manifestement, ce n'était pas ce à quoi il s'était attendu.

— Non, mon ministère était restreint aux sœurs et aux filles dont elles avaient la charge, répondit-il avant de se tourner vers Karim. Qu'est-ce que vous prenez en note ? Tout est enregistré, pourquoi vous n'arrêtez pas d'écrire ?

Paula répondit à sa place :

— L'enregistrement ne donne pas toujours d'indications sur les attitudes, père Keenan. Nous tenons à ce que notre rapport soit le plus précis possible. Avez-vous travaillé avec les sans-abri, à Bradfield ?

— Les sans-abri ?

Elle lui aurait demandé si ses attributions s'étendaient à la famille royale qu'il n'aurait pas eu l'air plus surpris. Pour la première fois, le doute s'insinua dans l'esprit de Paula. Toutefois, au fil des années, elle avait rencontré des menteurs de première catégorie. Un prêtre avait l'habitude de présenter au monde une façade. Elle voulait voir comment il réagissait sous la pression avant d'envisager que ses protestations puissent être fondées.

— Pourquoi me posez-vous cette question ?

Elle haussa les épaules.

— Selon moi, c'est une population qui a besoin de toute l'aide possible. Je ne suis pas spécialiste, mais vous avez sûrement déjà entendu ça : si Jésus revenait parmi nous, il ne côtoierait pas les prêtres et les évêques, mais plutôt les ivrognes, les junkies et les sans-abri.

Keenan semblait avoir envie de la frapper. Il serra les poings puis, prenant conscience de son geste, glissa rapidement les mains sous la table. Il se pencha en avant.

— Bien entendu, l'Église œuvre auprès des membres les plus défavorisés de notre société. Mais je ne fais pas partie de cette équipe-là.

— C'est curieux. On nous a dit que vous aviez joué un rôle très actif au sein de cette communauté.

Il rougit de colère.

— D'accord, c'est ça que vous voulez entendre ? Des jeunes hommes morts et un prêtre dans le secteur. Un coupable tout trouvé, n'est-ce pas ? Tous les prêtres ne commettent pas des sévices. Nous ne cachons pas tous de terribles secrets. Je ne suis pas homosexuel. Je ne suis pas pédophile. Qui que soient ces pauvres âmes enterrées dans le parc du couvent, elles n'ont rien à voir avec moi.

Sa rage s'estompa et il pencha la tête, haletant.

— Rien à voir avec moi, répéta-t-il en appuyant chaque syllabe.

Paula attendit quelques secondes avant de reprendre :

— D'après notre témoin, vous auriez amené ces corps au couvent pour les enterrer. Vous auriez prétendu que ces jeunes hommes étaient morts dans la rue. Ils n'avaient personne pour leur offrir un enterrement chrétien.

Keenan lança à son avocate un regard désespéré.

— C'est de la folie, protesta-t-il. Comment aurais-je amené ces corps jusqu'au couvent ? En prenant le bus numéro quarante-sept ?

— Avec votre voiture, expliqua Paula.

— Je n'ai pas de voiture, répondit-il en articulant distinctement chaque mot. Je n'ai même pas le permis de conduire. Vous pouvez vérifier avec les autorités ici et en Irlande. Je n'ai jamais pris la moindre leçon de conduite. Alors comment j'aurais pu traverser tout Bradfield avec un coffre rempli de cadavres, exactement ?

C'était un argument massue, songea Paula.

— D'après notre témoin, vous étiez accompagné d'un autre homme. C'était donc sans doute sa voiture.

— Et qui est cette mystérieuse personne ? finit par demander l'avocate. Avons-nous un nom ? Une description physique ? La marque et le modèle de la voiture ? Si je voyais deux hommes déposant régulièrement des corps, je suis sûre que j'aurais noté quelques détails, dit-elle avant de marquer une pause. Non ? Rien ?

Paula ne tint pas compte de son intervention et reprit :

— Quand vous étiez basé au couvent, comment vous déplaciez-vous, sans voiture ?

— Ce n'est pas comme si j'étais tout le temps en vadrouille. La plupart du temps, je restais là-bas. Le couvent possédait deux voitures et si j'avais besoin de me déplacer, une des sœurs me déposait à l'arrêt de bus, sur la route. Ou me conduisait à destination.

— Vous aviez donc accès à une voiture ?

— En théorie, je suppose. Mais je ne sais pas conduire. Alors quel aurait été l'intérêt ? demanda Keenan en passant la main dans ses cheveux. Votre soi-disant témoin, c'est Jezza Martinu ?

Paula ne répondit rien tout en continuant à soutenir son regard.

— C'est lui, n'est-ce pas ? Il est le seul à avoir pu potentiellement être témoin des actes dont vous m'accusez. Pourquoi le croyez-vous, lui, et pas moi ? C'est lui qui creusait toutes les tombes pour les sœurs. Si quelqu'un enterrait des corps à la Perle bénite, c'est forcément lui. Lui ou quelqu'un à qui il voulait rendre service. Et je vais vous faire une révélation : je suis la dernière personne à qui Jezza Martinu aurait rendu service.

# 41

> *Examiner les contradictions entre des dépositions de témoins nous indique souvent dans quelle direction aller pour trouver ce que nous recherchons...*
>
> *Décrypter les crimes*, Dr Tony Hill

Dès que Paula et Karim sortirent de la salle d'interrogatoire, Rutherford leur bondit dessus.

— Je vous ai observés, dit-il. Bien mené. J'ai demandé à Sophie de programmer une réunion de la BREP immédiatement afin de décider comment traiter cette nouvelle information. Rendez-vous dans le bureau d'ici... commença-t-il avant de consulter sa montre connectée dont il tapota l'écran. Dix minutes.

Il s'éloigna d'un pas rapide.

— Juste le temps d'une pause pipi et d'un café, mais pas suffisamment pour digérer les révélations qu'on vient d'entendre, marmonna Paula en prenant la direction opposée.

Après un instant d'hésitation, Karim se dirigea vers le bureau de la brigade. Quand elle arriva dans la pièce, il était déjà occupé à taper comme un forcené sur son clavier. Manifestement, on ne le reprendrait pas une deuxième fois à laisser traîner son rapport.

Au moment où Rutherford revint, ils étaient tous présents. Alvin avait à peine eu le temps de retirer sa veste, mais le commandant se tourna d'abord vers lui pour lui demander où en était le labo du légiste. Feuilletant son carnet, Alvin leur rapporta les propos de Chrissie O'Farrelly. Il ne leur épargna aucun détail et fut satisfait de voir que certains d'entre eux pâlissaient à l'évocation du contenu des sacs plastique.

— Ils sont assurés d'obtenir de l'ADN pour certaines des victimes, conclut-il. Mais si elles ne sont pas dans notre base de données, cela ne nous mènera pas nécessairement à établir une identité.

— Ce qui est dommage, intervint Paula. Comme le dit toujours Tony Hill, plus on en apprend sur les victimes, plus on en sait sur leur tueur.

Rutherford lui lança un regard énigmatique.

— La théorie, c'est bien joli, mais nous avons affaire à des faits, ici, capitaine McIntyre. Ce qui nous amène à l'officier Chen. Qu'avez-vous pour nous ?

Stacey leva les yeux derrière sa barrière d'écrans.

— J'ai retrouvé la trace de toutes les sœurs du couvent de Bradesden. Alvin a déjà entendu celles de York. La mère supérieure a d'abord été envoyée à Galway et bien qu'elle n'apparaisse pas sur le registre du couvent aujourd'hui, elle figure sur le registre électoral et j'ai une adresse à son nom, juste à côté du couvent. Il y a quatre autres femmes enregistrées à la même adresse, mais aucune ne correspond aux noms du registre électoral de Bradesden.

Rutherford hocha la tête.

— Il va falloir l'interroger bientôt. J'attribuerai cette mission dans la journée, quand j'aurai une idée plus précise de qui fait quoi. Quelque chose sur le second groupe de victimes ?

— J'ai constitué une liste d'hommes portés disparus qui correspondent en gros à l'âge et aux périodes qui nous intéressent, répondit Stacey. Inutile de vous préciser que ça risque d'être très partiel, vu qu'il s'agit de sans-abri. Ils se sont retrouvés à la rue pour tout un tas de raisons, et une bonne part d'entre eux n'auront pas été portés disparus. Pour figurer sur cette liste, il faut que quelqu'un se soucie assez de vous pour remarquer votre absence.

Un moment de silence durant lequel ils intégrèrent toutes ces informations.

— Transmettez cette liste à Sophie, ordonna Rutherford. Sophie, distribuez-la à l'équipe de la commandante Fielding. Recueillons autant d'informations que possible.

*Pour ça, bonne chance !* Paula fut soulagée de ne pas être à sa place. Mais son tour arrivait.

Rutherford but une longue gorgée de sa gourde en inox brossé.

— Capitaine McIntyre. Vous êtes la star de la journée, pour l'instant. À vous de partager les résultats de votre interrogatoire.

Paula leur détailla son entretien avec le père Keenan, pas à pas, en donnant son opinion sur son attitude. Elle consulta régulièrement Karim du regard pour s'assurer que ses souvenirs coïncidaient avec les siens.

— Comme je l'ai dit, ses protestations étaient véhémentes et apparemment sincères. Il va falloir vérifier ce qu'il dit sur le fait qu'il avait accès à des véhicules mais n'a jamais conduit, ne possède pas le permis et ne l'a même jamais passé. Là où ça devient intéressant, à mon avis, c'est qu'il ait compris par déduction que notre témoin principal contre lui était Jezza Martinu.

Elle se pencha en avant sur son siège, coudes sur les genoux, mains jointes.

— Il prétend que Martinu l'a accusé parce qu'il lui en veut. Une fois calmé, Keenan a porté de sérieuses accusations contre lui. Il prétend l'avoir surpris à épier le dortoir des filles les plus âgées. Son accusation est assez détaillée : il avait percé un trou dans le plafond de la pièce. Le prêtre l'a découvert parce que Martinu devait passer devant sa chambre pour accéder au grenier au-dessus du dortoir. Il se demandait pourquoi l'homme à tout faire montait au grenier si souvent à des heures inhabituelles, tôt le matin et tard le soir. Donc un jour, il l'a suivi et l'a pris en flagrant délit. D'après Keenan, Martinu a failli l'attaquer mais s'est ravisé. Keenan l'a dénoncé à la mère supérieure, sœur Mary Patrick. Martinu s'est confondu en excuses, a proposé d'effectuer toutes les pénitences qu'on lui demanderait et a supplié de conserver sa place.

— Il aurait dû déposer plainte contre ce salaud, marmonna Steve.

— Vous avez probablement raison, Steve, intervint Rutherford. Mais quand on passe son temps à prêcher le pardon, on est obligé de mettre la théorie en pratique de temps en temps.

— Cela signifie que son employeur avait du pouvoir sur lui, ajouta Paula. Quoi qu'il en soit, à cette époque, Martinu avait déjà acheté son cottage à l'Église. Sœur Mary Patrick et Keenan savaient tous les deux que la fermeture du couvent était possible. Donc ça convenait à tout le monde de ne rien dire. L'élément clé de cette histoire sordide, c'est que Martinu ne s'intéresse pas aux jeunes garçons. Ce qui l'intéresse, ce sont les adolescentes.

— C'est confirmé par les sites pornos qu'il consulte le plus souvent, intervint Stacey. Il ne s'intéresse pas du tout aux sites homosexuels. C'est de l'hétéro, avec un léger penchant pour le viol, mais rien qui indique des tendances homosexuelles.

— OK, mais pas besoin d'être gay pour tuer des hommes, nuança Steve. Par contre, ses victimes l'étaient peut-être ? Ils lui ont peut-être fait des avances et ça l'a tellement dégoûté qu'il a décidé de leur ôter la vie.

Paula fit une moue.

— Une fois ou deux, peut-être. Mais huit fois ? Il n'est pas si costaud. Je ne l'imagine pas envoyer régulièrement le type de signaux susceptibles d'attirer l'attention des gays à tel point que cela provoque une réaction aussi violente de sa part. Je ne dis pas que cela innocente Keenan, mais ça donne une bonne raison à Martinu de le mettre dans la merde.

— Il faut vérifier ses déclarations au sujet des voitures et du permis de conduire. Officier Chen, mettez-vous là-dessus immédiatement. Alvin, vous avez parlé aux sœurs de York. Retournez-y et demandez-leur si Keenan les conduisait parfois quelque part, lança Rutherford avant de se tourner vers Paula. Mais vous n'avez pas terminé, n'est-ce pas ?

Il afficha un sourire de conspirateur. Un homme heureux de s'attribuer le mérite des réussites de son équipe.

— Il a répété que Martinu creusait les tombes. Il avait l'équipement, les compétences, et personne ne risquait de se demander ce qu'il fabriquait. D'après lui, si ce n'est pas Martinu le tueur, c'est quelqu'un qu'il connaît. Un de ses amis ou une connaissance. Quand j'ai insisté pour avoir des détails, le seul nom qu'il m'a donné, c'est celui de son cousin. La grande obsession de Martinu, c'est les Bradfield Vics, et il partage ça avec lui. Le cousin vient régulièrement lui rendre visite pour regarder le foot sur son écran géant. Mais c'est Martinu qui a une sacrée dette envers lui parce que ce dernier fait partie du conseil d'administration du Bradfield Victoria et ils assistent aux matchs ensemble, à domicile ou ailleurs. Martinu l'accompagne dans la salle du conseil, il assiste aux matchs depuis la tribune des administrateurs, peut rencontrer les joueurs.

— Comment sait-on tout ça ? demanda Alvin.

— D'après Keenan, Martinu obtenait parfois des photos dédicacées des joueurs pour les filles.

— Alors, qui est ce mystérieux cousin suffisamment important pour faire partie du conseil d'administration d'un club de foot majeur ? demanda Rutherford.

Il connaissait la réponse ; il avait observé l'interrogatoire. Mais visiblement, il savourait ce moment de gloire.

— C'est un homme d'affaires du nom de Mark Conway. Il possède la chaîne de vêtements de sport MARC. Ainsi que quelques magasins de sport plus petits et haut de gamme. Il est…

— Mark Conway ? répéta Sophie, surprise, en levant les yeux de sa tablette. C'est une blague, n'est-ce pas ?

— Non, pourquoi ? demanda Paula, intriguée.

Sophie secoua la tête, perplexe.

— J'ai travaillé pour lui.

## 42

> *Par nature, la pratique de la thérapie est un exercice solitaire. Vous êtes borné par le secret professionnel et vous ne pouvez pas spontanément échanger vos idées avec qui que ce soit. Le travail de profileur est à l'opposé de cela.*
>
> *Décrypter les crimes*, Dr Tony Hill

Alors que la réunion touchait à sa fin, Paula sentit son portable vibrer contre sa jambe. Elle sortit discrètement son téléphone de sa poche et jeta un rapide coup d'œil à l'écran, mine de rien. Une vague de panique l'envahit et son cœur se mit à accélérer. Elle avait complètement oublié qu'elle devait s'absenter quelques heures cet après-midi. Son planning professionnel annonçait « Rendez-vous hôpital », mais ce n'était qu'une couverture.

Rutherford termina de distribuer les missions, la chargeant de réentendre Martinu. Elle attendit que les autres soient sortis pour aller lui parler.

— J'ai un rendez-vous à l'hôpital, annonça-t-elle. C'est un scanner. C'est peut-être grave.

Je vais m'absenter deux heures, puis j'irai directement voir Martinu. En attendant, Karim peut avancer sur les recherches, non ?

Il parut scandalisé.

— Ça ne peut pas attendre ?

— Ç'a déjà trop attendu. C'est un problème féminin, vous voyez ? C'est difficile de se concentrer quand on se fait du souci en permanence.

Il secoua la tête en soupirant, comme si l'on abusait constamment de sa bonté.

— Je croyais que votre compagne travaillait à l'hôpital. Elle ne peut pas faire jouer ses relations pour décaler votre rendez-vous ?

— Elle l'a déjà fait, et c'est comme ça que j'ai obtenu ce créneau.

De mauvaise grâce, il se détourna.

— Revenez dès que possible.

Parfois, Paula s'inquiétait de mentir aussi bien. À l'heure du thé, toute l'équipe serait persuadée qu'elle avait un cancer en phase terminale. Elle n'appréciait guère d'être fourbe, mais si elle avait dit la vérité, elle n'aurait jamais pu se rendre à ce rendez-vous.

La circulation était relativement fluide et elle accéda à l'autoroute, à la sortie de la ville, plus rapidement qu'elle ne l'avait anticipé. Le trajet passa vite ; l'annonce de Sophie lui avait donné à réfléchir. Ils avaient d'abord pensé qu'elle allait pouvoir leur fournir un aperçu plus personnel de Mark Conway. Mais il apparut bientôt que même si Sophie avait gravi les échelons de l'échelle managériale, elle n'était pas allée assez loin pour apprendre quoi que ce soit d'intéressant. En tout cas, c'est ce qu'elle prétendait et Paula n'avait aucune raison d'en douter.

Elle se gara et marcha jusqu'à l'entrée de la prison de Doniston. Elle rejoignit les autres visiteurs puis, quand on l'appela, présenta son autorisation de visite et se soumit aux procédures humiliantes en serrant les dents avant de suivre le mouvement jusque dans le parloir déprimant. Des rangées de tables serrées, agrémentées de chaises inconfortables, les unes en face des autres. On aurait dit une séance de speed dating pour personnes en difficulté.

Elle aurait pu invoquer une visite professionnelle du fait de son statut de policière. Mais cela aurait été beaucoup plus voyant qu'une simple visite de routine. Elle supporta donc l'attente et l'humiliation, pour pouvoir passer une demi-heure avec l'un de ses meilleurs amis.

Tony fut le troisième à entrer et son visage s'éclaira quand il l'aperçut. Il s'assit sur la chaise et sourit.

— C'est super de te voir.

Son visage paraissait bouffi et pâle, mais à part ça, pas de changement dans son apparence. Il restait mince et sec, le regard aussi acéré que d'habitude. Il renifla bruyamment.

— Tu utilises la crème de jour Évian, et parfois tu mets *L'Air du temps*... mais pas aujourd'hui.

Elle éclata de rire, reconnaissant la citation.

— Que faites-vous, docteur Lecter ?

— Je crois que je commence lentement à comprendre cet endroit. Comment m'occuper, comment éviter les ennuis. Comment me rendre utile, ajouta-t-il avec un sourire teinté de tristesse. J'ai toujours bien aimé me rendre utile.

— Tu continues de leur donner des cours de méditation ?

Il sourit.

— Mieux vaut aider les gens à rester calmes que plonger dans l'océan des drogues qui circulent ici.

— Pas de représailles de la part d'abrutis persuadés que tu te moques d'eux ?

Il secoua la tête.

— Ils pensent sûrement que ça ne vaut pas la peine de s'embêter avec quelqu'un d'aussi insignifiant que moi. Je ne représente pas de menace pour leurs petits territoires, et me donner une raclée m'apporterait au contraire un peu plus de crédibilité. L'autre truc que j'essaie de monter, c'est une classe pour apprendre à lire et à écrire. Je la déguise en atelier pour devenir un meilleur papa. Apprendre à lire pour ses enfants, leur donner l'enfance que vous n'avez jamais eue.

Ses mains ne cessaient de s'agiter, ses doigts de remuer, de toucher la table et ses cuisses. Il était parcouru d'une énergie nerveuse qu'elle ne lui connaissait pas.

— C'est une approche intéressante. Comment vas-tu t'y prendre ? J'imagine qu'il n'y a pas beaucoup de livres pour enfants dans la bibliothèque de la prison.

Tony se tapota l'aile du nez.

— J'ai appelé mon éditeur, qui est très content de moi parce que j'écris enfin l'ouvrage qu'il m'avait commandé il y a plusieurs années. Je lui ai dit qu'il nous fallait un gros carton de livres pour enfants au plus vite, et il a promis de s'en occuper.

— Super. Et ton bouquin, ça avance ?

— Eh bien, je n'ai aucune excuse pour ne pas écrire, si ? Cinq cents mots par jour. Je devrais avoir fini le premier jet d'ici la fin de l'année. Le seul problème, c'est que je n'ai accès ni à mes notes ni à Internet. Je dois me fier à ma mémoire, donc il faudra vérifier et compléter après.

— Est-ce qu'on peut t'envoyer quelque chose ? Des livres, ou des copies de tes notes ? Torin va sur le *Steeler* deux ou trois fois par semaine, il aime bien se retrouver au calme. Il pourrait facilement réunir ce dont tu as besoin.

Tony sourit.

— Tu es une super amie, Paula. Je ne veux pas vous en demander davantage, vous en faites déjà beaucoup. Comment va Torin ? Et Elinor ?

Elle lui donna les dernières nouvelles, avant d'ajouter :

— On a dîné avec Carol hier soir.

Il arrêta de s'agiter.

— Comment va-t-elle ?

— Elle a confié à Elinor qu'elle voyait quelqu'un pour son syndrome de stress post-traumatique. Une thérapie alternative, apparemment. Je n'ai pas très bien compris, mais c'est un travail corporel...

Il ferma les yeux un instant et esquissa un sourire peiné.

— J'en ai entendu parler. Avec un certain degré de scepticisme, il faut le dire. Mais si ça peut l'aider... c'est la meilleure nouvelle que j'aie entendue depuis longtemps.

— Elle paraît plus détendue, c'est certain. Elle ne boit pas. Et elle travaille sur une enquête.

Tout à coup, il parut sur ses gardes.

— Comment ça ?

— Un groupe de professionnels s'est formé pour créer un genre d'« Innocence Project ». Ils l'ont baptisé « Présumé coupable ». Ils y travaillent pendant leur temps libre, sélectionnent des affaires où il y aurait eu, selon eux, erreur judiciaire, et rouvrent l'enquête. C'est une idée de Bronwen Scott, donc c'est du sérieux. Bronwen est allée voir Carol pour lui en parler. Elle hésite, mais je crois que sa curiosité est piquée. C'est forcément positif, de mettre ses compétences à profit, non ?

Tony réfléchit un moment.

— Probablement. Et la menuiserie ? Elle continue ?

Paula écarta les mains.

— Pour autant que je sache, oui. C'était le cas la dernière fois que je lui ai rendu visite. Elle a tellement appris, en rénovant la grange, qu'elle a pris goût au travail manuel, je crois. Mais c'est bon pour elle d'utiliser sa tête, à mon avis.

— Et c'est le seul travail d'enquête qu'elle mène ?

Elle trouva la question étrange.

— C'est tout ce dont elle nous a parlé. Tu es au courant d'autre chose ?

Comment cela serait-il possible, dans la mesure où il n'avait pas été en contact avec Carol depuis le début de sa peine de prison ? À moins que...

— Je ne sais rien, répondit-il en imitant Manuel dans la série humoristique *L'Hôtel en folie*. Je me demandais juste si elle y avait repris goût. Et toi, tu travailles sur quoi ?

Elle lui expliqua. Un résumé rapide des derniers jours, les points essentiels de leurs recherches. Tandis qu'elle parlait, elle voyait l'ancien Tony refaire surface. Sourcils froncés par la concentration, battements de paupières indiquant qu'il fouillait dans sa mémoire, inclinaison de la tête comme s'il écoutait une voix intérieure.

— Deux affaires clairement distinctes, analysa-t-il quand elle eut terminé de lui raconter son interrogatoire du père Keenan. Est-ce que tu aimes bien ce prêtre ?

Elle gloussa d'un air sardonique.

— Oui, jusqu'à ce que je l'entende. Maintenant, je n'en suis plus si sûre.

— C'est un bouc émissaire facile. De nos jours, les prêtres catholiques ont une cible dessinée dans le dos, et à juste titre. Si je cherchais quelqu'un à piéger pour ce genre de crimes et que j'avais un prêtre sous la main, ce serait mon premier choix. Tu penses que le gardien est assez futé pour avoir monté un coup pareil ?

— Je n'en suis pas certaine. Il est difficile à comprendre. Il a peur, mais on sait tous les deux que ça peut être simplement les effets de l'arrestation. Il a reconnu avoir creusé les tombes. Cela signifie qu'il va très probablement aller en prison, et il le sait. C'est une perspective flippante.

— Ne m'en parle pas. Il aurait pu se taire, tout simplement. Mais il a choisi d'accuser le prêtre. Il essaie de détourner l'attention de quelqu'un d'autre qu'il ne veut pas trahir. Est-ce qu'il craint cette personne ? Ou est-ce qu'il refuse de trahir quelqu'un à qui il doit beaucoup ?

— Tu penses au cousin, décrypta Paula. Mark Conway. Sophie était catégorique : ça ne peut pas être lui. Elle occupait un poste à responsabilité dans l'un de ses magasins avant d'entrer dans la police, elle était en contact direct avec lui. D'après elle, il préférait développer le potentiel des gens avec une carotte, pas un bâton.

Pas vraiment du genre à tuer des sans-abri, à mon avis.

— Il est marié ? Il a des enfants ?

— Je ne sais pas. Pourquoi tu poses la question ?

Il y avait forcément une raison. Tony ne posait jamais de questions au hasard.

— Je suis curieux. Pour bâtir un empire comme ça, il faut une réelle motivation. Et ce que veulent ces gens-là, c'est transmettre. Ils veulent passer le flambeau, savoir que leur empire va continuer d'exister. Voire de se développer. Je me demande simplement où Mark Conway va trouver son successeur. Il faut fouiller dans son histoire personnelle.

— Ne t'inquiète pas, ce sera fait. Mais qu'est-ce qu'on devrait chercher en particulier ?

— Pas d'héritier immédiat. Pas de fils, pas de neveux. Je m'intéresserais également à ses origines : à quoi ressemblait son enfance ? Comment a-t-il commencé son affaire ? Est-ce qu'on peut tracer des parallèles avec les victimes, d'une façon ou d'une autre ?

Paula regarda fixement Tony. Ce n'était pas la première fois que son approche non conventionnelle la prenait au dépourvu.

— Mais pourquoi est-ce qu'il tuerait des gamins qui viennent du même milieu que lui ? Il devrait plutôt essayer de les aider à développer leur potentiel, non ? D'après Sophie, il est comme ça.

— Et s'il les avait choisis mais qu'ils ne se montraient pas à la hauteur ? Si ce n'était pas des reproductions miniatures de lui-même ? Ou pis, qu'ils se révélaient être des losers complets ?

Tu ressentirais quoi, toi ? Ça en dirait long sur ta perspicacité...

Un silence s'installa entre eux. C'était un point de vue, songea Paula. Mais surtout, ça pouvait être un mobile. Au fil des années, Tony l'avait convaincue que personne n'agissait sans raison. Même si on ne pouvait pas toujours déterminer cette raison. Parfois, elle n'avait de sens que pour l'individu en question et personne d'autre. Selon elle, une erreur de jugement ne constituait pas une raison de tuer. Mais peut-être que Mark Conway ne partageait pas cet avis. Elle soupira.

— Il faut y réfléchir, tout du moins, dit Tony. Mais comme je n'ai pas accès au dossier, ça ne mérite peut-être pas de s'attarder là-dessus.

— Ça vaut toujours le coup de t'écouter. Et pas seulement sur le plan professionnel. Tu nous manques, mon ami. Mais je suis vraiment contente de savoir que tu fais des choses positives. Carol et toi, vous êtes tous les deux en voie de guérison, non ? Chacun à votre façon.

Il hocha la tête.

— J'espère, Paula. J'avais besoin de changement. Le travail me bouffait, dit-il avant de lâcher un petit rire. J'aurais pu m'y prendre de façon un peu moins abrupte.

Elle secoua la tête.

— Tu sais que c'est impossible. Faire les choses à moitié, ce n'est pas ton genre.

— Non. Parfois je me demande si ce ne serait pas la seule chose utile que j'ai héritée de Vanessa.

— C'est déjà ça, j'imagine, conclut Paula en jetant un coup d'œil à l'horloge sur le mur derrière Tony. Il va falloir que je file. J'ai raconté un petit bobard pour m'échapper du bureau et je ne peux pas trop le prolonger.

— OK. On se voit dans une ou deux semaines ?

— Oui, envoie-moi une autorisation de visite. Et peut-être qu'un jour tu pourrais en envoyer une à Torin ? Il aimerait bien te voir.

Les yeux de Tony s'emplirent de tristesse.

— Tu penses que c'est une bonne idée ? Je ne suis pas un super exemple pour lui, enfermé ici.

— Tu es le meilleur homme de sa vie, Tony. Et de loin. Laisse-le te revoir.

# 43

*Il est rare qu'un criminel ne commence pas par nier. Mais la façon dont il le fait peut être très révélatrice.*

*Décrypter les crimes*, Dr Tony Hill

Paula réussit à réintégrer le bureau sans croiser Rutherford. Les yeux rivés sur son écran, Karim lui dit :
— Il est parti il y a une heure pour une réunion avec la commandante Fielding. Vous êtes hors de danger.
— OK. Tu as trouvé quelque chose d'intéressant sur Mark Conway ?
— Tout va bien, capitaine ? lui demanda Karim d'un air inquiet. Vu que vous étiez à l'hôpital...
— Y a pas de secrets dans un commissariat, soupira Paula. Juste des examens, Karim. Rien de grave. Un truc de femmes.
Cela ne parut pas le rassurer.
— Ouais, mais j'ai une mère, des sœurs et des tantes. Je sais que les trucs de femmes peuvent être tout et n'importe quoi.
— Pas d'inquiétude à avoir, c'est promis. Mark Conway ?

Elle tira une chaise et s'assit au bout du bureau de Karim.

Il ouvrit une page de notes sur son écran.

— Pas de casier judiciaire. Permis de conduire réglo. Il conduit une Porsche Cayenne. Vous savez, le gros SUV.

Paula sourit.

— Tu connais Phill Jupitus ? Le comique ? Un jour, je l'ai entendu faire un super sketch où il expliquait les initiales SUV : « Série Ultra Vulgaire ». Donc on peut affirmer que Conway est un m'as-tu-vu.

— Un m'as-tu-vu qui s'est fait tout seul, cela dit.

Karim cliqua sur un article de magazine consacré à Mark Conway. Sur les photos, il paraissait toujours propre sur lui. Conway en tenue de randonnée dans un paysage rappelant White Peak en arrière-plan ; Conway en short et tee-shirt (mais pas de lycra, signe de bon goût) sur un sentier de VTT dans les bois ; Conway en costume élégant et chemise à col ouvert sur le terrain des Bradfield Vics.

— Il a eu une enfance plutôt difficile. Il n'a pas connu son père et sa mère est morte quand il avait onze ans. Il a été placé et a passé les cinq années suivantes en foyer.

Il surligna une section du texte.

*J'ai détesté la vie au foyer. C'était le terrain de jeux des brutes et de ceux qui abusent des autres. Les soi-disant travailleurs sociaux regardaient ailleurs. C'était trop compliqué d'essayer de gérer la situation. Dès mes seize ans, j'ai eu un job sur un marché, je vendais des baskets de contrefaçon. J'en avais terminé avec le foyer. Les six premières semaines, j'ai dormi sous mon étal, dans le marché, jusqu'à ce que j'aie assez d'argent pour louer une chambre.*

— Intéressant, commenta Paula.
— Oui. Il a goûté à la vie dans la rue. Comme les victimes, apparemment.

Paula secoua la tête.

— Il est trop tôt pour tirer une conclusion hâtive, Karim. On n'a pas encore d'identification. On ignore si ces victimes étaient réellement des sans-abri. C'est Martinu qui l'affirme, et il peut nous raconter un tas de bobards. Et même s'il s'avère qu'ils ont vécu dans la rue... je pense que si Tony était là, il nous déconseillerait de calquer une situation sur une autre.

— Comment ça ?

— On ne devrait pas conclure que l'adolescence difficile de Conway puisse créer un lien entre lui et des victimes qui ont connu des expériences similaires. Un lien, ce n'est pas nécessairement une relation de conséquence.

Pendant qu'elle parlait, Sophie passa derrière Karim. Elle jeta un coup d'œil à l'écran et s'arrêta net.

— Vous êtes encore sur Mark Conway ? Je te le dis, Paula, vous perdez votre temps.

— Il faut bien suivre les miettes de pain pour voir où elles nous mènent. Tu as sans doute raison, mais parfois c'est comme dans les romans d'Agatha Christie : la personne qu'on soupçonne le moins s'avère être celle qui dissimule les secrets les plus sombres.

Sophie secoua la tête.

— Vous devriez fouiller dans les contacts de Martinu. Son téléphone et ses mails.

— C'est ce qu'on fait, répondit Paula. Son ordinateur est un vrai livre ouvert, d'après Stacey. Si on n'aboutit à rien avec Conway, on creusera. Ne t'inquiète pas, on n'est pas obsédés par une seule possibilité. Comment ça se passe au centre opérationnel ? Du nouveau ?

Sophie secoua la tête.

— Non, rien. Fielding ronge son frein pour interroger les sœurs. Elle n'était pas contente d'apprendre que le lieutenant Ambrose s'était déjà rendu à York. Elle insiste pour s'occuper de celles de Norfolk, Liverpool et Galway, mais le patron résiste. Il dit que sa méthode prend peut-être plus de temps, mais qu'elle sera plus cohérente.

Paula sourit.

— Tant mieux, conclut-elle avant de se lever. Bon, on va entendre Martinu de nouveau. On verra ce qu'il a à nous dire sur le prêtre qui ne conduit pas.

Elle regarda Sophie s'éloigner, mais avant qu'elle puisse préparer Karim à la prochaine audition, Stacey s'approcha.

— Je ne sais pas si ça peut être utile, mais j'ai vérifié le cottage de Martinu. Aucune hypothèque dessus, mais il y a une reconnaissance de dette.

— Qu'est-ce que c'est ? demanda Karim.

— Un jour, quand tu seras assez grand pour acheter une maison, tu devras probablement emprunter de l'argent, lui expliqua Paula sur un ton moqueur. Celui qui te prêtera de l'argent t'écrira une reconnaissance de dette. Quand tu vendras, cette dette devra être remboursée en premier lieu. Allez, Stacey, je sais que tu meurs d'envie de me le dire. À qui est adressée cette reconnaissance de dettes ? À l'Ordre de la perle bénite ?

— Oh non, c'est bien plus intéressant que ça.

— On a un petit problème, Jezza, annonça Paula, coudes sur la table, mains croisées. Vous nous avez affirmé que le prêtre transportait les corps jusqu'au couvent afin de les enterrer dans les tombes que vous aviez creusées au préalable.

— C'est exact, capitaine, confirma Karim en regardant son carnet.

Martinu consulta du regard son avocat. Cohen hocha la tête. Il était toujours aussi élégant, vêtu d'un costume bleu foncé avec de très fines rayures grises, et d'une cravate en soie violette.

— Vous avez déjà répondu à cette question.

— Oui, grogna Martinu.

— Officier Hussein, quels étaient les mots de Jezza, exactement ? demanda Paula sans quitter Martinu des yeux.

Karim tourna les pages jusqu'à trouver la ligne qu'il avait recopiée en écoutant l'enregistrement.

— « Il arrivait au volant de sa voiture, généralement avec un paumé sur le siège passager. »

— Vous en êtes sûr ? Il transportait un passager ?

Martinu hocha la tête.

— La plupart du temps. Pas toujours.

— Vous voyez, c'est ce que j'ai du mal à comprendre. Le père Keenan n'a pas de voiture. Il n'en avait pas à l'époque. En fait, il n'en a jamais eu.

Martinu écarquilla les yeux face à ce trou béant qui s'ouvrait devant lui.

— Il a dû en louer une, alors. Ou l'emprunter. Ils sont tous de mèche, ces prêtres, répondit

Jezza rapidement en jetant des coups d'œil vers son avocat.

— Il n'aurait pas pu en louer une, Jezza. Parce qu'il n'a jamais eu le permis. Ni ici ni en Irlande, expliqua Paula en inclinant la tête vers Karim. Mon collègue, l'officier Hussein, a vérifié. Il est très méticuleux, l'officier Hussein. Michael Keenan ne sait pas conduire. Il n'a jamais eu de permis provisoire. Jamais pris de leçons de conduite. Il était trop occupé à étudier pour devenir prêtre.

Un long silence. Martinu déglutit avec difficulté. Cohen s'éclaircit la voix.

— Mon client a pu mélanger ses souvenirs. Monsieur Martinu, en y repensant, vous avez peut-être mélangé ?

Martinu saisit la perche.

— Peut-être. Il faisait nuit. Je n'ai peut-être pas bien vu qui se trouvait où.

L'explication était faible, peu convaincante.

— Je ne crois pas, dit Paula doucement. Je pense que le prêtre n'est qu'un bouc émissaire bien pratique. Pas très malin de vouloir piéger quelqu'un qui connaît vos petits secrets honteux.

Martinu rougit.

— Il ment.

— Vous ne savez même pas ce que je vais dire.

— Peu importe, ce sera un mensonge. Il essaie de me salir, de me faire passer pour un coupable, un menteur.

— Honnêtement, Jezza, on n'a pas besoin du témoignage du père Keenan pour comprendre que vous mentez. Par ailleurs, les données de votre ordinateur portable confirment ses accusations. Vous avez menti sur l'identité de la personne qui a transporté ces corps.

— Avez-vous une question à poser, capitaine ?

Cohen essayait de combattre, mais ses manières étaient trop molles pour être efficaces.

— Non, mais j'y arrive. Vous nous laissez deux options, Jezza. Soit vous avez commis ces meurtres vous-même...

— Non ! hurla-t-il. Je ne suis pas un tueur, affirma-t-il en tapant des mains sur la table. Je n'ai jamais tué personne.

— Soit vous avez commis ces meurtres vous-même, soit vous couvrez la personne qui les a commis, reprit Paula imperturbable. Laquelle est la bonne ?

Martinu regardait la table.

— Je n'ai pas tué ces gens.

— Alors qui couvrez-vous ? Qui que ce soit, manifestement il se fiche de votre sort. Il vous laisse ici tout seul à porter le chapeau. Il vous a utilisé pour creuser ces tombes, et il recommence maintenant.

Cohen se pencha pour murmurer quelque chose à l'oreille de son client. Ce dernier hocha la tête et se redressa.

— Sans commentaire.

— Un peu tard pour ça, Jezza. Vous êtes déjà condamné par vos aveux : enterrements illégaux, complicité de meurtre. Vous allez aller en prison, Jezza. Pour longtemps. Peut-être pour toujours. Dites au revoir à l'air pur, aux légumes du potager, à la salle du conseil du Bradfield Victoria et aux adolescentes en sous-vêtements que vous espionniez. Et tout ça pour qui ? Pour quelqu'un qui va rester dans l'ombre, à vous regarder vous débattre.

Les poings serrés, il lança un regard noir à Paula.

— Sans commentaire, articula-t-il les lèvres serrées.

Paula laissa le silence s'installer. L'électricité entre eux était presque palpable. Puis elle regarda distraitement Cohen.

— Est-ce la même personne qui paie les honoraires élevés de votre avocat, avec son costume coûteux ? Parce que je vois rarement maître Cohen défendre des gars comme vous, de la classe ouvrière. En général, il ne se déplace que pour des clients dont la maison est estimée à un bon million. Qui couvrez-vous, Jezza ?

Il cligna furieusement des yeux, comme s'il était au bord des larmes, mais préférait mourir plutôt que pleurer.

— Sans commentaire, putain.

— Est-ce que c'est Mark ? Mark, votre gentil cousin qui vous emmène dans la salle du conseil d'administration, à Victoria Park ? Votre généreux cousin qui vous a prêté l'argent pour acheter votre petit coin de paradis, avec son fertilisant peu orthodoxe ?

Martinu se raidit, agrippant le bord de la table au point que les jointures de ses mains blanchirent.

Paula attendit avant d'ajouter :

— Pas de « sans commentaire », cette fois ?

— Cela n'a rien à voir avec Mark, articula-t-il en détachant les mots.

— Je ne vous crois pas, Jezza. Je ne vois pas qui d'autre vous pourriez protéger de cette façon. Je vous donne l'occasion de sauver votre peau. Je ne peux pas vous épargner la prison, mais si vous coopérez, nous pourrons faire en sorte d'atténuer votre peine.

Cohen se pencha de nouveau pour murmurer à l'oreille de son client. Il posa la main sur le bras de Martinu et le serra brièvement. Martinu tourna la tête puis, quand il croisa de nouveau le regard de Paula, le sien semblait désormais implorant.

— Sans commentaire, soupira-t-il.

— Vous ne me laissez pas le choix, Jezza, conclut Paula d'une voix douce comme une caresse.

Elle se leva et lança à Karim :

— Demande la mise en examen.

Puis elle quitta la pièce.

Elle parvint à gagner les toilettes avant de se mettre à trembler, en réaction à toute cette tension. Lors d'une audition, chaque fois qu'elle arrivait au point où elle sentait qu'elle allait trouver la réponse, c'était la même chose. Une sueur froide lui parcourait le corps, son pouls s'accélérait et son estomac se serrait. Elle avait vu des collègues sortir d'audition en donnant des coups de poing en l'air et en esquissant des petits pas victorieux. Elle avait vu Carol Jordan quitter la pièce comme si elle venait de faire ses courses pour la semaine. Mais pour Paula, chaque audition se concluait sur une explosion de soulagement paralysante. Elle appuya son front contre le mur, respirant aussi vite que si elle venait de monter des escaliers quatre à quatre et se demanda pendant combien de temps elle allait tenir avant de finir dans le même état que Carol Jordan.

# 44

> *Il est toujours tentant d'attendre plus d'informations avant d'établir un profil. Mais les investigations criminelles procèdent lentement et il est très rare que vous obteniez toutes les pièces de votre puzzle. Parfois, vous devez travailler avec le peu que vous avez.*
>
> *Décrypter les crimes*, Dr Tony Hill

Le soleil levant n'était qu'une vague sphère rouge derrière une barrière de nuages. Un léger vent du Nord caressait la surface de la mer, créant de fortes vagues. Savourant l'air salé, Carol suivait un étroit sentier derrière les petites dunes de sable. Personne en vue, pas même un maître sortant son chien pour une promenade matinale. Le calme et la vue ne compensaient guère le fait d'être au service de la vengeance de Vanessa.

Elle était arrivée dans ce minuscule village côtier du Northumberland à la faveur de l'obscurité et avait recherché l'adresse que Stacey Chen avait trouvée dans les archives du cadastre. Carol ne savait pas exactement comment elle avait ciblé les dizaines de propriétés qui avaient dû changer de mains à la période concernée, mais le résultat était là. Cove Cottage, propriété de OTG Holdings. OTG, les initiales d'Oliver Taspell Gardner. Stacey avait expliqué dans son mail :

> Je ne trouve rien sur OTG Holdings. Cela incite à croire qu'il s'agit d'une holding privée plutôt qu'une entreprise. Cela correspond aux infos que vous m'avez transmises. Ils ont acheté Cove Cottage onze mois après la naissance d'Oliver Gardner et il ne figure dans aucune agence de location de vacances. Les impôts locaux sont payés par OTG Holdings à partir d'un compte en banque sur l'île de Man. Aucun espoir de leur soutirer une quelconque information. Même pour moi. Le village de Balmouth est minuscule. En hiver, la population s'élève à trois cent quarante personnes et jusqu'à six cents quand les maisons de vacances se remplissent. Il n'y a pas grand-chose sur place : une épicerie et un pub qui n'ouvre qu'à l'heure du déjeuner. Il y a une jolie plage de sable blanc, mais elle n'est pas bien grande : des falaises d'un côté et l'estuaire de la rivière Balm de l'autre. Il y a des plages beaucoup plus grandes, avec plus de commodités éparpillées le long de la côte, donc c'est plutôt un havre pour les locaux qui cherchent à échapper à la foule.

Comme cela lui était souvent arrivé, Carol fut impressionnée par ce que Stacey avait réussi à trouver alors qu'elle n'avait dû prendre qu'une courte pause dans son enquête sur le couvent de Bradesden. À présent, elle devait s'armer de patience. Elle avait garé sa voiture à l'extrémité du village avant de s'engager à pied sur le sentier, lequel était séparé des villas de bord de mer par une bande étroite de hautes herbes et une route bitumée à sens unique. Cove Cottage figurait clairement sur le cadastre, et Carol tentait de l'identifier tout en marchant. *Deuxième maison après le pub*, pensa-t-elle en ralentissant légèrement. Elle voyait un nom gravé sur un morceau d'ardoise, dans une écriture penchée, mais elle était trop loin pour le déchiffrer.

Jusqu'à présent, il n'y avait aucun signe de vie à Balmouth. Elle prit donc le risque de traverser les hautes herbes jusqu'au cottage. En approchant, elle eut la satisfaction de lire COVE COTTAGE. Il y avait un étroit passage qui longeait le côté de la maison et elle s'y engagea, comme si cela avait été son intention depuis le début.

Le cottage paraissait bien entretenu. L'enduit était peint en bleu ciel et les rebords de fenêtre ainsi que la porte d'entrée d'une teinte plus foncée. Deux fenêtres de chaque côté de la porte, trois au premier étage. Elle imprima tout cela dans sa tête en passant, notant également que les rideaux étaient tirés dans les pièces du bas et dans une autre à l'étage. Pas encore de lumière, mais il était tôt. Et les rideaux tirés ne prouvaient pas qu'il y avait quelqu'un.

La maison n'était manifestement pas très profonde, avec une extension cubique à l'arrière qui ressemblait à une cuisine avec une salle de bains au-dessus. Un muret entourait une arrière-cour pavée, juste assez grande pour accueillir une table en fer forgé et deux chaises visiblement inconfortables, ainsi que trois conteneurs poubelles à roulettes. Pas de plantes ; rien qui nécessite de l'entretien. Derrière la cour, un bâtiment d'un étage protégeait le cottage du reste du monde.

Au bout de l'allée, Carol déboucha sur une autre rue à sens unique où s'alignaient des maisons similaires. Deux d'entre elles avaient des voitures garées devant, à un emplacement qui avait sans aucun doute empiété sur le jardin puisque la rue était trop étroite pour y stationner. Impossible de patienter tranquillement dans sa voiture. Pas de café offrant une table près de la fenêtre, bien pratique pour monter la garde. Pas de bosquet pour s'y dissimuler. Harrison Gardner – si c'était bien ici qu'il se cachait – avait fait le bon choix.

Carol avança tranquillement sur la route, et n'avait toujours pas croisé âme qui vive. Elle regretta de ne pas être accompagnée de Flash pour lui tenir compagnie et passer plus inaperçue. Mais comme elle ne savait pas comment la journée allait se dérouler, elle l'avait laissée chez son voisin. Elle avait emporté une paire de jumelles, songeant à se faire passer pour une amatrice d'ornithologie. Un site Internet qu'elle avait consulté l'avait informée que cette partie de la côte était réputée pour ses oiseaux marins. « En particulier les oiseaux migrateurs », précisait-il. Quand bien même il s'en serait posé un sur le capot de sa voiture, elle ne l'aurait pas identifié. Le seul inconvénient, c'est qu'un amateur d'oiseaux se concentrerait plutôt sur la mer et non sur l'une des maisons du village.

Parvenue au bout de la rue résidentielle, elle bifurqua pour regagner le front de mer. Levant les yeux vers la falaise, elle se demanda si elle pouvait y trouver un poste d'observation qui lui permettrait de surveiller le cottage. Il n'y avait qu'un seul moyen de le savoir.

Un quart d'heure plus tard, Carol était juchée sur une pierre plate près du bord de la falaise, ses jumelles braquées sur Cove Cottage, heureuse de l'agilité qu'elle avait acquise au cours de ses promenades avec Flash sur la lande, deux fois par jour. Il s'avérait que cette chienne n'était pas uniquement un bon compagnon. Carol avait gravi aisément la piste raide qui s'élevait des dunes en serpentant, ne trébuchant qu'une seule fois quand une grosse pierre avait roulé sous son pied.
Elle était équipée pour une longue attente. Elle sortit de son sac un siège en mousse pliant et le posa sur la pierre plate. Elle essayait de ne pas penser à Vanessa. La seule façon pour elle d'aller jusqu'au bout, c'était d'envisager cela de façon abstraite, comme la simple réparation d'une injustice. Harrison Gardner était un dangereux escroc. Une fois qu'il aurait rendu l'argent de Vanessa, elle le confierait à la police et se féliciterait qu'il échappe à sa retraite dorée.
Néanmoins, Carol détestait l'idée de se trouver ici sur ordre de Vanessa. Elle la haïssait d'avoir si mal traité Tony au fil des années, de l'avoir tellement négligé pendant son enfance et tenté de le priver de son héritage. Carol s'en voulait d'avoir cédé au chantage émotionnel de cette femme. Si elle avait été la seule à en subir les conséquences, elle aurait pris grand plaisir à envoyer Vanessa paître sans scrupule. Mais cette garce avait le pouvoir de détruire encore davantage l'avenir de Tony. Voilà pourquoi elle

était postée sur cette falaise venteuse, à observer et à attendre.

Afin de chasser ses pensées négatives, elle brancha ses écouteurs sur son téléphone et s'installa pour écouter l'un des podcasts qu'elle téléchargeait régulièrement. Le temps passa sans qu'elle s'ennuie et, peu à peu, Balmouth s'éveilla enfin. D'abord les gens qui promenaient leur chien. Un couple accompagné de deux lurchers. Un homme âgé avec un border terrier. Une jeune femme en veste huilée avec un labrador noir. Les chiens se croisaient avec une familiarité évidente, les lurchers vifs, le border grincheux, le labrador agitant tout son corps en guise de salut.

Une camionnette entra dans le village puis se gara à côté de l'épicerie. Un jeune homme en sortit, prit une liasse de journaux sur le siège passager et releva les stores qui couvraient la porte et la vitrine. Le premier podcast se termina et Carol lança le deuxième.

Elle resta patiemment assise à observer la vie matinale du village. Il n'y avait pas le moindre signe d'activité à Cove Cottage. Aucun mouvement de rideau, pas de lumière apparaissant à l'une des fenêtres. Alors que la matinée touchait à sa fin, elle se retira dans un coin discret pour faire pipi et, quand elle revint à son poste, elle n'eut pas l'impression d'avoir raté quoi que ce soit. Vers midi, trois enfants gravirent le chemin en zigzag à l'arrière de la falaise avec un épagneul surexcité qui courait en cercles autour d'eux. Ils parurent étonnés de voir Carol, échangèrent un murmure puis redescendirent vers le rivage. Elle se sentit coupable d'avoir gâché leur joie.

À l'heure du déjeuner, le soleil avait chassé le reste des nuages et, en sortant ses sandwiches au fromage et au salami, elle dut se rappeler qu'elle n'était pas là pour le plaisir. Elle s'apprêtait à croquer dans une pomme quand son téléphone sonna, la sonnerie retentissant dans ses écouteurs. Surprise, elle lâcha le fruit et répondit avant de consulter le nom sur l'écran.

— Carol ?

Impossible de ne pas reconnaître cette voix.

— Vanessa, répondit-elle avec lassitude.

— Comment ça se passe ? Est-ce que vous avez mis la main sur cette ordure ?

— Je n'en suis pas sûre. J'ai trouvé la maison, mais les rideaux sont fermés et il n'y a aucun signe de vie.

— Vous n'avez pas perdu votre temps, répliqua Vanessa en parvenant à apparenter ce compliment à une insulte. Où êtes-vous, exactement ?

— Au sommet d'une falaise dans le Northumberland, où je me fais passer pour une fervente amatrice d'ornithologie.

— Oui, mais où ça ? Ne tournez pas autour du pot, Carol, j'ai besoin de le savoir.

— Pourquoi ? C'est moi qui m'en charge.

— Et s'il vous arrive quelque chose ? Si vous avez un accident ? Si Gardner vous tombe dessus ? Je suis sûre que vous avez averti vos anciens collègues de ce que vous faites. Si vous disparaissez, je refuse de porter le chapeau. Ça ne plairait pas trop à Tony, n'est-ce pas ?

Cette femme n'abandonnait jamais ?

— Je suis dans un village qui s'appelle Balmouth. Je surveille une maison baptisée Cove Cottage. Mais je ne pense pas qu'il y ait quelqu'un à l'intérieur. J'y suis depuis l'aube.

— Eh bien, restez-y jusqu'au coucher du soleil. Peut-être que Gardner ne sort que la nuit.

— Qu'est-ce que vous en savez, Vanessa ?

Un rire sec.

— Heureuse de voir que vous êtes toujours un peu hargneuse, Carol. Continuez comme ça. Prévenez-moi dès que vous lui avez réglé son compte.

L'appel s'interrompit brusquement.

— Va te faire foutre ! hurla-t-elle, savourant ce moment.

Elle ôta ses écouteurs et redressa sa colonne vertébrale avant de se lancer dans une série d'exercices afin de relâcher la tension générée par Vanessa. Puis elle se leva et s'étira, engourdie d'être restée assise si longtemps. Il était temps de bouger. Faire un tour du village et trouver un autre poste d'observation. Peut-être dans les dunes ?

Elle prit son temps pour descendre, attentive à ses pas, consciente que ses genoux n'avaient pas apprécié de rester immobiles. Un panneau dans la vitrine de l'épicerie promettait un distributeur de café et elle entra donc se servir un cappuccino qui avait l'air insipide. Elle échangea quelques mots sur la météo avec le jeune homme qu'elle avait vu ouvrir le magasin le matin et qui n'avait manifestement pas envie de poursuivre la conversation avec quelqu'un qu'il ne reverrait jamais.

Carol se promena de nouveau sur le front de mer en sirotant son café et emprunta de nouveau le sentier qui longeait Cove Cottage. Elle se sentit tout à coup stupide quand, dépassant le pignon arrière de la maison, elle découvrit un homme installé à la table en fer forgé, avec un verre de vin et un livre. Elle n'avait pas pensé que Harrison Gardner puisse sortir directement dans sa cour abritée, invisible depuis son poste d'observation sur la falaise. Qui s'installerait dans une cour dépourvue de panorama alors que la mer était juste à côté ? Elle n'avait pas anticipé que le soleil allait tourner et donner sur la cour.

S'il s'agissait bien de Harrison Gardner. En passant rapidement, impossible d'en être certaine. L'âge semblait correspondre. Mais il portait une casquette de baseball enfoncée sur la tête et des lunettes de soleil. Ainsi qu'une barbe soignée qui ne figurait pas sur les photos qu'elle avait réussi à trouver. Elle poursuivit sans se retourner et bifurqua à gauche de façon à se cacher derrière un bâtiment qui s'avéra être une petite écurie en pierre reconvertie en studio de location pour les vacances.

Elle ouvrit les photos de Gardner qu'elle avait chargées dans son téléphone. Une seule lui apporta ce qu'elle recherchait. Les oreilles ne mentaient jamais. On pouvait adopter une nouvelle coiffure, mettre des lentilles de contact colorées, changer de lunettes. Mais on ne pouvait rien faire de ses oreilles, sinon les mutiler. Elle s'accroupit et termina son café, laissant quelques minutes s'écouler. Puis elle remonta l'allée, d'un pas lent, naturel. Gardner ne leva même pas les yeux. Elle lui adressa un bref coup d'œil en passant, juste pour comparer avec la photo qu'elle avait mémorisée.

Il n'y avait aucun doute dans son esprit. Elle avait trouvé Harrison Gardner.

# 45

> *Quand les policiers ont des preuves insuffisantes, ils partent souvent à la pêche aux informations. En général, ce n'est pas une option envisageable pour les profileurs ; nous devons attendre que la preuve vienne à nous.*
>
> *Décrypter les crimes*, Dr Tony Hill

— Nous devons convoquer Marc Conway, annonça Rutherford. Bon travail, Paula. Ç'aurait été excellent si vous l'aviez fait craquer, mais votre façon de décrypter ses réactions me satisfait. Convoquons Conway et passons-le au grill. Huit meurtres sans que personne ne fasse le lien ? Qu'est-ce que c'est que cette police ?

— Sauf votre respect, monsieur, nous n'avons aucune preuve, intervint Sophie.

Paula ne pouvait pas la contredire.

Rutherford esquissa un geste d'impatience.

— On ne l'arrête pas, on se contente de le convoquer pour lui poser quelques questions.

— Auxquelles il ne voudra peut-être pas répondre, compléta Paula.

— La plupart des gens ne savent pas qu'ils peuvent nous envoyer balader, intervint Steve.

Il y a des chances qu'il vienne avec vous. Il réclamera peut-être son avocat pendant tout le trajet, mais il viendra.

— Steve a raison, renchérit Rutherford. Paula va lui mettre la pression et on obtiendra des réponses. Pendant ce temps, Stacey, transmettez tous les contacts trouvés sur l'ordinateur de Martinu à Karim. Karim, allez leur parler. Voyez ce qu'ils savent des relations entre Conway et son cousin. Sophie, vous avez travaillé pour Conway. Vous devez connaître des gens dans son entreprise à qui poser des questions sur son compte. Creusez un peu, utilisez vos contacts. N'oubliez pas que c'est envers nous que vous devez être loyale, dorénavant.

D'après Paula, Sophie avait l'air d'avoir avalé un médicament particulièrement infect. Elle allait devoir apprendre cette difficile leçon : quand vous étiez flic, les anciennes allégeances ne comptaient plus. Vous bénéficiiez d'un capital confiance que vous exploitiez largement. Qu'elle ait réussi à conserver Elinor ne cessait de l'étonner. Mais peut-être était-ce simplement parce que, jusqu'à maintenant, tout ce dont elle avait eu besoin lui avait été généreusement donné par sa compagne.

— Vous voulez que j'aille parler à Conway ? demanda-t-elle.

— Ce serait logique, confirma Rutherford. Vous êtes déjà sur le coup. Alvin, vous irez avec Paula. Ça ne fera pas de mal de lui montrer un peu les muscles, dit-il avant de consulter sa montre. Sophie, est-ce qu'il travaille tard ?

Elle haussa les épaules.

— Ça dépend de ce qu'il a à faire. Mais il tient à travailler efficacement, pas forcément longtemps. Quand il est au bureau, il part en général vers dix-huit heures, expliqua-t-elle en lâchant un petit rire. Je l'ai toujours soupçonné d'emporter du travail chez lui. Il n'avait pas l'air d'avoir vraiment de vie sociale. En tout cas, ce n'est pas un fêtard, ça c'est sûr.

— Ça nous aide. Vous nous brieferez sur son mode de vie quand vous aurez terminé votre pêche aux infos.

Il fixa Paula et lui lança :
— Vous êtes encore là ?

Mark Conway vivait à moins de deux kilomètres du siège de son entreprise, en périphérie de Bradfield. Bien que tout proche de l'une des artères les plus importantes menant au centre-ville, ce coin était étrangement isolé. Quelques maisons modernes étaient disséminées le long de la route, toutes équipées de triple garage et de portail électronique, dont les propriétaires, soupçonnait Paula, devaient être des footballeurs. La sienne était différente, sans doute un ancien corps de ferme imposant. Vu de côté, son toit ressemblait à un W à l'envers ; on aurait dit que deux maisons avaient été collées l'une contre l'autre. C'était une architecture que Paula avait vue partout dans le nord de l'Angleterre. La demeure de Conway était construite en pierre de taille locale. Les ardoises de toit brillantes étaient en bon état et la peinture des encadrements de fenêtres et du porche paraissait fraîche et élégante. De vieux arbres disposés en fer à cheval la protégeaient sur l'arrière et un muret en pierre sèche la séparait de la route, agrémenté d'un portail en bois traditionnel à barreaux ouvrant sur une allée gravillonnée. La douce lueur d'un éclairage indirect illuminait chaudement deux des fenêtres du rez-de-chaussée.

Après consultation du GPS, Paula se rendit compte qu'en empruntant des routes secondaires, on n'était à cinq kilomètres à peine de Bradesden. On pouvait sans doute y aller sans se faire repérer par les caméras de surveillance de la route. Toujours bon à prendre quand on avait quelque chose à cacher.

Comme le portail n'était pas verrouillé, ils allèrent se garer devant la porte d'entrée. Alvin tira sur une petite poignée en métal tenant lieu de sonnette et une cacophonie incongrue résonna à l'intérieur. C'était toujours les détails qui trahissaient les gens, songea-t-elle. Mark Conway avait appris à maîtriser les apparences, mais cette sonnette ne convenait pas du tout.

Mark Conway ouvrit juste assez la porte pour se tenir dans l'entrebâillement. Chemise large en lin blanc et bermuda kaki, pieds nus. Il paraissait détendu mais curieux, sourcils haussés d'un air interrogateur.

Paula et Alvin brandirent leur carte de police et la curiosité céda la place à la résignation.

— Je n'ai rien à dire à des gens comme vous.

— Nous aurions besoin de votre aide dans une enquête majeure qui est en cours, expliqua Paula, aimable mais ferme. Est-ce qu'on peut entrer ? Il fait un peu frais dehors.

— Je m'en fiche qu'il gèle. Vous ne franchirez pas le palier sans mandat. Et je vous le répète : je n'ai rien à vous dire. Donc vous pouvez retourner au chaud dans votre voiture et ficher le camp.

Il était tout aussi aimable, et tout aussi ferme.

Paula haussa les épaules.

— C'est votre droit, bien sûr. Mais je préfère vous avertir que ce genre de refus a tendance à nous mettre la puce à l'oreille. Parce que les gens qui n'ont rien à cacher n'ont aucune raison d'avoir peur de parler à la police. Alors quand quelqu'un nous tient à distance, ça nous pousse à l'observer d'un peu plus près, expliqua-t-elle en affichant une moue contrite. Parce qu'on se dit qu'il nous cache quelque chose. Quelque chose qui pourrait avoir des conséquences déplaisantes si ça venait à s'ébruiter. Mais c'est vous qui voyez, bien entendu.

À présent, le charme de son interlocuteur avait disparu de son visage comme si on l'avait nettoyé avec un chiffon.

— Ça ressemble à une menace. Vous me menacez, madame la policière ?

— Non monsieur, je me contente de vous faire part d'une remarque.

— Je n'apprécie pas votre ton. Vous devriez savoir que votre commissaire est un bon ami.

*Le premier recours des riches et des puissants*, pensa Paula. Jouer de ses contacts et de son influence. Mais ça ne marchait pas avec elle.

— J'en doute, monsieur.

Il parut offensé, menton pointé vers l'avant.

— Est-ce que vous me traitez de menteur ?

— Non, monsieur, vous êtes simplement mal renseigné. Notre unité n'est pas sous l'autorité du commissaire de la police métropolitaine de Bradfield. Nos consignes proviennent directement du ministère de l'Intérieur. Nous n'avons donc pas de commissaire avec qui vous pourriez être ami. Monsieur, est-ce que je peux vous demander une nouvelle fois si vous souhaitez nous parler ?

— Vous pouvez toujours demander, mais vous perdez votre temps. Pourquoi est-ce que je vous dirais quoi que ce soit ? Vous avez arrêté mon cousin, je ne peux même pas le voir. Je ne sais pas quelles fausses accusations vous avez retenues contre lui, mais je ne vais pas vous donner l'occasion de faire pareil avec moi.

Il s'apprêta à refermer la porte, mais Alvin s'appuya dessus de tout son poids.

— Allez-vous-en ! s'exclama-t-il, sincèrement outré qu'on lui résiste, devant chez lui.

— Votre cousin est un vrai moulin à paroles, l'avertit Alvin. À votre place, j'aurais envie de faire connaître ma version. Le premier à se confier a toujours l'air plus crédible. Vous devez le savoir, j'imagine que vous avez dû régler de nombreux conflits au cours de votre carrière.

C'était un bon argument, songea Paula.

— Qu'est-ce que vous avez à perdre, si vous êtes irréprochable ? demanda-t-elle.

— Je ne sais pas dans quelle affaire vous essayez de piéger mon cousin, alors je ne vois pas bien comment éviter que vous ne déformiez quelque chose pour lui nuire. Voilà pourquoi je refuse de répondre à vos questions. Si vous voulez me parler, arrêtez-moi. Si vous voulez entrer chez moi, montrez-moi un mandat. En attendant, cassez-vous.

Il referma la porte et cette fois, Alvin recula. Il ne pouvait rien faire d'autre, selon Paula.

Ils regagnèrent la voiture en silence.

— Ça s'est bien passé, constata Alvin en démarrant.

Paula se tourna sur son siège pour regarder les fenêtres allumées. La silhouette de Mark

Conway se dessinait à contre-jour, son visage plongé dans l'ombre.

— Voilà un type qui pense que l'argent et le pouvoir le protègent des règles qui s'appliquent aux autres. Peu importe ce que Sophie Valente dit de lui. Même s'il essaie de montrer qu'il est quelqu'un de bien, je ne le crois pas, et à mon avis, il est impliqué dans cette affaire jusqu'aux yeux.

Alvin sourit en s'engageant sur la route.

— Moi non plus, je ne l'ai pas apprécié.

— Tout ce qu'il nous faut, c'est un début de preuve. Un fil qu'on pourra tirer pour dérouler toute cette histoire.

— C'est le genre de type qui se balade avec des ciseaux à ongles pour couper tous les fils qui dépassent, marmonna Alvin.

— D'une façon ou d'une autre, il va falloir qu'on les lui confisque.

## 46

*Au fil des années, j'ai passé des heures à interroger des patients. Certains d'entre eux ont commis des crimes terribles, mais nombreux sont ceux qui arrivent chez nous avant d'avoir atteint ce stade. Néanmoins, j'ai beau me préparer correctement à ces entretiens préliminaires, il y a toujours un détail imprévu qui me prend par surprise.*

Décrypter les crimes, Dr Tony Hill

Mettre son projet sur pied avait été plus facile qu'escompté. Salty Davy Smart, le détenu en charge de la bibliothèque, avait été ravi de la proposition de Tony. « Des livres à partager avec vos enfants » avait donc été programmé pour l'après-midi suivant. Quatre hommes s'étaient présentés à l'horaire indiqué et ils n'avaient pas trop râlé en apprenant que les livres n'étaient pas encore arrivés. Salty avait dégotté un exemplaire abîmé des contes d'Andersen dans un carton de dons. C'était loin de ce qu'il avait en tête, mais Tony l'avait feuilleté dans sa cellule la veille au soir et trouvé que la langue de la traduction était suffisamment simple pour constituer un bon point de départ.

Ils s'étaient installés autour d'une table dans le coin le plus reculé de la bibliothèque, aussi loin que possible d'éventuels visiteurs. Tony ne s'était jamais senti aussi nerveux de rencontrer un groupe d'étudiants. Deux d'entre eux paraissaient à peine assez vieux pour se trouver dans une prison pour adultes, l'un à la peau encore ravagée par l'acné, l'autre par le genre de tatouages à faire blêmir de potentiels employeurs. Le troisième avait une vingtaine d'années, des cheveux blond filasse, une barbichette et les tics nerveux de quelqu'un qui parvenait tout juste à satisfaire l'addiction à la drogue qui l'avait mené derrière les barreaux.

— Merci d'être venu, commença Tony.

— Ça change un peu, dit Barbichette. Ça casse la routine.

Avant que Tony ne puisse commencer, ils furent rejoints par un homme qu'il reconnut comme l'un des Lituaniens que fréquentait Matis Kalvaitis. Il hocha la tête d'un air grave et s'assit.

— Je viens avec vous, annonça-t-il. Je sais lire mais mon anglais est pas bon.

Il y avait un autre type en retrait, derrière lui. Le Lituanien se retourna légèrement et dit :

— Gordo, viens là.

Gordo leur lança un regard noir, ses bras grassouillets fermement croisés sur la poitrine, sa tête rasée inclinée de côté comme pour provoquer Tony.

— J'ai pas besoin de perdre mon temps avec ça.

Son accent était local. Tony imagina qu'il était le garde du corps du Lituanien, rémunéré en tabac, en drogue ou en cartes téléphoniques.

— Je suis là, alors toi aussi. Assieds-toi.

Il n'y avait pas de place pour la contestation. L'homme imposant s'assit. Il ne paraissait pas content.

Tony parvint à esquisser un sourire tendu, tentant de dissimuler son malaise. Les drogues qui circulaient au sein de la prison provoquaient des réactions inattendues. Si l'un d'entre eux avait pris quelque chose pour se donner confiance, il était impossible de prédire ce qui pouvait le faire réagir au quart de tour.

Les astuces habituelles pour briser la glace que Tony avait utilisées avec d'autres groupes ne fonctionneraient jamais avec celui-ci. Inutile de les mettre par deux afin de bavarder pendant cinq minutes pour présenter ensuite leur partenaire au groupe. Les détenus étaient trop méfiants pour cela. Inutile également de leur demander de se présenter ; ils se contenteraient de débiter les mensonges qui leur sembleraient les plus utiles. Il commença donc ainsi :

— Je suis Tony. Certains d'entre vous m'ont peut-être entendu sur Radio Pris'Ondes.

— T'es le psy, dit le boutonneux.

— Oui. J'ai travaillé avec des gens très différents au fil des années.

— Des cinglés, gronda Gordo.

— Pas uniquement. Mais une des choses que j'ai apprises, c'est qu'on peut améliorer les chances de nos enfants dans la vie grâce à une chose toute simple. Lire pour eux et avec eux.

— T'as des gosses ? demanda le tatoué.

Ce n'était pas agressif, plutôt une curiosité sincère. Mais en prison, ce genre d'analyses pouvait vous coûter cher.

— Non. Mais j'en ai été un. Voilà ce que je sais des enfants et de la lecture. Si on leur lit des histoires le soir, s'ils découvrent la magie des livres quand ils sont tout petits, ils s'en sortent mieux à l'école. Ils se concentrent mieux, ils s'intéressent davantage à l'apprentissage, et ils arrivent plus facilement à se mettre à la place des autres. Mais le mieux, c'est que ça crée un lien entre vous et vos enfants. Lire des histoires avec eux est quelque chose dont ils se souviendront pour le reste de leur vie.

Silence. Gordo avait l'air de s'ennuyer, les autres étaient inexpressifs. Tony continua.

— J'imagine que vos pères ne l'ont jamais fait.

— Tu rigoles, confirma le boutonneux. Il était trop occupé à se bourrer la gueule.

— Je l'ai jamais vu, dit le tatoué.

— La seule chose que m'a lue mon père, c'est mon arrêt de mort, souffla Gordo.

— Pas de père, déclara le Lituanien. Et ma mère sait pas lire.

Barbichette resta silencieux.

— On pourra bientôt travailler sur des livres pour enfants. Aujourd'hui, tout ce qu'on a, c'est ça, expliqua Tony en saisissant le volume de Hans Christian Andersen. Des contes de fées anciens. Vous en connaissez peut-être certains à cause des films Disney. Mais j'ai pensé qu'on pouvait commencer par ça aujourd'hui.

— Commencer comment ?

Barbichette était attentif à présent, il se rongeait les ongles.

— Je veux vous aider à développer vos capacités de lecture.

Gordo décroisa les bras et tapa des mains sur la table.

— Tu crois qu'on est débiles ? Qu'on sait pas lire ?

— Non. Il y a une différence entre savoir déchiffrer ce qui est écrit et le lire à voix haute, répondit-il en indiquant le Lituanien. Comme ton ami qui sait lire mais qui veut améliorer son anglais oral. En lisant une histoire à vos enfants, vous aurez envie que ce soit une belle expérience. Quelque chose dont ils se souviendront. Voilà notre objectif. Mais même si certains d'entre vous ne savent pas très bien lire, il n'y a pas de honte. Il y a beaucoup de raisons qui expliquent cela, et ça n'a rien à voir avec l'intelligence.

Gordo le fusilla du regard. Son patron présumé se curait les dents à l'aide d'un ongle. Les trois autres fixaient la table du regard.

Tony poursuivit :

— J'ai donc pensé qu'on allait chacun lire un petit morceau d'une histoire, pour que je puisse voir si vous êtes à l'aise en lecture à voix haute.

Silence de plomb.

— Je vais y aller en premier. On peut commencer par une histoire intitulée *Le Vilain Petit Canard*.

Il prit le livre et l'ouvrit à la page qu'il avait sélectionnée.

— « C'était le printemps à la ferme, maman Canard avait pondu des œufs dans son nid. Elle les avait couvés pour les garder au chaud. Par un matin ensoleillé, elle sentit les coquilles commencer à se fendre. Elle fut très heureuse de voir six petits poussins sortir des œufs. Mais quand elle les regarda, elle eut une surprise. »

Il s'arrêta et tendit le livre au boutonneux.

Ce dernier le prit à contrecœur et commença à lire sur un ton monocorde et laborieux.

— « L'un des poussins était diff... différent de ses frè... frères et sœurs. Ils étaient jaunes et lui était marron. Ils étaient petits et mignons et lui était gros et ma... maladroit. Il ne leur ressemblait pas. Tous les autres canards l'insultaient et se moquaient de lui. »

La fin du paragraphe lui procura un soulagement évident. Il balança le livre en direction du tatoué qui le regarda comme s'il allait le mordre.

— « Il était... »

C'était difficile. Avant de prononcer les mots à voix haute, il devait les formuler silencieusement dans sa tête, formant les syllabes avec sa bouche.

— « Il était... très malheureux... dans la cour de... de la... fer... »

— La cour de l'affaire ? se moqua Gordo. Ça veut rien dire, putain.

— La cour de la ferme, corrigea Tony. On n'est pas ici pour se moquer les uns des autres. On est ici pour se soutenir. On va tomber sur des mots inconnus et on va s'entraider.

Il sourit au tatoué, qui avait une fine couche de sueur sur la lèvre supérieure, pour l'encourager.

— Est-ce que tu veux continuer ? lui demanda-t-il.

Il hocha la tête.

— « Dans la cour de la ferme. Alors il déci... décida de s'en... s'enfuir. »

Il essuya la sueur sur sa lèvre et leva le pouce vers Tony.

— Super début, tous les deux, merci, les félicita Tony avant de regarder Barbichette. À ton tour.

Il prit le livre et regarda la page en fronçant les sourcils.

— Je suis dyslexique, expliqua-t-il.

— Conneries, marmonna Gordo. On a plus le droit de dire qu'on est débile, pas vrai ? On est soit dyslexique, soit... comment ils disent ? TDAH. Foutaises.

Barbichette rougit.

— J'ai été diagnostiqué. C'est pas des conneries. Mais je vais essayer. Je veux pouvoir partager ça avec mon fils. J'ai jamais eu l'occasion avec mon père. Il est mort avant ma naissance. En Irak, expliqua-t-il avant de prendre une grande inspiration et de faire glisser son doigt sur la ligne. « Une nu » ? Non, ça veut rien dire. « Une nuit » ?

— C'est ça, confirma Tony.

— « Une nuit alors qu'ils été... étaient tous en... endormis » ?

Il devinait, c'était évident, et cela lui demandait un effort, mais il s'accrochait.

— « Il a fu... fué ? Fugué ! De la grande. » Non, c'est pas ça. « De la grange » ! dit-il en souriant. « De la grange. Il alla à la rivière et se cacha dans les roses. » Les roses ?

— Les roseaux, corrigea le tatoué en regardant par-dessus son épaule. Les roseaux, mec. C'est les grandes herbes qui poussent au bord des rivières, tu sais ?

— Exactement, confirma Tony. Bravo, vous allez prendre le coup de main quand on aura reçu les vrais livres. Comme tu es dyslexique, on pourra commencer par une autre technique. Je travaillerai sur un livre en particulier avec toi et tu pourras apprendre l'histoire de façon à pouvoir la raconter à ton fils. Comme ça, quand tu sortiras, tu pourras en acheter un exemplaire et vous le lirez ensemble. Ça t'aidera à développer ta lecture.

Il tripota sa barbe et hocha la tête. Il tendit le livre à Gordo, qui l'envoya valser.

— N'importe quoi, je préfère jouer aux petits soldats, lâcha-t-il. On n'est pas des bébés, putain.

Tony sentit sa nuque se raidir.

Gordo se tourna vers le Lituanien.

— C'est une insulte de nous donner des livres pour les gamins. Il vient ici et il nous traite comme si on était trop débiles pour lire des vrais livres. Connard, lança-t-il en bondissant sur ses pieds, le visage cramoisi. Je vais pas rester assis et le laisser te traiter comme si t'était un putain d'attardé.

— C'est les livres que vous lirez avec vos enfants. C'est pour ça qu'on travaille dessus, expliqua Tony qui s'était levé à son tour, essayant de garder un contact visuel avec son interlocuteur furieux.

— T'es censé nous apprendre, pas nous faire passer pour des cons, dit-il en désignant Barbichette. « La cour de l'affaire », « les roses », railla-t-il. Allez, patron, vous avez mieux à faire.

Le Lituanien se carra dans sa chaise et éclata de rire.

— T'es un malin, salaud de doc ! commenta-t-il. Six mois que cet abruti est mon garde du corps et j'avais pas deviné. Tu sais pas lire, Gordo. C'est toi l'attardé, pas moi.

Le type hurla de rage et retourna la table, qui s'effondra par terre. Il fit un pas en avant et attrapa Tony par la gorge.

— Fais pas le con avec moi, beugla-t-il en frappant le côté de la tête de Tony de sa main libre.

Tony sentit comme une explosion dans son cerveau. La main sur sa gorge se resserrait, l'autre formait un poing et visait son visage. Une cacophonie lui emplit la tête.

Puis plus rien.

## 47

*Tout le monde pense que sa vision du monde est civilisée et convenable. Nous nous accrochons à nos tabous, nous connaissons nos limites. Ce qui est étonnant, c'est la rapidité avec laquelle nous franchissons ces lignes rouges.*

*Décrypter les crimes*, Dr Tony Hill

Carol avait trouvé un coin dans les dunes d'où elle pouvait observer le cottage de Harrison Gardner. Il n'y avait aucune issue dans la cour arrière, sauf à escalader le mur, et elle ne prévoyait pas qu'il choisirait ce moyen-là pour quitter sa propriété. Mais juste au cas où, elle s'était postée au bout de l'allée de façon à la voir quasiment dans toute sa longueur. Maintenant qu'elle le savait chez lui, rien ne pouvait l'empêcher de lui parler en face à face. Cependant, elle préférait attendre la tombée de la nuit.

Il y avait des raisons pratiques à cela. Si une épreuve de force devait avoir lieu sur le palier, il y aurait moins de témoins après le crépuscule. La rue serait déserte et la visibilité moins bonne. Mais il y avait également des raisons psychologiques. En plein jour, tout était plus rassurant. Tout le monde savait que les drames survenaient pendant la nuit. Or elle avait besoin de mettre toutes les chances de son côté.

Son plan était risqué, c'était indéniable. Gardner n'avait pas l'air d'être habitué à la confrontation physique, mais sous la menace, les gens trouvaient des ressources insoupçonnées. Personne ne le savait mieux qu'elle. Par ailleurs, elle n'avait pas de renfort. Pas d'équipe qui la couvrait, personne qui accourrait à son appel.

Elle avait déjà dû travailler en solo par le passé, mais elle était plus jeune. Surtout, elle n'avait encore jamais été directement et personnellement confrontée à la violence et à la violation. Elle ne serait plus jamais cette tête brûlée. Pas après ce qu'elle avait enduré au fil des années.

Intellectuellement, Carol comprenait que son syndrome de stress post-traumatique la rendait imprudente. Mais le savoir et le combattre étaient deux choses très différentes. Grâce à Melissa, elle avait avancé, mais elle ignorait complètement comment pourrait se passer une confrontation avec Harrison Gardner. La seule façon de le découvrir, c'était d'en faire l'expérience.

Et sans arme, juste au cas où.

L'après-midi céda la place à la soirée et personne ne vint la déranger si ce n'est un labradoodle qui, gambadant dans les dunes, eut l'air surpris de la trouver là. Il fit un bond en arrière en aboyant de surprise avant de repartir dans une autre direction. Pour échapper à l'ennui, elle délaissa les podcasts pour passer aux livres audio. Lee Child était le choix idéal. Improbable mais néanmoins plausible, beaucoup d'action et un cadre intéressant. Carol songea que si ce héros avait existé, après tout ce qu'il avait enduré au cours d'une vingtaine de livres, il aurait eu cruellement besoin des services de Melissa Rintoul. Ce qui lui rappela d'effectuer ses exercices.

Juste avant vingt et une heures, elle jugea que le moment était venu. Il n'y avait aucun signe de vie dans la rue principale. Même les gens qui promenaient leur chien étaient rentrés se mettre devant la télé ou leur écran d'ordinateur. À Cove Cottage, un rai de lumière révélateur filtrait en haut de la fenêtre de gauche. Harrison Gardner était chez lui. Installé pour la soirée, s'adonnant aux activités qui l'occupaient pour passer le temps dans cet exil qu'il s'était imposé, derrière des rideaux fermés.

Carol se leva et s'étira, époussetant le sable dans les plis de son pantalon. Elle s'éloigna calmement des dunes, traversa les hautes herbes et s'arrêta au bord de la route. C'était le moment de retrouver son ancienne identité, celle qui savait d'instinct identifier les points faibles d'une muraille défensive et s'engouffrer dans la brèche. Elle n'était pas certaine de pouvoir encore se mettre dans la peau de cette Carol Jordan, vu tout le chemin parcouru depuis. Mais elle voulait bien essayer. Pour Tony, elle était prête à risquer de perdre le peu qu'elle avait si difficilement gagné.

Elle ouvrit le portillon. Pas un grincement de gonds. Si elle s'était terrée quelque part, elle se serait assurée que son portillon grince comme la porte d'un film d'horreur. Quatre enjambées et voilà qu'elle était à la porte. Pas de sonnette en vue, uniquement un heurtoir en fer, en forme d'ammonite. Elle l'actionna deux fois et resta près de la porte. Pas de réponse, mais du coin de l'œil elle aperçut un rapide flash de lumière quand le rideau s'écarta.

Sa respiration s'accélérant, elle frappa de nouveau et fut cette fois récompensée par le bruit d'une clé tournant dans la serrure. La porte s'entrouvrit, retenue par une chaîne. Une moitié de visage apparut, front plissé d'inquiétude. C'était l'homme qu'elle avait vu plus tôt, et sans sa casquette ni ses lunettes, son identité ne faisait aucun doute.

— Oui ? dit-il d'un ton qui n'avait rien d'accueillant.

Carol sourit.

— Mr. Gardner ?

Il secoua la tête, mais elle aperçut une étincelle de peur avant qu'il ne parvienne à la camoufler.

— Vous vous trompez de maison, il n'y a pas de Gardner ici.

La porte commença à se refermer, mais Carol fut plus rapide que lui. Elle enfonça son épaule de façon à ce que la chaîne se tende au maximum.

— Je suis ton pire cauchemar, Harrison, gronda-t-elle. Je viens me venger. Je suis une femme qui n'a rien à perdre.

Ses yeux s'arrondirent et, involontairement, il recula d'un pas. Elle n'avait pas besoin de plus. Heureuse des muscles solides qu'elle avait acquis pendant la rénovation de la grange, Carol prit appui sur ses deux pieds et se jeta de tout son poids contre la porte. Les vis qui tenaient la chaîne au jambage cédèrent et la porte s'ouvrit d'un coup, heurtant Gardner qui chancela. Avant qu'il ne puisse se ressaisir, Carol était à l'intérieur, et elle claqua la porte derrière elle.

— Allez-vous-en ! s'écria-t-il en reculant contre le mur.

Carol l'attrapa par le col et, le décollant du mur, elle le poussa dans l'entrée puis dans la pièce dont la lumière était visible depuis l'extérieur. Il trébucha, heurta une table basse et tomba en arrière. Il poussa un cri et alla se rouler en boule contre une bibliothèque remplie de livres de poche.

— Allez-vous-en ! répéta-t-il en gémissant.

— Sinon quoi ? Tu appelles la police ? rétorqua Carol, étonnée d'avoir retrouvé aussi vite ses facultés d'intimidation. Je ne crois pas, Harrison. Maintenant, debout. Ne me force pas à le faire moi-même.

Il se leva avec difficulté.

— Vous êtes qui, putain ?

— Peu importe qui je suis. Ce qui compte, c'est qui tu es, répondit-elle avant d'indiquer un fauteuil. Assieds-toi.

Comme il hésitait, elle haussa la voix :

— Assieds-toi. Ne me force pas à te faire mal.

C'était trop facile, se dit-elle quand il se laissa tomber dans le fauteuil. Elle se méprisait de ressentir aussi peu de scrupules à menacer un criminel en col blanc tellement pathétique. Elle doutait qu'il ait jamais été violent, même sous le coup de la colère ou de la boisson.

Néanmoins, elle avait une mission à accomplir.

— Tu penses t'en être tiré, n'est-ce pas ? Après avoir détourné tout cet argent, tu te fais oublier, et tu quitteras le pays quand la tension sera retombée. Eh bien, Harrison, tu t'es mal renseigné. Parce que l'une des personnes que tu prenais pour une proie facile n'en est pas une.

— Je ne sais pas de quoi vous parlez.

Sa bouche formait une moue entêtée qui déplaisait à Carol. Ça la mettait mal à l'aise de voir à quel point elle trouvait cela facile de malmener Gardner. Elle avait espéré qu'il se laisserait totalement faire.

— Arrête ton char, Harrison. Je sais que tu es un escroc et tu le sais aussi. Les systèmes de Ponzi finissent toujours par se casser la figure. Tu n'as pas eu l'intelligence de sortir de la juridiction avant de te faire attraper. J'imagine que tu n'as pas envie d'aller en prison, et c'est là que je peux t'aider. Tout ce que je veux, c'est un remboursement des sommes que tu as volées à la personne que je représente. Elle ne veut pas contacter la police. Elle est en colère, mais elle respecte ce que tu as fait. Tout ce qu'elle veut, c'est récupérer son argent.

Carol s'appuya contre la cheminée et, d'un grand mouvement de bras, réduisit en miettes un chandelier en cristal et une très jolie pendulette. Honteux, plutôt que satisfaisant. Mais efficace, à en juger par la panique sur le visage de Gardner.

— Qui ça ? Qui vous envoie ? Comment m'avez-vous trouvé ? balbutia-t-il.

— Tu n'aurais pas dû contrarier Vanessa Hill.

Un moment de silence. Il esquissa un petit sourire amer.

— On va procéder très simplement. Tu vas accéder à un de tes comptes en banque sur lequel il y a assez pour rembourser Vanessa. Tu vas lui transférer cet argent. Ensuite, je disparais de ta vie. Et tu pourras te considérer très chanceux de t'en tirer aussi bien.

— Et si je refuse ? Vous allez faire quoi ? Me tabasser ? demanda-t-il avec un petit rire moqueur. Je ne crois pas que vous en ayez le courage. Vous bluffez, je le sais.

Elle ignorait d'où ça sortait, mais il avait retrouvé du courage.

— Tu as peut-être raison, admit-elle. Mais Vanessa, c'est une autre histoire. Elle a déjà tué quelqu'un. La seule chose qui te maintient en vie en ce moment, c'est la perspective de récupérer son argent.

Derrière elle, s'éleva le timbre effrayant d'une voix familière :

— Elle a raison, tu sais, Harrison.

# 48

> *Les stratégies qu'un prédateur utilise pour revendiquer ses actes, préserver son avantage territorial, repousser ses ennemis et rivaux, changent constamment. Plus l'adaptation est rapide et efficace, plus haut le prédateur grimpera dans la chaîne alimentaire.*
>
> *Décrypter les crimes*, Dr Tony Hill

Leur langage corporel était facilement décryptable, pensa Paula dès qu'Alvin et elle entrèrent dans le bureau de la BREP. Rutherford et Alex Fielding se tenaient face à face à un mètre de distance, tous les deux penchés l'un vers l'autre, la tête pointée en avant. Il surplombait d'au moins cinquante centimètres la silhouette fluette de Fielding, mais personne ne l'aurait jugée inférieure dans ce combat. Le plus extraordinaire, dans cette scène, c'est qu'elle se déroulait en plein milieu de la pièce. Quand Carol avait dirigé la brigade, les confrontations avaient lieu dans son bureau, derrière une porte fermée.

— Vous m'avez demandé de vous laisser mener les auditions, dit Fielding dont la posture était en elle-même accusatrice. Et qu'est-ce que vous avez fait, jusqu'à maintenant ? Tout ce que j'ai vu c'est... reprit-elle avant de regarder autour d'elle et de pointer Alvin du doigt : *son* audition tout à fait inappropriée de quelques religieuses de York. Dont deux sont séniles. Mon équipe se donne un mal de chien pour déterrer tout ce qui est enfoui, et vous, vous ne faites rien. Non, pardon, ce n'est pas vrai. Vous gérez le côté glamour. Le versant du dossier qui va finir devant un tribunal. Peut-être. Si votre soi-disant équipe d'élite parvient à accuser quelqu'un d'un crime un peu plus sérieux que des inhumations irrégulières.

Elle secoua la tête et regarda autour d'elle, le mépris se dessinant sur son visage. Sophie Valente paraissait abasourdie. Karim et Steve Nisbet fixaient les tableaux blancs tandis que Stacey se dissimulait encore davantage derrière ses écrans.

Rutherford, quant à lui, n'était pas le moins du monde confus.

— Nous avons dû vous courir après pour obtenir les éléments du dossier. Notre mission consiste très clairement à gérer les affaires exceptionnelles. Comme le nom de la brigade l'indique, nous élucidons les enquêtes *prioritaires*. Vos officiers ? Leur job, c'est d'accomplir les tâches subalternes. C'est-à-dire, d'exhumer les squelettes. Qui, selon toute apparence, n'ont pas été victimes d'homicides. Si la deuxième série de corps avait été complètement distincte de la première, vous ne seriez même plus sur le coup, commandante Fielding.

Paula craignait que Rutherford n'en vienne à regretter ses paroles. Alex Fielding n'était pas le genre de femme que l'on voulait contrarier, comme Paula en avait fait l'expérience. Et ils auraient besoin de sa coopération lors de futures investigations, quand ils manqueraient de personnes sur le terrain.

— Dans ce cas, virez votre capitaine de mon centre opérationnel. Vous voulez vous attribuer tous les mérites ? Vous pouvez vous coltiner le travail de terrain qui va avec. Je vais parler au commissaire adjoint pour lui demander de séparer ces deux affaires. Hors de question que vous gériez mon centre opérationnel et demandiez à mes équipes de s'occuper des tâches qui sont trop insignifiantes pour vous. N'approchez pas des religieuses, et je vous laisse vos homicides à sensation.

— C'est stupide. Les religieuses présenteront peut-être des éléments relatifs à notre enquête.

Rutherford commençait à être agacé. Sa nuque était rouge vif contre son col de chemise blanc.

— Si c'est le cas, je ferai en sorte que cela vous parvienne. De même, vous transmettrez à mon équipe tout élément de vos auditions qui pourrait nous intéresser. Si vous parvenez à en obtenir, et pas seulement à brouiller encore un peu plus les pistes.

— Qu'est-ce que vous insinuez ?

— Le père Keenan. Un témoin clé de la vie à l'intérieur du couvent. Qui savait comment les sœurs traitaient les filles. Mais maintenant ? Il refuse de nous parler. Catégoriquement. Vu que vous l'avez traîné au poste à l'aube pour l'arrêter et l'interroger. Merci bien, la BREP.

Elle se mordilla la lèvre. Paula pouvait presque voir les mots « c'est moi qui aurais dû le faire » s'inscrire sur son visage.

— Laissez les sœurs tranquilles, répéta Fielding.

Rutherford secoua la tête.

— J'ai bien peur que ce ne soit pas possible. La capitaine McIntyre prend le premier avion pour Galway demain. Nous avons besoin d'entendre la mère supérieure. Je suis sûr que la capitaine McIntyre vous donnera un compte rendu détaillé à son retour.

Paula eut du mal à dissimuler sa surprise. Cela n'échappa pas à Fielding, qui parut sur le point de faire une combustion spontanée.

— Vous ne vous en tirerez pas aussi facilement, tonna-t-elle avant de gagner la sortie et de claquer la porte derrière elle.

Rutherford la regarda partir en secouant la tête.

— Elle est toujours comme ça ? demanda-t-il à la cantonade.

Personne ne répondit. Fielding était peut-être excessive, mais pas besoin d'être très psychologue pour comprendre que la provocation n'était pas le bon moyen de s'y prendre avec elle.

— Je pars à Galway ? demanda Paula.

Rutherford esquissa un sourire contrit.

— On dirait bien. Vous feriez mieux d'acheter votre billet au plus vite avant que Fielding ne réserve toutes les places disponibles dans l'avion.

— Est-ce qu'il existe un vol direct pour Galway ?

— Plus maintenant. L'aéroport a fermé il y a quelques années. Il faut atterrir à Shannon puis louer une voiture, expliqua Steve. J'y suis allé en week-end avec une fille l'année dernière. Il a plu sans discontinuer pendant les quarante-sept heures qu'on a passées sur place. Rien d'autre à faire que baiser et boire.

Rutherford émit un petit bruit désapprobateur.

— Inutile de louer une voiture. Adressez-vous à la police locale et demandez-leur de vous envoyer quelqu'un qui vous conduira. Comme ça ils ne pourront pas nous reprocher d'empiéter sur leurs plates-bandes.

— Super, dit Paula en s'asseyant et en commençant à taper sur son clavier.

— Vous ne m'avez pas dit comment s'est déroulé votre entretien avec Conway.

Rutherford se jucha sur le coin du bureau de Paula comme si rien ne s'était passé.

Quand exactement aurait-elle bien pu lui en parler ? se demanda Paula.

— C'est parce qu'il n'y a pas eu d'entretien. Conway a refusé de nous parler tant on ne l'arrêtait pas, ce que je n'ai pas jugé judicieux de faire en l'absence de preuves. Il refuse de nous laisser entrer chez lui sans mandat.

— Donc on a juste réussi à lui dévoiler notre jeu, regretta Rutherford. Maintenant, il sait que nous n'avons pas grand-chose et qu'on va chercher plus loin.

*C'était votre idée*. Paula le regarda sans expression avant de retourner à son ordinateur. Elle tapa « Vols Manchester Shannon ». Elle avait à peine commencé à regarder les résultats quand un message de Stacey à l'équipe apparut sur son écran.

> Résultats ADN du labo : le labo a extrait l'ADN des huit victimes de la seconde fosse. Je les ai entrés dans la base pour rechercher des résultats

> directs ou familiaux. J'ai quatre résultats directs
> et deux indirects. Les quatre premiers sont tous
> de Bradfield :
> Connor Weston
> D'urban Swayze
> Harry Bow
> Jason Campo
> En pièce jointe, les dossiers et coordonnées de ces
> quatre personnes. Trois sont portées disparues.

Paula dut relire une deuxième fois pour s'assurer qu'elle ne rêvait pas. Harry Bow. Le jeune homme dont le meurtrier présumé avait été écroué bien avant que la dernière victime de ce tueur en série ne soit assassinée. Harry Bow, le garçon dont le tueur présumé faisait l'objet de l'investigation de Carol.

Elle cliqua sur la pièce jointe. Harry avait trois condamnations pour racolage, une pour possession de cocaïne. Il était enregistré comme SDF pour les deux premières, mais il y avait une adresse pour les deux autres. Il avait été porté disparu, mais le temps qu'il apparaisse dans le système et que quelqu'un puisse relier tous les éléments, il était assez grand pour prendre ses propres décisions.

Ces décisions lui avaient fait croiser la route d'un meurtrier. Mais pas celle de l'homme qui purgeait une peine à perpétuité pour son meurtre. Elle savait qu'elle enfreignait le règlement, mais il y avait un homme derrière les barreaux qui ne méritait pas d'y passer un jour de plus. Paula sortit son téléphone et appela Carol.

# 49

> *Le contrôle est une illusion dont nous avons tous besoin pour tenir à distance le chaos. Perdre le contrôle, voilà ce que craint le prédateur. C'est quand nous perdons le contrôle que nous commettons les erreurs qui nous coûtent le plus cher.*
>
> *Décrypter les crimes*, Dr Tony Hill

Il fallut à Carol tout son sang-froid pour se retenir de se retourner vers Vanessa.

— Je t'ai donné ta chance, Harrison, parvint-elle à articuler.

Le pic d'adrénaline lui donnait légèrement la nausée.

Vanessa avança dans la lumière de la lampe qui faisait doucement briller ses cheveux.

— Tu pensais vraiment que j'allais envoyer une personne seule pour régler ton compte ? Elle est juste venue t'attendrir. C'est pour ça qu'elle n'a pas verrouillé la porte derrière elle quand tu l'as laissée entrer.

Elle était habillée comme le méchant dans un film de James Bond, songea Carol. Long manteau de cuir noir et tailleur sur mesure en cuir souple gris. Des gants de cuir noir, évidemment.

— C'est l'heure, Harrison. Je te propose le deal de ta vie. Tu me rembourses ce que tu me dois, et on te laisse tranquille. Je ne contacterai pas la police, je ne toucherai pas à un cheveu de ta petite tête de merdeux et tu pourras mener l'existence luxueuse que tu t'es préparée.

D'un geste de la main, elle désigna le salon douillet sans tenter de dissimuler son sourire ironique.

— Et si je refuse ?

Vanessa lâcha un soupir exagéré.

— Tu n'as pas manigancé tout ça pour mourir atrocement au milieu de ton petit cottage merdique dans le trou du cul du monde. Tu as détourné bien assez d'argent. Elle t'a dit la vérité. J'ai déjà tué un homme. De mes mains. C'était lui ou moi. Et en ce moment précis, quand je pense à ce que tu m'as fait, je trouve que l'équation est la même. Ta vie, ou la mienne. Alors connecte-toi à ton compte en banque et réglons cette affaire.

Il regarda alternativement les deux femmes.

— Je ne vous crois pas, dit-il. Ce ne sont que des mots, Vanessa.

Elle approcha d'un pas.

— Je t'ai trouvé, n'est-ce pas ?

*Techniquement, c'est Stacey qui l'a trouvé.*

— Tu préfères quoi, Harrison ? La mort ou la prison ? Je peux appeler les flics et attendre leur arrivée. Parce qu'on n'a rien fait de mal. Tu nous as invitées à entrer, après tout, renchérit Carol en souriant.

— D'une façon ou d'une autre, vous ne récupéreriez pas l'argent, rétorqua Harrison sarcastique.

— Toi non plus, ironisa Carol.

Vanessa ôta un gant et, d'un geste théâtral, le gifla. Joue gauche, puis joue droite. Comme il l'avait fait quand Carol avait débarqué chez lui, il se recroquevilla devant cette violence en laissant échapper un cri de douleur.

— Ce n'est que le début, espèce de petite merde. Tu as plus d'argent qu'il n'en faut pour contenter tout le monde.

Elle fouilla dans sa veste et en sortit un fourreau de cuir. Quelques secondes plus tard, un mince stylet d'argent apparut dans son poing ganté. Elle l'approcha au-dessus de lui, la lame effleurant la pointe de son menton, telle une Valkyrie vieillissante, aussi terrifiante que Brunehilde dans la fleur de l'âge.

Gardner leva les mains pour se rendre.

— Putain, lâcha-t-il amèrement. Mon ordinateur portable est dans la cuisine.

— Ne le tuez pas pendant que j'ai le dos tourné, dit Carol.

Elle fut soulagée de quitter la pièce. Son pouls tambourinait dans sa gorge et une sueur froide lui dégoulinait dans le dos et sur les flancs. Elle avait cru maîtriser son stress mais s'était voilé la face. Elle en était toujours aussi victime.

L'ordinateur était posé sur la table de la cuisine, ouvert à la page « Business » du *Telegraph*. Elle l'apporta dans le salon et le tendit à Gardner.

— Va falloir éloigner le couteau, balbutia-t-il.

Vanessa s'exécuta et resta près de lui de façon à surveiller ce qu'il faisait. Carol se posta à côté d'elle au moment où il accédait au site d'une banque dans la juridiction caribéenne de Nevis. Il dut franchir quatre niveaux de sécurité à l'aide de mots de passe, pianotant sur le clavier trop rapidement pour que Carol puisse suivre. Puis un montant exorbitant apparut à l'écran.

— Bon sang, pesta Vanessa. Cinq millions deux cent cinquante mille, ce n'est que du pipi de chat, à côté. Espèce de goinfre.

Il y avait presque une note d'admiration dans sa voix.

— Je suis très doué dans mon domaine. Vos coordonnées bancaires ?

Vanessa hocha la tête à l'intention de Carol, qui sortit un morceau de papier de sa poche et le lui tendit. Gardner effectua la transaction puis se carra dans son siège en soupirant.

— C'est fait. C'est la beauté des comptes privés offshore. Pas de limite stupide sur les virements journaliers. Vous voulez vérifier que c'est bien arrivé ?

Vanessa s'éloigna et se pencha sur son téléphone.

— Bonjour, mes vieux amis, dit-elle quelques minutes plus tard. Quel plaisir de vous revoir !

Gardner se leva.

— Maintenant, foutez le camp, toutes les deux.

Dès que la porte de Cove Cottage se referma sur elles, Vanessa se dirigea vers sa voiture, garée sur le trottoir opposé de l'allée. Carol dut se hâter pour rester à sa hauteur et y parvint au moment où Vanessa s'apprêtait à ouvrir la portière qu'elle avait déverrouillée.

— C'était quoi, ces conneries ? Un couteau sous la gorge ? Vous êtes cinglée ? Vous auriez pu me rendre complice de meurtre.

Vanessa haussa les sourcils.

— Ça n'aurait pas été la première fois, Carol, répondit-elle, main sur la poignée, en ouvrant la portière. Tant que ça reste en famille.

Carol lui attrapa le bras pour l'éloigner de la voiture.

— Vous ne comprenez pas, hein ? Vous m'avez envoyée accomplir une mission puis vous avez débarqué et transformé ça en... je ne sais pas, en un genre de spectacle à la Tarantino.

Vanessa se dégagea de son emprise. Elle gloussa.

— Ça me plaît. Un spectacle à la Tarantino. Écoutez, si vous vouliez que je reste en dehors de tout ça, il ne fallait pas me donner l'adresse. J'ai accompli la mission, non ? Vous y seriez restée toute la nuit, à casser des bibelots et à bavarder. Je vous croyais plus forte que ça, mais vous êtes aussi molle que mon incapable de fils.

Quelque chose au fond de Carol se brisa, emplissant son crâne d'une cacophonie assourdissante. Elle saisit Vanessa par les épaules et hurla :

— Laissez-nous tranquilles, espèce de salope ! C'est terminé. Si vous vous approchez encore une fois de nous, c'est moi qui aurai un couteau. Vous voulez savoir si je suis molle, allez-y, espèce de garce !

Elle la poussa et Vanessa chancela avant de s'affaler sur un genou.

Carol recula d'un pas, haletante, pleine de haine contre elle-même et contre sa propre rage.

Vanessa leva les yeux vers elle, calculatrice. Puis elle se détendit et se releva. Elle épousseta la saleté sur son genou, navrée d'avoir abîmé son pantalon.

— Est-ce que vous avez la moindre idée de combien coûte ce tailleur ? Je devrais vous le facturer.

Carol se balança sur l'avant de ses pieds, mâchoires serrées.

Vanessa lâcha un petit rire.

— Bravo, Carol. Mais c'est terminé. Fini les petites sorties sympas toutes les deux. Je n'ai aucune raison de vous importuner, vous ou cette mauviette qu'est mon fils.

Carol tourna les talons et s'éloigna dans les dunes en courant. Toute autre alternative aurait rendu cette soirée encore plus infernale. Elle n'avait jamais entretenu de relations particulièrement proches avec ses parents ; c'était son frère Michael qui avait endossé ce rôle et puisqu'ils tenaient Carol responsable de sa mort, ils étaient devenus encore plus distants. Mais elle ne pouvait pas s'imaginer vivre avec une mère comme Vanessa. C'était incroyable que Tony ait survécu à ça, un miracle qu'il soit devenu l'homme qu'il était.

Une tempête se déchaînait en elle, à présent, un mélange de panique, de douleur et de dégoût. Tout le travail accompli, tous les progrès qu'elle avait cru faire, tout cela était balayé. Elle était revenue au point de départ, elle avait échoué. Elle marcha sur la plage en direction de la mer qui s'était retirée loin à marée basse et dont la surface argentée scintillait sous la lune presque pleine, laquelle exerçait une attraction sur Carol comme sur l'océan.

Elle savait ce qui lui restait à faire. Le tout était de savoir si elle en aurait le courage.

## 50

> *Plus les neurosciences nous en apprennent sur le fonctionnement du cerveau humain, plus nous, les psychologues, devons intégrer d'éléments dans nos analyses. Par exemple, il est maintenant admis qu'un trauma au lobe frontal peut provoquer un changement de personnalité se manifestant par une absence d'inhibition, des comportements agressifs et des prises de risque.*
>
> *Décrypter les crimes*, Dr Tony Hill

Le Dr Elinor Blessing enfila sa blouse blanche, passa son stéthoscope autour de son cou et quitta les vestiaires pour pénétrer dans la cafétéria juste à côté. Elle remplit sa bouteille d'eau à la fontaine sans prêter attention aux conversations environnantes tandis qu'elle se concentrait sur la tournée matinale qui l'attendait. Elle fut tirée de ses pensées par un jeune médecin dégingandé qui l'appela.

— Tu le connais, n'est-ce pas, Elinor ?

Elle se retourna légèrement.

— Qui ça ?

— Le tueur du service quatorze.

— De quoi est-ce que tu parles, Chisholm ?

Plus agacée qu'intéressée par cet échange, elle se retourna vers sa bouteille.

— Le tueur du service quatorze. Tu le connais.

Elle soupira, exaspérée. Elle n'aimait pas Chisholm. Il était désinvolte, dédaigneux et enclin à faire de prétendues blagues aux dépens des patients. Ce commentaire semblait se ranger dans cette catégorie.

— Répéter la même absurdité ne la rend pas plus claire. Tu ne feras pas une grande carrière de médecin si tu ne sais pas t'exprimer distinctement.

Il leva les yeux au ciel.

— Il y a un type dans la chambre d'appoint du service quatorze. Il est entré hier soir avec une fracture du crâne. Il est sous surveillance policière parce qu'il est détenu à la prison de Doniston...

— Tony ? dit Elinor, le choc lui serrant la poitrine. Tony Hill ?

Chisholm afficha un sourire triomphant.

— Je savais que tu le connaissais ! J'ai dit à l'infirmière de service : "La femme du Dr Blessing a travaillé avec lui avant le meurtre."

Elle s'approchait déjà de la porte. Elle s'arrêta et se retourna face à lui, les yeux pleins de colère, puis lui dit d'une voix glaciale :

— Tais-toi, Chisholm. On ne se permet pas d'enfreindre le secret professionnel au sein de cet hôpital. Surtout quand on est aussi con que toi.

Elinor referma la porte derrière elle sans réagir à la réponse de Chisholm :

— Mais il a bien tué quelqu'un, ça ne change rien.

Prendre le couloir, suivre la ligne de carrelage bleu jusqu'à l'ascenseur, appuyer sur le bouton, appuyer de nouveau inutilement. Cinquième étage, suivre le carrelage rouge jusqu'aux services, douze, quinze, passer la double porte de l'accueil du service quatorze. Neurochirurgie. Ce n'est qu'en voyant l'air étonné de l'infirmière qu'Elinor réalisa à quel point elle avait mauvaise mine. Elle parvint à afficher un sourire.

— Vous avez un patient qui s'appelle Hill ? Tony Hill ?

Un rapide éclair de curiosité, immédiatement camouflé. Les infirmières n'aimaient rien laisser transparaître, en particulier avec des médecins qui n'étaient pas *leurs* médecins.

— Anthony Hill.

— Quel est le diagnostic ?

L'infirmière répondit à contrecœur :

— Il est arrivé de l'hôpital de Doniston hier soir. Fracture du crâne. Hématome sous-dural. Il va subir une trépanation dans la matinée avec Mr. Senanayake.

— Il est conscient ?

— On l'a mis sous légère sédation.

— OK. C'est un vieil ami à moi. Est-ce que vous pourrez m'avertir quand il reprendra connaissance après la chirurgie ? demanda-t-elle en montrant son numéro de biper à l'infirmière qui le nota en pinçant les lèvres. Merci. J'aimerais jeter un coup d'œil rapide. Il est dans le service ?

Elle commença à se diriger vers le couloir menant aux quatre lits du service.

— Non, il est dans une salle d'appoint. De l'autre côté, après le virage. Il y a un policier posté devant. Je ne sais pas si vous devriez...

Mais Elinor s'était déjà élancée. Devant une porte, un homme en uniforme montait la garde. La magie de la blouse blanche combinée à son air décidé fit des miracles et elle passa devant lui en hochant la tête. Il était là, dans la lumière tamisée, un bandage autour du crâne, bras posés sur les couvertures, un poignet menotté aux barreaux. Machinalement, elle saisit l'écritoire fixée au pied du lit, justification de sa présence si le policier vérifiait. Elle regarda rapidement les notes et les scanners. Rien de trop inquiétant. Si une hémorragie cérébrale pouvait être considérée comme « pas trop inquiétante ».

Tout le monde semblait petit, dans un lit d'hôpital. Surtout Tony, qui n'était déjà pas très grand au départ. Il avait l'air pâle et fragile, relié à des machines qui bipaient, ses yeux fermés cernés, le nez enflé et violacé. Cela étant, il respirait sans appareil et son pouls paraissait stable. Elle prononça doucement son nom. Pas de réponse.

— On est là pour toi, mon ami, dit-elle en replaçant l'écritoire avant de quitter la chambre.

— Qu'est-ce qui s'est passé ? demanda-t-elle l'air de rien au policier, en refermant la porte derrière elle.

— Le truc habituel, répondit-il avec indifférence. Il s'est retrouvé dans une bagarre avec la mauvaise personne. C'est vous qui allez l'opérer, alors ?

— Non, mais je m'intéresse à ce genre de cas.

Elle avait déjà repris la direction de l'accueil.

— Merci, dit-elle à l'infirmière. Je repasserai plus tard, mais tenez-moi au courant si ça évolue, s'il vous plaît.

En se dirigeant vers l'ascenseur, elle consulta sa montre. Elle allait être en retard pour sa tournée, mais pas de beaucoup. Elle avait le temps de passer un coup de téléphone.

Paula aimait les aéroports. Elle aimait l'anonymat et l'accès à la junk food qu'Elinor jugeait d'un mauvais œil. Elle aimait flâner dans le genre de boutiques qu'elle ne fréquentait pas en temps normal, en sachant qu'elle ne serait jamais assez bête pour dépenser sept cents livres dans un sac à main ou un stylo. Et elle appréciait de ne croiser personne à qui donner des ordres ou de qui en recevoir.

Elle sirotait un moka surmonté d'une quantité ridicule de crème fouettée quand son téléphone s'anima sur la table, affichant le nom d'Elinor. Surprise, car Elinor appelait rarement quand elle travaillait, elle saisit son portable et répondit.

— Dieu merci, je t'ai eue avant que tu embarques, dit Elinor sans préambule.

— Que se passe-t-il ? C'est Torin ?

Ce fut la première pensée de Paula, même si elle n'était pas techniquement sa mère.

— Non, c'est Tony.

— Tony ?

— Il est en neurochirurgie.

— À Bradfield Cross ? Mais c'est à des kilomètres de Doniston. Pourquoi il est là, que s'est-il passé ?

L'anxiété la fit élever la voix et une femme à la table voisine la fixa sans vergogne.

— Il est ici parce qu'on est le centre régional d'excellence en neurochirurgie. L'hôpital de

Doniston l'a transféré hier soir. Il a une fracture du crâne et une hémorragie cérébrale.

— Oh mon Dieu, non ! C'est terrible. Qu'est-ce qui s'est passé ? demanda Paula en tournant la tête et en baissant la voix.

— Je ne connais pas les détails. Le policier qui le surveille m'a dit qu'il avait été pris dans une bagarre. Mais Paula, ne panique pas. La blessure a l'air assez simple. C'est une petite hémorragie, et elle ne touche pas une zone critique. Ils l'ont programmé pour une opération de routine ce matin, ça devrait aller vite. Ils vont percer un petit trou et évacuer le sang pour enlever la pression, et ça devrait être terminé. Enfin, ils laisseront peut-être un drain pendant un jour ou deux. Mais il devrait s'en sortir sans problème. Je voulais juste te prévenir. Parce que ce sera sur tous les réseaux sociaux en un rien de temps, tu sais comment sont les hôpitaux.

— Pauvre Tony. C'est affreux, Elinor. Une fracture du crâne ?

— Ce n'est pas si grave, franchement. D'après les scanners, on dirait qu'il a heurté le coin d'un meuble. Une étagère ou une table. Mais je ne suis pas spécialiste.

— Je peux être là d'ici une demi-heure.

L'action, toujours le meilleur remède à la peur.

— Honnêtement, ce n'est pas nécessaire. Je ne t'ai pas appelée parce que c'est inquiétant, mais juste pour que tu l'apprennes par moi.

— Fais-moi confiance, je suis médecin, c'est ça ? commenta Paula avec affection et non sarcasme.

— Quelque chose comme ça. Maintenant, va à Galway et je t'appelle dès que j'ai des nouvelles. C'est promis.

Une pensée traversa l'esprit de Paula. Elle n'arrivait pas à croire qu'elle avait mis autant de temps à surgir.

— Je vais devoir l'annoncer à Carol.

— Oui. Et il faut que ça vienne de toi.

Paula soupira.

— Elle n'a pas besoin de ça. Elle est en pleins progrès.

— Tu ne peux pas ne pas le lui dire.

Paula rit doucement.

— Non, sauf si je veux rejoindre Tony en neurochirurgie, commenta-t-elle en levant les yeux sur le tableau des départs. L'embarquement n'a pas encore commencé. Je vais l'appeler tout de suite.

Mais elle n'obtint pas de réponse. Elle tomba directement sur la messagerie. Comme la veille au soir. Après le bip, Paula dit : « Carol, rappelle-moi quand tu auras ce message. C'est important. Je m'apprête à monter dans un avion, j'atterris juste avant midi. À plus tard. »

Elle se leva d'un coup et s'éloigna sans terminer sa boisson, l'envie envolée. Elle se demandait où était Carol et pourquoi elle ne répondait pas à son téléphone. Elle ne put s'empêcher d'avoir peur pour son amie. Que pouvaient encore endurer Tony et Carol avant de craquer pour de bon ?

# 51

> *Même les psychopathes ont leurs limites. Ce qu'il faut, c'est trouver les points de pression qui permettront de les pousser à bout.*
>
> *Décrypter les crimes*, Dr Tony Hill

Melissa Rintoul aimait arriver au travail au moins une demi-heure avant son premier rendez-vous. Sa préparation habituelle incluait dix minutes de méditation puis un aperçu rapide du planning des rendez-vous pour s'assurer qu'elle était prête pour la journée. Avec le temps, elle avait appris à ne pas se laisser prendre par surprise. Cela n'aidait pas les patients si vous étiez visiblement choqué ou dégoûté face à leurs confidences. Mais même elle eut du mal à cacher sa surprise en trouvant à son arrivée à sept heures et demie une patiente sur le palier, tête baissée et bras autour des genoux.

— Carol, dit-elle d'une voix calme et posée. Et si vous entriez prendre un thé avec moi ?

Carol leva les yeux, visage hagard, yeux rougis et regard vide.

— J'ai échoué, annonça-t-elle en se levant péniblement, titubant sur ses jambes mal assurées.

Melissa lui tendit le bras pour qu'elle prenne appui, mais Carol préféra se soutenir contre le montant de la porte. Melissa la fit entrer directement dans la salle de consultation et Carol la suivit docilement en prenant la chaise qu'elle lui indiquait.

— Du thé, annonça-t-elle en retournant dans la salle d'accueil.

Elle fit bouillir de l'eau et mit deux sachets de thé vert dans des tasses, privilégiant l'efficacité à la délicatesse. Deux minutes plus tard, elle était de retour auprès de Carol et lui tendait sa boisson.

Melissa s'assit en face d'elle.

— Pourquoi pensez-vous que vous avez échoué ?

Carol fixa sa tasse.

— Hier soir, j'ai malmené quelqu'un. Ce n'était pas quelqu'un de bien. Mais ce n'est pas une excuse. Puis je suis restée sans rien faire pendant qu'une autre personne le menaçait avec un couteau. Je n'ai rien fait pour l'arrêter. J'ai été complice. Le pire c'est que j'ai... dit-elle en poussant un gros soupir. Je m'en suis délectée. Pendant que ça se déroulait, j'ai apprécié ce sentiment de puissance, tout en sachant que c'était mal. Je m'en suis voulu mais c'était comme une drogue. C'était plus fort que moi.

— Est-ce que vous ou votre collègue avez physiquement blessé cette personne ?

Carol secoua la tête.

— Pas vraiment.

— « Pas vraiment » ? Qu'est-ce que ça veut dire ?

Honteuse, Carol murmura :

— Je l'ai poussé. Il est tombé à la renverse. Mais il n'a pas eu mal, juste peur. Et puis il... il a cédé. Mais s'il ne l'avait pas fait... soupira-t-elle encore. Je crois que l'autre l'aurait blessé et que je ne l'en aurais peut-être pas empêchée. J'étais excitée.

— Comment vous sentiez-vous ? Physiquement, je veux dire ?

— Mon cœur battait vite, mon pouls était rapide. L'adrénaline me donnait presque la nausée.

— Mais vous n'avez pas réellement attaqué cet homme. Vous vous êtes contrôlée, Carol.

Carol secoua la tête.

— Non, j'ai failli basculer et perdre la tête.

— Mais ça ne s'est pas produit.

— J'en avais envie. Tout ce travail que j'ai effectué, ces exercices. Je croyais avancer, mais à la première crise j'ai craqué.

Elle posa sa tasse et se prit la tête dans les mains, couvrant son visage, se balançant sur sa chaise.

Melissa attendit que Carol repose ses mains sur ses genoux.

— Qu'est-ce que vous avez fait, après ?

Carol renifla.

— J'étais dégoûtée de moi-même. J'ai toujours essayé d'agir correctement. De me comporter de façon décente, honnête. Je déteste les brutes. Je ne crois pas avoir abusé de mon pouvoir quand j'étais policière. Je l'exerçais, c'est sûr, mais je n'en abusais pas. Mais aujourd'hui ? Je ne me reconnais pas.

— Qu'est-ce que vous avez fait, après ?

Carol se leva brusquement et s'approcha de la fenêtre. Dos tourné à Melissa, elle répondit :

— J'étais près d'une plage. J'ai traversé les dunes en courant puis j'ai marché vers la mer. Elle était loin, ça devait être marée basse. Je me sentais attirée par l'océan. J'avais envie d'avancer dans l'eau sans m'arrêter jusqu'à ce que plus rien n'ait d'importance.

— Je suis très contente que vous ne l'ayez pas fait, Carol. Pouvez-vous me dire ce qui vous a retenue ?

Carol lâcha un petit rire dépité.

— Ce qui me retient toujours. Le devoir. L'obligation.

— L'obligation envers qui ?

— Pas envers qui. Envers quoi, répondit-elle avant de se retourner en affichant un sourire sardonique. La justice. La réparation des fautes. Vous voyez, j'avais pris un engagement que je n'aurais pas pu honorer si je m'étais laissée sombrer au fond de l'océan. Alors je me suis forcée à faire demi-tour et je suis venue directement ici. Pour avouer mon échec à quelqu'un qui comprendrait pourquoi je me méprise à ce point, à l'heure qu'il est.

— S'il vous plaît, asseyez-vous, Carol. Ce n'est pas bon de s'agiter autant alors que vous devez trouver un espace de paix en vous.

Carol s'enfonça dans sa chaise comme une ado renfrognée.

— Je pensais contrôler mon stress, mais tout a merdé au premier problème.

— Non, Carol. Vous n'avez pas échoué. Le fait que vous soyez ici, et non au fond de l'océan ni en garde à vue pour avoir battu quelqu'un, ni ivre morte dans un caniveau... tout cela me prouve que c'est le contraire d'un échec. Vous n'êtes pas au même point que lors de votre premier rendez-vous ici. Vous avez avancé, Carol. Je sais que ce n'est pas ce que vous ressentez ce matin, mais vous allez mieux.

— Je ne suis pas capable d'affronter le monde.

— Ce n'est pas vrai. Vous passez du remords sincère à l'apitoiement, en très peu de temps. Ce n'est pas un sentiment sain pour vous et je pense que vous le savez très bien, Carol. Ce que vous allez faire maintenant, c'est une série d'exercices pour vous reconnecter. Pour vous ramener là où vous voulez être. Pour vous rappeler ce que cela vous apporte.

Melissa commença donc à guider Carol à travers la série d'exercices qu'elle lui avait enseignés. Elles avaient commencé les mouvements de bras depuis moins de cinq minutes quand Carol se laissa tomber à terre et se mit à pleurer, s'abandonnant aux sanglots comme une enfant. S'agenouillant à ses côtés, Melissa la prit dans ses bras, restant proche sans la serrer trop fort. Si elle pouvait insuffler à Carol un sentiment de sécurité à travers cette catharsis, il était fort possible que celle-ci parvienne à considérer cela comme un petit écart (deux pas en avant, un pas en arrière) et non comme un complet désastre, tel qu'elle l'avait exprimé ce matin.

Au bout d'un moment, les larmes de Carol cessèrent. Elle se laissa aller contre Melissa, épuisée.

— Je suis désolée, s'excusa-t-elle d'une voix rauque.

— Il n'y a pas de quoi. Je vous promets que vous n'allez pas sombrer une deuxième fois. Si vous êtes ici, c'est parce que ce processus fonctionne. Vous me faites confiance, n'est-ce pas ?

Carol réfléchit un instant avant de hocher la tête.

— Je crois que oui.

— Maintenant, vous devez appliquer cette confiance à vous-même, reprit Melissa qui la serra une dernière fois avant de l'aider à se relever. J'ai un autre patient maintenant. Avant de reprendre le volant, je veux que vous vous reposiez et que vous fassiez une série complète d'exercices. Nous avons une pièce à l'étage où vous pouvez vous allonger et dormir un moment.

Carol la suivit dans la salle d'attente, où un homme d'une cinquantaine d'années patientait, avachi sur une chaise, l'air mécontent.

— Je suis à vous tout de suite, Pete, annonça Melissa en passant, avant d'emprunter un petit escalier menant à une minuscule pièce meublée d'un lit et d'une table de chevet. Restez ici aussi longtemps que nécessaire. Mais avant de partir, promettez-moi de faire vos exercices.

Docile comme une enfant à présent, Carol acquiesça.

— Merci, dit-elle en s'asseyant aussi soudainement que si ses jambes avaient cédé. J'ai cru que je ne retrouverais jamais le sommeil quand je suis arrivée ici en pleine nuit. Je me trompais.

Melissa lui adressa un sourire rassurant.

— Soyez indulgente envers vous-même, Carol. Vous le méritez.

Et elle la laissa seule, refusant de douter des capacités de sa patiente à retrouver le chemin vers elle-même, plus paisiblement.

## 52

> *Les premiers travaux sur le profilage criminel divisaient, pour la plupart, les criminels en deux catégories : « organisés » et « désorganisés ». C'était une vision binaire qui ne tenait pas la route. Les criminels en série ont généralement un comportement qui entre dans ces deux catégories.*
>
> *Décrypter les crimes*, Dr Tony Hill

Paula traversa l'aéroport de Shannon en mode pilote automatique, suivant les mêmes panneaux que tout le monde, passant sans effort le contrôle des passeports.

— Profitons-en avant que le Brexit ne foute tout en l'air, grommela une jeune femme derrière elle dans la queue.

Quand Paula surgit dans le hall des arrivées, elle fut accueillie par un homme taillé comme un pilier de rugby vêtu d'un costume vert bouteille, avec une tignasse roux vif, tenant un panneau qui indiquait DI McIntyre[1], comme si son prénom était Diana.

---

1. « DI », « Detective Inspector », grade de Paula dans la version originale en anglais.

— C'est moi, dit-elle. Merci d'être venu me chercher.

Il lui adressa un large sourire et lui tendit une main qui enveloppa entièrement la sienne.

— Lieutenant Fintan McInerny, annonça-t-il d'une voix de stentor. Je suis basé à Galway. À votre service, madame.

Paula grimaça intérieurement. Comme Carol Jordan, elle détestait ce genre de formalités. Cela lui donnait l'impression d'être une vieille dame à côté de la plaque.

— Oubliez le « madame », répondit-elle. Appelez-moi Paula.

Il eut l'air gêné.

— Mon patron est à cheval sur les conventions. Ça ne lui plairait pas.

Paula lui sourit.

— Alors « capitaine » fera l'affaire, lieutenant.

Il lui rendit son sourire.

— La voiture est juste devant, dit-il en tendant le bras vers son sac de voyage. Est-ce que je peux porter ça ?

Elle acquiesça. Le féminisme, c'était bien joli, mais il n'y avait pas besoin de souffrir pour autant. Les lieutenants servaient à ça. En plus, McInerny aurait visiblement pu porter son sac avec son petit doigt.

Il n'avait pas exagéré. Pile devant le terminal, un 4 x 4 rutilant, élégant comme un rhinocéros, était garé sur une double ligne jaune, surveillé par un *garda* en uniforme. Ce dernier hocha la tête à l'intention de McInerny avant de s'éloigner. Quelques minutes plus tard, ils avaient quitté l'aéroport pour s'engager sur la M18. Au volant, McInerny ne traînait pas ; il doublait à la dernière minute, se collant à la voiture de devant avant de déboîter subitement sur la file de gauche. Paula, qui n'était pas revenue dans l'ouest de l'Irlande depuis un voyage très humide dans un camping quand elle avait une vingtaine d'années, était agréablement surprise de ne pas emprunter de route de campagne comme elle en avait vu à l'époque.

Comme s'il lisait dans ses pensées, il lui demanda :

— Vous êtes déjà venue ?

— Il y a tellement longtemps que ça paraît être dans une autre vie. Beaucoup de Guinness, beaucoup de musique live et beaucoup de pluie, voilà ce dont je me souviens.

— Rien n'a vraiment changé, si ce n'est que nos routes se sont améliorées et notre économie aussi. C'est dommage qu'il pleuve maintenant, le paysage est magnifique quand on peut le voir.

— Peut-être que ça va se dégager.

— Je crois que c'est parti pour la journée. Mais vous n'êtes pas venue admirer le panorama, n'est-ce pas ? Parler avec les religieuses, c'est ça ?

— Juste une seule. C'était la mère supérieure d'un couvent de Bradesden, à côté de Bradfield.

— Je suis allé à Bradfield, une fois. Ma cousine a épousé un gars de là-bas. Honnêtement, je n'en ai pas beaucoup de souvenirs. La réception avait lieu dans un bar irlandais et c'était plus irlandais que tout ce que j'ai vu dans ma vie, si vous voyez ce que je veux dire. Alors cette religieuse, vous pensez qu'elle a maltraité les enfants dont elle s'occupait ?

— Apparemment. C'est difficile de retrouver les anciennes résidentes. Elles ont atterri dans ce foyer pour des raisons qui favorisent rarement un mode de vie stable. Mais pour l'instant, nous avons un témoignage essentiel rapportant des maltraitances et de la torture psychologique, expliqua Paula en regardant par la fenêtre. Et une quarantaine de squelettes enterrés dans le jardin.

McInerny siffla.

— C'est pas quelque chose qui arrive par accident.

— Le problème, c'est que la maltraitance est difficile à prouver. Il n'y a pas de preuve physique expliquant la mort. Quant au prêtre du couvent, il s'est contenté de hausser les épaules en disant : « Les enfants, ça meurt. »

— Et malgré les révélations terribles qu'on a entendues sur la façon dont les sœurs et les prêtres ont traité les enfants et les jeunes dont ils s'occupaient pendant des années, il y a encore beaucoup de gens qui refusent d'y croire. Comme ma grand-mère. Elle pense que c'est un tas de mensonges de la part de personnes qui veulent soutirer de l'argent à l'Église. Tout le monde sait que l'Église est pleine aux as, et selon elle, c'est une cible facile pour les menteurs et les maîtres chanteurs, dit-il en secouant la tête. Elle se trompe, évidemment. Mais les gens de sa génération, ils ont consacré leur vie à l'Église. Comment peuvent-ils accepter les horreurs dont on n'arrête pas de parler ?

— Je comprends ce point de vue. Mais vous ne partagez pas cet avis, si ?

— Moi ? Bien sûr que non. J'ai toujours pensé que les bonnes sœurs étaient mauvaises. Vous n'avez pas remarqué qu'elles ressemblent toutes à des sorcières ? On avait une vieille sadique qui adorait nous taper le dos des mains avec sa règle. On devait les poser paume contre la table, elle pliait sa règle au maximum et *clac !* Elle la lâchait, et je peux vous assurer que ç'aurait fait pleurer Superman en personne. Bon sang, dit-il en frissonnant exagérément. Je me rappelle encore la douleur.

— Personne ne protestait ?

Il éclata de rire.

— Si vous rouspétiez en arrivant à la maison, on vous tirait les oreilles. « T'as dû faire une sacrée bêtise pour que sœur Augustine en arrive là », disait ma mère. Franchement, concernant les sœurs, je suis prêt à croire à peu près tout. À mon avis, Hitler aurait pu les charger de diriger ses camps de concentration, sans problème.

— J'aurais trouvé cette remarque exagérée avant qu'on découvre tous ces enfants enterrés au couvent de la Perle bénite.

Il y eut un silence pendant quelques kilomètres, puis McInerny reprit la parole :

— J'y suis peut-être allé un peu fort, tout à l'heure. Mon patron me dit toujours que je parle avant de réfléchir. Mais on ne va pas directement au couvent de l'Ordre de la perle bénite, n'est-ce pas ?

— Non, sœur Mary Patrick ne vit pas là-bas. Je ne sais pas pourquoi. Je ne suis pas vraiment au courant des différents modes de vie qu'on trouve dans les ordres catholiques.

— À mon avis, ils savent qu'elle a dépassé les bornes et ils ne veulent pas qu'elle contamine d'autres sœurs. Ils n'aiment pas exposer les postulantes et les novices à de mauvaises influences, dit-il avant de rire. Remarquez, la plupart des bonnes sœurs ne sont que de vieilles sadiques, alors une de plus, ça ne ferait pas grande différence.

Il doubla de près un camion transportant des moutons, en braquant brusquement. Paula fut persuadée que les moutons avaient l'air aussi terrifié qu'elle.

— Donc ce serait une sorte de punition ?

— Oui, mais elle vit toujours sur une propriété de l'Église. Je crois que c'était une des maisons des prêtres. Elle est à environ un kilomètre du couvent lui-même. Ils ne veulent pas la quitter des yeux.

— Pourquoi ils ne l'ont pas... je ne sais pas... virée ?

Il éclata de rire.

— On ne peut pas virer les sœurs. C'est le dernier job à vie qui existe. Elle pourrait être excommuniée, j'imagine, mais je n'ai jamais entendu parler de ça dans le coin. Je crois qu'ils ne le font que dans les cas d'hérésie totale. Tabasser des gamins ? Eh bien, apparemment, ce n'est pas une hérésie.

Avant que Paula ne puisse répondre, son téléphone sonna. Elle le sortit de sa poche et, voyant que c'était Carol, elle annula l'appel.

— Il va falloir que je la rappelle, expliqua-t-elle à McInerny. Est-ce qu'on peut se garer quelque part ? Je suis désolée, c'est confidentiel.

— Bien sûr, pas de souci. Il y a une bretelle de sortie à quelques kilomètres, je vais me poser là.

Paula ne vit pas les kilomètres suivants passer parce qu'elle essayait de réfléchir à ce qu'elle allait dire à Carol. Elle ne pouvait pas vraiment lui lancer : « Est-ce que tu veux d'abord la bonne nouvelle ou la très très mauvaise ? » Avant qu'elle ait mis au point sa stratégie, McInerny s'était garé sur le bas-côté et sortit.

— Je vais attendre dehors, annonça-t-il. La pluie ne me dérange pas, je suis habitué. En plus, je peux m'en griller une.

Une fois seule et sans plus d'excuse, Paula composa le numéro de Carol.

— Qu'est-ce qu'il y a de si urgent ? demanda Carol dès qu'elle décrocha.

— Tu n'es pas au volant, au moins ?

— Non, je suis seule. Qu'est-ce qui se passe ? demanda-t-elle en prenant une brève inspiration. C'est Tony, non ? Il lui est arrivé quelque chose ?

C'était, songea Paula, exactement ce qu'elle aurait demandé au sujet d'Elinor si on lui avait passé un coup de fil pareil.

— Il est à Bradfield Cross, expliqua-t-elle. Mais le pronostic est bon.

— Qu'est-ce qui s'est passé ? Il a été attaqué ? Je les ai avertis qu'il était exposé, vu qu'il a aidé à emprisonner beaucoup de gens.

— Je ne connais pas les détails. Tout ce que je sais, à ce stade, c'est qu'il a été impliqué dans une rixe. Il s'est cogné la tête, ou quelqu'un l'a frappé, je ne sais pas. Elinor m'a appelée pour me l'annoncer et elle n'a pas accès à plus d'informations, en dehors des données médicales. Elle m'a expliqué qu'il avait une fracture du crâne et une hémorragie cérébrale.

— Oh mon Dieu, non, gémit Carol. C'est grave ? Qu'est-ce qu'elle a dit ?

— Ils vont l'opérer en forant un petit trou dans le crâne pour soulager l'hématome et réduire le gonflement. D'après Elinor, c'est une procédure assez simple. Évidemment, elle n'est pas neurochirurgienne, mais elle sait lire un dossier médical.

— Il est conscient ?

— Il est sous sédatifs. Je crois que c'est surtout pour empêcher le patient de bouger et de faire davantage de dégâts.

— Tu penses que je devrais y aller ?

— Oui. Il est sous surveillance policière parce que… Eh bien, parce que c'est comme ça que ça marche. Mais dès qu'il reprendra conscience, je suis sûre qu'Elinor pourra te faire entrer.

— Je ne sais pas s'il aura envie de…

Elles savaient toutes les deux ce que Carol ne pouvait pas dire.

— Ce genre de choses remet les compteurs à zéro, Carol. Ça remet en perspective ce qui compte vraiment.

— Je ne sais pas…

Mal à l'aise, elle chercha à faire dévier la conversation.

— Alors, ça s'est passé quand ? demanda-t-elle.

— Je ne sais pas trop. Il a été transféré à Bradfield Cross hier soir parce que c'est là que se trouve le centre régional de neurochirurgie. Elinor l'a appris ce matin en arrivant au travail.

— Ce matin ? C'est impossible, répliqua fermement Carol. Tu m'as laissé deux messages me demandant de te rappeler. Le premier était hier soir. Je ne l'ai eu que ce matin. J'étais… j'étais occupée, j'avais une affaire à régler. Ensuite, ma batterie était morte. Mais tu l'as laissé hier soir.

Comme si Paula avait besoin de se rappeler que Carol était l'enquêtrice la plus perspicace avec laquelle elle ait travaillé.

— Oui, ce n'était pas au sujet de Tony. Je pensais t'en reparler plus tard, Tony compte plus que tout le reste.

— Je ne peux pas dire le contraire. Mais autant me le dire, maintenant que je suis là. Ça me changera les idées, dit-elle en reprenant sa respiration. J'ai besoin de quelque chose pour m'occuper l'esprit pendant que je conduis jusqu'à Bradfield.

— Où es-tu ? Tu n'es pas chez toi ?

— Non. Je suis... peu importe, ça ne change rien. Que voulais-tu me dire ?

— C'est à propos de l'affaire Saul Neilson. Tu as dit qu'elle n'était fondée que sur des présomptions, n'est-ce pas ?

— C'est ça. Et pas de corps.

— Eh bien, maintenant on a un corps, annonça Paula.

— Tu plaisantes ?

— Non, c'est vrai. On a eu la preuve ADN hier après-midi qu'il s'agit de Harry Bow.

— Alors où était-il passé pendant tout ce temps ? Comment l'avez-vous trouvé ?

— Tu te souviens de la deuxième série de corps retrouvés dans le parc du couvent ?

— Oui. Il n'en fait pas partie, quand même ?

On aurait dit que Carol était sur le point d'éclater de rire.

— Si. Il est l'un des huit jeunes hommes enterrés dans une partie différente du parc.

— Un tueur en série, en déduisit Carol. Oh mon Dieu.

— Dont on ignorait l'existence. Apparemment, toutes ses victimes sont de jeunes hommes, soit sans-abri, soit en marge de la société. Mais le truc, Carol, c'est que certains corps sont plus récents que Harry Bow. Saul Neilson n'aurait pas pu tuer au moins deux d'entre eux parce qu'il était en prison. Une fois qu'on aura tous les éléments médico-légaux, ton homme sera libre.

À présent, Carol éclata de rire.

— Bronwen Scott va me prendre pour une espèce de sorcière !

— Ça ne la surprendra peut-être pas. Écoute, je dois y aller, il y a un pauvre *garda* qui attend sous la pluie que je raccroche. Si j'ai des nouvelles de Tony, je te tiendrai au courant. Et si tu veux les détails sur l'ADN, parles-en discrètement à Stacey.

— Ça marche. Souhaite-moi bonne chance. Non, attends : souhaite plutôt bonne chance à Tony. Il en a plus besoin que moi.

— Vous le méritez tous les deux, conclut Paula avant de raccrocher et de tapoter sur la vitre pour rappeler McInerny.

S'il y avait un peu de chance en rab, elle en voulait bien, elle aussi. Si Dieu était toujours du côté de sœur Mary Patrick, elle allait en avoir besoin.

# 53

> *L'un des avantages que représente un profileur pour une enquête, c'est qu'il peut suggérer des pistes d'investigation possibles. C'est notre mission d'aider les enquêteurs à garder l'esprit ouvert.*
>
> *Décrypter les crimes*, Dr Tony Hill

C'était déjà difficile de comprendre les analyses médico-légales du Dr Chrissie O'Farrelly dans le labo. Mais discuter des résultats par téléphone, c'était presque impossible pour Alvin.

— Attendez un instant, docteur. Il va falloir me répéter ça.

Heureusement, elle gloussa au lieu de soupirer.

— Je vais vous envoyer les résultats par mail, lieutenant, mais j'espérais que ça pourrait vous aider qu'on parle des points essentiels.

*Ce serait le cas, si je n'étais pas si loin de ma zone de confort.*

— Je comprends. C'est juste que je n'y connais pas grand-chose.

— Je vais réessayer. À première vue, rien n'indique la cause des décès, parce que nous n'avons pas de tissu mou et que les ossements ne paraissent pas endommagés. Quand je dis ça, je veux parler d'entailles et de coupures provoquées par des blessures au couteau, ou de traumatismes sévères. Pas d'impact de balles sur les crânes, expliqua-t-elle avant d'adopter un ton plus grave. Mais il y a un nombre significatif de fractures guéries. Essentiellement sur les bras et les côtes, quelques jambes cassées et même quelques anciennes fractures du crâne. En soi, rien de tout ça n'est étrange. Les enfants ont des accidents. Ils tombent des arbres, des balançoires, des murs. Ce qui est frappant ici, c'est la proportion de blessures que nous voyons. Quarante crânes, indiquant au moins quarante dépouilles. Et jusqu'à maintenant, nous avons enregistré plus de soixante-dix os cassés. Ça fait beaucoup, lieutenant. J'ai trois fils assez actifs et à eux trois, je ne comptabilise qu'une fracture de la clavicule.

— Ce n'est pas bon signe, constata Alvin. Est-ce que vous diriez que nous avons des preuves de maltraitance ?

— Je ne formule pas ce genre de jugements. C'est le rôle de gens comme Tony Hill, répondit-elle avant de marquer une pause. Il doit vous manquer.

— Oui. Mais assurément...

— Mon travail consiste à constater les données, à formuler des observations factuelles, et non à vous dire ce que vous devez en conclure. Je dirais donc qu'il y a un niveau bien plus élevé de fractures sur ces squelettes qu'on pourrait s'attendre à en trouver dans le reste de la population.

— OK. Je comprends.

— L'autre nouvelle que j'ai pour vous, c'est qu'on a avancé sur les étiquettes. Les sœurs avaient peut-être fait vœu de pauvreté, mais ça ne s'appliquait pas aux culottes. Presque toutes les étiquettes de sous-vêtements que nous avons pu identifier venaient de Marks and Spencer. Évidemment, il y a quelqu'un au fin fond d'un bureau quelconque qui sait tout ce qu'il y a à savoir sur les étiquettes M&S depuis la nuit des temps. Je vous enverrai son rapport, mais voici les éléments essentiels. Les plus récentes datent d'il y a six ans. Ensuite, nous en avons quatorze qui ont entre six et quinze ans, et si on remonte encore dix ans en arrière, sept. Quatre des années quatre-vingt-dix. Six des années quatre-vingt. Voilà où on en est, pour l'instant. Les chimistes poursuivent leurs analyses, mais on n'a guère espoir d'obtenir davantage de résultats, dit-elle en soupirant. Les pauvres petites.

— On voit beaucoup d'horreurs dans ce job, mais rien de pire que ça. Quel genre de vie ont mené ces enfants ? Tous ces os cassés... dit-il en secouant la tête. Comme on ne recherche pas de données personnelles, on a pu obtenir quelques informations de l'hôpital de Bradfield Cross. Ces dix dernières années, une seule hospitalisation d'une fille de St. Margaret Clitherow avec une fracture ouverte du bras. Et pourtant, vous me dites qu'il y en a eu des dizaines.

Il sentait la rage bouillonner en lui comme une aigreur d'estomac.

— Certaines sœurs étaient sans doute infirmières, fit remarquer Chrissie. Vous devriez vérifier. Je n'exprime pas d'opinion professionnelle sur ce point, parce que, comme vous, je suis atterrée. Mais ce n'était peut-être pas aussi sinistre que vous l'imaginez.

Cela le rassura un tout petit peu. Après avoir raccroché, il se concentra sur les rapports que Chrissie lui avait transmis. Détaillés sur l'écran, les faits paraissaient encore plus violents que ses paroles. Il pensa à ses enfants, qui le poussaient à bout, parfois. Mais il se serait coupé une main avant de les frapper. L'idée de briser les os d'un enfant l'emplissait de rage. Il regretta d'avoir arrêté la boxe. À ce moment précis, il aurait vraiment eu envie de se défouler pendant une demi-heure sur un sac d'entraînement.

# 54

> *Beaucoup de gens ont une piètre opinion de la police. Et au cours de ma carrière, j'ai rencontré de nombreux officiers de police avec qui je n'aurais pas partagé un repas pour tout un tas de raisons. Mais la plupart des policiers avec qui j'ai travaillé ne cherchent pas simplement à faire leur travail. Ils sont prêts à mettre les bouchées doubles pour obtenir des réponses.*
>
> Décrypter les crimes, Dr Tony Hill

Stacey Chen avait déjà décidé qu'elle n'appréciait pas les manières de travailler du commandant Rutherford. Même si elle savait que le meilleur moyen d'avoir la paix était de lui fournir les informations demandées, elle n'avait nullement l'intention de laisser cela perturber ses habitudes de travail. Après des années d'observation silencieuse, elle avait pris conscience qu'il existait deux types d'enquêteurs. Ceux qui écoutaient les instructions et y répondaient, souvent très efficacement. Point barre. Et ceux qui écoutaient ce qu'on leur demandait puis s'y prenaient à leur manière. Stacey aimait croire qu'elle appartenait à ce second groupe. Cela lui permettait de faire ce qu'elle voulait tant qu'elle accomplissait les missions requises par l'enquête.

Carol Jordan n'avait pas eu son pareil pour dénicher des enquêteurs dotés d'une certaine dose de non-conformisme et dont les résultats dépassaient largement ceux de la moyenne. Stacey avait donc toujours eu l'impression que ses méthodes étaient approuvées et justifiées, vu ce qui se passait autour d'elle. Les rescapés de son ancienne unité partageaient tous cette tendance à aborder les choses sous un angle inattendu. Elle savait à quoi s'en tenir avec Paula et Alvin et, dans une certaine mesure, Karim. Mais Sophie Valente et Steve Nisbet, c'était une autre histoire.

Elle avait effectué des recherches Internet à leur sujet, bien entendu. Les résultats s'étaient avérés décevants ; rien qui suggère davantage qu'une ennuyeuse ligne droite.

Il leur revenait donc à eux, les anciens, de prouver que la BREP était à la hauteur de son budget. Pendant des jours, Stacey avait écumé les bases de données, certaines via un accès autorisé, d'autres par une série de portes dérobées qu'elle avait développées ou dans lesquelles elle avait investi au fil du temps, d'autres encore grâce à des amis qui lui étaient redevables et trempaient dans les eaux ténébreuses du Dark Net.

Elle avait transmis au compte-gouttes les coordonnées et les noms des religieuses de Bradesden au centre opérationnel de Sophie, et avait épluché tout ce qu'elle avait pu trouver au sujet de jeunes hommes portés disparus de l'âge des victimes. Leur nombre l'avait impressionnée par le gâchis que cela représentait, même après qu'elle avait revu ce chiffre à la baisse en les comparant aux archives criminelles, aux actes de décès, et à ceux qui étaient réapparus quelques années plus tard.

Maintenant que les résultats ADN étaient arrivés du labo, elle avait relancé des recherches dans ses bases de données pour trouver l'identification formelle de huit jeunes hommes dont les familles et les amis obtiendraient enfin les réponses aux questions qu'ils posaient depuis des années. Ou plutôt, comme Stacey le soupçonnait pour certains d'entre eux, les questions qu'ils n'avaient jamais posées. Soit parce qu'ils n'avaient rien remarqué, soit parce qu'ils s'en fichaient ou trouvaient que les absents posaient moins de problèmes.

Les équipes médico-légales avaient passé la voiture de Martinu au peigne fin en quête de preuves, sans succès pour l'instant. Apparemment, il n'y avait aucune trace ADN des victimes et ce n'était pas parce que Martinu était un maniaque de la propreté. Sa voiture contenait les déchets habituels : emballages alimentaires, cannettes de soda et tickets de parking. Mais rien indiquant que les victimes étaient montées dans sa voiture.

S'il se contentait de creuser les tombes, cela se justifiait. Cependant, rien ne prouvait ses dires. Comme Stacey ne l'avait pas interrogé, son opinion n'était pas contaminée par sa version des faits telle qu'il l'avait racontée. C'était plus facile pour elle d'aborder l'affaire de façon détournée. Et s'il n'y avait personne d'autre ? Et si Martinu était bel et bien le tueur mais qu'il jouait un rôle pour se protéger des terribles conséquences de ses actes ? Qu'aurait-il mis en place pour couvrir ses arrières ? Il ne serait pas le premier tueur en série à induire les enquêteurs en erreur.

Stacey avait laissé cette idée mûrir dans un coin de son esprit pendant qu'elle travaillait sur des tâches qu'on lui avait demandées. À présent, elle avait un peu de temps pour tester ses hypothèses.

Si Martinu était le tueur, comment menait-il ses victimes jusqu'à leur tombe ? Ces jeunes hommes n'allaient pas de Bradfield jusqu'au couvent à pied. Probablement pas en bus non plus parce que l'arrêt le plus proche du village se trouvait à un kilomètre et demi sur la grande route et, honnêtement, Bradesden était le genre d'endroits où, si l'on voyait des jeunes comme eux se balader, on appelait directement la police locale. Ils ne venaient pas en voiture non plus puisque aucun n'en possédait. Elle avait vérifié auprès du service des immatriculations. Ces données étaient connues.

La réponse la plus évidente – la seule – était que Martinu avait accès à un autre véhicule. S'il appartenait à un ami ou à un parent, pas de chance pour Stacey. Néanmoins, emprunter une voiture pour transporter d'étranges jeunes hommes ou leurs cadavres, c'était prendre beaucoup de risques. Il voulait sans doute contrôler son environnement.

Peut-être en avait-il acheté une autre, qu'il ne gardait pas chez lui. Dans un garage, quelque part. Dans une rue tranquille où personne ne remarquerait quelqu'un stationné plusieurs jours d'affilée. Ce n'était pas difficile de cacher une voiture en pleine rue. Il suffisait de choisir un quartier où les résidents n'avaient pas de problème de stationnement susceptible de transformer n'importe quel véhicule inconnu en objet de haine.

Cette voiture devait être fiable. La dernière chose qu'il voulait, c'était tomber en panne avec un cadavre dans le coffre. Cela éliminait donc le bas de gamme. La plupart des gens ignoraient comment acheter une voiture sans que leur nom et adresse figurent sur la carte grise. Et comme rien n'indiquait que Martinu frayait avec des criminels, il était probable qu'il ait fait les choses en toute légitimité.

En fredonnant, Stacey s'introduisit dans le labyrinthe du service des immatriculations. Elle connaissait les lieux ; cela ne l'effrayait pas. Leur moteur de recherche était extraordinairement compétent pour une agence gouvernementale. Au bout de quelques secondes, elle trouva ce qu'elle cherchait.

Jerome Martinu, de Garden Cottage, Fellside Road, Bradesden, était le propriétaire officiel du SUV Toyota que les techniciens d'investigation criminelle avaient ratissé tels des aspirateurs humains. Et également d'une berline Skoda Octavia vieille de trois ans.

Ses lèvres esquissèrent un semblant de sourire. L'étape numéro un avait porté ses fruits. Place à l'étape numéro deux. À cause des organisations de défense des libertés civiles, toujours plus vigilantes, qui lui compliquaient la tâche, les archives des caméras d'identification des immatriculations qui couvraient quasiment tous les axes majeurs – et beaucoup de petites routes – n'étaient conservées que pendant deux ans. Mais c'était peut-être suffisant pour prouver que Martinu avait l'habitude de conduire dans les quartiers où les victimes avaient été vues pour la dernière fois.

Stacey entra les données dans le système de reconnaissance des plaques. *Que le spectacle commence, Jezza*, pensa-t-elle.

## 55

> *Notre façon d'appréhender l'amour et la mort, en pratique, se forge dans la plus tendre enfance. Comme le dit Richard Dawkins : « La phrase des Jésuites : "Donnez-moi un enfant pendant ses sept premières années et je vous rendrai l'homme qu'il sera" a beau être rebattue, elle n'en est pas moins exacte (et sinistre) pour autant. »*
>
> Décrypter les crimes, Dr Tony Hill

— Avant, ça appartenait à l'une de ces familles anglo-irlandaises qui ont tout perdu pendant la Grande Dépression, expliqua McInerny en indiquant du pouce une bâtisse grise, sans beauté mais imposante, aux abords de Galway. Alors la Perle bénite l'a récupérée pour y loger un groupe de sœurs.

— Belle vue sur la mer, constata Paula en tournant la tête pour regarder par la vitre.

— Ça compense pas les courants d'air et l'humidité, répliqua-t-il en tournant brusquement le volant pour s'engager sur une route étroite. Ouh là, j'ai bien failli rater le virage !

La route montait en pente régulière à travers des haies et des talus couverts d'ajoncs, sans une seule maison en vue, pour déboucher, après un tournant, sur une villa victorienne carrée.

— Nous y voilà.

Il se gara dans l'allée gravillonnée où de mauvaises herbes poussaient ici et là. Pour une raison inconnue, la maison avait été construite à angle droit par rapport à la mer, si bien que seules deux fenêtres du pignon bénéficiaient de la vue. Une femme vêtue de ce que Paula aurait défini comme une tenue de religieuse en civil leur ouvrit la porte. Jupe grise, chemise blanche boutonnée jusqu'au cou, cardigan gris et voile minimaliste sur la tête qui frôlait à peine ses épaules. Elle semblait avoir une cinquantaine d'années et elle les accueillit avec un doux sourire.

— Bonjour, en quoi puis-je vous aider ?

— Nous sommes ici pour voir sœur Mary Patrick, annonça McInerny. Lieutenant McInerny, de la *garda*. Et capitaine McIntyre.

— Des policiers ? dit-elle sur un ton de surprise plutôt que de méfiance, avant de se signer. Est-ce que vous avez de mauvaises nouvelles ?

C'était une question étrange, pensa Paula. Parce que quand les flics venaient vous rendre visite, ce n'était jamais une bonne nouvelle. Même quand ils venaient annoncer une arrestation à des victimes ou à leurs familles, cela leur rappelait les événements dramatiques qui avaient précédé.

— Sœur Mary Patrick ? demanda Paula.

— Et si vous entriez, pour discuter ?

La sœur les conduisit à un petit salon non loin de l'entrée.

— Je vais aller... ajouta-t-elle vaguement avant de disparaître.

La pièce était sommairement meublée de chaises standard modernes autour d'une table qu'on aurait dit rescapée d'un café. Une gravure de la Vierge Marie berçant son fils mort était suspendue au-dessus d'une cheminée fermée par une grille couverte de poussière.

— Réjouissant, murmura Paula.

McInerny grogna.

— Les cathos ne sont pas des boute-en-train...

La porte s'ouvrit pour révéler une grande femme vêtue de l'habit religieux noir, crucifix sur la poitrine, chapelet d'ambre à la taille.

— Je suis sœur Mary Patrick de l'Ordre de la perle bénite, annonça-t-elle distinctement d'une voix forte avec un accent du Nord léger mais perceptible.

D'un pas vif, elle s'approcha de la table et s'assit sans quitter Paula des yeux. McInerny aurait pu être invisible. Il recommença les présentations, expliqua que Paula venait de Bradfield, mais la sœur demeura impassible. Elle avait dû être belle dans sa jeunesse, songea Paula. Pommettes hautes, nez fin, mâchoire bien dessinée qui commençait tout juste à s'empâter. Paula avait lu dans le dossier qu'elle avait cinquante-neuf ans, mais elle lui aurait donné facilement cinq ans de moins, en dépit des ombres violacées sous ses yeux bleu profond.

— Vous savez pourquoi nous sommes ici, commença-t-elle.

— Ah bon ?

— Les dépouilles de quarante enfants ont été découvertes dans le parc du couvent où vous étiez mère supérieure. Je ne peux pas croire que personne ne vous en ait parlé.

— Je n'ai rien à dire à ce sujet, répondit-elle en croisant les bras mollement sur la table.

— Vous étiez responsable des filles dont vous vous occupiez.

— Le couvent existait depuis les années trente. Il y a eu plusieurs mères supérieures avant moi.

Paula sortit son téléphone et consulta le mail qu'Alvin lui avait envoyé.

— Pendant combien de temps avez-vous dirigé St Margaret Clitherow ?

— Je ne comprends pas bien de quel droit vous pensez pouvoir m'interroger. Ce n'est pas votre juridiction.

— La capitaine McIntyre est ici avec le soutien total de la *Garda Síochána*, intervint McInerny. *Merci*.

— Nous gagnerons tous du temps si je n'ai pas à répéter toutes les questions, juste pour une affaire de juridiction, ajouta-t-il avant de sortir son téléphone. Je vais enregistrer cette conversation, comme ça nous saurons tous à quoi nous en tenir.

Sœur Mary Patrick fut momentanément déconcertée mais se ressaisit rapidement.

— Très bien. Pour répondre à votre question, j'ai été mère supérieure là-bas pendant douze ans. Jusqu'à la fermeture du couvent il y a cinq ans. J'ai passé un peu de temps à la maison mère de York avant d'être envoyée ici.

— Pourquoi vous a-t-on envoyée ici ? Quel est votre rôle ?

Le ton de Paula était léger mais son intérêt réel. S'agissait-il d'une punition ? Ou d'une mise au placard ?

— La prière et la contemplation.
— Seule ?
— Vous avez rencontré sœur Dorothée. Elle gère l'intendance ici. Sœur Mary Francis et sœur Margaret vivent ici également.
— En prière et en contemplation ?
— Il faudrait leur poser la question. Je ne suis pas responsable d'elles.
— Cela semble étrange de finir ici, pour une mère supérieure.
— Diriger un couvent, un foyer pour filles et une école est très exigeant. Je l'ai fait pendant douze ans. Un temps de renouveau était le bienvenu.
— Et vous êtes-vous renouvelée ?

Sœur Mary Patrick se contenta de la regarder droit dans les yeux, sans expression.

— J'aimerais que nous parlions de ces années où vous étiez à Bradesden. D'après nos experts médico-légaux, au moins quatorze de ces corps remontent à cette période-là. J'ai du mal à comprendre. Mais il s'avère que quatorze filles décédées ont été inhumées illégalement sous votre responsabilité.

Sœur Mary Patrick poussa un soupir et secoua la tête.

— Il n'y a rien de sinistre là-dedans. Les enfants meurent. Ces filles n'avaient personne pour se soucier d'elles. Nous les avons enterrées dans la dignité chrétienne.
— En pleine nuit ? Selon moi, on dirait que vous aviez quelque chose à cacher.
— Nous avions le devoir de ne pas perturber les autres. Les petites filles s'alarment vite.
— Et sans vous embêter avec des certificats de décès, non plus ? insista Paula d'une voix glaciale.

— Je ne sais rien de tout cela.

— Comment est-ce possible ? Vous étiez responsable de ces filles devant la loi.

Elle esquissa un semblant de sourire.

— Je déléguais cette partie. Malheureusement, sœur Gerardine, qui s'occupait de la santé des filles, est aujourd'hui atteinte de démence. Elle vit à la maison mère de York, mais à l'heure qu'il est, elle ne sait même plus comment elle s'appelle. Je doute donc qu'elle puisse vous aider.

Paula comprit qu'elle était face à une redoutable adversaire. Il lui faudrait monopoliser toutes ses compétences pour réunir des preuves contre sœur Mary Patrick, une femme qui s'était manifestement préparée à cette éventualité. Il lui fallut un bref moment pour tempérer cette colère incrédule.

— Nous avons des témoignages qui prétendent que la violence et la torture psychologique étaient courantes à St. Margaret Clitherow. Il y a des accusations contre vous, notamment.

— Je n'en doute pas. Certaines filles dont nous nous occupions à la Perle bénite étaient vives, mais aussi profondément amorales. Dès que cette histoire est devenue publique, je suis sûre que des menteuses en ont profité pour proférer des allégations sans preuves. Depuis des années, l'Église a échoué à régler le problème des prêtres maltraitant des enfants et cela fait de nous des cibles faciles pour les charlatans. Je pourrais sans doute vous donner une liste de ces accusatrices. Pour elles, nous sommes une proie facile, expliqua-t-elle avant de repousser sa chaise. Je vous ai généreusement offert mon temps et mes réponses, mais cette générosité a des limites. Donc si vous avez terminé ?

— Pas tout à fait. J'ai des questions à vous poser au sujet de votre gardien, Jerome Martinu.

Une expression qui ressemblait presque à de la surprise se peignit sur son visage.

— Oui ?

— Il creusait les tombes, n'est-ce pas ?

Elle hocha la tête.

— Oui.

— Sans poser de question ?

— Il comprenait qu'il avait un devoir envers le couvent.

— Avez-vous connaissance d'autres tombes qu'il ait pu creuser au sein de la propriété ?

Elle haussa les épaules d'un air indifférent.

— Seulement une autre.

## 56

*Les dossiers qui m'ont le plus coûté ont toujours été ceux qui faisaient écho à mon propre passé. Parfois, en construisant un profil, j'en apprenais autant sur moi-même que sur le criminel.*

Décrypter les crimes, Dr Tony Hill

Un jour de plus ne ferait pas une grande différence pour Saul Neilson, se dit Carol en descendant rapidement l'escalier du cabinet de Melissa Rintoul. Elle parlerait à Bronwen Scott quand elle aurait les idées claires. Pas le temps de remercier Melissa ni même de lui dire au revoir. En cet instant, il n'y avait qu'un seul endroit où elle voulait être.

Elle courut dans l'allée où elle avait garé la Land Rover, déchirant le ticket de parking collé à son pare-brise avant de le balancer sur le siège passager. Elle démarra puis se força à faire une pause pour reprendre sa respiration. Les paroles de Melissa lui revinrent en mémoire : « Avant de partir, promettez-moi de faire vos exercices. »

Carol savait que c'était sensé. Pas seulement pour elle, mais dans l'intérêt de tous les automobilistes qu'elle croiserait entre Édimbourg et Bradfield. Assise derrière son volant, elle effectua donc les exercices devenus familiers, en tentant de réprimer son impatience et de se calmer.

Quand elle eut terminé, sa respiration était régulière, ses paumes n'étaient plus moites. Elle brancha son téléphone à la sono et choisit une playlist avec Jocelyn Pook, Lisa Gerrard, Jóhann Jóhannsson et Ólafur Arnalds qu'elle avait composée pour se détendre. À ce moment-là seulement, elle sortit du parking et s'engagea dans la circulation.

Malgré ses efforts, son imagination tournait à plein régime. Et si la blessure était plus grave que ce que Paula avait dit ? Et si les séquelles étaient plus importantes ? Elle avait enquêté sur des dossiers où des gens avaient changé de personnalité suite à un traumatisme crânien. Et si cela lui arrivait ? Qu'il devenait quelqu'un d'autre, ensuite ? Comment pourrait-il accepter de perdre sa faculté d'empathie ? Ou sa capacité à analyser les comportements humains et à en tirer des conclusions inattendues ?

Est-ce qu'il serait encore Tony ? La dernière fois qu'ils s'étaient parlé, il lui avait dit qu'il l'aimait. Certes, il avait ensuite cessé tout contact avec elle tant qu'elle ne prenait pas conscience de sa maladie et qu'elle ne se soignait pas. Mais à présent, elle s'était prise en main, elle était en chemin vers la guérison. Et s'il ne la reconnaissait pas ? S'il ne ressentait plus la même chose pour elle ? S'il ne l'aimait plus ?

Et si elle ne ressentait plus la même chose pour lui ?

— C'est ridicule ! s'écria-t-elle.

Elle se rappela qu'elle avait été formée pour travailler sur des faits. La spéculation n'avait de valeur que si elle menait à des réponses. Et il ne pourrait pas y avoir de réponse tant qu'elle ne l'avait pas vu en personne.

Le trajet lui parut interminable, même si elle savait que ça roulait bien. Elle essaya de penser à autre chose. À la différence que pouvaient faire les analyses ADN dans le dossier Saul Neilson. Cela permettait de supposer que Harry Bow était une des victimes que n'aurait pas pu tuer Saul Neilson, puisque au moins deux d'entre elles étaient mortes alors qu'il était écroué. Mais elle devait bien admettre que cela ne l'exonérait pas totalement. Pour ça il fallait que Paula et son équipe trouvent un tueur et le relie à la mort de Harry Bow. À ce moment-là, ils franchiraient une étape.

Mais il y avait d'autres pistes à explorer. Bow avait un colocataire. D'autres gens devaient forcément le connaître. D'après ce que Carol avait lu dans le dossier de la défense, on ne s'était guère efforcé de trouver des personnes à qui il aurait pu parler après avoir quitté l'appartement de Saul Neilson. Elle se demandait pourquoi. Le nom de son avocat ne lui était pas familier.

Pour arrêter de penser à Tony, elle décida d'appeler Bronwen. À cette heure de l'après-midi, elle devait être sortie du tribunal.

— Carol, dit Bronwen. Est-ce que vous avez du nouveau ?

— J'y travaille, répondit Carol qui n'était pas prête à partager ce qu'elle savait.

Elle avait du mal à perdre l'habitude de bâtir un dossier complet avant de le soumettre à quelqu'un d'extérieur.

— J'ai eu l'occasion de regarder de plus près le dossier de la défense, et j'ai l'impression que son avocat ne s'est pas donné beaucoup de peine pour trouver des témoins attestant des actions de Harry après avoir quitté Saul. Je n'ai jamais entendu parler de cet avocat. Il y a eu un problème ?

— Un léger problème, rétorqua Bronwen. Saul avait des revenus trop élevés pour prétendre à un avocat commis d'office, alors il a engagé un vieux copain d'école qui n'avait jamais défendu de meurtre avant. Ni aucun crime aussi grave. Et comme Saul ne connaissait rien au système de justice pénale, il ne s'est pas rendu compte que son copain n'était pas le meilleur qui soit.

— Évidemment, il aurait dû faire appel à vous, dit sèchement Carol.

— Évidemment. Vous pensez qu'on peut encore en tirer quelque chose, après tout ce temps ?

— Il faut tenter pour le savoir. Est-ce que vous savez où on peut trouver le colocataire de Harry Bow ?

— Je croyais que c'était vous, l'enquêtrice ?

— C'est vrai, c'est pour ça que je pose la question. Alors, vous avez une idée ?

— Non, désolée. Il va falloir chercher par vous-même. Vous pourriez commencer par l'appartement qu'ils partageaient ?

Carol leva les yeux au ciel.

— Non, vraiment ? Vous croyez ?

Bronwen rit.

— Rappelez-moi quand vous aurez trouvé quelque chose.

Elle raccrocha. En fait, se dit Carol, être alliée ou adversaire de Bronwen, ça ne faisait pas grande différence. Peut-être que plus tard dans la soirée, elle essaierait d'aller là où avait habité Bow. Quand elle aurait vu Tony.

Les kilomètres défilaient lentement, mais ils défilaient. Quand elle vit le panneau d'autoroute indiquant BRADFIELD 20 KM, elle appela Elinor.

— Je suis désolée de te déranger, Elinor, s'excusa-t-elle.

— J'attendais ton appel. Paula m'a dit qu'elle avait réussi à t'avoir.

— Comment va-t-il ?

— Ils l'ont opéré cet après-midi et les signaux sont positifs. Ils ont réduit l'hématome et quand je suis allé le voir il y a une heure, le saignement avait cessé. Il est sous sédatifs mais le pronostic est bon. J'ai parlé au neurochirurgien et il pense qu'il n'y a probablement pas besoin d'opérer sur la fracture, puisque ça ne crée pas de pression active sur le cerveau.

Elinor parlait sans détour, mais elle était rassurante.

— Est-ce que je peux le voir ?

Carol savait que son ton était désespéré, mais elle s'en fichait.

— Si ça ne tenait qu'à moi, je dirais oui, sans problème. Mais ce n'est pas aussi simple. Parce que, techniquement, c'est un détenu. Il y a un policier qui surveille sa chambre et vérifie les entrées et les sorties.

— Tu as réussi à entrer, toi.

— Oui mais je suis médecin là-bas, personne ne va se demander si j'ai le droit d'être là.

— S'il te plaît, Elinor, est-ce que tu peux trouver une solution ?

Une pause. Elinor soupira.

— Où es-tu ?

— À environ vingt minutes.
— Je ne devrais même pas l'envisager... tu vois le Starbucks en face de l'entrée de l'hôpital ? On s'y retrouve dans une demi-heure.

Sur ce, elle raccrocha.

À l'aide de son passe, Elinor déverrouilla la porte menant au service 12.

— Ce sont les heures de visite, ici, personne ne remarquera ta présence, avait-elle expliqué en chemin.

Elle passa devant la salle des infirmières pour gagner le fond du couloir où elle entraîna Carol dans un vestiaire. Les étagères qui le meublaient étaient remplies de draps propres et de blouses d'hôpital.

— Vert ou bleu marine ? demanda Elinor.
— Est-ce qu'il y a une différence ?
— Pas vraiment. Quoi que tu portes, tu seras démasquée dès que quelqu'un te posera une question.
— Bleu marine, alors. Ça va mieux avec mes cheveux.

Elinor sourit.

— Tes cheveux seront couverts.

Elle fouilla dans la pile et tendit à Carol une blouse puis, plus loin sur l'étagère, une charlotte et un masque.

— Allons-y franchement, proposa-t-elle.

Carol se mit en sous-vêtements et enfila son déguisement.

— Qu'en dis-tu ?
— Pas mal. Laisse le masque pendre autour de ton cou tant qu'on n'est pas sorties de ce service, lui conseilla-t-elle avant de lui passer son stéthoscope au cou. OK, allons-y.

Carol fourra ses vêtements tout au fond de l'étagère du bas et suivit Elinor. Côte à côte, en plein conciliabule, elles empruntèrent le couloir principal pour gagner le service 14. Carol remonta son masque sur son nez et sa bouche. L'infirmière de service lui jeta à peine un regard.

— Encore une visite, docteur Blessing ?

— La dernière pour ce soir, répondit Elinor.

Elles avancèrent dans le couloir. Le policier fut plus attentif que l'infirmière.

— Encore une visite, docteur ? Si seulement les dames s'intéressaient autant à moi.

Elinor gloussa. Main sur la porte.

— Faites attention à ce que vous souhaitez, monsieur l'agent. Vous ne voudriez pas être à sa place. Il faut juste que je vérifie ses signaux, et ma collègue doit s'assurer que le tube n'est pas bouché.

Elle ouvrit la porte et elles pénétrèrent à l'intérieur.

Dans la pénombre, Tony avait l'air d'une statue sur une tombe. Carol prit un moment pour se ressaisir avant d'approcher du lit. Un bandage lui entourait la tête et un mince tube en plastique était coincé dessous, menant à une poche maintenue sur un support de perfusion. La poche était vide, le tube presque complètement propre à l'exception d'un filet de sang de quelques centimètres de long. Elle observa ce visage qu'elle aimait, avec ses contours et ses courbes, et qu'elle n'avait jamais vu aussi immobile. Il avait un visage changeant, qui modifiait constamment son expression en fonction de ce qu'il voyait, entendait ou ressentait. Même au repos, sa vive intelligence se lisait dans ses yeux. Mais à présent il n'y avait rien. Sinon les marques de la blessure. Sa poitrine se gonflait à peine sous ses légères inspirations. Carol tendit la main pour lui toucher le bras qui était menotté au lit, rassurée par la chaleur de sa peau.

Elle regarda Elinor.

— Est-ce qu'il va bien, vraiment ? Il a l'air... il a l'air absent.

— Il est sous sédatifs, Carol. S'il est stable demain, ils le laisseront se réveiller. S'il était en danger, il serait en réanimation. Je sais que ça paraît catastrophique pour toi, mais franchement, dans le service, c'est la routine.

Carol sentit les larmes lui piquer les yeux.

— Est-ce que tu me laisseras revenir le voir, quand il aura repris connaissance ? J'ai besoin de lui parler, Elinor.

Elle vit la compassion dans les yeux de son amie.

— Bien sûr. Mais pour ce soir je crois qu'on devrait y aller, avant que le policier se demande ce qu'on fabrique.

Sans réfléchir, Carol se pencha pour déposer un baiser sur la joue de Tony.

— Je vais revenir, promit-elle. Dors bien.

Puis elle suivit Elinor et quitta la chambre pour revenir dans un monde bruyant et agité, sachant qu'elle ne serait pas heureuse tant que Tony n'y serait pas de retour, lui aussi.

Mais dans l'immédiat, elle avait au moins quelque chose pour se changer les idées.

# 57

> *Dévier le cours de la conversation est un art que les psychopathes maîtrisent à la perfection.*
>
> *Décrypter les crimes*, Dr Tony Hill

Les paroles de la religieuse causèrent à Paula une véritable décharge électrique. Puis elle remarqua le petit rictus de satisfaction que sœur Mary Patrick n'avait pas réussi à dissimuler complètement.

— Et de quoi s'agissait-il exactement ? demanda Paula d'une voix où affleurait la menace.

— Je ne dors pas bien, expliqua la sœur.

*Mauvaise conscience*, songea Paula.

— Je me réveille souvent pendant la nuit, et j'ai du mal à retrouver le sommeil. Alors je me lève et passe un peu de temps en prière. Ou bien je lis un livre de piété. À Bradesden, il y avait une petite pièce dans le grenier qu'on utilisait comme bibliothèque et la nuit, quand le sommeil m'échappait, je montais souvent là-haut. Elle possède une seule fenêtre, qui donne sur le potager de Jerome.

Elle s'interrompit, réfléchissant à la façon de poursuivre.

— Et vous avez vu quelque chose ?

Elle hocha la tête.

— D'habitude, je ne prêtais pas attention à la vue, parce qu'il n'y avait rien à voir. Il faisait trop noir pour distinguer quoi que ce soit. Mais une nuit, le ciel était dégagé, c'était la pleine lune et le jardin était éclairé comme dans un tableau de Paul Delvaux. Mon regard a été attiré par un mouvement dehors. Au départ, je ne distinguais pas bien ce qui se passait, si bien que j'ai éteint ma lampe de lecture. Quand mes yeux se sont habitués à l'obscurité, j'ai vu que c'était Jerome accompagné d'un autre homme, qui portaient un paquet dans le jardin, jusqu'aux jardinières. Elles étaient fabriquées à partir d'anciennes traverses de chemin de fer, donc elles étaient très solides.

Se rendant compte qu'elle retenait sa respiration, Paula se força à respirer normalement.

— Continuez, l'encouragea-t-elle.

— Ils ont porté le paquet jusqu'au bord de la jardinière. Ç'avait l'air assez lourd. Il y avait une pelle par terre et Jerome l'a prise avant de grimper dans la jardinière. Il a creusé pendant un petit moment. J'imagine qu'il couvrait ce qu'ils y avaient mis. Ensuite ils sont retournés dans le cottage de Jerome.

D'une main, sœur Mary Patrick se mit à toucher les perles de son chapelet. Elle semblait estimer que son récit était terminé.

— Est-ce que vous avez pu distinguer l'autre homme ? demanda Paula.

— Oui. Même s'ils étaient à une certaine distance, la nuit était suffisamment claire pour y voir. J'ai immédiatement reconnu Jerome.

À présent, la question cruciale.

— Et est-ce que vous avez reconnu l'autre homme ?

Sœur Mary Patrick la considéra d'un air impassible. *Elle a du charisme. Elle devait gérer le couvent comme son empire personnel. Pas étonnant qu'aucune des sœurs ne l'ait dénoncée.*

— Je ne le dirais pas si je n'étais pas sûre de moi, reprit-elle. Les faux témoignages sont, comme vous le savez sans aucun doute, contraires au huitième commandement. Dans notre Église, nous considérons les commandements comme des impératifs moraux. L'homme que j'ai vu avec Jerome cette nuit-là était son cousin. Mark Conway.

Paula ne laissa pas son enthousiasme se manifester sur son visage.

— Vous en êtes absolument certaine ?

— Oh oui. Non seulement j'ai reconnu son visage, mais j'ai également reconnu sa tenue.

Elle s'interrompit de nouveau. Manifestement, elle savourait de les tenir en haleine et le pouvoir que cela lui procurait.

— Et quelle tenue portait-il ?

Pour l'instant, Paula acceptait d'entrer dans son jeu.

— La seule que je lui aie jamais vue. Il rendait régulièrement visite à Jerome, c'est comme ça que je l'ai rencontré. Conway venait regarder le foot à la télé avec son cousin. Et il portait toujours un maillot du Bradfield Victoria. Ils sont très reconnaissables, capitaine. Jaune canari.

— Alors permettez-moi de récapituler. En plein milieu de la nuit...

— Pas au milieu de la nuit, capitaine. Il devait être une heure du matin environ, corrigea la sœur comme si Paula était une élève particulièrement lente.

Cette dernière hocha la tête avec un sourire tendu.

— Vers une heure du matin, Jerome Martinu et son cousin Mark Conway ont enterré quelque chose dans une jardinière du potager ?

— C'est cela.

— Dans quoi était emballé ce paquet ?

— Je ne saurais le dire. Un revêtement de couleur claire. Fermé par une sorte de scotch ou de ficelle.

— Et la forme ?

— Aucune forme particulière. Assez long, assez encombrant.

— Comme un cadavre ?

— Je ne sais pas à quoi ressemble un cadavre enroulé dans un paquet, répondit-elle avec dédain.

Paula prit un moment pour contenir sa colère.

— Vous souvenez-vous de quelle jardinière il s'agissait ?

Elle fronça les sourcils.

— C'était il y a longtemps. Il y a six, peut-être sept ans. Je ne sais pas si les jardinières sont toujours disposées de la même façon. D'après mes souvenirs, c'était la deuxième... ou peut-être la troisième en partant de la gauche, de là où je me trouvais à la fenêtre.

— En avez-vous parlé à Martinu ?

Elle haussa les sourcils.

— Pourquoi ça ? Son jardin ne regardait que lui.

— Cela ne vous a pas paru suspect ?

Rapidement, elle humecta sa lèvre supérieure du bout de la langue.

— Je n'y ai pas pensé plus que ça. C'était un incident curieux, mais pourquoi aurais-je soupçonné un homme qui avait travaillé pour nous pendant des années, qui était fiable et discret ?

— Vous n'avez pas pensé qu'il pouvait s'agir d'un corps ? demanda Paula.

Elle avait du mal à garder son calme face à ses réponses ridicules.

— Je ne suis pas policière, répondit la sœur d'un air méprisant. Je ne vois pas le monde à travers le prisme de la suspicion. J'ai pensé qu'il s'agissait d'un genre de fertilisant.

— Un fertilisant ? Emballé dans des sacs-poubelle noirs ? Et quel genre de fertilisant ç'aurait pu être ?

— Les carcasses animales font un bon engrais, non ? À imaginer que je me sois posé la question, j'ai dû penser qu'il s'agissait peut-être d'un chien mort.

— Un chien mort.

Paula laissa les mots résonner entre elles.

— Une idée comme une autre, capitaine.

— Vous me dites que vous trouviez normal que votre jardinier et son cousin enterrent un chien emballé de plastique dans une jardinière du potager, en pleine nuit ?

Sœur Mary Patrick releva légèrement le menton.

— J'avais des préoccupations plus importantes que ça.

— Vraiment. Écoutez-moi, ma sœur. J'ai un esprit méfiant. Et je me demande si vous avez gardé le silence sur ce que vous avez vu cette nuit-là parce que vous saviez qu'en dénonçant

Jerome Martinu et son cousin à la police, il vous balancerait sans hésiter. Et vous aviez trop de secrets à cacher pour prendre ce risque, n'est-ce pas ?

# 58

> *Au cours des années, j'ai rencontré des gens qui se laissaient séduire par ce qu'ils considéraient comme le côté glamour du meurtre en série. J'arrive plutôt bien à me mettre à la place des autres, pourtant je n'ai jamais compris cela. Les meurtres en série n'ont rien de glamour...*
>
> Décrypter les crimes, Dr Tony Hill

Campion Boulevard traversait le centre de Bradfield, délimitant les différentes communautés aussi efficacement que le mur de Berlin. D'un côté, le centre-ville prospère avec ses différentes machines à produire de l'argent, allant des magasins et bars aux sièges d'assurance et autres galeries d'art. De l'autre, l'ancienne friche industrielle victorienne. Certains vieux bâtiments de briques avaient été rénovés et transformés en prétendues résidences de standing, dont tout le monde savait qu'elles n'étaient là elles aussi que pour générer un peu plus d'argent. D'autres étaient délabrées, telles des dents pourries sur un sourire victorien. Entre les deux se trouvaient des bâtiments trapus, casés là entre les deux guerres pour loger les travailleurs expulsés de leurs taudis. L'appartement qu'avait habité Harry Bow se trouvait dans l'un de ces bâtiments de l'entre-deux-guerres. Une cage d'escalier en béton minable dont la puanteur d'urine provenant du rez-de-chaussée, accompagnée par des relents de cuisine et de poubelles, vous accompagnait jusqu'au troisième étage, où une galerie ouverte courait sur toute la longueur de l'immeuble.

Carol avança à tâtons sur le palier mal éclairé, guidée par les sons filtrant à travers les portes et les fenêtres mal isolées. Le générique d'*EastEnders*, un homme et une femme se disputant au sujet d'une pizza, la voix rauque d'Amy Winehouse, une ligne de basse assourdissante d'un morceau que Carol se réjouissait de ne pas reconnaître.

L'ancien appartement de Harry Bow était la dernière porte au bout. Elle avait été peinte en violet ; les traces de gouttes et de pinceaux constituaient presque un parti pris plutôt qu'une preuve d'incompétence. Une sonnette en plastique sale avait une trace de peinture violette sur le côté. Quand elle appuya dessus, une longue sonnerie retentit.

Elle n'eut pas à attendre longtemps avant qu'un garçon maigre vêtu d'un pull en mohair et d'un jean déchiré à la mode n'ouvre la porte. Il était chaussé d'une paire de tongs, et les ongles de ses orteils étaient peints de la couleur des cerises noires. Une coiffure sculptée et une barbichette soulignaient son visage dessiné comme celui d'un satyre sur une amphore grecque, une impression très légèrement gâchée par des cicatrices d'acné autour de son nez pointu. Il la regarda des pieds à la tête, d'un air un peu amusé.

— Je crois que vous vous êtes trompée d'endroit, poupée, dit-il.

— Êtes-vous Gary Bryant ? demanda Carol.

Il leva élégamment les sourcils.

— Oh non, vous arrivez environ six mois trop tard. Il est en prison pour trafic, poupée. Vous vouliez le voir pour quoi ? Sans vouloir être méchant, vous n'êtes pas du tout son genre.

— Je voulais lui parler de Harry Bow.

À ce moment-là, tous ses airs maniérés disparurent.

— Pauvre Harry, c'était terrible, dit-il.

— Vous le connaissiez ?

— Si je le connaissais ? reprit-il vivement. Je crois que je suis la dernière personne à lui avoir parlé la nuit de sa mort.

Cela dépassait largement les espérances de Carol.

— C'est intéressant. Désolée, je ne connais pas votre nom…

Il fronça les sourcils.

— Vous êtes de la police ? Vous ne vous êtes pas présentée.

— Je m'appelle Carol Jordan. Je suis une ancienne policière. Enquêtrice. Mais je suis… à la retraite.

C'était dur à dire. La première fois qu'elle l'admettait à voix haute.

— Alors pourquoi vous cherchez à parler à Gary au sujet de Tagada ?

— On s'interroge sur la validité de la condamnation de Saul Neilson.

Il lâcha un rire rauque.

— Vous plaisantez ? Vous êtes en train de me dire que vous avez merdé ? Et maintenant vous faites quoi ? Vous essayez de rattraper le coup ?

— Pas moi, non. Ce n'est pas mon équipe qui a enquêté sur le meurtre de Harry. Je ne travaillais même pas pour la police de Bradfield à l'époque. Et aujourd'hui, je suis free-lance.

— Alors vous bossez pour qui ? Qui s'intéresse à ce qui peut bien arriver au connard qui a tué Harry ?

— Un groupe baptisé « Présumé coupable ». Écoutez, est-ce qu'on peut discuter à l'intérieur ? Il fait un froid de canard dehors.

Elle lui adressa son meilleur sourire. En ce moment, elle ne pensait pas qu'il valait grand-chose, mais c'était mieux que rien.

Il passa la tête par la porte pour vérifier que personne ne les épiait.

— Venez, dit-il en la conduisant dans une entrée étroite.

Une fresque était peinte sur l'un des murs. Carol reconnut une version stylisée d'un coin de Temple Fields, le drapeau arc-en-ciel flottant au-dessus des devantures de bars, des fast-foods et des salons de tatouage. On apercevait même un coin du restaurant indien où Tony et elle avaient l'habitude de s'échapper le temps d'un curry en plein milieu d'une enquête.

— Beau travail, commenta-t-elle.

— Merci. Je l'ai faite l'année dernière quand j'ai emménagé, pour égayer un peu ce taudis.

Elle le suivit dans le salon. Nouvelle fresque, cette fois du parc de Temple Fields, avec son kiosque à musique aux couleurs criardes.

— C'est ce que vous faites dans la vie ? Des fresques ?

Il haussa les épaules.

— Celles-là sont juste pour moi. La plupart du temps, je fais de la merde pour des bourges qui veulent un Caravage sur le mur de leur salle à manger.

En dehors des fresques, c'était un appartement typique de garçon. Des poufs, un futon couvert d'une housse sale, un tapis miteux dont les taches dissimulaient la couleur originale. Des mugs sales sur une petite table en carton construite pour ressembler à une pile de boîtes de pizzas. La pièce sentait le plat à emporter rance et le café.

— Vous vivez seul ici ? demanda Carol.

— Oui, tant que je peux me le permettre.

— Vous ne m'avez pas dit votre nom.

— Pas aussi gentille que ça, alors, hein ? répliqua-t-il, de nouveau malicieux.

— Ça me prendra environ sept minutes à vérifier, alors simplifiez-vous la vie et faites-moi gagner du temps, dit-elle en souriant pour atténuer sa remarque.

Il lâcha un petit rire ironique.

— Asseyez-vous, Carol Jordan. Je suis Captain Scarlett. Vraiment, ajouta-t-il en la voyant froncer les sourcils. J'ai changé mon nom officiellement à mes dix-huit ans. Je peux vous montrer mon passeport si vous ne me croyez pas. Les gens m'appellent Cap.

Elle jeta un coup d'œil au futon. Elle avait connu bien pire. Elle lui sourit et se jucha au bord.

— Alors, Cap, comment se fait-il que vous ne vous soyez jamais manifesté pour dire que vous aviez vu Harry ce soir-là ?

— C'est simple, poupée. J'en savais rien. Le lendemain matin, j'étais debout à l'aube pour m'envoler direction l'Australie.

— L'Australie.

— Ouais. Une grande île dans le Pacifique. Pays d'origine de Kylie.

Carol leva les yeux au ciel.

— Que faisiez-vous là-bas ?

— Je suivais mon petit ami. Il était DJ. Il avait décroché un contrat dans un club de Sydney, alors je l'ai suivi comme un bon petit toutou, dit-il avec un geste du bras avant de se laisser tomber sur un pouf. On ne se tenait pas vraiment au courant de ce qui se passait au pays. Donc j'ai pas entendu parler de Tagada avant de revenir il y a un an. Gary savait qu'il allait en taule et il cherchait quelqu'un à qui sous-louer son appart. Je lui ai demandé où était passé Tagada et il m'a appris que le pauvre garçon avait été assassiné. Et personne ne l'avait vu depuis cette soirée, la veille de mon départ, dit-il en la fixant. Et ne me regardez pas comme ça, je n'aurais pas pu davantage tuer Tagada qu'aller en Australie sans avion. Et je ne serais pas le bienvenu là-bas vu que le DJ et moi, on ne s'est pas séparés en très bons termes.

— Alors quand avez-vous vu Harry, exactement ?

— J'étais allé manger un burger d'adieu avec quelques potes. Des artistes graphiques, qui ont un atelier à Manchester, dans le quartier nord. Ils sont partis prendre le train vers dix heures, donc il devait être la demie.

Après le départ de Harry, selon Saul Neilson.

— Où l'avez-vous vu ?

— Il y a une ruelle, qui donne sur la rue principale, à Temple Fields. Elle débouche sur une cour. Il y a une ancienne bibliothèque, ou un truc dans le genre, avec un petit porche, juste trois marches. C'est un spot habituel pour les gars qui cherchent de la clientèle. Harry était seul là, tout recroquevillé sur une marche. Je me suis arrêté pour dire bonjour mais il n'avait pas envie de bavarder. Il m'a dit qu'il rentrait chez lui mais qu'il avait failli s'évanouir. Apparemment, il avait saigné du nez. Il était vraiment pas bien. Il a dit que ç'avait foutu en l'air sa soirée. Je l'ai laissé et j'ai poursuivi mon petit bonhomme de chemin.

Il s'enfonça sur son pouf et sortit de sa poche une vapote violette. Il appuya sur le bouton et tira quelques taffes rapides avant d'expirer dans la pièce un nuage de vapeur parfumée au café.

Carol demeura impassible, sans révéler l'importance qu'avait pour elle cette information.

— Je ne comprends pas, reprit-elle. Je croyais qu'on n'avait pas repéré Harry sur les vidéos de télésurveillance de Temple Fields cette nuit-là.

Il éclata de rire.

— Ah, c'est beau, tant d'innocence ! Chère Carol Jordan, nous, les paumés, on sait exactement où se trouvent les caméras. On connaît toutes les petites rues de ce labyrinthe, donc vous ne pouvez pas voir où on est allés, où on va, ce qu'on fait et avec qui on le fait. Si Harry ne voulait pas apparaître à la caméra, il s'est débrouillé pour traverser Temple Fields sans que vous autres n'en sachiez rien.

C'était une découverte pour Carol. Mais pas une surprise.

— Et s'il y a une caméra qui vous gêne, vous la barbouillez de noir, ajouta-t-elle avec lassitude.

Il esquissa un sourire malicieux.

— Ça, c'est pour les amateurs.

— Vous n'avez vu personne avec Harry ?

Une nuée de vapeur l'entoura.

— Non. Harry était seul, à broyer du noir. Moi, je rentrais chez moi pour finir mes valises. Je n'ai remarqué personne qui traînait dans le coin, en dehors des losers habituels. Et aucun d'eux n'aurait pu faire disparaître Harry.

— Je vais avoir besoin d'une déclaration sur l'honneur racontant votre entrevue avec Harry.

— Quoi ? Vous voulez que je vous aide à faire libérer son tueur ? Vous plaisantez.

— Non, je veux que vous m'aidiez à coincer le vrai tueur. Saul Neilson n'a pas tué Harry Bow. Nous avons de nouvelles preuves pour l'attester.

*Enfin presque.*

— Et, reprit-elle, je crois qu'on peut remplacer Saul Neilson en prison par le salaud qui a vraiment tué Harry. Vous êtes partant ?

Il inclina la tête d'un côté, pensif.

— C'est pas dans la logique des choses, d'aider la police, Carol Jordan. Mais je suppose que vous n'êtes pas vraiment policière, dit-il en se levant pour avancer vers la fresque. Vous voyez celui-là, ici ?

Il indiqua un personnage joyeux vêtu d'un tee-shirt jaune canari.

— C'est Tagada avec son maillot du Bradfield Victoria. Il ne le portait jamais quand il travaillait. Il le gardait pour sa vie privée. Je comprends rien au foot. Trop de boue et de violence. Mais Harry adorait les Vics. Et moi, j'aimais bien Harry Tagada. Donc OK, je veux bien vous aider, accepta-t-il avec de nouveau ce sourire en coin. Et si mon nom paraît dans les journaux, ce sera bon pour les affaires. Franchement en ce moment, j'en aurais bien besoin.

## 59

*Quand on pénètre chez quelqu'un, on se fait immédiatement une opinion de lui en fonction de son niveau d'hygiène, de son goût, du contenu de ses placards de cuisine (si on arrive jusque-là). Donc quand on entre chez une personne soupçonnée de meurtres en série, on a tendance à observer cet environnement comme s'il s'agissait d'une sorte de révélateur nous permettant de le percer à jour. Mais parfois nous avons affaire à un esprit supérieur ; un esprit qui crée un décor destiné à dissimuler plutôt qu'à révéler. C'est à nous de voir au-delà de ce voile pour découvrir ce qui est caché.*

*Décrypter les crimes*, Dr Tony Hill

Dans le bureau de la BREP, tout le monde avait cessé son activité. Même Stacey s'était éloignée de ses écrans pour s'agglutiner avec les autres autour du bureau d'Alvin. Rutherford l'avait déjà éjecté de son siège pour se placer bien en face de l'ordinateur de son lieutenant. La qualité du son sortant des enceintes était mauvaise, mais le fichier audio que le lieutenant

McInerny avait envoyé à Alvin depuis l'autre côté de la mer d'Irlande était aussi clair qu'une diffusion radiophonique.

Quand ils en arrivèrent à la révélation au sujet de Mark Conway, Sophie retint sa respiration et Steve lâcha :

— Merde. Dénoncé par une bonne sœur.

Rutherford leur fit signe de se taire et se pencha en avant pour s'assurer de ne rien manquer.

À la fin, Karim murmura à Alvin :

— Cette Paula, elle est impressionnante.

Alvin acquiesça.

Rutherford recula avec sa chaise, manquant de rouler sur le pied de Karim. Il se leva, torse bombé et épaules en arrière.

— C'est l'élément qu'on attendait. Sophie, réquisitionnez quelques hommes de l'équipe de Fielding pour gonfler nos effectifs. Alvin, Steve, Karim, allez chez Mark Conway et ramenez-le au poste. Arrêtez-le, si nécessaire. Chen, demandez un mandat de perquisition pour sa maison et ses véhicules.

— Et son bureau ?

— Ça aussi, si vous pouvez.

Le regard que lui adressa Stacey aurait pu fendre le granit.

— Je vais voir ce que je peux faire, monsieur.

— On ne devrait pas attendre Paula ? C'est elle qui a obtenu cette révélation, c'est elle qui devrait gérer cette opération, grommela Alvin.

— On n'a pas le temps d'attendre. Et puis, nous formons une équipe. On ne recherche pas les victoires personnelles ici, Alvin. Je vais parler au gestionnaire de la scène de crime, pour être sûr qu'on ait une équipe médico-légale complète avec nous. Alvin, organisez le trajet jusque là-bas. Chen, qu'est-ce que vous faites encore là ?

Stacey ne réagit pas. Elle se contenta de se pencher au-dessus du clavier d'Alvin pour envoyer une copie de l'interview sur son serveur et gagna calmement son poste de travail, où elle se mit à taper sur son clavier. Objet du mandat, raisons justifiant la demande, lieux couverts par le mandat. Elle vérifia la liste des magistrats de permanence et en choisit un avec qui ils avaient déjà travaillé. Si elle avait correctement formulé les raisons de leur demande, il enverrait un mandat par mail. Dans le cas contraire, il la contacterait par Skype et elle devrait se montrer convaincante. Elle n'était pas naturellement douée pour cela en face à face.

Pendant ce temps, Alvin organisa son équipe pour la perquisition. Il utiliserait les hommes de Fielding pour sécuriser la propriété et les bâtiments. Eux trois s'occuperaient de la perquisition, parce qu'ils savaient quoi chercher. Une fois le transport organisé et l'équipe médico-légale avertie, il s'approcha du bureau de Stacey, les mains dans les poches de son pantalon.

— Ça s'annonce comment ?

Elle haussa les épaules.

— Ce magistrat réagit généralement vite, quand rien ne lui pose de problème. J'imagine qu'il demande la permission à quelqu'un d'autre. Donc on n'a plus qu'à attendre. Est-ce que tu sais quand Paula doit rentrer ?

— Son avion atterrit vers dix-huit heures. J'essaierai de retarder le début de l'audition jusqu'à son arrivée. Mais je ne pense pas que le chef va accepter.

— Moi non plus, dit-elle d'un air dépité. Ce n'est pas seulement que c'est elle qui a obtenu les réponses...

Elle s'interrompit car elle ne voulait pas faire croire à Alvin qu'elle dévaluait ses compétences.

— C'est qu'elle est meilleure que nous tous en face à face, termina-t-il avant de consulter sa montre. Je vais prendre une tarte à la cantine. Tu veux quelque chose ?

— Des frites, répondit Stacey.

Alvin la regarda d'un air surpris.

— Tu ne manges jamais de frites.

— J'ai envie de m'apitoyer sur mon sort, parce que mes compétences digitales ont été balayées par une bonne sœur. Ce qui est carrément médiéval.

Il lui tapota l'épaule et quitta la pièce. Mais avant qu'il puisse satisfaire leur envie de grignoter des cochonneries, son téléphone sonna.

— Reviens tout de suite, lui ordonna Stacey à l'appareil. Le mandat est arrivé.

Il n'y eut rien de subtil dans l'arrivée de la BREP chez Mark Conway. Mais il apparut rapidement qu'il n'y avait personne sur les lieux susceptible de paniquer en voyant débarquer la police et les véhicules des techniciens de scène de crime. Alvin envoya les hommes de Fielding vérifier le garage et les autres dépendances extérieures puis sécuriser la maison après avoir enfoncé la porte de derrière.

— Si Conway arrive en pleine opération, ce sera plus discret, expliqua-t-il.

Depuis la buanderie bien équipée, il appela Sophie au centre opérationnel pour l'informer que Conway était absent.

— Est-ce que vous pouvez envoyer quelqu'un vérifier qu'il est à son bureau ? demanda-t-il.

— On n'a pas une équipe partie là-bas ?

— On n'a pas obtenu de mandat pour l'entreprise. Juste sa maison. Le magistrat n'a pas trouvé qu'il y avait de raison suffisante pour faire une descente à son travail. Pour l'instant du moins.

— Pourquoi on ne m'a pas prévenue ?

Alvin décida qu'il s'agissait d'une question rhétorique.

— Donc on va commencer à perquisitionner sa maison. L'équipe médico-légale est sur place.

— On va se ridiculiser, commenta-t-elle. J'ai envie d'attraper ce tueur, comme tout le monde, mais je ne peux pas croire que Mark Conway soit un tueur en série. Un point c'est tout. Et des jeunes hommes ? Ça n'a aucun sens. Je n'ai jamais senti en lui la moindre tendance gay.

Alvin haussa les épaules.

— Ça veut pas dire qu'il fantasmait pas sur des ados. Si on a appris quelque chose de l'affaire #MeToo, c'est que les hommes puissants savent très bien abuser de leur pouvoir pour dissimuler les horreurs dont ils se rendent coupables.

Il voulait qu'elle cesse de défendre Conway pour pouvoir poursuivre sa mission, mais comme elle était sa supérieure, il fallait faire avec et se taire. Il fixa son regard sur une étagère de produits d'entretien sans les voir, et la laissa parler.

— Oui, mais la plupart du temps, leur comportement était un secret de polichinelle parmi les pauvres gars qui étaient obligés de se taire pour sauver leurs jobs et leur réputation. Je n'ai jamais entendu parler de ça avec Mark. Certes, il encourageait les jeunes hommes qui se lançaient dans le commerce. Il parlait beaucoup des obstacles qu'il avait lui-même dû surmonter à ses débuts. Mais il tendait aussi la main aux jeunes femmes, sans qu'il n'y ait rien de déplacé.

Elle paraissait sur la défensive, comme si elle s'attendait à ce qu'on la critique sans raison.

— Peut-être que vous avez raison et qu'on va tous avoir l'air con. Mais pour faire avaler ça à Paula, bon courage.

— Personne n'est infaillible, Alvin, lâcha-t-elle.

— Il faut que j'y aille, chef, dit-il pour mettre fin à l'appel.

S'il s'était agi d'une course, il savait sur qui il aurait parié.

— Bon. Steve, tu prends son bureau. Karim, le salon. Moi, je m'occupe de la chambre.

Vêtu de gants et d'une combinaison, il monta, en vérifiant chaque pièce du premier étage en passant. La suite parentale était impossible à manquer. Non seulement c'était la plus grande, avec une vaste salle de bains attenante à la pièce, mais c'était également la seule qui paraisse occupée. Le panier à linge contenait des sous-vêtements, des chaussettes, un tee-shirt et une chemise, les oreillers étaient froissés et la couette du large lit en boule. Manifestement, Conway n'avait pas de personnel de maison ni même de femme de ménage régulière, bien qu'il en ait les moyens. Alvin se demanda s'il redoutait qu'on fouille dans ses affaires.

Un écran géant occupait une grande partie du mur en face du lit. Alvin prit la télécommande et appuya. Par défaut, la télévision s'alluma sur une chaîne de sports montrant une rediffusion de la victoire remarquable de Liverpool contre Barcelone en demi-finale du championnat d'Europe. Quelque chose que les Bradfield Vics n'étaient pas près de connaître, songea Alvin. À côté de la télécommande, sur une table de chevet, un livre de poche peu épais intitulé *La Grande Époque du football*. Alvin le feuilleta. Une espèce d'hommage nostalgique adressé à ce sport.

Il n'y avait pas grand-chose d'intéressant dans la pièce. Pas de drogue cachée dans le tiroir de la table de chevet, à moins qu'on ne compte la boîte de vitamine C et les cachets de zinc. Pas de magazine porno caché sous le matelas. Pas de sextoy dans l'ottomane au pied du lit, sauf si on était excité par un plaid en fausse fourrure. Même la décoration murale, trois tee-shirts des Bradfield Vics dédicacés et encadrés, ne révélait rien sur Mark Conway, en dehors de son image publique soigneusement maîtrisée.

La salle de bains n'offrait aucune surprise. Un éventail de produits de toilette onéreux garnissait les étagères vitrées. Le placard derrière le miroir contenait une boîte de préservatifs, une boîte d'Ibuprofène, un tube à moitié utilisé de crème contre les hémorroïdes, une pommade au CBD pour les muscles, un paquet de coton-tiges et un rasoir électrique. Dans la douche, une grosse éponge était posée sur un porte-savon chromé, à côté du shampoing et du gel. Conway n'avait même pas de robinets dorés, ce qu'Alvin pensait incontournable chez tout self-made-man qui se respectait et qui était, de surcroît, fan de foot.

Son dressing contenait des costumes, tous faits sur mesure par le même tailleur de Bradfield. Alvin, arrivé relativement récemment dans cette ville, ne reconnut pas le nom de cet artisan qui s'était fait connaître dans les années quatre-vingt-dix en créant des costumes chics pour un grand nombre d'acteurs célèbres et de musiciens. Il reconnaissait en revanche qu'à côté de ces vêtements de qualité, son propre costume en soldes de chez M&S paraissait minable.

En face de la vingtaine de costumes se trouvaient au moins trois douzaines de chemises blanches impeccables, protégées par une housse de pressing. À côté, un présentoir contenant une large sélection de cravates en soie devant lesquelles Alvin aurait été bien embêté chaque matin au moment de choisir. Qui avait le temps pour ce genre de choses ? À l'évidence, un homme qui n'avait pas d'enfants et était maître de son emploi du temps professionnel.

Le mur du fond était divisé en casiers ouverts au-dessus de trois étagères de chaussures. Des chaussures habillées, disposées par coloris, de marron à noir. Une dizaine de paires de baskets. Des chaussures bateau. Des bottines. Une vieille paire de Doc abîmée, seule référence au monde dans lequel vivait Alvin. Les casiers étaient tout aussi soigneusement rangés. Jeans et survêtements. Tee-shirts et sweat-shirts pliés, classés par couleur. Les shorts idem.

Et pile au milieu, si l'on en croyait sœur Mary Patrick, la tenue préférée de Mark Conway pour transporter des cadavres. Quatre casiers remplis d'un éventail de maillots à l'effigie du Bradfield Victoria, domicile et extérieur.

Alvin tira celui du haut. Huit maillots impeccablement pliés, avec sur le dessus la tenue à domicile de la saison actuelle. Il passa la pile en revue et se rendit compte qu'ils étaient rangés par ordre chronologique. Il n'y avait aucun moyen de savoir quel maillot avait aperçu la religieuse, sauf que c'était au moins cinq saisons en arrière, vu la date de fermeture du couvent. Pour être sûr, il embarqua tous les maillots jaune canari de la tenue à domicile et les mit en sac. Il n'avait rien de plus à faire ; il était temps de laisser la chambre aux techniciens de scène de crime pour ce qu'il prévoyait être une recherche infructueuse de traces indiquant que de jeunes hommes étaient venus ici ces dernières années.

Il redescendit, en espérant que Steve ou Karim ait eu plus de chance. Mais avant qu'il ait pu les trouver, une autre silhouette émergea de la buanderie, à peine reconnaissable dans sa combinaison blanche à capuche.

— Chef ! s'exclama Alvin. Je ne vous attendais pas avant... commença-t-il en regardant sa montre. Une bonne heure et demie. Comment est-ce que vous avez réussi à revenir aussi vite ?

— Sur mon balai volant, répondit Paula. Il y avait un vol plus tôt pour Liverpool. Je ne sais pas comment j'ai fait pour le choper. Ensuite, j'ai été conduite jusqu'ici par la police de la route en un rien de temps. Alors, où est Conway ?

— Tout ce que je sais, c'est qu'il n'est pas ici.

— Mince. Qu'est-ce que tu as trouvé ?

— Une pile de maillots à l'effigie des Bradfield Vics. J'imagine que l'équipe médico-légale ne pourra rien en tirer. Et je ne pense pas que votre religieuse puisse reconnaître le maillot en question.

— Encore moins probable que le pape intégrant un boy's band, répondit-elle avant de froncer les sourcils car quelque chose lui revenait en mémoire. Harry Bow...

— L'une des victimes, c'est ça ?

— Oui, répondit-elle lentement. Quelqu'un a été accusé pour son meurtre. Mais il n'aurait pas pu tuer les victimes les plus récentes, vu qu'il était en prison. Donc à moins qu'il ait été complice de Conway pour les premiers meurtres, la condamnation ne tient pas.

— Et cela nous mène où, exactement ? Vous pensez que le meurtrier de Harry Bow pourrait dénoncer Mark Conway ?

— Non, ce n'est pas à ça que je pensais, mais j'imagine que c'est toujours une possibilité. Non, ce que je veux dire, c'est que j'ai feuilleté le dossier Harry Bow. Et d'après l'accusé, si on a trouvé des traces du sang de Bow chez lui, c'est parce qu'il avait saigné du nez pendant la soirée. Si c'est vrai – et ça semble de plus en plus probable à présent, vu qu'il n'aurait pas pu tuer les dernières victimes – et que Bow s'est bagarré plus tard, son nez a peut-être saigné de nouveau. Qu'en penses-tu ? Peut-être que l'un des maillots de foot de Mark Conway a des traces de sang ?

Sans qu'ils s'en soient rendu compte, Karim s'était approché.

— Ce sont les maillots de Conway ?

Alvin hocha la tête.

— Et par ordre chronologique, apparemment.

— Il les aurait sûrement lavés, s'ils avaient des taches de sang.

— Merde ! s'exclama Alvin.

Il poussa Paula et se rua vers la buanderie. Elle lui emboîta le pas et le trouva en train d'observer une étagère contenant des bouteilles de lessive.

— Qu'est-ce que c'est ?

— Elles sont toutes non bio. Hypoallergéniques.

— Ça enlève quand même les taches, commenta Paula.

Un large sourire se dessina sur le visage d'Alvin.

— Je n'ai qu'un mot à vous dire, chef : les chromophores.

# 60

> *Certains tueurs savent qu'ils sont intelligents. Ils pensent qu'ils peuvent être plus malins que le système, et le plus déprimant c'est qu'ils y parviennent parfois très bien. Mais il arrive que cette intelligence même leur joue des tours, quand ils inventent des moyens toujours plus élaborés pour se montrer plus malins que les forces qui s'allient contre eux.*
>
> *Décrypter les crimes*, Dr Tony Hill

Incrédule, Chrissie O'Farrelly regarda fixement Paula et Alvin.

— Vous n'êtes pas sérieux ? Écoutez, j'ai mentionné cela en passant au lieutenant Ambrose. C'est une théorie qui se situe au-delà du champ des possibles. C'est de la science qui n'a jamais été portée devant un tribunal. Pis encore, elle a tout juste fait l'objet d'articles dans la littérature spécialisée validée par les pairs.

— À ce stade, c'est tout ce que nous avons, expliqua Paula.

— Vous ne savez même pas si vous l'avez, si je vous comprends bien.

— Mais il y a de fortes chances, intervint Alvin. Je croyais que vos scientifiques aimaient les challenges ?

Chrissie secoua la tête.

— Oh non, vous ne m'aurez pas comme ça. Certains experts ont déjà essayé de m'amadouer par la flatterie. Je ne sais même pas comment on pourrait s'y prendre pour réaliser ces analyses. On finirait sans doute par détruire le vêtement à force d'en décortiquer tous les morceaux. Et votre chef hurlerait à cause de son budget.

— À mes yeux, le meurtre est toujours plus important que le budget, dit Paula.

— S'il y a de bonnes raisons, oui.

Ils semblaient dans une impasse. Paula avait été convaincue par l'explication grossière d'Alvin : « Il existe des produits chimiques qu'on appelle des chromophores qui rendent le sang rouge. Quand on les lave, on se débarrasse de la tache visible. Mais l'ADN contenu dans le sang ? Il reste dans le tissu si on le lave avec un détergent non biologique. » Paula était sceptique, mais Alvin lui avait affirmé qu'il avait raison. Et voilà que Chrissie O'Farrelly leur enlevait leur seule piste permettant de corroborer le témoignage de sœur Mary Patrick. Mais Paula n'allait pas abandonner aussi vite.

— Et vos étudiants ? Vous devez avoir de jeunes chercheurs impatients de se faire un nom en aidant à résoudre une série de meurtres médiatisés, non ? La science n'avance pas grâce aux gens qui ont peur d'exploser le budget, Chrissie. Faites-nous une fleur.

Chrissie agita son stylo.

— Je ne peux pas prendre cette décision pour eux. Cela devra être fait après les heures d'ouverture, quand l'équipement n'est pas utilisé pour des enquêtes en cours.

— Mais ça pourrait se faire ?

— Vous ne reculez jamais, n'est-ce pas, Paula ?

— Pas quand il s'agit de meurtres en série. Cet homme a tué au moins huit personnes, à notre connaissance. On ne connaît pas son mobile, mais il y a des chances pour que sa huitième victime ne soit pas la dernière. À moins qu'il soit chinois et ait une drôle de conception des chiffres porte-bonheur. Bon sang, écoutez-moi, j'ai l'impression d'entendre Tony dans un mauvais jour. Chrissie, il va continuer tant qu'on ne l'arrêtera pas.

Elle était sincère et ça se voyait. À quoi servaient-ils s'ils ne pouvaient pas mettre les bouchées doubles quand c'était réellement une question de vie ou de mort ?

Chrissie détourna les yeux, refusant de croiser le regard accusateur de Paula.

— Je suis dans votre camp, assura Chrissie. Mais je ne suis pas sûre de pouvoir vous donner ce que vous réclamez.

Grâce au site du club, ils avaient ciblé les maillots susceptibles d'avoir été portés au moment du meurtre de Harry Bow pour les placer à l'écart des autres pièces à conviction. Paula posa les sachets qui les contenaient sur le bureau et les poussa vers Chrissie.

— Essayez. C'est tout ce qu'on vous demande. Vous les auriez analysés de toute façon, pour vérifier la présence de traces quelconques. Faites cet effort. S'il vous plaît.

Chrissie lui concéda un sourire las.

— Je ne promets rien. Je vais en parler à la personne qui a évoqué cette possibilité, lors de la conférence à laquelle j'ai assisté. Pour voir si je peux comprendre comment procéder. Mais n'allez pas trop vite en besogne, Paula. N'allez pas lui dire : « On a des preuves contre vous, votre maillot va vous trahir. »

Elle vit l'air surpris de Paula et ajouta en gloussant :

— Oui, je sais comment vous êtes, vous les policiers…

— Nous serons aussi silencieux que les tombes où ces garçons étaient enterrés, promit Alvin. Faites ce que vous pouvez.

— N'espérez rien. Ça ne donnera peut-être aucun résultat. Continuez de chercher d'autres preuves incriminantes.

— Ça, c'est une autre paire de manches, commenta Paula.

Ils avaient tous les deux envie de rentrer chez eux, de se réfugier brièvement dans la normalité de la vie de famille où les confrontations n'étaient jamais aussi sinistres ou dangereuses que celles qu'ils géraient au travail, et où ils pouvaient fermer la porte sur les horreurs pendant quelques instants. Paula et Alvin avaient chacun une façon de justifier leur boulot. Pour Paula, c'était une sorte de pacte : « Si je combats l'obscurité et la violence des rues, ma famille sera en sécurité. » Pour Alvin, c'était simplement une équation : « Chaque criminel que j'enferme est une menace potentielle de moins pour ma famille. » Chacun savait la force que lui apportait la vie de famille. Même quand il y avait des batailles – et il y en avait dans toutes les familles – ils savaient ce qui comptait le plus.

Mais ce soir-là, il leur fallait compter sur un autre genre de famille. Dans toute affaire, il y avait des hauts et des bas où l'on risquait de perdre l'enquête. C'est à ce moment-là que l'équipe devait se réunir pour échanger. Quand Carol était à la tête de la BREP, il était hors de question qu'elle ne participe pas à ce brainstorming. Mais cette fois, personne ne suggéra qu'on inclue Rutherford. Cela attristait Paula qu'il y ait une distance entre le commandant et eux. Ce n'était pas bon pour le moral ni pour la créativité.

Ils se retrouvèrent dans un coin de la cantine du commissariat, à Skenfrith Street, Alvin et Steve ayant commandé de généreux burgers pour accompagner leur thé. Paula leur détailla leur visite au labo et la promesse de Chrissie O'Farrelly d'examiner la possibilité de traces de sang invisibles.

— La science devient de plus en plus bizarre, constata Karim.

— En parlant de bizarre, la maison de Mark Conway, elle est bizarre aussi, commenta Steve tout en mâchant une bouchée.

Il avala et reprit :

— C'est complètement impersonnel. Même les photos qui sont encadrées dans son bureau ressemblent à une parodie de ce qu'on voit à la télé : Conway échangeant une poignée de main avec des célébrités, Conway et un footballeur le tenant par l'épaule, Conway posant avec les administrateurs du Bradfield Vic. En dehors de ça, rien. Pas de photos de famille, pas de courriers personnels, pas de cartes de vœux.

— Il a raison, renchérit Alvin. Sa chambre ressemble à un décor. Aucun indice au-delà du superficiel. Un homme riche, soigné, qui aime le foot. Je ne sais rien de sa personnalité ni de son comportement.

— Je vous l'ai dit, répéta Sophie en soupirant. C'est quelqu'un de bien, qui a construit une entreprise florissante, à partir de zéro. Il encourage ses employés, il ne profite pas de sa position de façon déplacée. Je n'arrive toujours pas à comprendre pourquoi vous le prenez pour un genre de monstre.

— On ne parle pas de monstres, ici, la corrigea Paula. Juste de gens qui commettent des actes monstrueux. Quand nous avions la chance d'avoir Tony Hill à nos côtés, nous avons appris à arrêter de diaboliser les gens qui commettent des atrocités. Cela leur donne plus d'importance et de force, dans notre imagination. Et cela les rend invisibles, parce que inconsciemment, nous cherchons quelqu'un de monstrueux. J'ai rencontré pas mal de tueurs récidivistes, à force, et c'était tous des gens banals.

Sophie la regarda avec colère mais ne répliqua rien. Paula aurait aimé qu'elles prennent un meilleur départ toutes les deux, mais elle n'allait pas refuser de voir les preuves qui s'accumulaient lentement contre Mark Conway juste parce qu'il avait promu Sophie ou lui avait accordé une augmentation. Ou, pis encore, lui avait écrit une lettre de recommandation lorsqu'elle avait postulé chez eux.

— Karim, des indices dans le salon ?

— Bien rangé, impersonnel, propre. Ma mère adorerait Conway. Il a un placard rempli de DVD mais pas un seul porno. Beaucoup de foot, des films d'action. Rien qui fasse penser : « *Mmm*, ça c'est un peu étrange », expliqua Karim avant de boire une gorgée de Coca. Mais il y a quand même quelque chose. C'est l'un des policiers de Fielding qui me l'a dit.

— Arrête de faire du suspense, intervint Steve. Comme si c'était le moment de la pub dans une série policière, putain.

Karim rougit.

— Il y a une autre voiture dans le garage. Conway possède une Porsche 4 x 4, qu'il utilise probablement pour se déplacer. Mais il y en a une autre...

— Une berline noire Skoda Octavia ? l'interrompit Stacey.

Karim était abasourdi.

— Comment tu le sais ?

— Je l'ai découvert. J'ai trouvé, sur les vidéos de surveillance de la circulation, une Skoda Octavia au nom de Jerome Martinu. Quelle est l'immatriculation ?

Pendant que Karim consultait son carnet, Paula demanda :

— Pourquoi tu as cherché ça ?

Stacey haussa les épaules.

— Je me suis demandé si Martinu ne pouvait pas être le tueur, après tout. Et si oui, il aurait besoin d'un autre véhicule. Alors j'ai vérifié auprès du service des immatriculations, et trouvé la Skoda à son nom.

— Une voiture plutôt du style de Martinu que de Conway, fit remarquer Alvin, pensif. Peut-être une nouvelle tentative de nous jeter de la poudre aux yeux.

Karim montra à Stacey l'immatriculation dans son carnet.

— C'est ça ?
Elle hocha la tête.
— La même.
— Donc tu as vérifié les vidéos de surveillance de la circulation. Ç'a donné quelque chose ? demanda Paula.

Stacey hocha de nouveau la tête.

— Toutes les deux semaines, la voiture apparaît dans le centre de Bradfield. Elle ne vient pas directement de Bradesden. C'est la direction qu'on prendrait depuis chez Conway, en empruntant le pont de Harriestown. Elle traverse Temple Fields pour se garer sur le parking payant derrière Uniqlo. Quelques heures plus tard, elle repart par la même route.

— Des images ?

— J'en ai trouvé, mais je n'ai pas encore eu l'occasion de les regarder. J'aurais bien besoin d'aide, il y en a beaucoup.

— Karim, tu t'y mettras dès qu'on aura terminé ici. Bravo d'avoir repéré la voiture. Et Stacey, super travail, dit Paula en souriant. La prochaine fois, tu m'en touches un mot ? Est-ce que l'équipe médico-légale a jeté un œil à la voiture, Karim ? Tu peux vérifier ? Il faut qu'on détermine qui l'a conduite. Et si on y trouve des traces ADN de nos victimes.

— Je m'y mets, chef.

— Ça commence à prendre forme, affirma Paula. Mais il nous reste encore du chemin avant de pouvoir aboutir à un résultat. Le plus important, c'est de trouver Mark Conway. On a eu de la chance parce que la maison est relativement isolée et qu'on a pu cacher les véhicules à l'arrière, pendant la perquisition. Aussi incroyable que ça puisse paraître, les réseaux sociaux n'en ont apparemment pas encore parlé. Et l'avantage à ne pas avoir obtenu de mandat pour son entreprise, c'est qu'on ne lui a pas mis la puce à l'oreille. Sophie, est-ce que tu peux mener l'enquête là-bas, discrètement ? J'imagine que tu connais des gens au sein de l'entreprise.

— Je vais voir ce que je peux faire.

La réponse était tout sauf convaincante, mais comme elles avaient le même grade, Paula évita de le lui faire remarquer devant le reste de l'équipe.

Elle se leva, lui signalant que c'était terminé.

— Je retourne chez Conway. Au cas où il revienne ce soir, je veux qu'il y ait quelqu'un de chez nous avec les policiers de Fielding. Karim, Stacey, ne restez pas trop tard à regarder les images des vidéos de circulation. Alvin, Steve, rentrez chez vous vous reposer. Je vous attends chez Conway à sept heures, demain matin.

Elle leva un sourcil interrogateur à l'intention de Sophie.

— Tu nous avertiras s'il y a du nouveau qui arrive au centre opérationnel ? Et au sujet des employés de Conway ?

— Bien sûr, répondit Sophie se levant à son tour et regardant Paula droit dans les yeux. Je sais à qui je dois être loyale.

*Et c'est bien ça qui m'ennuie.* Paula sourit et quitta la pièce. Elle commençait presque à aimer Sophie. Elle espérait vraiment que ça ne s'avérerait pas être une erreur.

# 61

> *On ne travaille jamais à partir de certitudes. Pour nous, il s'agit toujours de peser les probabilités...*
>
> *Décrypter les crimes*, Dr Tony Hill

La découverte de Carol aurait pu attendre jusqu'au matin, mais elle voulait rester disponible le lendemain, au cas où Tony reprenne connaissance et qu'elle puisse le voir. Elle envoya donc un texto à Bronwen Scott dès qu'elle fut sortie de chez Cap Scarlett.

> Besoin de vous voir ce soir. J'ai du nouveau. Où et quand ?

Quand elle reçut la réponse, elle n'avait parcouru que quelques centaines de mètres dans la rue.

> Chez moi. Dès que vous pouvez.

Suivait une adresse qui ne se trouvait qu'à dix minutes à pied. Bronwen Scott vivait au sixième étage d'une usine géorgienne reconvertie qui avait jadis abrité des centaines de métiers à tisser produisant des kilomètres de coton et de lin. Elle avait été rénovée une douzaine d'années plus tôt, s'imposant immédiatement comme une résidence de choix en plein centre-ville.

Carol sortit de l'ascenseur d'inspiration industrielle pour pénétrer dans un couloir aux murs de briques et au sol couvert de larges lattes de parquet brillant. Bronwen l'attendait à sa porte, tranquillement appuyée contre le chambranle, habillée pour une soirée à la maison : pieds nus, jegging, large chemise de grand-mère à fines rayures.

— Merci d'être venue, dit-elle à Carol.

Elle s'approcha d'elle pour lui faire la bise. Prise au dépourvu, Carol se figea un moment avant de se forcer à réagir.

— Je savais que vous voudriez entendre ça le plus tôt possible.

Bronwen la mena au salon qui ressemblait à une version féminine d'un club privé pour gentlemen. Cuir et bois, mais des fauteuils en cuir souple plutôt que ceux capitonnés et rembourrés. Bois de chêne clair, d'une teinte profonde et chaude. Des étagères de livres recouvraient les murs, leurs dos colorés et modernes au lieu d'anciens volumes reliés de cuir. Il y avait deux sculptures en bronze représentant des femmes sur un banc, apparemment en grande conversation. Une table basse devant un canapé bas sur laquelle des papiers étaient éparpillés, un bloc-notes et un crayon jetés négligemment dessus.

— Joli appartement, commenta Carol.

— Je suis allée à l'école avec la promotrice. Elle m'a demandé d'investir dans le projet dès le départ, et voilà ma récompense.

— Belle opération, répondit Carol maladroitement, dans l'attente qu'elle lui propose de s'asseoir.

— À boire ?

— Ça va, merci. Je ne veux pas vous empêcher de travailler, expliqua-t-elle en indiquant la table.

— Ça paraît pire que ça ne l'est. J'ai presque fini. Mais asseyez-vous, inutile de rester debout.

*Facile à dire pour elle*, songea Carol qui ne savait pas dans quelle mesure elle pouvait se fier à sa nouvelle amie. Elle s'installa dans un fauteuil enveloppant qui l'était presque trop. *Si ça ne s'appelle pas amadouer quelqu'un...*

— J'ai rencontré Saul et, comme vous, je tends à penser que ce n'est pas un tueur. Depuis, j'ai fait deux découvertes importantes. Enfin, l'une d'elles est due davantage à un heureux hasard qu'à mon génie d'enquêtrice, admit-elle.

— Ça m'intrigue.

Bronwen se lova dans un coin du canapé, jambes soigneusement repliées sous elle.

— J'ai dîné avec Paula McIntyre l'autre soir. Et je lui ai dit sur quoi je travaillais.

— C'est très important de continuer à communiquer, dans ce métier.

— C'est mon amie, Bronwen. Voilà pourquoi je communique avec elle.

— Bien sûr. Mais la capitaine McIntyre est aussi une excellente professionnelle. Alors, est-ce qu'elle a trouvé dans les dossiers un scoop que personne n'avait eu l'idée de partager avec l'avocat de Saul ?

— Vous avez un esprit très méfiant.

— Vous seriez pareille, si vous aviez été de ce côté-ci de la barrière depuis aussi longtemps que moi.

Une pause.

— Cela ne pourra pas fonctionner si vous me considérez comme un outil grâce auquel vous pouvez taper sur mes anciens collègues.

Bronwen écarta les doigts, l'air navré.

— Je suis désolée, Carol. L'habitude... Mais s'ils étaient tous comme vous et Paula...

— J'imagine que vous avez suivi les découvertes du couvent de Bradesden ?

— Oui, mais... répondit-elle en fronçant les sourcils.

— Ils ont trouvé une deuxième série de corps.

— En plus des squelettes ?

— Huit corps. De jeunes hommes. Ils ont été assassinés. Ils supposent qu'il s'agit d'un tueur en série.

— Bon sang. Comment ont-ils réussi à éviter que ça s'ébruite ?

— Sans rien faire. Tout le monde est surexcité par cette histoire de squelettes. C'est incroyable qu'il n'y ait pas encore eu de fuites. Mais ça finira par se savoir tôt ou tard, j'imagine. Bref, ils commencent à obtenir des résultats ADN sur ces victimes. Et Paula m'a appelée pour m'informer que l'un de ces corps est celui de Harry Bow, alias Tagada.

— Vous me dites que Saul Neilson est un tueur en série ?

— Non, non. Plutôt le contraire. Il y a au moins deux victimes tuées plus récemment que Harry Bow. Saul était déjà en prison, à ce moment-là. Donc il est très peu probable qu'il soit impliqué dans la mort de Harry. Il disait la vérité, Bronwen.

Elle afficha un large sourire, totalement spontané.

— Nom d'un chien ! C'est extraordinaire, Carol ! s'exclama-t-elle. Je savais que j'avais raison de vous inviter parmi nous.

Elle bondit sur ses pieds et lança :

— Champagne !

Carol secoua la tête et prit son courage à deux mains pour lui confier :

— Je ne bois plus d'alcool.

Bronwen se rassit d'un coup.

— Évidemment. Qu'est-ce que je suis bête ! Je suis désolée.

— Ne vous excusez pas. Si vous voulez qu'on fête ça, on ira manger un curry un de ces soirs. Mais n'ayez pas trop d'espoir. Il est toujours possible que la police prétende que Saul ait été complice du tueur, qui a continué de sévir après son emprisonnement.

— Ce serait difficile à défendre.

— Et encore plus difficile vu ce que j'ai appris ce soir. J'ai trouvé le témoin qui nous manquait.

— Comment ça, le témoin qui nous manquait ? répéta Bronwen en fronçant les sourcils.

— Celui qui est parti en Australie le lendemain du meurtre de Harry. Qui n'était pas au courant du meurtre ni du procès avant qu'il ne rentre en Angleterre. Et qui a parlé avec Harry à Temple Fields *après* que ce dernier avait quitté l'appartement de Saul.

— Vous plaisantez ?

— Je ne plaisante pas quand il s'agit de meurtre. Harry lui a dit qu'il avait saigné du nez. Il est d'accord pour nous donner une déclaration sous serment. Ajouté à ces meurtres en série, ça devrait suffire pour mener Saul devant la Commission de révision des affaires criminelles, non ?

— Oui, trois fois oui ! Où avez-vous trouvé ce type ?

— Il vit dans l'ancien appartement de Harry. Il a repris le bail quand l'ancien colocataire de Harry s'est fait arrêter. Je n'y croyais pas moi-même. Mais parfois, la chance tourne en notre faveur.

— Ce n'est pas de la chance, la corrigea Bronwen. Vous avez fait ce que tout bon enquêteur aurait fait. La victimologie, c'est ce que votre ami Tony utilisait tout le temps, non ?

L'emploi du temps passé fit frémir Carol.

— Ce qu'il utilise. Il l'utilise encore. Il n'est pas mort, il est juste...

— Temporairement hors jeu, je sais. Désolée, je mets les pieds dans le plat dès que j'ouvre la bouche, ce soir.

Carol se leva.

— Je vous donnerai un compte rendu complet dès que possible.

— Faites une note de frais. On est parvenus à constituer une petite cagnotte de guerre. C'est important que personne ne se sente exploité. Et il est évident que nous serions ravis de vous compter parmi nos associés.

— Je ne vais pas prendre de décision hâtive pour l'instant, répondit Carol. J'ai des choses à régler.

— Je peux vous aider en quoi que ce soit ?
Carol lui adressa un sourire mâtiné de regret.
— Non, je dois tuer ces dragons-là toute seule. *Et ce n'est pas de votre aide que j'ai besoin.*

# 62

> *Au fond d'eux, même les tueurs les plus arrogants et organisés pensent qu'on finira par les attraper. Certains en viennent à l'attendre avec plaisir. Mais ils croient tous avoir un plan d'évasion bien préparé.*
>
> *Décrypter les crimes*, Dr Tony Hill.

Paula avait insisté pour que rien ne trahisse leur présence dans la maison de Conway. Afin qu'il ne se doute pas, à son retour, que sa maison était truffée de policiers. Enfin, pas exactement truffée : trois agents en uniforme, deux officiers armés et elle. Elle n'avait pas demandé le renfort d'officiers armés, mais Fielding avait tenu à ce qu'ils soient présents dans la mesure où des hommes de son équipe étaient sur place.

Elle se posta à la fenêtre de la chambre de Conway avec une thermos de café trouvée dans la cuisine. Elle avait une vue panoramique de l'allée et de la route au-delà. Les autres policiers étaient répartis au rez-de-chaussée, les deux hommes armés patrouillant avec eux en permanence. Un quatrième agent en uniforme était stationné dans une voiture banalisée dans une petite rue à quelques centaines de mètres plus loin, garé face à la route.

Il n'y avait rien de plus éprouvant que de faire le guet en pleine nuit. C'était difficile de rester éveillé. On ne pouvait pas allumer de lumière, évidemment. Paula avait pris l'habitude d'écouter des livres audio, son téléphone rangé au fond de sa poche pour que sa lueur ne la trahisse pas. Mais elle ne pouvait mettre qu'un seul écouteur parce qu'elle devait rester à l'affût de bruits suspects. Cela rendait le suspense de John Le Carré un peu moins haletant.

C'était encore pire à l'époque où elle fumait. Être privée de cigarettes pendant des heures tout en restant éveillée sans l'aide de la nicotine, c'était un véritable supplice qui serait certainement qualifié de torture par la convention des droits de l'homme. Avec une vapote, au moins, elle pouvait risquer une taffe de temps en temps. Par ailleurs, la chambre de Mark Conway offrait le luxe d'avoir des toilettes dans la salle de bains attenante, ce qui réglait le plus gros problème des policières pendant une surveillance.

Peu après une heure, des phares apparurent sur la route et s'engagèrent dans l'allée.

— Base à toutes les unités, dit Paula dans sa radio. Attention. Véhicule à l'approche.

Elle reçut plusieurs réponses dans son récepteur.

Ce n'était pas une Porsche. Ni même un 4 x 4. C'était une berline BMW foncée dont il était difficile de discerner les détails à cause de la lumière aveuglante. Une silhouette surgit du côté passager et traversa devant les phares.

Paula avait lâché tous les noms d'oiseaux de sa connaissance avant même que Rutherford n'ait atteint la porte d'entrée. Elle les débita à voix basse tout en descendant l'escalier à toute vitesse et poussa du coude l'agent qui gardait la porte. Elle l'ouvrit d'un coup sec et lâcha :

— Déplacez la voiture, monsieur. On est cachés. On ne veut pas effrayer Conway. S'il vous plaît. Dites à votre conducteur de se garer derrière.

Rutherford se balança en avant comme s'il s'apprêtait à protester mais en bougeant, la lumière des phares éclaira le visage de Paula, et ce qu'il y vit le fit changer d'avis. Il regarda par-dessus son épaule et lança :

— Maxwell ! Garez-vous derrière et éteignez les phares, puis il fusilla Paula du regard. Est-ce que je peux entrer, maintenant ?

Elle esquissa un pas de côté pour le laisser passer.

— On a garé nos véhicules dans le garage. On a fait notre possible pour que la maison ait l'air normale.

Ils se tenaient dans l'entrée, Rutherford la surplombant, presque trop près d'elle.

— Qu'est-ce qui vous pousse à croire qu'il va revenir ?

— Parce que pour l'instant, il n'a jamais pris la fuite. Il est persuadé de ne pas être en danger. S'il voyait la moindre possibilité de se faire accuser de ces crimes, il aurait les moyens de disparaître. Même si on a signalé son passeport. Son nom ne figure pas encore dans l'enquête. Jusqu'à maintenant, rien n'a filtré sur les réseaux sociaux. Stacey a mis en place toutes sortes d'alertes pour nous prévenir si ça s'ébruite.

— Et ça vous suffit ?

— Ç'a toujours marché, dans le passé. Stacey est incroyable.

— Enfin, elle suit ses propres lois, d'après ce que j'ai entendu dire.

Paula haussa les épaules.

— Je n'écoute pas les ragots de gens inférieurs et envieux. Ce que je sais, c'est que chaque fois qu'on s'est appuyé sur son travail devant un tribunal, personne n'a suggéré qu'elle avait enfreint certaines règles.

— C'est ce que les maçons appellent du remblayage, répondit-il avec humeur. Croyez-moi, je vais regarder de très près le travail de l'officier Chen. Mais pour l'instant, nous devons être sûrs de ce que nous faisons ici. Mark Conway est un homme d'affaires reconnu ; un personnage public dans sa communauté. Il fait également partie du conseil d'administration du Bradfield Victoria FC. Vous êtes sûre que c'est notre homme ? Ça ne pourrait pas être plutôt le cousin ? Avec la complicité du prêtre ? J'ai regardé le dossier, et je trouve que vous êtes allée un peu vite.

— Nous avons le témoignage de sœur Mary Patrick.

— Qui va certainement devoir répondre elle-même à de graves accusations. Est-ce que vous avez pensé qu'elle essayait peut-être d'obtenir un accord grâce à sa « collaboration » ?

Il esquissa les guillemets avec ses doigts, ce qui avait le don d'exaspérer Paula.

— Je ne lui ai rien promis. C'est elle qui a évoqué Conway. Elle le connaissait suffisamment bien pour le reconnaître. D'après elle, il portait toujours ses maillots de foot quand il rendait visite à son cousin. Elle est impressionnante, monsieur. Même si sa réputation va être entachée, son témoignage à la barre sera convaincant. On attend les résultats ADN de la Skoda et des maillots de foot de Conway. Si on retrouve l'ADN de Conway partout dans la voiture, ce sera difficile de prétendre que Martinu conduisait lors de ces excursions à Temple Fields.

— Autre chose, continua Rutherford presque comme si elle n'avait pas parlé. Ces analyses ADN sur des taches invisibles ? De quoi s'agit-il, nom d'un petit bonhomme ? Vous avez lu trop de science-fiction !

Paula ravala sa colère d'être traitée avec si peu de respect.

— Le Dr O'Farrelly a parlé au lieutenant Ambrose d'une nouvelle technique pour extraire de l'ADN de taches de sang après qu'elles ont été lavées. D'après elle, ça ne fonctionne que si on utilise un détergent non biologique. Comme c'est un bon enquêteur, le lieutenant Ambrose a remarqué que la lessive du suspect était non bio. Il a fait le lien avec le fait que Harry Bow avait saigné du nez le soir de sa mort et a pensé que ça valait le coup de rechercher d'éventuelles traces d'ADN sur les maillots de Conway. C'est ce qu'on est censés faire, monsieur. Forger des hypothèses à partir de ce que l'on sait, et les tester.

Son ton était cassant, ferme.

— Un saignement de nez ? D'où sortez-vous ça ? Je n'ai rien lu de tel dans le compte rendu d'autopsie.

Paula prit une profonde inspiration.

— Parce que ça ne figure pas dans l'autopsie. C'était l'un des arguments de la défense de celui qui est actuellement en prison pour le meurtre de Harry Bow. Un homme qui est presque certainement innocent, s'il s'agit de l'œuvre d'un tueur en série.

— Et comment le savez-vous ?

Paula le fusilla du regard.

— Parce que je me souviens de l'affaire, monsieur.

Il lui tourna le dos et se mit à faire les cent pas dans le couloir.

— Je suis venu dans l'intention de mettre fin à cette surveillance. Je continue de penser que vous êtes loin d'avoir un dossier solide à porter devant un tribunal. Mais nous sommes tous sur place. Vous avez jusqu'à dix heures demain matin. À ce moment-là, je réévaluerai la situation.

Il posa la main sur la poignée de la porte d'entrée et s'apprêta à sortir.

— Votre voiture est derrière, monsieur. Ce serait plus simple et plus sûr que vous sortiez par l'arrière.

Elle le vit parcourir le couloir à grands pas, dans le noir. Puis l'entendit échanger des propos à voix basse avec l'un des autres officiers. Ensuite, la porte de derrière s'ouvrit et se referma. Elle attendit que les feux arrière de la BMW disparaissent sur la route avant de remonter à son poste d'observation.

— Base à toutes les unités. On reprend nos postes, annonça-t-elle dans sa radio.

La lumière progressive du jour n'apporta aucun changement. De temps en temps, une voiture passait au bout de l'allée, mais jamais de 4 x 4 Porsche. Paula avait la bouche sèche, un goût amer provoqué par un excès de café, les yeux fatigués et brûlants d'avoir fixé l'obscurité. Les agents en uniforme avaient été relevés à six heures, les policiers armés deux heures plus tôt. À huit heures, il faisait tellement jour qu'elle n'avait plus aucun complexe à utiliser son téléphone.

— Salut ma belle, dit-elle quand Elinor décrocha. Bien dormi ?

— Tu m'as manqué. Tu es toujours en planque ?

— Oui. La nuit a été lon... oh putain, faut que je te laisse !

Paula raccrocha au moment où la Porsche apparaissait sur la route.

— Base à toutes les unités. Véhicule suspect en vue. Elle bifurque dans l'allée à l'instant.

En approchant de la porte, le gros 4 x 4 ralentit puis s'arrêta. Le moteur fut coupé puis Mark Conway descendit du siège conducteur. Il secoua ses jambes et se détendit les épaules, comme s'il était resté assis trop longtemps.

— Base à Mobile Un. Mettez-vous en position dans l'allée. Je répète. En position dans l'allée, dit Paula doucement, comme si Mark Conway pouvait l'entendre à travers son double vitrage.

Sa fuite serait interrompue en moins d'une minute.

À ce même moment, quelque chose attira le regard de Conway. Il regarda par terre, tournant la tête à droite et à gauche, modifiant son angle de vue pour s'assurer de quelque chose.

Tout à coup, il se redressa et fixa la maison avec attention.

— Le gravier, putain, lâcha Paula.

Une demi-douzaine de véhicules étaient passés là et personne n'avait pensé à donner un coup de râteau.

Conway avait déjà sauté derrière son volant et fait vrombir son moteur.

— Base à toutes les unités. On interpelle, on interpelle maintenant ! hurla Paula en dévalant l'escalier pour gagner la porte d'entrée.

Elle l'ouvrit juste à temps pour voir que le véhicule de police n'avait pas complètement terminé sa manœuvre pour bloquer l'allée. Conway avait dû appuyer à fond sur l'accélérateur pour que la Porsche s'engouffre dans le passage. Il avait presque réussi. Mais la Porsche heurta l'aile du véhicule de police tellement violemment qu'il tangua puis, comme au ralenti, se renversa sur le flanc.

— Merde, merde, merde, cria Paula tandis que le 4 x 4 fonçait sur la route.

Une voiture de police pila à côté d'elle et elle sauta dans le siège passager.

— Fonce ! ordonna-t-elle tout en attachant sa ceinture tandis que la voiture gagnait en trombe le bout de l'allée dans un crissement de graviers. Gyrophare, ajouta-t-elle. Et deux-tons.

Les officiers armés les suivaient de près dans leur Range Rover, gyrophare aveuglant et sirènes hurlantes. La Porsche avait disparu, mais Paula savait qu'il n'y avait pas d'autre direction pendant un peu plus d'un kilomètre. Ensuite, ils seraient coincés par les embouteillages du matin et le rétrécissement au niveau du pont qui surplombait la rivière Brade.

En approchant du carrefour, Conway apparut, ralenti par la circulation, tentant de bifurquer à droite.

— On le tient, murmura Paula.

Elle avait parlé trop vite. Sans s'arrêter, la Porsche grimpa sur le sentier piéton et continua. Comme c'était une route de campagne, il n'y avait pas de lampadaires pour lui barrer la route. Son rétroviseur heurta un panneau de priorité, mais ça ne l'arrêta pas.

Bien que l'air terrifié, le chauffeur de Paula emboîta le pas au 4 x 4. Alors qu'ils fonçaient en avant, Paula vit le visage horrifié d'un adolescent en uniforme scolaire qui se jeta dans la haie. Ils prirent le virage à toute vitesse.

— Je crois qu'on le rattrape, lança l'agent assis sur la banquette arrière, tout excité comme s'il jouait à Grand Theft Auto.

Mais ce n'était pas le cas. Une voix hurla dans la radio :

— Aire de stationnement un peu plus loin. Arrêtez-vous et laissez-nous passer, on est plus rapides.

Paula pivota vivement sur son siège pour voir le passager de la Range Rover gesticuler dans tous les sens.

— Gare-toi comme il a dit.

Ils s'arrêtèrent sur l'aire dans un crissement de pneus et laissèrent la Range Rover les doubler. Le chauffeur de Paula repartit à sa suite, faisant craquer les vitesses tandis qu'il essayait de garder la cadence.

— Le pont, gémit Paula. Ça va être complètement bouché.

Elle avait à peine prononcé ces mots qu'ils entendirent un bruit assourdissant, un crissement de métal, et un effondrement suivi de plusieurs gros *plouf*.

Ils ignoraient ce qui venait de se produire, mais il semblait que la fuite de Conway se soit particulièrement mal terminée.

# 63

> *Le philosophe allemand Friedrich Nieztsche a lancé un sérieux avertissement à ceux qui, parmi nous, affrontent ce qu'il y a de pire en l'Homme : « Celui qui combat des monstres doit prendre garde à ne pas devenir un monstre lui-même. Et si tu regardes longtemps un abîme, l'abîme regarde aussi en toi. » C'est un avertissement dont nous ferions bien de tenir compte. L'empathie est un outil nécessaire, mais nous devons nous prémunir des horreurs qui, sous nos yeux, deviennent la nouvelle normalité.*
>
> *Décrypter les crimes,* Dr Tony Hill

Il ne régnait aucune atmosphère de triomphe dans les locaux de la BREP. Un travail bien fait se définissait par une arrestation dans les règles suivie d'une condamnation. Les meurtres de Harry Bow et de sept autres jeunes hommes ne seraient jamais vraiment élucidés. Dans sa folle course-poursuite, Mark Conway n'avait pas attaché sa ceinture de sécurité. Quand, évaluant mal la distance, il avait heurté la barrière du pont, sa Porsche s'était arrêtée, mais pas lui.

En arrivant sur les lieux quelques instants plus tard, Paula avait été en proie au choc et à la révulsion. Elle avait vu beaucoup de sang versé au cours des années, mais elle n'avait pas pour autant perdu la mesure de ce que cela signifiait. Une vie perdue, d'autres irrémédiablement touchées. Et à présent, ceux dont l'existence avait pour toujours été meurtrie par les crimes de Mark Conway seraient à jamais privés de réponses.

— Au moins maintenant, on sait que c'est lui le coupable, commenta Steve quand Paula entra dans la pièce. Les innocents ne prennent pas la fuite.

— Ça, c'est des conneries, rétorqua Alvin. Il y a plein de raisons qui poussent les innocents à prendre la fuite. Je ne dis pas que Mark Conway l'était, mais on n'est toujours pas plus avancé qu'hier soir, du point de vue des preuves de culpabilité.

Paula traversa la pièce vers son bureau où elle s'assit. Karim la regarda l'air compatissant.

— Est-ce que c'est raisonnable d'être ici, chef ? Je veux dire, vous êtes sous le choc. Vous avez sans doute besoin d'un peu de repos.

— Ça va, répondit Paula. Il faut que j'écrive mon rapport tant que c'est frais dans mon esprit.

Avant qu'elle ne puisse commencer, Rutherford et Sophie entrèrent ensemble. Le commandant fit quelques pas dans la pièce avant de s'arrêter.

— Bon, ce n'était pas le résultat qu'on attendait. Nous avons un mort et des preuves très minces.

— Les résultats ADN vont finir par arriver, fit remarquer Alvin.

— Vous pouvez toujours rêver, répliqua-t-il d'un air écœuré. On dirait plutôt que c'est la commandante Fielding qui va s'en sortir, même si les charges retenues ne sont qu'agression, inhumation irrégulière et omission de déclaration de décès. Du menu fretin comparé à des meurtres en série.

Paula et Stacey échangèrent un regard. Elles savaient toutes les deux qu'une enquête de police n'était pas un sport de compétition. Même les meilleurs résultats étaient toujours entachés du crime qui les avait précédés.

Toujours prompte à intervenir, Sophie ajouta :

— En théorie, on peut écoper d'une peine à perpétuité pour une inhumation irrégulière.

— Si ça arrive jusqu'au tribunal, répondit Rutherford. D'après ce que l'on sait, les religieuses ne sont pas le genre de témoins après lesquels court le ministère public.

Il fronça les sourcils quand la sonnerie du téléphone d'Alvin interrompit ses propos.

— C'est le labo, indiqua Alvin en décrochant.

Instantanément, tous portèrent son attention sur lui.

— Bonjour doc, dit-il en tendant l'oreille. Un instant, vous voulez bien ? Je vous mets sur haut-parleur, on est en plein briefing avec la BREP et il faut que toute l'équipe entende ça, lui expliqua-t-il avant de tripoter son téléphone et de le brandir en l'air. Est-ce que vous pouvez répéter ce que vous venez de me dire ?

Ils se penchèrent tous en avant pour écouter Chrissie O'Farrelly. D'une voix métallique, elle déclara :

— Je vous dis que votre idée de chercher de l'ADN invisible dont les chromophores ont été nettoyés s'annonce très prometteuse. L'un de nos chercheurs a très envie de faire aboutir l'analyse et il pense avoir trouvé comment s'y prendre.

— C'est une bonne nouvelle, docteur, dit Alvin.

— C'est une nouvelle intéressante, lieutenant. Mais ça ne s'avérera peut-être pas nécessaire. Nous avons trouvé une empreinte digitale à l'extrémité d'un des morceaux de scotch utilisé pour emballer les corps. Celui qui a manipulé le scotch portait manifestement des gants. Tout ce qu'on a en dehors de ça, ce sont de vagues traces. Mais je pense qu'il avait utilisé le rouleau de scotch avant ça, dans un but tout à fait innocent. Il n'a pas pensé à couper les premiers centimètres lorsque ses intentions sont devenues plus coupables. Nous avons donc une belle empreinte bien nette.

— Elle figure dans la base de données ? intervint Rutherford. Ici le commandant Rutherford, désolé, on ne se connaît pas encore, docteur.

— Elle ne figure pas dans la base.

Il y eut un soupir collectif. Karim poussa même un grognement.

— Mais ne vous inquiétez pas, poursuivit-elle. J'ai eu le labo du légiste ce matin, et même s'ils ont du travail par-dessus la tête avec les dépouilles du couvent, un technicien très serviable s'est chargé de relever les empreintes de Mark Conway quand ils l'ont amené.

Paula prit conscience qu'elle retenait sa respiration.

— Et ? demanda obligeamment Rutherford.

— Ça correspond. On peut affirmer sans le moindre doute que Mark Conway a manipulé le rouleau adhésif qui a servi à emballer l'un des corps. J'espère que cela vous aide.

— Cela nous offre une réelle avancée, répondit Rutherford. Vous continuez quand même de rechercher l'ADN ?

— C'est en cours au moment où nous parlons. Vous savez que la théorie des chromophores n'a jamais été défendue devant un tribunal, n'est-ce pas ?

— Ça n'ira pas au tribunal, de toute façon, répondit Rutherford. Cela étant, les résultats pourront nous permettre d'assurer nos arrières.

— Ce n'est pas à moi de me prononcer là-dessus. Je vous contacte dès que j'ai du nouveau.

Elle raccrocha.

Avant que quiconque ne puisse réagir, la porte du bureau s'ouvrit et un agent en uniforme entra, les joues roses, l'air paniqué.

— Commandant Rutherford ? lança-t-il à la cantonade sans savoir à qui s'adresser.

— Qu'y a-t-il ? demanda Rutherford avec impatience. Je suis occupé.

— Le lieutenant du service des gardes à vue m'envoie. Martinu a consulté son avocat. Maintenant que son cousin est mort, il insiste pour faire une déclaration.

Au milieu des exclamations, Rutherford dit :

— Sophie, prenez Karim avec vous et allez voir ce que Martinu a à dire. Avant la fin de la journée, je veux qu'il soit mis en examen pour inhumations irrégulières de tous les corps, les filles et les jeunes hommes. Et complice de meurtre. Aucun arrangement ne sera possible.

Tout le monde, y compris Sophie, parut surpris. Alvin marmonna quelque chose tandis qu'ils gagnaient la porte.

— Capitaine McIntyre ? poursuivit Rutherford.
— Monsieur ?
— Il va y avoir une enquête sur le fiasco de ce matin. Le mieux, c'est que vous preniez congé jusqu'à ce qu'on y voie plus clair.

Paula fut abasourdie.

— Cela pourrait prendre des semaines. Des mois. Et il faut que je rédige mon compte rendu.
— Vous pouvez faire ça chez vous et me l'envoyer par mail. Mettez-vous à ma place. Il est aisé d'interpréter ce qui s'est passé comme de l'imprudence de notre part. Ça va être dans tous les journaux et sur les réseaux. Je ne peux pas vous laisser travailler sur le front tant que ce n'est pas réglé.

Il croisa les bras sur sa poitrine et afficha une mine décidée.

— Est-ce que ça ne va pas donner l'impression qu'à votre avis, Paula est responsable ? Assurément, on devrait la défendre, non ? protesta Alvin.
— C'est bon, Alvin, soupira Paula en se levant. Le commandant a raison. La BREP est trop récente pour s'appuyer sur sa réputation. Il faut avoir l'air irréprochable.

Elle saisit son sac et ajouta :

— Je ne suis pas inquiète à propos de l'enquête. Je vais revenir.
— Mais peut-être pas dans cette unité, précisa Rutherford.

C'était une insulte que Paula ne pouvait pas encaisser.

— C'est vous le chef. Mieux vaut garder la capitaine qui pensait que le suspect était un type bien.

Elle passa juste à côté de lui, tête haute, refusant de lui donner la satisfaction de voir à quel point elle était en colère. Elle réservait ça pour Elinor.

Elles se retrouvèrent au Starbucks en face de l'hôpital, où elles avaient pris leur premier café ensemble bien des années plus tôt. Le *latte* de Paula dura plus longtemps que son récit des événements de la matinée.

— Il a l'air vraiment con, Rutherford, commenta Elinor.

— C'est surtout un carriériste. Tout ce qui lui importe, c'est ce qu'on va penser de lui.

— À l'opposé de Carol, dit-elle en soupirant. En parlant d'elle... Après ton coup de fil, j'ai fait un saut en neurochirurgie. Tony est conscient. Et apparemment, il peut s'exprimer de façon compréhensible.

Pour la première fois depuis des jours, Paula sentit son moral remonter. Elle sourit comme un ivrogne heureux.

— Ce serait bien une première.

Elle se pencha par-dessus la table et déposa un baiser sur la bouche d'Elinor.

— C'est une super nouvelle, reprit-elle. Tu as appelé Carol ?

— J'ai pensé que tu voudrais le faire.

Redevenue sobre, Paula répondit :

— Je crois qu'il est temps pour Tony et elle de renouer le dialogue. Tu as réussi à faire entrer Carol pendant qu'il était inconscient. Ça ne devrait pas être si difficile de renouveler l'opération maintenant qu'il est réveillé.

— C'est complètement différent. Justement, parce qu'il était inconscient. Elle ne pouvait pas le bouleverser davantage. Mais maintenant ? Et s'il continue de refuser de la voir ?

— Il faudra attendre longtemps avant qu'une occasion pareille se présente à nouveau, Elinor. Quand il sortira de l'hôpital pour retourner en prison, la seule possibilité pour eux de se voir sera de demander un permis de visite. Et ce n'est pas un endroit pour engager une réconciliation. Ce sont nos amis. On leur doit bien ça, non ? On peut les aider à reconstruire leur relation.

Carol avait gardé la tenue d'hôpital qu'elle avait portée lors de sa précédente visite dans la chambre de Tony. Comme Elinor le lui avait demandé, elle s'était déjà changée quand elle la retrouva au café de l'hôpital. Elinor lui tendit une nouvelle fois son stéthoscope ainsi qu'une écritoire à pinces avec un formulaire intitulé « Examen cognitif ».

— Ça te fera gagner un peu de temps, expliqua-t-elle.

Carol paraissait hésitante.

— Et s'il ne veut pas me voir ?

— Il le dira. Je vais t'accompagner. S'il préfère que tu sortes… Eh bien, ce ne sera pas pire que maintenant.

Carol esquissa un sourire en coin.

— Au moins comme ça, on saura qu'il récupère correctement. Qu'il n'a pas perdu la mémoire.

Paula lui posa une main sur l'épaule.

— C'est le moment, Carol. Il faut qu'il sache à quel point tu as été courageuse.

— Si tu m'avais vue l'autre nuit, ce n'est pas comme ça que tu me décrirais, répliqua Carol avant de prendre visiblement son courage à deux mains et de se lever. Allons-y.

— À plus tard, dit Elinor à Paula en se penchant pour lui embrasser le haut de la tête. Ne cogite pas trop.

Les deux femmes se dirigèrent vers les ascenseurs en silence, puis empruntèrent le couloir où un nouvel officier de police était assis, en train de lire un magazine consacré au cyclisme. Il ne leva les yeux que quand elles parvinrent juste à sa hauteur, la main d'Elinor posée sur la poignée de la porte.

— Il faut qu'on fasse quelques analyses, expliqua-t-elle.

— Je vous en prie, répondit le policier déjà replongé dans son magazine.

En suivant Elinor dans la pièce, Carol avait le cœur qui battait la chamade. Elle se sentait nauséeuse, au bord des larmes. Derrière Elinor, elle regarda Tony, paupières fermées, visage pâle à l'exception des bleus autour de ses yeux et de son nez encore enflé, un poignet menotté au lit.

— Bonjour Tony, dit doucement Elinor.

Il grogna et ouvrit les yeux, se concentrant d'abord sur la blouse blanche avant de regarder son visage. Il sourit.

— Elinor.

— Je suis venue avec quelqu'un qui voudrait te voir.

Elle se décala d'un pas.

Carol ouvrit la bouche pour parler, mais aucun son ne sortit.

— Carol ? demanda-t-il, avec une légère incompréhension. Pourquoi est-ce que tu portes une charlotte ?

— Parce qu'elle est déguisée en infirmière, expliqua Elinor.

Il hésita un instant et Carol eut la certitude qu'il allait lui demander de partir.

— Je ne te vois pas bien, dit-il.

— Je peux m'en aller, si tu veux.

— Non, approche-toi.

Elle fit quelques pas en avant et il se détendit sur son oreiller. Ils se dévisagèrent avec intérêt, observant chaque détail.

— Je vous laisse, dit Elinor.

Ni l'un ni l'autre ne prêtèrent attention à son départ.

— Tu as l'air... mal en point, en fait, commenta Carol.

— Je me sens bien, bizarrement. Ça doit être les médicaments. Mais j'ai toujours été mauvais à la bagarre. Tu as l'air en forme. Forte, dit-il en parvenant à esquisser un sourire. En manque de sommeil, peut-être.

— J'ai eu une semaine bien remplie.

Il grogna.

— Oh mon Dieu, Vanessa. Je suis désolé.

— Elle est l'exception qui prouve ta règle selon laquelle les monstres n'existent pas. C'est incroyable que tu aies si bien tourné.

— Ah bon ? Incarcéré pour homicide, avec l'interdiction d'exercer ma profession ?

— Dit comme ça...

Elle sourit, déchargée de toute tension pour la première fois depuis bien longtemps. Comment était-ce possible qu'après une si longue séparation, ils puissent de nouveau se parler aussi simplement ?

— Paula m'a dit que tu voyais quelqu'un pour ton syndrome de stress post-traumatique.

— J'ai vu plusieurs personnes. Les thérapies conventionnelles n'ont pas fonctionné pour moi.

— Évidemment. Tu es trop secrète, et trop forte pour deviner ce qu'ils veulent entendre. Alors, qu'est-ce qui a marché ?

— Ne ris pas. Un travail corporel. Je fais des exercices...

— J'ai lu des articles là-dessus, l'EMDR. Et ça t'aide ?

— J'ai encore beaucoup de travail à faire, mais oui, ça m'a redonné un peu de confiance. Maintenant, quand je panique, je sais ce que c'est. J'arrive à reconnaître le début de la crise et je peux me calmer.

— Je suis content pour toi.

Elle posa la main sur la sienne.

— Et je ne bois plus. Tu m'as aidée à traverser le pire et je n'ai pas replongé.

Elle entendit sa propre voix trembler et s'interrompit.

— Tu m'as manqué, dit-il.

— Toi aussi. Je sais que tu as pris de la distance pour mon bien, mais c'est la chose la plus pénible que j'aie vécue, dit-elle en déglutissant avec difficulté. Ce qui m'a permis de tenir, ce sont les dernières paroles qu'on s'est dites après ta condamnation. Tu te rappelles ?

Il ferma brièvement les yeux.

— Bien sûr que je me rappelle. Trois mots, trois mots qu'on fuyait depuis toujours. Je t'aime.

Elle sentit sa poitrine se serrer. Est-ce qu'on pouvait vraiment sentir son cœur se contracter ?

— Je t'aime aussi. Je veux qu'on trouve un moyen d'y arriver tous les deux.

Il toussa, comme s'il avait la gorge aussi nouée qu'elle.

— J'ai beaucoup réfléchi. J'ai eu beaucoup de temps pour...

— Je croyais que tu devais écrire ton livre ? demanda-t-elle, s'efforçant de garder un ton léger.

— On ne peut pas écrire toute la journée, répondit-il en soupirant. Carol, on a passé des années ensemble, toi et moi, à affronter les pires horreurs que des êtres humains peuvent infliger à d'autres. On a vu des choses que personne ne devrait voir. On a rencontré des gens qui ont fait vaciller notre foi en la rédemption des hommes.

— On a aussi sauvé des vies, quand même. On a amélioré certaines situations.

— Sans aucun doute. Mais depuis que je suis en prison, j'ai commencé à trouver des façons positives d'améliorer les choses. J'enseigne la méditation à la radio de la prison. Ne ris pas, dit-il en gloussant. Bon, certes, mon premier jour de cours pour aider les pères à lire à leurs enfants ne s'est pas très bien passé. Mais ça partait d'une bonne intention. Et toi ? J'ai entendu dire que tu utilisais tes compétences non pas pour emprisonner des criminels, mais pour libérer des gens qui n'ont rien à faire en prison. Comment ça se passe ?

Elle sourit.

— La chance du débutant. Ma première tentative a été concluante.

— Ça fait du bien, non ?

— Je n'ai pas encore eu le temps de savourer l'expérience, dit-elle en résistant à l'envie de lui caresser le visage. J'étais trop occupée à me faire du souci pour toi.

— Je suis plus costaud que j'en ai l'air. Tu devrais le savoir. Mais voilà à quoi j'ai pensé...

Il parlait plus lentement, à présent. *La fatigue,* pensa-t-elle. Il s'accrochait.

— J'ai été forcé de m'inventer un nouvel avenir. Personne ne me laissera m'approcher de nouveau d'un patient ou dresser le profil d'un criminel. C'est du passé pour moi et, honnêtement, je n'en suis pas mécontent. Mais ça m'a fait réfléchir à mon avenir. J'ai pris conscience qu'on passait tous les deux tellement de temps à scruter les ténèbres qu'on en oubliait la lumière. J'en ai marre de l'obscurité, Carol. J'ai envie de vivre en plein jour. Et je pense que tu es parvenue au même point que moi, en même temps que moi.

Elle se reconnut dans ses paroles. Il avait raison. Elle était tellement fatiguée de progresser sans cesse à contre-courant. Tony venait de verbaliser quelque chose qu'elle savait inconsciemment depuis un moment.

— De l'espoir, dit-elle. Au risque de parler comme un homme politique qui fait de la langue de bois, je crois qu'on a tous les deux besoin d'espoir.

— Tu as raison. Et chacun à notre façon, on commence à le trouver. Carol, je sais qu'il me faudra encore presque une année avant de sortir, mais quand je sortirai, tu penses qu'on pourrait se lancer là-dedans ensemble ? Dans cette quête d'espoir ? De positivité ?

— Il faut qu'on essaie, Tony. Il faut vraiment qu'on essaie.

# Remerciements

Comme le dit la chanson, il existe plus de questions que de réponses. Et plus j'écris, plus je découvre de failles dans mes connaissances. Heureusement, il y a des gens qui mettent volontiers leur expertise à ma disposition. Parfois, je ne tiens pas compte de ce qu'ils me disent pour créer un effet dramatique, mais la plupart du temps je l'intègre et le transmets à mes lecteurs.

Cette fois-ci, j'aimerais remercier les personnes suivantes : Ann Cheshire, dont les connaissances et la pratique auprès de patients souffrant de stress posttraumatique m'ont donné des pistes d'avancées pour Carol Jordan ; Triona Adams, dont l'expérience personnelle a étoffé mes connaissances limitées de la vie conventuelle ; la professeure Lorna Dawson du James Hutton Institute, dont les connaissances géologiques me permettent de garder les deux pieds sur terre ; Mari Hannah qui connaît de l'intérieur les détails pratiques d'une prison ; la professeure Niamh Nic Daied pour les chromophores ; James et Marilyn Runcie pour les glaces ; la professeure Dame Sue Black pour la soupe de cheveux ; et Jackie Johnston dont j'ai emprunté le nom pour rien, grâce à sa généreuse donation à la Punjabi Junction Social Enterprise.

Ensuite viennent ceux qui me soutiennent sans relâche : Jane Gregory et son équipe chez David Higham Associates, Lucy Malagoni chez Little, Brown, Amy Hundley chez Grove Atlantic et David Shelley chez Hachette UK, dont les conseils éditoriaux et le soutien font toute la différence ; Anne O'Brien et Thalia Proctor qui maintiennent tout en ordre ; sans oublier Laura Sherlock qui pourrait, si on lui en donnait l'occasion, faire en sorte que les trains arrivent à l'heure.

Enfin, et surtout : Jo Sharp, qui me secourt, me soutient et par-dessus tout, me supporte, toujours avec le sourire.

13834

Composition
NORD COMPO

*Achevé d'imprimer en Slovaquie
par* NOVOPRINT SLK
*le 7 mai 2023*

Dépôt légal : juin 2023
EAN 9782290379707
L21EPNN000556 – 545700

ÉDITIONS J'AI LU
82, rue Saint-Lazare, 75009 Paris

*Diffusion France et étranger : Flammarion*